KB177929

『나의 문화유산답사기 중국편』
3권 답사 지도

몽골

맥

우루무치

투르판

하미

룬타이

카라샤르(언기)

쿠얼러

누란

유원

체르첸

뤄창

로프노르 호수

돈황

과주(안)

감숙성

청해성

신강위구르자치구 실크로드 주요 지명

쿠차(Kucha, 庫車, 库车, 쿠처)

카라ㅅ

카슈가르(Kashgar, 喀什, 카스)

아커쑤(Aksu, 阿剋蘇, 阿克苏)

룬타이(輪臺, 轮台)

아라얼(阿拉爾, 阿拉尔)

야르칸드(Yarkand, 莎車, 莎车, 사차, 사처)

예청(葉城, 叶城, Kargilik, 카르길릭)

체르첸(Cherchen, 且末, 체ㅂ

호탄(Khotan, 和田, 허텐)

민펑(民豐, 民丰, 민펑, Niya, 니야)

서역 6강

차사국(車師國), 고창국(高昌國): 투르판(吐魯番)
언기국(焉耆國): 카라샤르(焉耆)
구자국(龜玆國): 쿠차(庫車)
소륵국(疏勒國): 카슈가르(喀什)
우전국(于闐國): 호탄(和田)
누란국(樓欄國), 선선국(鄯善國): 누란(樓欄)

우루무치(Ürümqi, 烏魯木齊, 乌鲁木齐)

카라샤르,
(옌기, 옌치)

투르판(Turfan, 吐魯番, 투루판)

하미(哈蜜)

쿠얼러(Korla, 庫爾勒, 库尔勒)

누란(Kroraina, 楼蘭, 楼쁜, 러우란)

미란(Miran, 米蘭, 米쁜)

뤄창(若羌, Charkilik, 차르킬릭)

나의 문화유산답사기

중국편 3 실크로드의 오아시스 도시

나의 문화유산답사기

중국편 3 실크로드의 오아시스 도시

불타는 사막에 피어난 꽃

유홍준 지음

창비

차례

타클라마칸사막의 오아시스 도시 순례

1

『나의 문화유산답사기』 중국편 제3권은 제목 그대로 실크로드 편이다. 실크로드(Silk Road, 絲綢之路)는 독일의 지리학자 페르디난트 폰 리히트호펜(Ferdinand von Richthofen)이 처음 명명한 이래 그 개념이 계속 확장되어 오늘날에는 '초원의 길', '오아시스의 길', '바다의 길' 등 세 갈래로 나누어 말하고 있다. 그 기점도 서쪽은 시리아 혹은 로마, 동쪽은 서안 혹은 경주 혹은 교토까지 연장시켜 12,000킬로미터에 달한다고 말하기도 한다. 그러나 정통적인 실크로드 개념은 독일의 동양학자 알베르트 헤르만(Albert Herrmann) 이후 많은 학자들이 묵시적으로 동의하는바 중국 서안에서 타클라마칸사막을 건너 시리아에 이르는 총 6,400킬로미터를 뜻한다.

이 경우 실크로드는 크게 동부, 중부, 서부 구간으로 나뉘는데 동부는 서안에서 하서주랑을 통과해 돈황까지 약 2,000킬로미터, 중부는 돈황에서 타클라마칸사막을 건너 카슈가르까지 약 2,000킬로미터, 서부는 카슈가르에서 파미르고원을 넘어 시리아까지 약 2,400킬로미터이다. 『나의 문화유산답사기』 중국편 1·2권에서 다룬 부분이 동부 구간이며, 이번 3권의 오아시스 도시 순례는 곧 실크로드의 중부 구간에 해당한다.

이 중부 구간은 사실상 실크로드라는 개념을 낳은 거대한 장애물인 '살아서 돌아올 수 없는' 사막 타클라마칸을 관통하는 구간이어서 좁은 의미로 실크로드라 할 때는 바로 이 구간을 가리키니 가히 실크로드의 진수라 하겠다.

역사적으로 보면 동서교역은 실크로드가 열리기 이전부터 천산산맥 북쪽 스텝지대를 관통하는 '초원의 길'에서 이루어졌다. 이 길은 훗날 '오아시스의 길'이 열린 뒤에도 천산산맥의 북쪽 기슭을 따라 사마르칸트로 나아가는 길로 여전히 유효했다. 이를 천산북로 혹은 실크로드 북로라고 한다.

기원전 2세기 한나라 때 장건이 서역을 경험하고 돌아온 후 인도와 이란 지역이 중국의 주요 교역 대상이 되면서 북쪽의 초원의 길 말고 타림분지 남쪽 곤륜산맥 아래에 퍼져 있는 오아시스 도시를 따라가는 길이 새로 열렸다. 돈황을 기점으로 해서 누란, 호탄을 거쳐 카슈가르에 이르는 이 길을 서역남로 혹은 실크로드 남로라고 부른다. 최초로 서역기행문을 남긴 법현 스님은 399년 이 길로 해서 인도로 들어갔다.

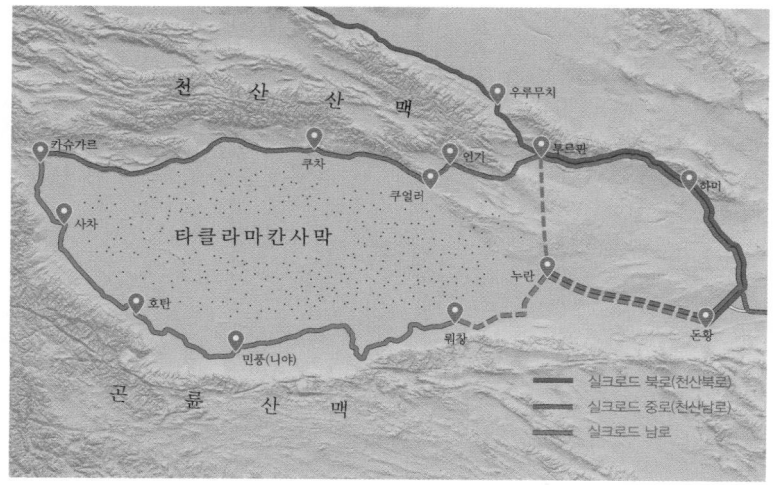

| 실크로드 북로 중로 남로 지도 |

이와 동시에 돈황에서 서역으로 떠나 첫 번째 만나는 오아시스 도시인 누란에서 북쪽으로 올라가 투르판에서 천산산맥 남쪽 줄기를 타고 가는 길이 개척되었다. 이를 천산남로 혹은 실크로드 중로라고 부른다.

그러다 5세기 말, 누란이 멸망하고 도시 자체가 사막 속에 묻혀 홀연히 사라지게 되면서 서역남로는 끊겼다. 천산남로 또한 누란을 통해 갈 수 없게 되자 돈황 옥문관에서 하미를 거쳐 투르판으로 가는 길이 새로 열렸다. 629년 현장법사가 바로 이 길로 해서 인도로 갔다. 이후 실크로드의 영화는 서역남로에서 천산남로로 옮겨지게 되었고, 투르판은 실크로드의 세 갈래 교차점이자 중국에서 서역으로 갈 때 첫 번째 만나는 오아시스 왕국으로 크게 번성했다.

13세기에 들어오면 몽골의 원나라는 실크로드의 동부, 중부, 서부 전체를 통치했기 때문에 교역과 교류를 위해 오가는 발길이 더욱 바빠졌다. 마르코 폴로(Marco Polo)가 실크로드를 통해 중국에 들어온 것도 이때였다. 그러나 14세기에 이르면 명나라가 서역 지배를 포기하면서 이 지역 오아시스 도시들은 완전히 이슬람의 지배 아래 들어가게 되었고, 곧이어 15세기 대항해시대를 맞아 '바다의 길'이 열리면서 위험하고 비경제적인 육로는 쇠퇴하기 시작하여 16세기에 들어서면 실크로드 '오아시스의 길'은 사실상 막을 내리게 된다.

2

실크로드라고 하면 대개 카라반들이 낙타를 몰고 구릉을 따라 사막을 건너가는 처연한 모습을 상상한다. 그러나 실크로드가 열리기 훨씬 전부터 타림분지에는 작은 오아시스 왕국들이 넓게 퍼져 있었다. 카라반의 상품 교역은 오아시스 도시와 도시를 이어가며 행해졌다. 실크로드는 선(線)이 아니라 점(點)에서 점으로 이어진 것이었다.

역사적으로 보자면 타림분지 주위에는 오래전부터 사람이 들어와 살기 시작했다. 5천 년 전의 신석기시대 토기, 4천 년 전의 미라, 3천 년 전의 청동기 등이 오아시스 도시들의 오랜 역사를 증언해준다. 한나라 역사서인 『한서(漢書)』에서는 이를 '서역 36국'이라고 했다. 나라라고 하지만 인구가 적으면 수백 명, 대개는 몇천 명, 많아야 1, 2만 명, 가장 규모가 큰 나라가 8만 명 정도에 이르는 작은 '성곽(城郭)국가'로 오아시스에서 오순도순 살아가고 있었다.

그러다 기원전 2세기, 실크로드가 열리면서 이 조용한 오아시스 왕국들의 평화로운 삶에 균열이 가기 시작했다. 비단과 옥을 매개로 한 카라반들의 발길이 바빠지고 동서교역의 이권을 차지하기 위해 흉노, 돌궐을 비롯한 유목민족의 제국과 한나라, 당나라 등 역대 중원의 제국들이 격렬하게 다투면서 그 틈바구니의 오아시스 왕국들은 온갖 고통을 겪게 되었다.

상인들이 개척해놓은 그 길을 따라 불교가 중국으로 들어왔다. 불교를 전파하러 가는 서역승과 불법을 구하러 중국에서 천축(인도)으로 가는 입축승(入竺僧)의 발길이 이어졌다. 결국 죽음의 사막을 뚫은 것은 돈과 신앙이었다. 이로 인해 오아시스 왕국들은 동서 문명의 교차로가 되었으며 동시에 그네들의 삶에도 질적인 변화가 이루어졌다.

실크로드 학자들은 1세기 말부터 6세기 초 사이 중국은 후한말-남북조시대라는 혼란을 겪고 있었고 흉노는 몰락하던 시기여서 오아시스 왕국들이 비교적 평화로운 가운데 경제적 번영을 이루어 '서역 55국'으로 팽창되었다가 나중에는 6개의 연합국가 형태로 통합을 이루게 된 것으로 보고 있다.(나가사와 가즈토시 『실크로드의 역사와 문화』, 이재성 옮김, 민족사 1990 참고)

차사국(車師國): 투르판(吐魯番), 뒷날 고창국(高昌國)이 됨.

언기국(焉耆國): 카라샤르(焉耆).

구자국(龜玆國): 쿠차(庫車).

소륵국(疏勒國): 카슈가르(喀什).

우전국(于闐國): 호탄(和田).

누란국(樓欄國): 누란(樓欄), 뒷날 선선국(鄯善國)이 됨.

나는 독자들의 이해를 돕기 위해 이 6개의 연합국가를 간략히 '서역 6강(強)'이라 부르며 타림분지 오아시스 도시의 답사 대상으로 삼았다.

그러나 이 '서역 6강' 중 역사의 자취가 거의 사라져버린 언기국 답사는 생략했다. 반대로 누란은 비록 일찍이 멸망했지만 그 스산한 유적과 미라의 신비한 이야기는 전하기로 했다. 이리하여 나의 실크로드 답사기는 천산남로의 투르판과 쿠차, 서역남로의 호탄과 카슈가르, 그리고 모래 속에 파묻힌 누란 등 다섯 도시 이야기로 엮이게 되었다.

공간적으로 보나 시간적으로 보나 타림분지를 대표하는 이 다섯 오아시스 도시를 답사하고 나니 역사의 자취로 남아 있는 황량한 폐허 속에 한때의 영광과 영화가 영상처럼 떠오르며 처연한 감정이 일어난다. 그것은 정녕 '불타는 사막에 피어난 꽃'과 같았다. 이것이 나의 실크로드 답사기의 내용이다.

3

실크로드 답사는 과거로의 답사일 뿐 아니라 오늘로의 답사이기도 하다. 15세기 실크로드의 생명이 끝난 후 이 지역의 역사는 대단히 복잡하고 오아시스 도시마다 사정이 약간씩 다른데, 결국 청나라 건륭제가 1759년 이 지역을 점령하고는 '새로 얻은 땅'이라는 의미로 신강(新

疆, 신장)이라 부르며 중국 영토로 편입시켰다. 청나라가 망하자 군벌들이 서로 다툴 때 이 지역 무슬림들이 규합해 잠시 '동투르키스탄 이슬람 공화국' 깃발을 내걸었지만 독립의 뜻을 이루지 못하고 신중국 성립 이후 1955년 '위구르자치구'의 지위로 오늘에 이르고 있다.

그리하여 위구르인들이 위구르 복장을 하고 위구르 춤을 추면서도 중국어로 말하는 것이 오늘날 오아시스 도시의 모습이다. 그래서 중국이면서 중국 같지 않은 곳이라고 말하곤 한다.

오아시스 도시와 위구르족의 기구하고도 복잡한 운명은 그 지명에도 그대로 나타난다. 현지에서나 책에서나 각 도시의 지명이 여러 가지로 나온다. 한자와 간자, 중국어 발음과 현지 위구르어 발음, 그리고 옛 나라 이름 등이 뒤섞여 있다. 나는 각 도시의 이 여러 이름을 익히는 데 무척 많은 시간이 필요했다. 그래서 내 책상 옆 벽에 아예 지도와 함께 표를 만들어 붙여놓고 실크로드 관계 책을 읽고 글을 쓰고 있다. 내가 유용하게 이용한 이 지도와 도표는 독자들이 편리하게 이용할 수 있도록 책 앞쪽 면지에 실어두었다.

4

솔직히 말해서 실크로드 답사기는 나에게 여러 가지로 부담이 되었다. 역사가 많이 낯설기도 했지만 한두 차례의 답사만으로 글을 쓴다는 것이 익숙하지 않았다. 이제까지 최소한 대여섯 차례 답사를 다녀온 뒤 집필해온 것과는 상황이 완전히 다르다. 그래서 답사기가 아니라 기행문 형식으로 쓸까 생각도 해보았다. 답사기와 기행문에 큰 차이가 있는 것은 아니지만 답사기가 대상에 초점을 맞춘다면 기행문은 대상에 대한 글쓴이의 감상이 강조되기 때문에 가벼운 인상기로 쓸까 생각해본 것이다. 그러나 고민 끝에 『나의 문화유산답사기』가 그동안 유지해온 기조를 지키기로 했다. 내가 지켜온 기조는 세 가지다.

첫째로 나는 문화유산 전공자로서 그곳을 찾아가는 여행자의 길라잡이 역할을 한다는 의식이 있다. 그래서 그 유적과 유물에 대한 핵심 정보를 '정확하게' 전하려고 노력한다. 이것은 나의 학문적 태도와 관계된다.

둘째는 현장에 가보지 않은 독자를 위해 그곳을 소개한다는 생각을 갖고 있다. 유물·유적을 실감 나게 묘사해 현장감을 느낄 수 있기를 바라며 쓴다. 나의 답사기에 유적지 주변 풍광에 대한 묘사와 그곳에 도달하는 과정이 자세히 나오는 것은 이런 이유다. 이것은 독자로 하여금 '재미있게' 읽으며 끝까지 내 글을 따라오게 하기 위해서다. 이는 나의 문학적 소양과 관계된다.

셋째는 대상을 해석하는 시각의 문제이다. 국내건 국외건 나는 이렇게 알고 있고, 이렇게 보았고, 이렇게 생각한다는 것을 말하면서 독자들에게 새로운 시각의 일깨움이 있기를 바라며 쓴다. 그래야 무언가가 가슴에 남는 '유익한' 독서가 되기 때문이다. 이것은 대중적 공감을 획득하는 지식인의 사회적 실천과 관계된다.

요컨대 첫째로 정확하게, 둘째로 재미있게, 셋째로 유익하게 써야 한다는 기조를 유지하기 위해 학계의 연구성과를 열심히 공부해가며 답사기 체제로 집필하려고 노력했다. 다행히 실크로드 답사를 위한 국내 학자의 저서와 번역서가 비교적 많이 간행되었다. 내가 접한 책들 중 독자들에게도 참고가 될 만하다고 생각되는 저서와 도록 목록은 권말에 부록으로 실었지만 그중 내가 가장 많이 참고하며 특별히 신세 진 책은 미리 밝혀둔다.

정수일 『실크로드 문명기행』(한겨레출판 2006)
피터 홉커크 『실크로드의 악마들』(김영종 옮김, 사계절 2000)
발레리 한센 『실크로드: 7개의 도시』(류형식 옮김, 소와당 2015)
나가사와 가즈토시(長澤和俊) 『실크로드의 역사와 문화』(이재성 옮김, 민족사 1990)
기소산(祁小山)·왕박(王博) 편저 『사주지로·신강고대문화(絲綢之路·新疆古代文化)』(신강인민출판사 2008)

저서 못지않게 도움받은 것은 영상 기록물이다. 유튜브에 올라와 있는 실크로드 관계 영상물은 아주 많다. 그중 일본 NHK와 중국 CCTV가 공동 제작한 「실크로드」(12부작, 1980)와 「신 실크로드」(10부작, 2005, KBS도 참여)가 이 분야의 고전으로 삼을 만하다. 나는 답사하기 전에 이것들을 노트에 메모해가며 보고 또 보았다. KBS에서 2010년 공사창립 특집으로 제작한 「고선지 루트」(3부작) 역시 책에서 얻을 수 없는 유익한 정보를 많이 담고 있다.

이리하여 나는 중국 답사기 세 번째 책으로 실크로드의 오아시스 도시 편을 펴냈다. 이로써 제1권 돈황과 하서주랑, 제2권 막고굴과 실크로드의 관문과 한 세트로 하여 실크로드 답사기를 세 권으로 마무리하게 되었다. 힘든 여로였지만 그만큼 실크로드 답사는 유익한 학습장이었다. 그리고 한없이 즐거웠다.

이제 나는 잠시 답사기를 멈추고 나의 전공인 한국미술사로 돌아가 그간 미뤄두었던 작업에 매진하고자 한다. 그리고 다시 답사기로 돌아오게 되면 본격적인 중국 답사를 시작해 먼저 중국의 8대 고도 중에서도 첫손에 꼽히는 서안과 낙양으로 떠나고자 한다. 실크로드 답사를 마치고 옛 장안으로 들어간다고 말하자니 그 기분이 마치 서역에서 하서주랑을 통해 중원으로 들어가는 것만 같다. 시각의 변화는 의식의 변화도 동반하는 법이라고 한다. 뭔가 변해도 변했을 것 같다.

모든 면에서 실크로드 답사는 내 답사 인생에서 가장 감동적인 여행이었다. 이제 독자 여러분을 타클라마칸사막의 오아시스 도시로 초대하오니 부디 나의 발길을 따라 멋진 독서여행이 되기 바란다.

2020년 6월
유홍준

홀연히 사라져버린
오아시스 왕국의 이야기

누란의 역사 / 반초의 서역 경영 / '방황하는 호수' 로프노르 /
잠삼의 「호가가」 / 스벤 헤딘과 오렐 스타인의 누란 발굴 /
누란의 미녀 미라 / 김춘수의 「서풍부」

'양파의 하얀 꽃 같은 나라'

누란(樓蘭, 러우란), 누란을 생각하면 아픔과 그리움이 동시에 일어
난다. 실크로드에 대한 애잔한 감정의 절반은 누란에서 나온다. 그네
들의 역사가 더없이 아프고, 그네들의 최후는 마냥 슬프기만 한데 탐
험가들의 증언은 신비롭다. 그리하여 그 역사를 이야기하는 소설가의
마음에는 동정이 가득하고 이를 바라보는 시인의 눈에는 동경이 어리
는데, 4천 년의 비밀을 간직한 '누란의 미녀' 미라는 애잔한 아름다움
의 표상이 되고 있다.

타클라마칸사막 곳곳에 퍼져 있는 오아시스에서 조그만 도시국가

를 이루며 살아가던 이 평화롭기 그지없는 곳에 장건의 서역 경험 이후 한나라가 적극적으로 실크로드를 개척하면서 한나라와 유목민족의 흉노제국은 운명적으로 대결하지 않을 수 없었는데, 그때 처음으로 맞부딪친 격전지가 누란왕국이었다. 누란은 한나라가 서역으로 진출한 첫 오아시스 도시일 뿐 아니라 누란왕국에서 실크로드의 남로와 중로가 갈라졌기 때문에 누란을 지배하는 자가 서역을 지배한다는 말이 생길 정도로 중요한 군사적 요충지였다. 그 틈바구니에서 누란 사람들은 말할 수 없는 고통을 겪었다.

그러다 기원후 2세기로 들어서면 흉노도 힘을 잃고 한나라도 멸망의 길로 기울면서 누란은 마침내 서역 6강의 하나로 번영을 누렸다. 그런데 5세기로 들어서면서 막강한 북위(北魏, 386~534)의 침공을 받아 누란왕국은 속절없이 멸망했고, 얼마 지나지 않아 그들이 삶을 영위하던 땅은 모래 속에 묻혀버렸다. 그들이 의지해 살던 로프노르(Lop Nor) 호수는 말라버리며 역사에서 종적을 감추었다. 이후 실크로드 남로는 사실상 끊어졌고 돈황에서 투르판으로 가는 실크로드 중로에는 누란을 거치지 않고 옥문관에서 하미로 곧장 질러가는 길이 새로 열리게 되었다.

그랬던 누란이 다시 세상에 그 이름을 드러낸 것은 무려 1500년이 지난 20세기 초, 서양의 탐험가 스벤 헤딘(Sven A. Hedin, 1865~1952)과 오렐 스타인(Marc Aurel Stein, 1862~1943)이 누란의 폐허를 찾아내고 각종 문서와 유물을 발굴하고부터였다. 스벤 헤딘은 로프노르 호수가 남쪽으로 이동한 탓에 누란 사람들이 삶의 터전을 잃고 멸망한

| 누란 불탑 유적지 | 누란은 실크로드 오아시스 도시의 비극적 운명을 상징적으로 간직하고 있다. 1500년 전 사막 속에 묻혀버린 누란이 100년 전 다시 세상에 드러날 때의 모습이다.

것이라고 하면서 이 호수는 계속 이동하다 1500년을 주기로 제자리로 되돌아오는 '방황하는 호수'라고 하여 많은 이들에게 신비로움을 불러일으켰다.

그리고 스벤 헤딘의 제자인 폴케 베리만(Folke Bergman, 1902~1946)은 1930년대 이곳으로 들어와 마른 호양(胡陽)나무가 줄지어 꽂힌 거대한 모래둔덕의 무덤에서 몇 구의 미라를 발굴했다. 그중 아름다운 여인의 미라에 '소하 공주'라는 애칭이 붙었는데 방사성탄소 연대 측정 결과 무려 3800년 전 아리안 계통의 서양인이어서 또 한 번 사람들을 놀라게 했다.

이래저래 누란은 신비한 나라로 많은 역사적 그리움을 낳고 있다.

그러나 여간한 경우가 아니고는 누란으로 갈 방법이 없다. 본래 돈황에서 누란으로 가는 옛길은 그 중간에 백룡퇴(白龍堆)라는, 염분을 허옇게 머금은 기이하고도 험악한 지형으로 유명하다. 399년, 불법을 구하기 위해 인도로 향한 법현(法顯, 338~422) 스님이 돈황을 떠나 서쪽으로 약 400킬로미터 떨어진 이곳까지 걸어오는 데 17일 걸렸다고 하며 그 험난한 여정을 이렇게 말했다.

사하(沙河, 모래바다)에는 악귀(惡鬼)와 열풍(熱風)이 심하여 이를 만나면 모두 죽고 한 사람도 살아남지 못한다. 하늘에는 날아다니는 새도 없고, 땅에는 뛰어다니는 짐승도 없다. 아무리 둘러보아도 망망하여 가야 할 길을 찾으려 해도 어디로 갈지를 알 수가 없고 오직 언제 이 길을 가다가 죽었는지는 모르지만, 그 죽은 사람의 고골(해골과 뼈)만이 길을 가리켜주는 표지가 될 뿐이다.(법현『불국기』, 이하『불국기』는 김규현 역주, 글로벌콘텐츠 2013에서 인용)

그나마 이 길도 이미 오래전에 사라졌고 지금도 돈황에서 누란으로 가는 사막공로(沙漠公路)는 없다. 억지로라도 가자면 타클라마칸사막 깊숙한 곳에 있는 뤄창(若羌, 차르킬릭)현으로 해서 당국의 특별 허가를 받아 들어갈 수 있단다. 그러나 그건 전문가들의 얘기다. 전하기로는 1964년 누란에 있던 로프노르에서 중국 최초의 핵실험이 실시되었고, 이후 군사보호구역으로 지정되었다고 한다. 오늘날 누란에는 상주하는 사람도 없고 '방황하는 호수'라던 로프노르 호수는 완전히 메말라버렸다. 누란은 타클라마칸사막의 '그라운드제로'(ground zero)가 되어버린 것이다.

그래서 그곳에 가보지 못하고, 갈 수도 없었던 문인들은 그 그리움을 소설로 이야기하고 시로 읊었다. 일본의 소설가 이노우에 야스시(井上靖)는 일찍이 『누란』(고단샤 1959)이라는 역사소설로 누란왕국과 여기서 발굴한 미라의 신비에 도전했다. 우리나라 시인 김춘수는 『비에 젖은 달』(근역서재 1980)에서 '누란'을 아련한 시적 이미지로 그려냈다.

그 명사산(鳴沙山) 저쪽에는 십년(十年)에 한 번 비가 오고, 비가 오면 돌밭 여기저기 양파의 하얀 꽃이 핀다. 봄을 모르는 꽃. 삭운(朔雲) 백초련(白草連). 서기(西紀) 기원전(紀元前) 백이십년(百二十年). 호(胡)의 한 부족(部族)이 그곳에 호(戶) 천오백칠십(千五百七十), 구(口) 만사천백(萬四千百), 승병(勝兵) 이천구백이십갑(二千九百二十甲)의 작은 나라 하나를 세웠다. 언제 시들지도 모르는 양파의 하얀 꽃과 같은 나라. 누란(樓蘭).

―「누란」 부분

이 '양파의 하얀 꽃' 같은 애잔한 슬픔의 누란왕국 역사를 회상하면서 나의 실크로드 여정을 시작한다.

흉노와 한나라 사이에서

누란은 고대 인도의 카로슈티문자로 '도시'라는 뜻의 '크로라이나'

(kroraina)를 한자로 음역한 것이라고 한다. 누란의 폐허에서는 약 5천 년 전의 유물들이 출토되고 있지만 기록에 등장하는 것은 사마천의 『사기(史記)』「흉노열전」이 처음이다. 기원전 176년 흉노의 묵돌 선우(재위 기원전 209~기원전 174)가 한나라 황제에게 편지를 보내면서 "흉노는 누란, 오손 등 서역 26국을 복속시켰다"라고 말한 기사가 나온다.

타클라마칸사막 깊숙한 곳 로프노르 호숫가에서 오순도순 살아가던 이 오아시스 왕국에 재앙이 덮친 것은 실크로드의 개척 때문이었다. 흉노와 한나라 두 제국은 누란을 서로 자기 지배하에 두기 위해 치열한 공방전을 벌였다.

처음에는 『사기』의 기록대로 흉노가 누란을 제압하고 있었다. 그러다 기원전 119년 한무제는 하서주랑에서 흉노를 몰아내고 무위·장액·주천·돈황에 하서사군을 설치하면서 돈황에 군사를 주둔케 하는 둔전(屯田)을 실시하고 누란을 넘보기 시작했다. 마침내 한나라와 흉노가 누란을 두고 일대 혈전을 벌이게 되면서 누란은 그 틈새에 끼어 말할 수 없는 고통을 받았다.

기원전 108년 한무제가 보낸 군사가 누란으로 쳐들어와 누란성을 함락시켰다. 한나라 장수 조파노(趙破奴)는 누란 왕에게 앞으로는 흉노를 섬기지 않겠다고 맹세하라며 큰아들을 인질로 잡아갔다. 그런데 이듬해 한나라 군대가 물러가자 이번에는 기다렸다는 듯이 흉노가 쳐들어와 복속을 맹세하라며 누란 왕의 둘째 아들을 인질로 데려갔다. 이런 기막힌 현실에 누란이 놓여 있었다.

그리고 기원전 102년, 이번에는 한나라에서 이광리(李廣利) 장군이 한무제가 꿈에 그리던 명마 한혈마(汗血馬)를 구하기 위해 6만 병사를 이끌고 서역으로 출병해 누란에 오자 흉노는 누란 왕에게 한나라 군대의 후방을 치라고 명했다. 마지못해 전투에 나간 누란 왕은 크게 패하고 장안으로 압송되었다. 한무제 앞에 끌려간 누란 왕은 이렇게 호소했다.

누란은 작은 나라입니다. 한나라와 흉노 두 대국 사이에 끼여 있어서 백성들은 완전히 지쳐 있습니다. 만약 한나라가 누란을 지배하려고 한다면 (…) 누란 사람들이 모두 한나라 땅에 옮겨 와 살도록 해주십시오.(『한서』 「서역전」)

참으로 애절한 호소였다. 한무제는 이 말을 듣고는 불쌍히 여겨 누란 왕을 죽이지 않고 돌려보냈다. 흉노와 한나라 사이에서 이처럼 고통받던 누란 왕은 근심 속에 얼마 안 가서 죽고 말았다. 새 누란 왕이 왕위에 오르자 흉노와 한나라는 또 제각기 왕자를 인질로 보내라고 강요했다. 이에 새 누란 왕은 형 안귀(安歸)를 흉노에, 동생 위도기(尉屠耆)를 한나라에 인질로 보냈다.

그런 새 누란 왕도 즉위한 지 얼마 안 되어 세상을 떠났다. 흉노는 인질로 잡고 있던 큰아들 안귀를 누란으로 보내 왕위에 오르게 했다. 새 누란 왕이 된 안귀는 흉노와 살았기 때문에 이들과 친하여 '친흉반한(親匈反漢)' 정책을 폈다. 이에 한나라는 누란을 침공하게 되었다. 기원전 77년 가을, 한나라 사신 부개자(傅介子)가 누란에 왔다. 부개자는 사신을 위한 연회 자리에서 누란 왕을 칼로 찔러 죽이고는 누란을 제압해버렸다. 그리고 한나라에 인질로 잡혀 있던 왕자 위도기에게 즉각 귀국해 누란 왕에 오르라고 명을 내렸다. 그러자 위도기는 한나라 황제에게 상소를 올렸다.

제가 지금 누란으로 돌아가면 흉노와 그 협력자들에게 언제 살해당할지 모릅니다. 다행히 누란 남쪽 이순성(伊循城) 지방은 호수도 있고 땅도 비옥합니다. 바라건대 그곳에 한나라 병사를 파견해 주둔시켜주시기 바랍니다. 그러지 않으면 나는 왕으로서 누란국을 다스릴 자신이 없습니다.(『한서』「서역전」)

황제는 이 건의가 일리 있다고 받아들여 책임자로 사마(司馬) 1명에
관리 40명을 딸려 보내 이순성에 주둔시키도록 했다.

선선으로 이주하는 누란

그리하여 위도기는 한나라 군대의 비호 속에 누란 왕이 되었다. 그
런데 왕위에 오른 지 얼마 되지 않아 한나라의 대장군 곽광(霍光)이
와서 아예 나라를 이순성으로 옮기라고 했다. 왕도 백성도 놀랐다. 연
일 누란에서는 이주 문제를 두고 격론이 벌어졌다. 누구도 누란을 떠
나고 싶어하지 않았지만 흉노로부터 벗어나는 길은 그 방법밖에 없다
고 생각하고 결국 이주하기로 결정했다.

그곳은 로프노르와는 비교도 안 되는 작은 호수의 남쪽 기슭이었
다. 여기를 그들은 선선(鄯善)이라고 불렀다. 선선은 누란 말로 '새 물'
이라는 뜻이란다. 『한서』 「서역전」에는 이 선선국에 대해 앞서 김춘수
가 시에서 인용한 기록이 나온다.

선선국은 원래 누란이라 불렀다. 그곳은 양관에서 1,600리 지점
에 있다. 가구 수는 1,570호, 인구는 14,100명, 군인은 2,912명이다.
(한나라에서 보낸) 관리로는 선선 도위(都尉)를 비롯하여 역장(譯
長) 2명이 있다. 토지는 사막이어서 농사지을 땅이 없어 가까운 나
라의 땅을 빌려 경작하고 있으며 곡식도 근방의 나라에서 수입하고
있다. 선선에서는 옥(玉)이 생산되며 식물로는 갈대, 버드나무, 오동
나무, 백초(白草)가 많다. 백성들은 목축을 하고 수초를 구하여 살고

| **미란고성 전경** | 미란고성은 한나라에 의해 강제로 남쪽으로 이주한 누란이 세운 선선국의 성터로 추정된다. 『한서』「서역전」에 따르면 체르첸에서 720리 떨어져 있었다.

있다. 당나귀를 사육하며 낙타가 많다. 선선은 한나라로 통하는 길의 요충에 해당하며 체르첸(且末)과는 720리이다.

여기서 말하는 선선은 훗날 오렐 스타인이 사막 속에서 많은 유물을 발굴한 미란(米蘭) 지방이다(오늘날 투르판 곁에 있는 고을 이름인 선선현과는 전혀 다른 곳이다). 이후 한나라는 이순성에 둔전을 실시해 병사들을 주둔케 하고 누란에서 옥문관 사이에 봉수대를 설치해 서역을 경영했다. 이때 한나라는 서역 전역을 지배했는데 누란 서북쪽 쿠차 가까이에 있는 룬타이(輪臺)에 서역도호부(西域都護府)를 두고 정길(鄭吉)을 책임자로 삼았다.

반초의 서역 경영

기원후 1세기로 들어오면 서한(전한)이 왕망(王莽)의 신(新)나라에 의해 망하고 동한(후한)이 들어서는 혼란을 겪으면서 흉노가 다시 득세했다. 그러다 기원후 73년 그 유명한 반초(班超, 32~102)의 서역 경영이 시작되면서 또다시 상황이 역전되었다.

『후한서』「반초전」을 보면 반초는 열심히 글에 힘쓰던 중 흉노가 자주 변경에 침범한다는 소문을 듣고는 분연히 일어나 붓과 벼루를 집어던지고 스스로 원정군에 가담했다. 이것이 투필종군(投筆從軍)이라는 고사성어의 유래이다. 서역 원정군의 가사마(假司馬, 부사마)였던 반초는 수행원 36명을 거느리고 먼저 선선국에 도착했다. 반초 일행을 맞아 선선국왕이 처음에는 극진히 대접했으나 차츰 그 대우가 소홀해지자 틀림없이 흉노가 와서 압력을 가하기 때문이라고 생각했다. 반초는 '호랑이 새끼를 잡으려면 호랑이굴에 들어가야 한다'는 유명한 말을 남긴 뒤 36명의 수행원을 데리고 흉노의 막사를 급습해 30여 명의 목을 베어버렸다.

이에 선선국왕은 다시 한나라에 복종하겠다고 맹세했다. 그후 반초는 우전국과 소륵국을 평정하고 이어 서역남로 제국을 모두 한의 세력권에 넣음으로써 왕망의 난 이래 두절되었던 한나라와 서역의 교역을 부활시켰다. 그러나 반초의 서역 경영은 20여 년 만에 끝나고 만다. 한나라는 실익이 없는 서역 경영에 관심을 거두고 반초가 돌아온 지 5년 만인 107년, 병사들을 모두 서역에서 철수시켰다. 그후 16년이 지나 123년에 반초의 아들 반용(班勇)이 서역장사(西域長史)로 투르판에 주둔했으나 그 또한 겨우 4년 만에 철수했다.

서역 6강의 하나가 된 누란

한나라가 이처럼 서역 경영에 소홀해졌을 때 흉노 또한 예전보다 세력이 크게 약화되었다. 내분이 일어나 동서로 나뉘어 싸우다가 동흉노가 승리했지만 기원후 48년 동흉노는 다시 남북으로 분열하며 힘을 잃었다. 이때부터 서역은 전례 없는 평화와 안정을 얻었다. 이로 인해 동서 무역이 활기를 띠면서 서역의 경제가 윤택해지고 서역 36국이 55개국으로 증가했다. 학자들은 이를 두고 기존의 왕국이 분화한 것이 아니라, 인구의 증가와 교역의 활황에 따라 새로운 오아시스 도시국가가 개척된 것으로 보고 있다.

이리하여 1세기 후반 이후 약 300년간, 정도와 기간에서 차이가 나기는 하나 오아시스 국가들은 각기 독자적으로 활발한 진전을 보여주게 되었다. 각자도생의 상황은 자연히 세력의 확산을 낳았다. 오아시스 국가들은 서로 힘을 겨루며 합병을 이루어 대략 여섯 개의 강국으로 개편되었다.

고창국(高昌國): 투르판(吐魯番)

언기국(焉耆國): 카라샤르(焉耆)

구자국(龜玆國): 쿠차(庫車)

소륵국(疏勒國): 카슈가르(喀什)

우전국(于闐國): 호탄(和田)

선선국(鄯善國): 누란(樓欄)

이처럼 선선국은 당당히 '서역 6강'의 하나로 번성했던 것이다. 1세기 말 무렵부터 전성기를 맞이한 선선국의 영토는 로프노르 호수에서 서쪽 체르첸 등 서역남로의 여러 오아시스 도시들을 합병하고 멀리 민풍(民豐)현의 니야(尼雅)까지 뻗어 그 영역이 동서 900킬로미터에 달했다. 교역도 활발했는데 훗날 여기서 발견된 많은 유물들이 이 시기 누란의 경제적 번영을 말해주고 있다.

2세기 초반 이후 중국의 지배력이 약해졌던 만큼 선선(누란)에 관한 중국 측 기록은 아주 드물다. 그 대신 3세기 전반에 들어가면 카로슈

| 미란의 제2호 절터 | 『불국기』에 따르면 미란 유적지에 있었던 선선국의 승려 수는 4천 명이 넘을 정도로 불교문화가 널리 퍼져 있었다고 한다. 오렐 스타인이 찍은 사진이다.

티문자로 기록한 누란 자체 문서에 그네들의 삶을 말해주는 단편들이 나온다. 이 카로슈티문자를 해석해본 결과 이 시기 선선국은 로프노르 호수 주변의 넓은 영역을 차지하고 있었다고 한다. 선선국의 번영은 5세기까지 지속되었다.

훗날 누란, 미란, 그리고 니야 등의 유적에서 출토된 서방풍의 많은 유물들은 모두 당시 선선국의 것으로 생각된다. 특히 미란 폐사(廢寺)의 벽화에 그려진 천사상과 꽃비단을 두른 군상은 간다라를 넘어 지중해의 그리스 예술과 직접 연결되는 작품이다. 그런가 하면 인동문(忍冬文)을 새긴 나무 조각품 등은 중국풍이 완연해 당시 동서교역이 얼마나 크게 번성했는가를 말해준다.

바로 이 시기에 법현 스님이 인도로 가기 위해 선선국에 왔다. 법현은 『불국기』에서 앞서 인용한 대로 돈황을 떠나 선선(누란)까지 오는 데 17일이나 걸린 그 험하고 고생스러운 여정을 말하고 나서 당시 선선국의 모습을 다음과 같이 기록했다.

그곳은 땅이 거칠어 농사가 잘 안되며 속인들의 옷은 모직물을 사용하는 것이 다를 뿐 거칠기는 중국인들의 옷과 마찬가지였다.

이 나라의 왕은 불교를 신봉하며 승려들은 4천 명 정도였는데 모두 소승을 믿는다. 사문(沙門)들은 물론 속인들도 모두 천축의 예법을 행하고 있었는데, 이곳뿐만 아니라 서쪽에 있는 나라들도 대개 이와 비슷하였다. 다만 나라마다 사용하는 언어가 다르지만, 출가한 사람들은 모두 인도의 문자를 익히고 있다.

그때 선선국의 인구는 승려 수의 3배가 넘는 1만 4천 명 정도였다고 한다. 법현 스님의 이 기록은 당시 선선국이 중국보다 인도 쪽에 가까웠음을 말해준다. 그리고 이 기록은 선선국 누란에 대한 마지막 증언이 되었다.

선선국의 멸망과 로프노르 호수의 고갈

4세기 중국이 오호십육국시대로 들어가면 누란은 서역을 지배하는 나라가 바뀔 때마다 복속을 강요받았다. 서기 335년 전량(前涼, 313~376)의 공격을 받은 선선국은 전량에 입궐하고 여자를 조공했다.

이후 북량(北涼, 397~439)에도 입조(入朝)했다. 그렇다고 그들의 지배를 받은 것은 아니었다. 그러나 북위가 강자로 떠오르면서 사정이 달라졌다.

439년, 북위가 하서주랑을 거쳐 돈황까지 북량을 침공하자 북량은 고창(투르판)으로 후퇴하기 위해 선선국으로 밀려 들어왔다. 선선국은 격렬하게 저항했다. 그러나 수만 대군으로 편성해 대대적으로 공격해 오는 북량을 당해낼 수 없었다. 선선왕은 4천 명 남짓 되는 백성과 함께 체르첸으로 피했다. 『위서(魏書)』에 의하면 이는 누란 인구의 약 반수에 이르는 것이었다고 한다. 그사이 선선국의 인구가 8천 명으로 줄어들었던 것이다.

결국 북위는 북량을 물리쳤고 445년에 선선국도 점령했다. 이미 국왕은 도망친 상태에서 북위는 선선에 군현제를 실시하고 주민들에게 세금을 부과하며 다스렸다. 그리고 3년 뒤인 448년 선선국은 북위에게 완전히 멸망하고 말았다. 이후 선선과 누란에 대한 기록은 어디에도 나오지 않는다.

이때로부터 멀지 않은 시기에 누란은 사람이 더 이상 살지 않는 폐허로 변하고 사막 속에 묻히게 된다. 그때가 언제이고 그 이유가 무엇이었는지에 대해서는 아직 정확히 알 수 없다. 학자들은 누란 지역에 일어난 자연재해 때문일 것으로 생각하고 있다.

로프노르의 '노르'는 물이 많은 호수를 뜻하는 몽골어 '누르'에서 왔다고 하는데 『사기』에서는 염호(鹽湖)라고 불리었고 중국식 이름은 나포박(羅布泊, 뤄부포)이다. 로프노르 호수는 타클라마칸사막을 가로

지르는 타림강의 지류인 공작강(孔雀河)과 옥문관 쪽에서 흘러오는 소륵강(疏勒河)의 물이 양쪽에서 흘러들면서 만들어진 거대한 호수였다. 그 옛날 호수의 면적은 약 3,000제곱킬로미터로 추정되고 있다.

그런데 한나라가 누란에 둔전을 실시하면서 군대 막사를 짓기 위해 무수히 많은 호양나무를 벨 수밖에 없었으며, 또 누란 사람들이 선선으로 이주하면서는 신도시 건설로 인해 더 많은 나무들을 베어야 했다. 누란에서 발굴된 카로슈티문자로 기록된 문서에는 다음과 같은 구절이 나온다고 한다.

살아 있는 나무 한 그루를 베면 말 한 필을, 작은 나무를 베면 소 한 마리를, 묘목을 벤 자는 양 두 마리를 벌금으로 내야 한다.(가오훙레이 『절반의 중국사』, 김선자 옮김, 메디치미디어 2017)

그러나 이미 늦었다. 이렇게 진행된 생태계의 파괴는 결국 호수가 마르는 자연재해로 이어졌다. 누란의 역사는 그렇게 로프노르 호수와 함께 사막의 모래 속에 묻히고 말았다.

귀신 나오는 누란

이로써 실크로드의 요충지였던 누란의 역할도 끝나게 됐다. 본래 누란에 와서 남로와 중로로 갈라지던 실크로드였지만 서역남로는 아예 길이 끊어지고 서역중로는 돈황 옥문관에서 곧장 하미로 올라가는 길이 새로 개척되었다. 그래서 629년 현장(玄奘, 602~664)은 서역으로 떠날 때 누란을 거치지 않고 옥문관에서 하미로 향했다. 그리고 645년, 귀로에 서역남로의 오아시스 도시를 지나면서 모래바람 속에 신기루처럼 사라져버린 이 전설적인 왕국에 대해 "대유사(大流沙, 큰 유동사막)를 건너면, 성곽은 높이 솟아 있으나 인적이 이미 끊긴 차말국 (且末國, 체르첸)의 옛터를 지나 다시 천리를 가면 누란국의 옛터에 이른다"라고 간략히 기록했다.

그리고 세월이 많이 흘러 13세기 무렵 마르코 폴로가 타클라마칸사막을 건너 중국으로 들어올 때 그는 호탄 부근에서 전해 들은 누란의 이야기를 이렇게 말했다.

제57장, 여기서는 로프(Lop)라는 도시에 대해서 이야기한다.

마지막에 있는 커다란 도시가 로프인데 (…) 여러분에게 말하건대 그 길이 어찌나 긴지, 그들 말에 의하면 끝까지 가는 데 1년이 걸리고 (…) 온통 산지와 사막과 계곡뿐이어서 먹을 것이라고는 아무데서도 찾을 수 없다. (…) 그런데 여러분은 다음과 같은 놀라운 일들도 벌어진다는 사실을 알아야 할 것이다. 〔사람들이 단언해 말하는데 그 사막에는 수많은 악령(惡靈)들이 살고 있어서 여행자들에게 놀랍고도 엄청난 환상을 불러일으켜 결국 죽음으로까지 몰고 간다는 것이다.〕(마르코 폴로 『동방견문록』, 김호동 옮김, 사계절 2000)

로프노르의 누란은 그렇게 전설의 고향으로 남게 되었다. 그리고 이 전설이 된 오아시스 도시국가 누란은 20세기 초 서양의 탐험대들에 의해 다시 세상에 그 실체를 드러내게 된다.

잠삼의 시 「호가가」

누란은 많은 의문점을 남기고 그렇게 사막 속으로 사라졌다. 그런데 당나라 때 유행한 변새시(邊塞詩, 변경의 노래)에 서역의 호인(胡人)으로 누란이 자주 등장한다. 이백(李白)은 「새하곡(塞下曲)」에서 "허리에 찬 칼을 뽑아 곧바로 누란을 베고자 하노라"라고 살벌하게 노래했고, 왕창령(王昌齡)은 「종군행(從軍行)」에서 "누란왕국을 격파하지 않으면 끝내 돌아가지 않으리"라고 다짐을 말했다.

누란이 사라진 지 200년이 지난 뒤인데 왜 변경의 민족을 여전히 누란이라고 했을까? 참으로 수수께끼 같은 일이다. 현재로서는 그 당시 당나라 사람들에게 여전히 누란이 서역 변경 민족의 상징이었다는 것 이상은 알 수 없다. 그런 당나라 변새시 중에서 잠삼(岑參, 715~770)이 유명한 서예가인 벗 안진경(顔眞卿, 709~784?)의 서쪽 변방 사행(使行) 길에 부친 「호가가(胡笳歌)」, 즉 '호인(胡人)의 피리소리'는 곧 누란의 피리소리였다.

그대 듣지 못했는가, 호가의 애절한 피리소리를
붉은 수염 파란 눈의 호인이 부는 피리소리라네
한 곡을 다 불지 않았어도
누란에 출정한 병사들 우수에 젖게 한다네
(…)

곤륜산 남쪽 달이 기울어지는데
호인들은 달을 향해 피리를 불어대는구나
(…)
변방의 성채에선 밤마다 향수에 젖는 꿈 많을 터인데
달을 향한 호인의 피리소리를 누가 반겨 들으리

참으로 스산한 변방의 서정이다. 감상자 입장에서 말한다면 흉노나 돌궐이 아니고 누란의 피리소리이기에 이 시는 말할 수 없이 애잔한 느낌을 자아낸다. 이처럼 예나 지금이나 누란에는 '언제 시들지도 모르는 양파의 하얀 꽃과 같은 나라'라는 이미지가 서려 있다.

스벤 헤딘의 누란 발견

누란이 역사에 재등장하는 것은 1877년 러시아의 탐험가 니콜라이 프르제발스키(Nikolay Przhevalsky, 1839~1888)가 로프노르 호수를 측량하고부터이다. 그는 중앙아시아 탐험의 선구로 몽골과 티베트에서도 많은 업적을 남겨 몽골의 야생말 중에는 프르제발스키라는 종(種)이 있을 정도다.

프르제발스키가 로프노르를 발견했다고 발표하자, 실크로드라는 이름을 명명한 독일의 리히트호펜이 그 발표는 청나라에서 발간된 지도와 1도(약 100킬로미터) 차이가 있고 염수가 아니라 담수이기 때문에 틀렸다고 주장하면서 양자 간에 대논쟁이 일어났다. 이 논쟁을 두고 영국의 문필가 키플링(J. R. Kipling)은 제국주의 학자들이 벌인 '그레

| 니콜라이 프르제발스키(왼쪽)와 스벤 헤딘(오른쪽) | 로프노르 호수의 정확한 위치와 그 실체를 두고 러시아와 독일 지리학자들 사이에서 대논쟁이 일어났고, 급기야 본격적인 탐험으로 이어졌다.

이트 게임'(The Great Game)의 하나라고 했다. 이때 리히트호펜은 그의 제자인 스벤 헤딘에게 현지 탐사를 권유했다.

스벤 헤딘은 스톡홀름대학에서 지질학을 전공하고 졸업 후 베를린대학에서 리히트호펜의 제자로 지리학을 배웠다. 그는 이미 두 차례 러시아령 중앙아시아와 카슈가르를 여행하고 이곳 탐사에 뜻을 두고 있었다. 1893년 10월 그는 마침내 제1차 신강 지역 탐사에 나섰다.

이렇게 떠났던 스벤 헤딘은 호탄 지역의 1차 탐사에서 경험 부족과 무리한 진행으로 죽을 고비를 넘기고 카슈가르로 돌아왔다. 그리고 같은 해 12월 다시 탐사를 떠나 호탄에서 동북 방향으로 사막 깊숙이 들어가 단단윌릭(丹丹烏里克)이라는 사라진 옛 도시 하나를 찾아낸

│ 단단윌릭 전경 │ 사라진 도시 단단윌릭은 스벤 헤딘이 처음 발견하고 오렐 스타인이 발굴하면서 세상에 그 모습을 드러내게 되었다.

후 발굴은 훗날 고고학자들의 일로 남겨두고 자신은 최초 발견자라는 것에 만족하며 케리야강을 측정한 후 돌아왔다.

그후 스벤 헤딘은 6년 뒤인 1899년 9월 스웨덴 국왕과 백만장자 노벨의 후원을 받아 제2차 타클라마칸사막 탐사에 나섰다. 이번 목적은 타림강의 지류인 야르칸드(莎車)강을 따라 들어가면서 이 강의 지도를 그리고 궁극적으로는 로프노르 호수를 탐사하는 것이었다. 그는 출발한 지 3개월 만에 목적지를 220킬로미터 남겨두게 되었는데 강이 얼어붙는 바람에 육로로 20일간 걸어서 간신히 체르첸에 도착했다.

그리고 여기서 또 22일이 지났을 때 뜻밖에도 아주 오래된 고대 가

옥 몇 채가 있는 것을 발견해 유물을 수습하고 다시 로프노르를 향해 걸어가다가 물을 얻기 위해 모래를 파려던 중 그들의 유일한 삽을 잃어버렸다는 사실을 알게 되었다. 고용인 한 사람이 자기가 고대 가옥에 삽을 두고 왔다고 자백하자 스벤 헤딘은 그에게 얼른 말을 타고 가서 가져오라고 했다.

그런데 그 고용인은 삽을 찾아 가져오는 길에 모래폭풍을 만나 길을 잃고 헤매던 중 모래언덕에 아름다운 목조각상 몇 개가 삐죽 나온 것을 보았다고 보고했다. 헤딘은 그에게 즉각 가져오라고 사람을 딸려 보냈다. 그리하여 그들이 가져온 목조각상을 보고 헤딘은 흥분을 감출 수 없었다고 한다. 이곳이 바로 누란 유적지였다.

그는 당장 달려가고 싶었지만 물이 이틀치밖에 남지 않았다고 한다. 그래서 다음 겨울에 다시 와서 철저히 발굴해보기로 하고 일단 목표대로 강의 측량을 마친 후 곤륜산맥을 넘어 티베트로 갔다. 티베트 여행에서 돌아온 스벤 헤딘은 다시 누란으로 들어가 본격적인 발굴에 들어갔다.

그가 모래 속에서 발굴한 한 가옥은 문이 활짝 열린 상태였다고 한다. 헤딘은 7일 동안 누란을 발굴했다. 중국 목간, 인도어로 적힌 나무조각 등을 수백 매 수습하면서 그곳이 분명 누란 유적지임을 확신할 수 있었다. 중국 군대의 생활상을 상세히 전하는 필사본도 발견했다.

1차 탐사를 마친 후 헤딘은 이 탐사 결과를 『아시아 대륙을 관통하여』(*Through Asia*, 전2권, 1898)라는 책으로 펴냈고, 젊은 나이에 유명인사가 되어 세계 각지에서 열리는 강연회에 초대되었다. 그는 훗날 자

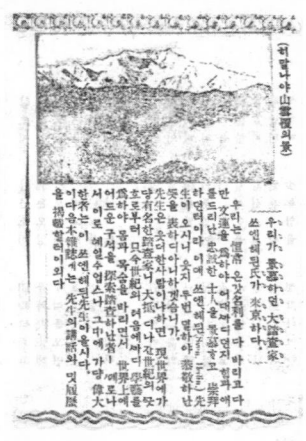

| 스벤 헤딘의 대한제국 방문 당시 사진(왼쪽)과 이를 보도한 잡지 『소년』(오른쪽) | 스벤 헤딘은 오타니 고즈이의 초청으로 일본에 체류하던 중 한국을 방문해 강연하기도 했다. 이 강연은 당시 많은 관심을 끌었다고 『소년』 잡지가 전해준다.

서전 『나의 탐험인생』(*My Life as an Explorer*, 1926, 한국어판 『마지막 탐험가』, 뜰 2010)에서 자신의 활약상을 대단히 드라마틱하게 서술했는데, 이 책 역시 당대의 베스트셀러가 되었다.

스벤 헤딘은 우리나라에도 온 적이 있다. 1908년 11월, 오타니 고즈이(大谷光瑞, 1876~1948)의 초청으로 일본을 방문해 한 달간 머물 때 우리나라에 와서 12월 19일 종로 기독교청년회관에서 강연회를 열었다. 이때 청중이 2천 명이나 운집했다고 한다.

스벤 헤딘은 공명심에 사로잡힌 나머지 나치의 히틀러에게 협력했던 일 때문에 두고두고 비난을 면치 못하고 있다. 그러나 그의 열정적인 탐사 결과 타클라마칸사막을 횡단하는 것이 가능해졌고, 모래 속에 파묻힌 옛 도시가 있다는 것이 세상에 알려져 많은 탐험가들이 그의 뒤를 따르게 된 것도 사실이다. 그중 가장 먼저 등장한 이가 오렐 스타인이었다.

오렐 스타인의 누란 발굴

오렐 스타인은 1900년 1차 탐험에서 예전에 스벤 헤딘이 발견만 하고 돌아왔던 단단윌릭을 발굴해 대성과를 거두었고, 1906년 제2차 탐사 때 또한 스벤 헤딘의 뒤를 밟아 누란으로 왔다. 그는 카슈가르를 떠나 5개월 만에 뤄창에 도착해 본격적으로 발굴단을 꾸렸다. 그 규모는 실로 방대해 지역 안내원 2명, 인부 50명, 짐을 싣고 온 낙타 7마리, 도착지에서 빌린 낙타 18마리로 이루어졌다고 한다.

그는 스벤 헤딘이 그린 정확한 지도에 의지해 열하루 만에 누란에 도착했다고 한다. 그는 이 황량한 사막의 폐허에서 11일 동안 발굴 작업을 하며 많은 기록문서를 발견했다. 330년을 가리키는 연대가 기록된 중국 문서를 발견했을 때만 해도 중국 변방의 군사기지 역할을 한 이 도시의 성격을 보아 당연한 것으로 생각했다.

그런데 카로슈티문자로 쓰인 목간을 다량으로 발견하고서는 놀라지 않을 수 없었다고 한다. 타클라마칸 가장 깊숙한 동남쪽 도시로 400킬로미터만 더 들어가면 중국의 돈황에 이르는 이곳에서 고대 인도어로 쓰인 기록을 보게 되리라고는 상상하지 못했던 것이다. 함께 발견된 그레코로만풍의 모직물과 한나라의 비단과 옥세공품은 실크

| 오렐 스타인 | 오렐 스타인은 헝가리 출신의 영국 탐험가로 스벤 헤딘이 발견한 단단윌릭과 누란을 본격적으로 발굴해 고고학의 큰 성과를 얻었다.

로드 교역의 거점 도시로서 누란을 증언해준다.

그런데 더욱 놀라운 일은 작업을 마치고 돌아갈 차비를 할 무렵 누란 아래쪽, 선선국이 있던 곳으로 추정되는 미란 유적지로 갔을 때 벌어졌다. 거기서 불교사원의 유적지 기둥 밑부분에 그려진 유명한 벽화 「날개 달린 천사」를 여럿 발견했는데, 이 그림이 서양 고대 양식의 천사 모습일 뿐 아니라 어떤 그림에는 티투스(Titus)라는 서명이 있는데 그것이 로마 글자가 아니라 고대 인도어로 되어 있었던 것이다. 그는 깜짝 놀라고 말았다고 한다. 그후 며칠간 그는 중국 변경의 어느 사원이 아니라 로마제국에 속해 있던 시리아나 다른 동방 지역에 위치한 어느 저택에 와 있는 것이 아닌가 의심하며 발굴했다고 한다. '붉은 수염에 파란 눈'의 누란 사람은 인종적으로나 지리적으로나 쿠샨왕조에 가까웠고, 그리스 미술과 만난 불교미술이 누란까지 이렇게 전파된 것이었다.

스타인은 1907년 2월, 미란의 벽화를 비롯해 지난 4개월간 발굴한 유물들을 카슈가르로 보냈다. 이리하여 역사 속으로 사라졌던 누란은 세상 밖으로 다시 모습을 드러내게 되었다. 그리고 스타인 자신은 법

현 스님이 죽은 자의 해골을 이정표로 삼아 17일 걸려 왔다는 사막을 거슬러 돈황으로 가서 돈황문서 1만 점을 영국 돈 130파운드의 은화로 구입해 갔다.

한편, 스타인이 떠나고 4년째 되는 1911년 일본 오타니 탐험대의 다치바나 즈이초(橘瑞超)가 타클라마칸사막을 헤매던 중 누란 지역에 와서 필시 현지 '유물 사냥꾼'들에게 구입해서 가져왔을 유물들이 지금 서울의 국립중앙박물관 중앙아시아실에 전시되어 있다.

미녀 미라, 하나: '소하 공주'

1926년 말, 스벤 헤딘은 8명의 항공사 요원을 포함한 대규모 원정

| **부처와 나한들 |** 오렐 스타인에 의해 발굴된 선선국 벽화 속 사람들은 우리가 으레 생각하는 중국인의 모습과 판이하게 다르다. 이는 부처와 여섯 제자를 묘사한 벽화에서도 마찬가지이다.

대를 이끌고 네 번째 중앙아시아 탐사를 위해 북경에 왔다. 이번 탐사는 독일의 항공사 루프트한자가 중국-독일 항로를 개척하기 위해 조사를 의뢰하고 비용을 부담했다. 이때 중국에서는 장개석의 북벌(北伐)이 한창이었는데, 각 대학 고고학연구소와 박물관 등이 헤딘의 탐사에 항의해 10여 차례의 협상 끝에 결국 수집한 문물은 중국에 두기로 합의한 뒤 1927년 4월 양측이 공동으로 참여하는 '서북과학탐사단'을 조직하기로 했다.

중국 측은 서병창 단장과 지질, 지도, 고고, 기상, 사진 등 전문가 10여 명, 스웨덴 측은 헤딘을 단장으로 한 17명의 전문가로 탐사단을 꾸리고 항공사 요원은 모두 철수했다. 그리하여 1927년 5월 9일 '중국-스웨덴 서북과학탐사단'은 신강성으로 출발해 1934년까지 탐사를 진행했다.(유진보 『돈황학이란 무엇인가』, 전인초 옮김, 아카넷 2003 참고)

이때 스웨덴 탐사팀에는 스벤 헤딘의 제자인 폴케 베리만이 있었다. 그는 서북과학탐사단 활동이 끝난 1934년 여름, 누란 고성 서쪽 175킬로미터 떨어진 곳에 있는 소하(小河, 샤오허)에 와서 개인적인 탐사를 벌였다. 소하는 타림강의 남쪽 지류 중 하나이다. 그는 이곳에서 에르데크라는 위구르 노인에게 천 개의 관이 잠들어 있는 궁전 이야기를 들었다. 베리만이 그에게 이 신비의 궁전으로 안내해줄 것을 부탁하자 노인은 죽음의 신이 나오는 그곳에 가면 병에 걸려 죽는다고 거절했다. 그러나 베리만은 노인을 끈질기게 설득해 마침내 그곳을 찾아가게 되었다.

에르데크 노인이 안내한 곳에 이르니 낮은 모래언덕 위에 호양나무 기둥이 가득 꽂혀 있는 거대한 무덤이 보였다. 그는 이를 '소하 묘지'라 이름 붙이고 발굴을 시작했다. 베리만은 여기서 모두 12개의 관을 조사했다. 그중에서 배를 뒤집은 모양의 관에 누워 있는 젊은 여인 미라를 발견했다. 얼굴은 코카서스계 인종으로 치아와 입술은 물론 머리카락까지 남아 있었다. 건조한 사막 기후 덕분에 시신의 상태는 완벽에 가까웠다.

베리만은 그 유물들을 스웨덴으로 가져갔다. 여성 미라를 방사성탄소 연대 측정한 결과 사망 당시 연령은 20~40세 사이였고, 놀랍게도 기원전 1900년에서 1613년 사이로 측정되었다. 이 미라에게는 '소하

| 폴케 베리만(왼쪽)과 스벤 헤딘이 스케치한 에르데크(오른쪽) | 스벤 헤딘의 제자 폴케 베리만은 에르데크라는 위구르 노인의 도움을 받아 소하 묘지를 탐색했다. 이때 발굴된 미라는 소하 공주라는 이름으로 불린다.

공주' 혹은 '누란의 잠자는 공주'(Sleeping beauty of Loulan)라는 애칭이 붙었다고 한다. 그런데 베리만은 귀국 후 얼마 안 되어 44세의 나이로 세상을 떠났다. 에르데크 노인이 말한 그곳의 전설대로 죽음의 신에게 불려 간 것이었을까. 이 '소하 공주' 미라는 이후에 발굴된 것과 혼동되면서 자료마다 사진이 달라 확정하기 어려우므로 이 책에는 사진을 싣지 않는다.

미녀 미라, 둘: '누란의 미녀'

중화민국이 들어서고도 한참 지난 1980년 4월 1일 신강성사회과학원은 비로소 누란 발굴조사를 처음 실시했다. 이때 발굴팀은 누란 고

| 소하 묘지 남구 제2실 묘장 | 소하 묘지는 그 신비한 별명에 걸맞게 수많은 미라를 품고 있었다. 나무 기둥 아래로 배 모양의 관들이 놓여 있고, 그 앞에는 남녀를 구별할 수 있는 나무 조각이 세워져 있다.

성 북쪽에 있는 철판하(鐵板河) 근처의 묘지에서 전신이 온전히 보존된 아름다운 여성 미라를 발견했다. 이 미라에게는 '누란의 미녀'라는 애칭이 붙었다.

'소하 공주'와 마찬가지로 오뚝한 콧날, 커다란 눈, 흰 살결 등 코카서스계의 얼굴에 붉은 머리카락과 푸른 눈동자를 지녔으며, 혈액형은 O형, 신장은 155센티미터였다. '누란의 미녀' 역시 전신과 피부, 체모가 완벽에 가깝게 보존되어 있었다. 시신은 모직물과 양피로 된 옷을 입고 가죽 신발을 신고 있었으며, 머리를 감싼 스카프형 가죽에는 남편이 그에게 바쳤을 것으로 짐작되는 해오라기 깃털이 꽂혀 있었다. 그리고 머리맡에는 곡물의 씨앗이 담긴, 짚으로 만든 바구니가 뚜껑

|철판하에서 발견된 '누란의 미녀' 미라(왼쪽)와 복원
초상(오른쪽) |

에 덮여 있었다.

'누란의 미녀'는 방사성탄소 연대 측정 결과 무려 3900년 전(기원전 1880~1800년 무렵)의 시신이었고, 사망 당시 나이는 40~45세로 추정되었다. 그리고 이 묘지 가까운 곳에서 가족으로 추정되는 아기 미라와 열에 그을린 장년의 남자 미라도 같이 발견되었다. 이 미라는 우루무치 시 신강성박물관 2층 고시관(古屍館)에 전시되어 있다.

'누란의 미녀'는 신강성의 중국 공

안 법의학자에 의해 복원한 초상화가 제작되었고, 2005년 일본의 연구진이 그녀의 유골을 토대로 복원한 밀랍인형을 제작하여 중국에 기증했는데, 신강성박물관에 미라와 함께 전시되어 있다.

미녀 미라, 셋: 속눈썹이 긴 미녀

| 누란 출토 목제가면(국립중앙박물관 소장) |

2012년 12월 신강성사회과학원 고고학연구소는 이번에는 베리만이 발굴했던 소하 묘지를 본격적으로 조사했다. 에르데크 노인이 죽음의 신들이 사는 궁전이라고 부른 무덤은 높이 7.8미터, 남북 35미터, 동서 74미터에 이르는 높고 넓은 모래둔덕의 묘지로, 무수히 많은 호양나무 기둥이 세워져 있었다. 이를 파보니 기둥 뿌리에 붉은색이 남아 있어 본래 죽음의 빛깔인 붉은색으로 칠해져 있었음을 알 수 있었다. 기둥 주위에는 죽음을 수호하는 목조 인물상들이 세워져 있었다. 그리고 발굴 결과 이 무덤은 3층 구조로 약 1천 구의 관이 묻혀 있을 것으로 추정되었고, 그중 약 140구가 도굴된 것으로 보였다.

발굴단은 여기에서 여러 미라를 발굴했다. 한결같이 카누 모양의 배를 뒤집어놓은 모양의 관에 우리나라 관의 칠성판처럼 여러 개의 넓적한 널빤지로 뚜껑이 덮여 있었고, 그 위에는 소가죽이 넓게 덮여 있었다. 바닥은 따로 만들지 않고 모래바닥에 그대로 놓여 있었다. 그

| **'속눈썹이 긴 미녀' 미라** | 2012년 발굴된 젊은 여인의 미라는 카누 모양의 관에 뉘여 온몸이 치장된 상태로 묻혀 있었다. 사막의 건조한 기후 덕에 4천 년 전 시신이 자연적인 미라가 되었다.

들은 사람이 죽으면 배를 타고 강을 건너듯 저승으로 간다고 믿었던 것처럼 보였다.

어떤 미라는 얼굴에 크림이 두껍게 발라져 있어 마치 방부 처리를 한 것처럼 보였으며, 또 어떤 관에서는 콧날이 오뚝하고 입술이 얇으며 속눈썹이 유난히 긴 아름다운 여인의 미라가 발견되었다. 피부가 희고 머리카락은 붉은 이 미라의 머리에는 흰 모자가 씌워져 있었고, 발에는 소가죽 장화가 신겨져 있었다.

몸에 두른 천을 벗기자 시신 위에 마른 나뭇가지가 여러 개 놓여 있는데 마약의 주재료로 알려진 마황이었다. 시신 곁에는 밀볍씨가 들

| 미라와 함께 발굴된 짚 바구니 |

어 있는 풀로 짠 바구니가 놓여 있었고, 묘소 주변에는 나무로 된 가면이 있었다. 일본 NHK 다큐멘터리 「신 실크로드」 제1편 '4천년의 깊은 잠'에서 전 발굴 과정을 생생하게 보여주어 누란은 신비에 신비를 더하게 되었다. 그런데 이 미라에도 '소하 공주', '소하 미녀'라는 애칭이 붙어 베리만의 미라와 많은 혼동을 일으키고 있다. 그 때문에 나는 확실한 구분을 위하여 '속눈썹이 긴 미녀'라고 부르는 것이다.

'방황하는 호수', 로프노르의 진실

그러면 로프노르 호수의 수수께끼도 모두 풀렸을까? 프르제발스키와 리히트호펜 사이에 벌어진 '그레이트 게임'의 와중 스벤 헤딘은 1895년 타클라마칸사막을 가로질러 로프노르를 탐사하면서 누란 유적과 함께 프르제발스키가 발견한 호수의 동북쪽에서 물이 말라붙은 또 다른 호수의 흔적을 발견했다. 그는 공작강에서 호수로 물이 흘러들면서 모래가 퇴적해 호수가 계속 이동한 것으로 보았다.

그리고 따져보니 호수는 1500년 만에 제자리로 돌아온다는 계산이 나왔다. 이를 근거로 헤딘은 고대의 로프노르 호수는 리히트호펜

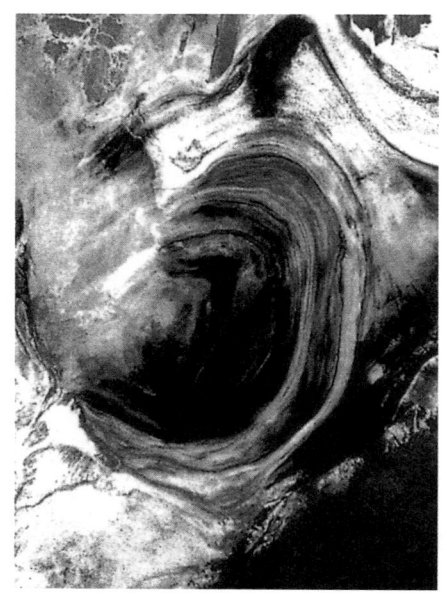

| **인공위성에서 촬영한 로프노르 호수 부근** | 지금은 모두 메말라버린 로프노르 호수는 거대한 사람의 귀와 같은 모양을 하고 있다.

이 주장한 그 위치에 있었고, 그 이후 서남쪽으로 이동해서 프르제발스키가 찾아낸 그 지점에 위치하게 되었다고 보았다. 사람들은 반신반의했지만 헤딘의 주장에 따르면 프르제발스키도 맞고 리히트호펜도 맞는 셈이 되어 이 논쟁은 끝을 맺었다. 그는 이 호수에 '방황하는 호수'라는 환상적인 이름을 붙였다.

1934년 스벤 헤딘은 우루무치 감독의 명으로 20년 만에 다시 로프노르 호수를 탐사했다. 이번에는 '모래의 강'이라고도 불리는 공작강을 카누를 타고 가면서 20년 전에 낙타를 타고 가던 길을 지금은 배로 간다며 자신이 내놓은 가설이 맞아들었음을 자랑스럽고 기쁘게 생각했다.

그러나 헤딘의 '로프노르 이동설'은 가설일 뿐이었다. 훗날 중국 학자들에 의해 이 지역에 대한 정밀측량이 이루어진 결과 로프노르 호수는 주변의 다른 호수보다 10~20미터 정도 낮아 이동하는 것이 불가능하다고 밝혀졌다. 1980년과 81년 중국에서 과학장비를 갖춘 연구팀들이 방사성탄소 연대 측정법으로 조사한 바에 따르면, 로프노르에는 약 2만 년 동안 때에 따라 크기가 변하는 호수가 줄곧 있어왔다고 한다. 1928년까지만 해도 면적이 3,100제곱킬로미터에 달했지만 점점 사막화 현상이 심해지면서 1950년대에는 넓이 2,000제곱킬로미터 정도가 되었고, 타림강의 중간에 저수지가 생김으로써 1960년대 중반에는 이미 호수로는 존재하지 않게 되었다고 한다. 그럼에도 불구하고 많은 책은 아직도 '방황하는 호수'라는 환상적인 가설을 그대로 소개하고 있어 그렇게 믿는 사람이 많다고 한다.(강인욱 외 『유라시아로의 시간여행』, 사계절 2018 참고)

옛 로프노르 호수 면적을 불규칙적인 모양의 소금기 있는 모래언덕인 '야르당'(yardang)이 차지하고 있는데, 우주(900킬로미터 상공)에서 촬영한 이곳 모습은 거대한 사람의 귀 모양을 하고 있다.

1964년 10월 16일 이곳에서 중국 최초의 핵실험이 실시된 이후 1990년대 말까지 핵실험 장소로 45차례 사용되면서 이 지역은 군사 보호구역으로 지정되었다. 그리하여 오늘날 누란에는 상주하는 사람도 없고 '방황하는 호수'라던 로프노르 호수는 완전히 메말라버렸다. 이제 여기엔 누란도 없고 로프노르 호수도 없다. 누란은 어느 날 홀연히 사라져버린 한 오아시스 왕국의 이름으로만 영원히 남을 것이다.

김춘수의 「서풍부」

이처럼 누란 왕국의 이야기는 아련한 그리움과 애잔한 슬픔으로 가득하다. 그래서 나는 누란 답사기를 열면서 김춘수의 시구 "언제 시들지도 모르는 양파의 하얀 꽃과 같은 나라. 누란"으로 이 슬픈 운명과 신비한 전설의 오아시스 나라 이야기를 시작했다. 이제 이 가녀린 나라에 대한 이야기를 끝내려 하니 다시 김춘수 시인이 '서쪽에서 부는 바람'을 노래한 「서풍부(西風賦)」라는 시가 떠오른다. 누란을 염두에 두고 쓴 시는 아닐 것 같다. 그러나 이미 활자가 된 시는 읽는 자의 것이라고들 한다. 제목이 '서풍'이기에 더욱 생각난다.

　　너도 아니고 그도 아니고, 아무것도 아니고 아무것도 아닌데⋯
　　꽃인 듯 눈물인 듯 어쩌면 이야기인 누가 그런 얼굴을 하고,
　　　간다 지나간다. 환한 햇빛 속을 손을 흔들며⋯
　　　아무것도 아니고 아무것도 아니고, 아무것도 아니라는데, 온통
　　풀 냄새를 널어놓고 복사꽃을 올려 놓고, 복사꽃을 올려만 놓고,
　　　환한 햇빛 속에 꽃인 듯 눈물인 듯 어쩌면 이야기인 듯 뉘가 그런
　　얼굴을 하고⋯

황혼의 교하고성에서
말에게 물을 먹였다네

실크로드의 요충지 투르판 / 하미시를 지나며 / 선선현의 유래 /
아름다운 쿰타크사막 / 교하고성, 혹은 폐허의 미학 /
성당시인 이기의 「고종군행」

실크로드에의 유혹, 투르판

오아시스 도시를 순례하는 나의 실크로드 답사는 투르판(吐魯番)의
유혹에서 시작되었다. 처음 중국 답사기를 구상할 때 서쪽은 돈황까
지만 마음에 두었다. 그 너머 중국인들이 서역이라고 부르는 실크로
드 답사는 염두에 없었다. 그래서 2018년 여름, 처음 8박 9일 일정으
로 실크로드 답사를 떠날 때 나는 돈황 막고굴을 목표로 두었고 그 이
후의 여정은 보너스로 여기며 글 쓴다는 부담 없이 만고강산 유람하
는 기분으로 홀가분하게 갔었다.

그러나 비행기로 귀국하기 위해 돈황에서 우루무치로 가는 도중 불

가피하게 투르판에서 하룻밤 머물게 된 것이 내 생각을 완전히 바꾸어놓았다. 유네스코 세계유산에 빛나는 장대한 도시 유적지인 교하고성과 고창고성, 비록 제국주의 탐험가들에 의해 돌이킬 수 없는 상처를 입었지만 여전히 아름다운 풍광을 자랑하는 베제클리크석굴, 우리 국립중앙박물관에도 많은 유물이 전하는 아스타나 고분군, 『서유기』에 나오는 전설 속의 화염산, 근대 이슬람 유적인 소공탑, 거기에다 삶의 슬기가 낳은 인공수로인 카레즈, 한없이 이어지는 싱그러운 포도구, 화려한 스카프와 동그란 모자를 쓴 파란 눈의 위구르인의 삶을 보면서 투르판의 자연과 역사와 문화유산이 주는 의미가 가슴 저미게 다가왔다.

책상머리에서 막연히 실크로드를 생각할 때면 동서교역을 위해 낙타를 몰고 가는 소그드 카라반, 또는 불경을 구하기 위해 황량한 사막을 건너던 현장법사나 혜초 스님 같은 구법승들, 또는 서역을 차지하기 위해 중국인과 유목민이 벌인 무수한 싸움을 떠올리곤 했다. 그러나 막상 투르판에 와보니 그것은 지나가는 자들의 이야기일 뿐 오아시스 도시에 뿌리내리고 오순도순 살아갔던 서역인들의 숨결과 체취가 살갑게 다가왔다. 그네들이 시련의 역사 속에 남긴 유적에는 아픔과 슬픔, 그리고 애잔한 소망이 서려 있었다. 그것은 오아시스 도시의 숙명 같은 것이었다.

그때 나는 실크로드란 길로 나 있는 선이 아니라 오아시스 도시에서 오아시스 도시로 이어가는 점의 연결이었음을 실감할 수 있었다. 그 여러 오아시스 도시들도 답사하고픈 충동과 의욕이 일어났다. 서역 36국은 아니어도 투르판과 함께 이른바 서역 6강으로 꼽을 수 있는 쿠차, 호탄, 카슈가르 등을 답사하고 싶었다.

그리하여 귀국하자마자 채 두 달도 안 되어 곧바로 타클라마칸사막을 건너가는 8박 9일 실크로드 답사를 떠났다. 인천-우루무치-쿠차-타클라마칸사막-호탄-카슈가르-파미르고원-서안-인천 코스였다. 그리고 쿠차와 투르판은 한 번의 답사로는 감당할 수 없어 2019년 여름, 5박 6일 코스로 한 차례 더 다녀오고 이 글을 쓰고 있다.

결국 나로 하여금 타클라마칸사막의 오아시스 도시들을 답사하게끔 바람을 불어넣은 것은 투르판의 유혹이었다. 그리고 내가 실크로드 답사기의 제목을 '불타는 사막에 피어난 꽃'이라 붙인 것 역시 오아시스 도시들을 순례하면서 받은 전체적인 인상 중에서도 투르판에서 받은 감동을 가리킨 것이다.

교통상의 최대 요충지, 투르판

투르판은 위구르어로 '파인 땅' 또는 '낮은 곳'을 뜻한다고 하는데 실제로 천산산맥 동남쪽의 움푹 파인 분지이다. 투르판분지는 약 5만 제곱킬로미터로 남한 전체 면적의 절반 정도 된다. 북쪽으로는 천산산맥의 지맥인 해발 4천~5천 미터 되는 보거다(博格達)산이 길게 펼쳐져 있다.

투르판분지는 세계에서 유명한 저지대로 분지의 80%가 바다 수면보다도 낮다. 그중 아이딩(艾丁) 호수의 수면은 -154미터로 사해(死海, 약 -400미터)에 이어 지구상에서 두 번째로 낮다. 아이딩은 위구르어로

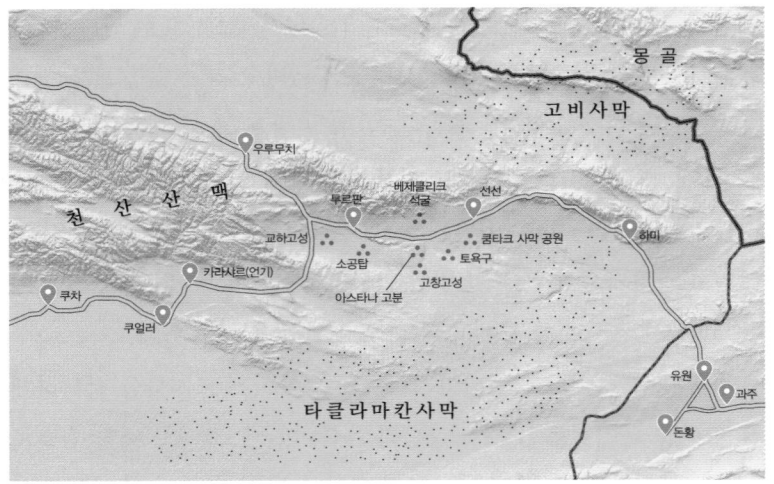

| 투르판 지도 | 투르판은 중국에서 서역으로 들어서는 초입에 위치할 뿐 아니라, 여기서 천산남로와 천산북로가 갈라지는 삼거리를 이뤄 옛부터 실크로드상의 대표적인 오아시스 도시로 꼽혔다.

'달빛'을 뜻한다고 한다. 이로 인해 투르판은 여름에는 덥고 겨울에는 춥고, 연간 강우량이 16밀리미터밖에 안 되는 매우 건조한 날씨를 보인다. 그러나 투르판은 카레즈라는 인공수로를 만들어 여름에 천산산맥의 만년설이 녹아내리는 물을 이용함으로써 풍요를 누려왔다.

예로부터 투르판은 실크로드상의 대표적인 오아시스 도시였다. 중국에서 서역으로 들어서는 초입에 위치할 뿐 아니라 여기서 천산남로와 천산북로가 갈라지는 삼거리를 이루기 때문이다. 투르판 동쪽은 하미(哈蜜)-과주(瓜州)-돈황(燉煌)을 거쳐 중국으로 이어져 있고, 남서쪽은 카라샤르(焉耆)-쿠얼러(庫爾勒)-쿠차(庫車)-카슈가르(喀什)에 이르는 천산남로로 뻗어 있으며, 북서쪽은 우루무치를 거쳐 천산북로 초원의 길로 나아간다. 오늘날에도 투르판은 신강성의 대표적인 교통 중심지이다. 감숙성에서 신강성으로 넘어가는 서북철도의 간선인 난주-우루무치를 연결하는 '난신(蘭新)철도'와 투르판-카슈가르를 연결하는 '남강(南疆)철도'를 비롯해 신설된 고속철도가 이곳에서 교차되고 있다.

이런 지정학적 입지 때문에 지난 2천여 년간 흉노, 돌궐, 위구르를 비롯한 유목민족의 제국과 한나라, 당나라, 청나라를 비롯한 중원의 제국이 투르판에서 치열하게 맞붙었다. 한나라, 당나라가 서역을 지배할 때면 투르판에 도호부를 두고 다스릴 정도였다. 5세기 누란이 멸망하고 모래 속에 묻혀버린 뒤에는 더욱더 중요한 서역 진출 교두보가 되었다.

이로 인해 투르판은 중앙아시아의 정세 변화와 함께 끊임없이 외부 세력의 지배를 받았다. 그것은 실크로드상 최대 요충지에 놓인 도시의 숙명이었다. 그 복잡한 역사를 여기서 자세히 설명할 수 없지만 그 대략을 역사의 진행대로 나타내면 다음과 같다.

차사왕국(車師王國, 기원전 2세기)-흉노-한나라-차사전국과 차사후국(1세기)-국씨고창국(5세기)-돌궐제국(6세기)-당나라(7세기)-토번국(8세기)-천산위구르왕국(9세기)-몽골제국(12세기)-티무르제국(14세기)-킵차크한국(14세기)-준가르한국(17세기)-청나라(18세기)-중화민국·중화인민공화국(20세기)

이렇게 지배자가 바뀌면서 투르판에서는 민족들의 집단적 이동도 몇 차례 이루어졌다. 처음 이곳에 정착한 민족은 차사인(車師人)으로 아리안계 인종이었다. 그런가 하면 한나라가 서역도호부를 두면서 둔전을 실시하고 한족을 집단적으로 이주시켜 오아시스 국가가 서역 6강으로 개편되었을 때는 투르판의 고창국만이 한족인 국(麴)씨가 지배하는 나라였다. 그리고 9세기부터는 위구르족이 대대적으로 이주해 오랫동안 위구리스탄(Uyghuristan)을 이루어왔다. 그리하여 오늘날 투르판은 중국의 신강위구르자치구의 한 도시로 인구는 약 64만 명(2017년 기준)이며, 그중 위구르족이 약 49만 명으로 77%, 한족이 약 11만 명으로 17%, 몽골족을 비롯한 여러 소수민족이 약 4만 명으로 6%를 차지하고 있다.

이렇게 지배자와 주민이 바뀌면서 투르판에는 계속 새로운 문화가 들어왔다. 하나의 문화가 정착되기 무섭게 또 새로운 문화가 들어왔다. 이러한 문화의 변천은 어느 오아시스 도시보다 다채로웠고 그 흔적이 건축, 조각, 회화, 공예 등에 뚜렷이 남아 있다. 종교도 불교, 이슬람교뿐 아니라 유교, 조로아스터교, 네스토리우스교, 마니교까지 그 자취를 남겼다. 그래서 문명사가들은 투르판을 '문명의 용광로'라고 말하기도 한다.

하미시를 지나며

어느 쪽으로 들어가든 투르판으로 가는 길은 멀고도 험하다. 나는 두 차례 투르판을 답사하면서 한 번은 돈황에서 기차를 타고 하미를 거쳐 들어갔고, 한 번은 쿠차에서 버스로 천산남로 길을 따라 들어갔다. 그리고 올 때는 두 번 다 천산북로를 타고 우루무치로 나왔다. 한결같이 아득한 사막 아니면 황량한 고비, 그렇지 않으면 험준한 협곡 길로 하루 종일 달려야 다다르는 고된 여로다. 그게 모든 오아시스 도시에 이르는 실크로드의 현실이다.

돈황에서 투르판까지 거리는 약 720킬로미터나 된다. 버스로는 하루에 갈 수 없다. 그래서 우리는 야간열차를 이용했다. 돈황에서 직접 투르판으로 가는 열차가 없어 일단 버스로 약 130킬로미터 떨어진 유원(柳園, 류위안)역까지 간 다음 거기에서 밤기차를 탔다.

유원역은 크지 않은 역인지라 우리나라로 치면 KTX 같은 빠르고 편한 고철(高鐵)은 정차하지 않아서 일반열차를 탈 수밖에 없었다. 일반열차 객실의 4등급 중 가장 비싼 4인 1실의 침대칸인 연와(軟臥)는 그런대로 잘 만했다. 다만 4인 객실을 우리끼리 차지하지 못하고 일행 18명이 두세 명씩 뿔뿔이 흩어져 남모르는 사람들과 함께 가야 하는 것이 불편했다. 그러나 행운도 뒤따라 건축가 민현식 소장 팀 3인의 객실 칸은 오히려 한 자리가 비어 주당들이 '민가주점'에서 한상 벌이는 횡재를 했다.

그러나 비주류인 나는 신강성 지도와 도록을 보면서 잠을 청했다. 야간열차가 괴로운 것은 잠자리가 불편한 것보다 차창 밖으로 아무것도 보이지 않는다는 점이다. 답사는 찾아가는 유적지 못지않게 거기에 도달하는 과정이 중요하다. 그것은 단순한 장소의 이동만을 의미하는 것이 아니라 유적지가 처한 지리적 환경에 대한 이해이기 때

문이다. 이 점은 나뿐만 아니라 많은 답사객을 안타깝게 하는 사항이다. 정수일 선생은 『실크로드 문명기행』에서 나와 똑같은 야간열차를 타고 투르판으로 가면서 도중에 막하연적(莫賀延磧)을 살피지 못하고 지나쳐버린 것을 아쉬워했다. 막하연적은 현장법사가 돈황의 옥문관을 떠나 닷새 동안 물 한 방울 마시지 못하고 사경을 헤매다가 늙은 말이 샘물을 찾아내는 덕에 간신히 살아났다는 그 악마의 고비사막을 말한다.

　나 역시 막하연적의 고비사막이 궁금했다. 그러나 이보다 더 궁금한 것은 현장법사가 그렇게 하여 도착했다는 이오(伊吾)라는 이름의 오아시스 나라였다. 이오는 오늘날 하미(哈密)라고 부르는 도시로, 감숙성에서 신강성으로 들어가는 초입에 있다. 한나라 때부터 줄곧 이오라는 이름으로 불리다 원나라, 명나라를 거치면서 하미라고 불리는데 중국 입장에서는 서역으로 들어가는 '목구멍', 또는 신강성으로 들어가는 '대문'으로 일컬어진다.

이런 지정학적 위치 때문에 실크로드의 역사와 신강성의 지리에 관한 책을 읽다보면 그 옛날의 이오, 오늘날의 하미가 무수히 등장하며 3천 년 전 청동기시대 이래의 유적지와 불교사원 터, 이슬람사원 등이 소개되어 있어 한번 답사해보았으면 하는 욕구를 불러일으킨다. 멜론 비슷한 과일인 '하미과(哈密果)'는 바로 이곳 특산물이라 그런 이름이 붙었다. 실크로드를 답사하면서 아침저녁으로 그 당도 높고, 육질 좋고, 수분 많은 하미과를 먹지 않은 날이 없었다.

그러나 전하는 바에 의하면 현재의 하미시는 구시가의 중심부에만 이슬람 분위기의 건물들이 있을 뿐 널찍널찍한 도로망에 현대식 빌딩들이 즐비해 내가 기대하는 옛 이오국의 향기는 맛볼 수 없다고 한다. 1949년 철도가 놓인 후 1950년대에는 주요 철강생산지로 자리 잡고, 2000년대에는 석유화학 콤비나트가 들어서며 도시가 급속히 팽창해 인구 57만 명(2010년 기준)의 대도시로 변했다는 것이다. 게다가 공업지구가 되면서 한족들이 대거 이주해 인구의 구성도 한족이 70%를 차지하고, 위구르족은 18%, 나머지 12%는 여러 소수민족으로 구성되어 있다(신기한 것은 조선족도 19명 있는 것으로 나타나 있다).

이처럼 오늘날 하미는 그 옛날의 이오 모습을 전해주지 못하기 때문에 우리는 미련 없이 하미 답사를 생략하고 야간열차로 투르판까지 직행했던 것이다. 책에서 하미에 대해 읽을 때면 투르판으로 가는 초입에 있고 현장법사가 이오에 도착했을 때 투르판의 고창국왕이 초청해 모셔갔다고 했기 때문에 두 고을이 가까이 있으리라 생각했는데 막상 현지에 와 열차를 타고 보니 그 거리가 자그마치 388킬로미터나 되었다.

아이쿠야! 야간열차를 탔기에 망정이지 벌건 대낮에 가도 가도 풍광이 변하지 않는 그 지루한 고비사막을 온종일 달렸더라면 졸다 깨다 하면서 얼마나 힘들었을까. 아마도 모두들 왜 야간열차로 가지 않고 이 고생을 하며 고비사막을 건너가느냐고 불평했을 것만 같다. 아무튼 우리는 '난신철도'를 밤새 신나게 달리는 야간열차를 타고 신새벽에 투르판 바로 못 미처 있는 선선(鄯善, 산산)역에 도착했다.

선선현의 유래

선선현은 본래 투르판의 작은 고을이었는데 유전이 발견되면서 인구 23만 명의 신도시가 되었다. 그런데 이 도시의 이름은 여행객은 물론 중국인들 사이에서도 큰 혼란을 일으키고 있다. 선선이라면 누란 왕국이 로프노르 호수를 떠나 남쪽으로 이동하고서 새로 지은 나라 이름으로, 여기서 남쪽으로 족히 300킬로미터 떨어진 곳이다.

어찌된 영문인가 자세히 알아보니 이 지명은 청나라가 조만간 종말을 고할 무렵인 1902년에 이곳에 새로 현(縣)을 설치하면서 급하게 지은 것인데, 주위에서 아무 연고를 찾을 수 없으니까 남쪽의 유명한 선

| 선선역 | 야간열차로 밤새 고비사막을 횡단해 선선역에 도착했다. 이 역의 이름은 옛 선선국과는 무관하여 여행객들에게 혼란을 일으킨다.

선국 이름을 끌어다 붙인 것으로 보인다. 그런데 신강성의 지명에 관한 한 문헌자료(『會奏新疆增改府廳州縣各缺』)에는 당황스럽게도 "여기서 말하는 선선은 옛 나라 이름을 빌려온 것이지 선선 땅은 아니다"라는 궁색한 해명만 실려 있다.

선선이라는 이름을 붙인 계기를 억지로 찾자면 선선현 남쪽으로 펼쳐지는 쿰타크사막의 남쪽 끝자락에 선선국이 있었다는 것밖에 없다. 이런 이유로 쿰타크사막 공원 안에는 선선국의 옛 누란왕국을 모래성으로 재현해놓은 테마파크도 있고, 누란의 미녀를 모래조각으로 만들어놓은 것도 있다고 한다. 그래서 관광객들을 더욱 혼란스럽게 하니 우리 독자들은 선선국(國)과 선선현(縣)을 혼동하지 마시기 바란다.

| 쿰타크사막 공원 정문 | 쿰타크사막은 선선 시내와 아주 가까워 접근성이 높다. 공원의 정문은 낙타 모습을 형상화한 것으로 등에 '타령천하'라고 쓰여 있다. 낙타 방울소리가 천하에 울린다는 뜻이다.

아무튼 우리가 투르판 못 미처 선선역에 내린 것은 쿰타크사막을 체험하기 위해서였다. 쿰타크(庫木塔格)는 위구르어로 '모래산'이라는 뜻이다. 그래서 '투르판 사산(沙山)공원'으로도 불린다. 쿰타크사막은 고비사막과 타클라마칸사막 사이에 위치하며 그 범위는 남북 40킬로미터, 동서 62킬로미터에 달한다. 동쪽은 돈황의 명사산과 현장법사가 고생 끝에 건넜다는 막하연적, 남쪽은 누란국이 있던 로프노르 호수에까지 걸쳐 있다.

이 쿰타크사막은 두 가지로 이름 높다. 첫째는 선선 시내 중심가에서 불과 1킬로미터밖에 떨어지지 않은 곳에 위치해 세계에서 도심과 가장 가까이 붙어 있는 사막이라는 점이다. 그래서 쿰타크에는 '사부

| 쿰타크사막 전경 | 쿰타크사막은 도심과 가까워 찾기 쉽고, 유동사막 특유의 곡선미가 있어 사막을 체험하고자 하는 사람들에게는 더할 나위 없이 좋은 곳이다.

진 녹불퇴 인불천(沙不進 綠不退 人不遷)'이라는 말이 전한다.

모래는 앞으로 나아가지 않고, 녹음은 뒤로 물러나지 않으며, 사람은 옮기지 않고 산다.

둘째는 모래 입자가 아주 고와서 바람에 이동하는 유동(流動)사막으로 모래언덕이 바람결 따라 굽이치는 물결무늬를 그리며 무한대로 펼쳐진다는 점이다. 그래서 4성급(4A) 국가중점풍경명승구로 지정되어 있는데 답사객으로서는 사막을 체험할 수 있는 최적의 장소인지라 여기를 가기 위해 우리는 선선역에 내린 것이다.

| **쿰타크사막을 가로지르는 지프차** | 모래사막을 지프차가 달린다는 것 자체가 신기한데 지프차를 타고 모래 산의 정상에 오르면, 그곳에서 보이는 쿰타크사막의 아름다움에 할 말을 잃게 된다.

아름다운 쿰타크사막

어둠 속에 기차에서 내려 선선역 광장으로 나오니 앞으로 투르판 답사에 이용할 새 버스가 우리를 기다리고 있었다. 버스에 올라 쿰타 크사막을 향해 떠나 시내를 통과하는가 싶었는데 금세 사막공원 주차 장에 도착했다. 사막공원의 정문은 거대한 낙타가 쭈그리고 앉은 모 습을 형상화한 것인데 등에는 '타령천하(駝鈴天下)'라고 쓰여 있다.

낙타 방울소리가 천하에 가득하다.

| **쿰타크사막 전경** | 모래 입자가 고와 바람에 따라 유동하는 쿰타크사막은 큰 규모에 걸맞게 지평선을 따라 끝없이 펼쳐지는 곡선의 아름다움을 지닌 것으로 유명하다.

안내문에 의하면 여기는 쌍봉낙타 자연보호구역이라고 한다. 표를 끊고 정문 안으로 들어가니 안내지도와 함께 여러 가지 사막 체험 프로그램이 제시되어 있다. 걷기, 낙타, 오토바이, 미니카, 전동 열차, 사륜 사막지프차 등등이 소요시간과 가격별로 쓰여 있다. 우리는 그중에서 가장 스릴 있으면서 사막 가장 높은 곳까지 올라간다는 사륜 사막지프차를 택했다.

모래언덕의 능선을 지프차가 다닌다는 것이 신기하게 다가왔다. 지프차를 나누어 타고 안전띠를 매고 출발을 기다리는데 안내원이 다시

금 한 사람씩 안전띠를 단단히 졸라매며 자세를 점검했다. 그리고 굉음과 함께 사막지프차가 쏜살같이 앞으로 나아갔다. 순식간의 일이어서 혼비백산하며 비명이 절로 나왔는데 우리의 지프차가 눈앞의 모래언덕 한 구비를 순식간에 넘어버리자 다시 모래산이 나타났다. 파도타기를 하듯 모래언덕을 넘어간 사막지프차는 이번에는 능선을 비스듬히 타고 올라 언덕마루에 멎어 섰다. 뒤차가 잘 따라오는지를 확인하는 것이었다.

멀리 뒤차가 나타나자 이번에는 능선을 따라 멋진 곡선을 그리며 계속 올라가고는 다음 능선을 가로질러 달려가 언덕마루에서 또다시 뒤차가 오는 것을 확인하고 다시 비탈을 타고 내려가 다음 모래산을 넘어간다. 다 늙은 나이에 롤러코스터의 지존이라는 서울랜드의 '블랙홀 2000'을 타는 어린애 기분으로 즐겼다.

이윽고 사막지프차는 사막의 가장 높은 모래산 정상에 우리를 내려놓았는데, 차에서 내리는 순간 모두들 넋을 잃고 말았다. 세상에 이럴 수가 있을까. 남쪽을 바라보니 모래산 능선이 파도치듯 한없이 굽이쳐 뻗어나간다. 그 끝이 어디인지 알 수 없는데 뒤를 돌아 북쪽을 바라보니 오아시스 도시 선선의 시내가 푸르름에 감싸여 있다. 그 극명한 대비로 도시의 나무들은 더욱 푸르고, 사막의 모래는 더욱 황갈색 빛을 발한다.

발에 닿는 촉감이 부드러워 모래 한 줌을 쥐어보니 정말로 곱고 보

| **쿰타크사막 모래산 정상** | 모래산의 능선은 바람에 따라 그 모습을 수시로 달리한다. 정상에 오르면 끝을 알 수 없는 곡선과 오아시스 도시의 풍광 사이에 놓인 자신을 발견할 수 있다.

드라웠다. 돈황 명사산 모래가 고와 좁쌀 같다고 했는데 이에 비하면 쿰타크사막의 모래는 밀가루라고 할 만하다. 모든 게 신기했다. 발아래로 내려다보니 모래산의 능선이 겹겹이 펼쳐진다. 포물선을 그리기도 하고 날카로운 사선으로 돌아 나아가기도 한다. 바람이 만들어낸 모래 능선이 어찌 보면 이방연속무늬를 그린 기하학적 추상화 같기도 하고 어찌 보면 길게 엎드려 누운 여인의 육체미를 표현한 구상화 같기도 하다. 무작정 바라만 보고 싶고, 한없이 걸어가고도 싶고, 마냥 앉아 있고 싶기만 하다. 고운 모래밭에 차마 발자국을 내기 미안했다. 약속이나 한 듯 모두 너나없이 한동안 가만히 앉아 저마다의 시간을 가졌다.

사진을 찍기 위해 모래를 털고 일어나기 시작한 것은 한참 뒤였다. 그렇게 우리는 저마다의 자리에서 평생 지울 수 없는 대자연의 아름다움과 거기에서 일어나는 깊은 경외심을 가슴 깊이 새기고 있었다.

실크로드에 가면 정말로 이런 사막을 보고 싶었다. 유려한 곡선의 모래언덕과 낙타 방울소리만 들리는 고요한 사막에는 태초의 그리움이 서려 있을 것만 같이 생각되었기 때문이다. 내가 살고 있는 대한민국은 황무지도 없고, 지평선도 보이지 않고, 사막도 없기 때문에 이처럼 무한대의 감정을 이끌어내는 자연을 경험할 방법이 없다. 그래서 쿰타크사막에서의 감동은 각별하지 않을 수 없었다. 8박 9일 실크로드 답사에서 가장 감동적인 풍광은 쿰타크사막이었다.

지프차에서 내려 이제 버스를 타기 위해 정문 밖으로 나오니 길 양쪽으로 포도 과수원이 늘어서 있다. 안이 훤히 들여다보이는 철책 울타리 하나 건너 하나 꼴로 관에서 설치한 표어가 걸려 있다.

| **중국 정부의 '하나의 중국' 구호 안내판** | 신강위구르자치구 곳곳에서 한족과 소수민족의 동화를 촉구하는 중국 정부의 구호를 볼 수 있다.

민족단결은 신강 각 민족 인민의 생명선

民族團結是新疆各族人民的生命線

한결같이 한족과 소수민족의 동화를 외치는 구호들이다. 이를 보며 포도밭 사잇길을 걷고 있자니 이제 우리의 답사가 바야흐로 위구르족의 삶의 터전인 신강위구르자치구로 들어왔음을 실감할 수 있었다.

교하고성으로 가면서

선선현 서쪽은 바로 투르판의 고창구(高昌區)와 맞붙어 있다. 고창고성, 화염산, 아스타나 고분, 베제클리크석굴 등 투르판의 대표적인 유적지들이 여기에 모여 있다. 한창 정비사업을 벌이고 있어 끝내 가보지 못한 토욕구(吐峪溝) 유적지는 행정구가 오히려 선선현에 속해 있다. 모두 투르판 시내에서 동쪽으로 40~50킬로미터 안에 모여 있는 것이다. 그래서 '열아일기'(열 아이의 여행일기) 팀과 답사했을 때 우리는 쿰타크사막을 체험하고 이 유적들을 두루 답사한 뒤 시내로 들어가 하룻밤 묵고 이튿날 교하고성(交河古城)을 답사한 뒤 귀국 비행기를 타기 위해 우루무치로 떠났다.

그러나 내가 두 번째 투르판을 답사할 때는 시내 서쪽에 있는 교하고성부터 시작했다. 이렇게 하는 것이 투르판 답사의 정석이다. 역사는 유적·유물과 함께 기억할 때 이미지가 선명하게 그려지기 때문에 한 지역의 답사는 역사 순서로 진행하는 것이 요령이다. 특히나 투르판의 역사는 대단히 복잡하기 때문에 나는 답사객들이 이 낯선 문화를 이해하는 데 편리하도록 다음과 같은 순서로 진행했다.

교하고성(기원전 2세기 차사국)-고창고성(6세기 고창국)-아스타나 고분(7세기 당나라)-화염산(7세기 현장법사)-베제클리크석굴(9세기 위구르제국)-시내 소공탑(18세기 회교사원)-카레즈 전시관-투르판박물관

교하고성은 투르판 시내에서 서쪽 약 10킬로미터 떨어진 곳에 있다. 우리의 버스가 투르판 시내 중심 도로로 들어서자 곧게 난 대로변 양옆으로 키 큰 포플러나무들이 도열해 있는 것이 보였는데 저 멀리

| **투르판 시내의 실크로드 옛길** | 투르판 시내에서 교하고성으로 향하다보면 양옆으로 포플러가 무성한 가로수길을 지나게 된다. 이 길은 과거 대상들이 거쳐가던 실크로드의 잔편이다.

까지 우리를 계속 맞이해주었다. 고목이 다 된 가로수들이 이 길의 연륜을 말해주는 듯했는데, 두 번째 답사를 함께한 강인욱 교수가 하는 말이 이 길이 바로 그 옛날 대상들이 다니던 실크로드란다.

강인욱 교수는 유라시아 역사와 문화를 전공한 고고학자로 15년 전 내가 문화재청장 재직 시절, 연해주 발해 유적 실태를 조사하러 갔을 때 현장에서 만나 안내를 받은 인연이 있어 나의 중국 답사기 집필에 많은 도움을 받았다. 나는 강교수에게 차사국 이전 투르판 지역의 선사시대에 대해 이야기해줄 것을 부탁하며 마이크를 넘겨주었다. 그러자 그는 창밖을 잠시 살피더니 이렇게 말했다.

"얼마 안 되어 곧 교하고성에 도착할 것 같아 짧게 말씀드리겠습니

| 교하고성 앞 전시관 | 교하고성 주차장에 도착하면 '교하'라는 거대한 글씨가 맞이한다. 전시관에는 각종 복제 유물과 더불어 교하고성 전체의 모형이 전시되어 답사객의 이해를 돕는다.

다. 인류의 신석기시대는 대개 1만 년 전에 시작되는데 신강성의 투르판과 하미 지역도 약 8천 년 전부터 사람들이 들어와 살기 시작했습니다. 사막에서 드문드문 신석기시대의 유적이 발견됩니다. 보통 신석기라고 하면 돌을 갈아서 만든 간석기를 떠올립니다. 하지만 이 지역은 구석기시대 말기에 주로 만들던 아주 가느다란 세석기(細石器)를 계속 사용했습니다. 그래서 중앙아시아 고고학자들은 이때부터 약 4천 년 전까지를 '신강 세석기시대'라고 부릅니다.

그러다 이 지역에 약 4천 년 전부터 청동기시대가 시작되면서 본격적으로 실크로드가 열립니다. 이때가 되면 타클라마칸사막 주변의 오아시스 도시로 사람이 많이 들어와 살게 됩니다. 유럽 계통인 누란 사람이 로프노르 호수 주변에 들어와 산 것도 이 무렵입니다. 투르판 지역에서도 누란의 미녀와 같은 시기의 미라가 많이 발견되어 투르판박물관에 전시되고 있습니다.

그리고 기원전 7세기 무렵 철기시대로 들어가면서 더욱 인구가 증가하고 사방으로 널리 퍼져나가 기원전 2세기 무렵엔 마침내 오늘날 신강성의 중요한 오아시스 도시 전 지역에 초보적인 국가 형태인 '도시국가'가 나타나게 됩니다. 『한서』에서는 이를 '서역 36국'이라 지칭했는데 투르판 지역에 있었던 나라는 차사왕국이고 그들이 살았던 도시가 지금 우리가 찾아가고 있는 교하고성입니다."

강교수의 설명이 끝나자마자 우리의 버스는 넓은 주차장에 도착했다. 버스에서 내리니 주차장 아래에 있는 전시관 벽면에 쓰인 '교하(交河)'라는 큰 글자가 한눈에 들어왔다.

교하고성의 역사

교하고성 전시관 안은 터널 모양으로 이런저런 유물 복제품을 갖춰 유적지의 분위기를 자아내고 있었다. 나는 답사객들에게 이 복제품들은 자세히 볼 것 없이 분위기만 즐기라 하고 교하고성의 모형이 있는 곳으로 모이게 했다. 교하고성은 전체의 모형을 보지 않으면 이해할 수 없는 구조이기 때문이다. 교하고성의 교하(交河)는 강줄기가 교차하면서 섬을 만들었다고 해서 붙은 이름이다. 위구르어로는 무르투크(木頭溝)강이라고 부른다.

이 성은 길이가 1,650미터, 폭이 대략 300미터, 면적이 47만 제곱미터(약 15만 평)로 섬 전체가 강에서 무려 30미터 높이 절벽에 올라앉은 셈이어서 이런 천연의 성채는 다시없을 성싶다. 현지인들은 교하고성을 '야르호토'라고 부르는데 이는 '언덕 위의 성'이라는 뜻이란다. 그리하여 교하고성의 항공사진을 보면 마치 대지에 떠 있는 항공모함 같다.

이 교하고성에 처음 등장하는 오아시스 나라는 차사국(車師國)이다. 고사(姑師)인이라고도 부르는 차사인은 아리안계 인종으로 인도유럽어계 언어를 사용했다고 한다. 차사국은 서역 36국의 하나로 나중에 차사전국과 후국으로 나뉘었는데 『한서』에서는 차사전국의 가구가 700호, 인구는 6,050명, 군인이 1,865명이라고 했다.

옹기종기 모여 평화롭게 살던 차사국 사람들은 흉노에게 조공과 세금을 강요받는 괴로움을 당하기 시작했다. 그리고 기원전 2세기, 한나라가 본격적으로 서역 정벌에 나서 흉노와 전쟁을 벌이자 그 틈바구니에 끼어 전란에 휘말리게 된다. 양 제국이 치열하게 맞붙어 일진일퇴를 거듭하다 기원전 89년, 한무제가 마침내 흉노를 물리치고 서역을 장악했다.

한나라는 언기와 구자 사이에 있는 오늘날의 룬타이에 오루성(烏壘城)을 쌓고 서역도호부를 설치했다. 그리고 투르판에 무기교위(戊己校尉)라는 책임자를 파견해 고창벽(高昌壁)이라는 곳에 둔전을 실시하면서 많은 한족을 이주시켰다. 훗날 이 고창벽에 도성을 쌓은 것이 바로 고창고성이다.

그러나 흉노의 세력은 여전해서 한나라의 지배는 오래 이어지지 못했다. 기원전 62년, 흉노와 한나라 사이에서 고통받던 차사인의 반수 이상이 더 이상 견딜 수 없다며 교하성을 떠났다. 한 무리는 보거다산맥 북쪽 기슭, 오늘날 우루무치시 동쪽 지역인 지무싸얼(吉木薩爾)현으로 이동해 새 나라를 세웠다. 이를 차사후국이라 하며 교하성에 그대로 남아 있는 나라를 차사전국이라고 불렀다. 『한서』에는 차사후국에 대해 다음과 같이 기록되어 있다.

왕국의 치소(治所)는 무도곡(務涂谷)에 있다. 장안에서 8,950리, 가구 595호, 인구 4,774명, 군인 1,865명, 서남쪽 서역도호부 치소(쿠차)까지는 1,237리이다.

그리고 또 일부의 차사인은 여기서 더 멀리, 우루무치에서도 훨씬 서쪽으로 나아가 제각기 여섯 개의 작은 나라를 세웠다. 『한서』에서는 이를 '산북 6국(山北六國)'이라고 했다. 이렇게 차사인들은 크고 작은 여덟 나라로 나뉘었다. 차사인들이 얼마나 양 제국에 시달렸는지는 멀리 도망쳐 이렇게 흩어진 것에서 여실히 알아볼 수 있다. 그래도 서역은 그렇게 도망갈 땅이라도 있었으니 다행이라면 다행이었다.

기원후 1세기부터 5세기 중엽까지 흉노는 분열해 힘을 잃고 한나라는 멸망하면서 서역에 잠시 평화가 찾아왔던 시절 차사전국은 이른바 '서역 6강'의 하나로 군림하게 된다.

그러다 기원후 450년 오호십육국의 하나인 북량이 감숙성에서 누

| 하늘에서 본 교하고성 | '교하(交河)'라는 이름은 강줄기가 교차하며 섬을 만들었다고 해서 붙였다. 30미터 높이 절벽에 자리한 성은 하늘에서 보면 마치 거대한 항공모함 같다.

란을 거쳐 이곳으로 피해 오면서 차사전국과 차사후국까지 멸망시키고 고창벽에 성을 쌓고 자리를 잡았다. 그러나 북량은 얼마 가지 못해 북위에게 망했고, 투르판은 우여곡절 끝에 한족인 국(麴)씨가 지배하게 된다. 이것이 서역 6강 중 유일하게 한족이 지배한 '국씨고창국'이다. 이리하여 교하성은 왕도로서 영광을 잃고 투르판의 한 고을로 전락하여 교하현(縣)이 되었다.

성당시인 이기의 「고종군행」

고창국은 640년, 당나라에 의해 멸망했다. 당나라는 투르판을 서주(西州)라 이름 짓고 안서도호부를 교하성에 두어 군대를 상주시켰다. 이로 인해 당나라 시대에 유행한 변새시에는 교하가 등장한다. 가장 유명한 시는 성당시인 이기(李頎, 690~751)가 옛날 병사들이 변방에 종군하던 것을 노래한 「고종군행(古從軍行)」이다. 시에 나오는 '호(胡)' 자를 오랑캐가 아니라 차사국으로 번역하면 이렇게 된다.

낮에는 산에 올라 봉화를 바라보고	白日登山望烽火
황혼에는 교하에서 말에게 물을 먹인다	黃昏飮馬傍交河
(…)	
차사국 땅 기러기는 슬피 울며 밤마다 나는데	胡雁哀鳴夜夜飛
차사국 아이의 눈물이 두 줄기로 흐르네	胡兒眼淚雙雙落
듣건대 옥문관이 아직도 막혀 있다고 하니	聞道玉門猶被遮
병사들은 목숨 걸고 전쟁을 해야겠지	應將性命逐輕車

해마다 병사들의 뼈는 사막에 묻히는데   年年戰骨埋荒外
포도만 부질없이 한나라로 들어오네   空見蒲桃入漢家

과연 명불허전 천하의 절창이다. 특히 '밤마다 슬피 우는 차사국 땅 기러기'와 '눈물이 두 줄기로 흐르는 차사국 아이'가 삶의 터전을 빼앗기고 천산산맥 북쪽으로 뿔뿔이 흩어진 차사인의 아픔을 말해주는 것 같아 코끝이 시려온다. 이때 이후 차사인들은 역사 속에서 완전히 사라진다.

당나라가 멸망하고 8세기 후반 투르판이 토번(티베트)의 지배를 받게 되었을 때, 그리고 9세기 위구르족이 '천산위구르왕국(고창회골)'을 세웠을 때 교하성엔 다시 백성들이 들어와 살았다. 그러나 칭기즈칸 부대의 무자비한 공격으로 회복 불가능한 상태로 무너져버렸고 14세기에는 완전히 버려지기에 이르렀다. 이후 교하고성은 무려 600년이 지나도록 폐허로 방치되었다. 그리고 중화인민공화국 정부가 역사 유적지로 보호하기 시작한 것은 1961년에 와서의 일이다.

그렇게 장구한 세월 방치됐는데도 교하고성이 옛 성곽도시의 모습을 유지하고 있는 것은 투르판의 기후 덕분이다. 연간 강우량이 16밀리미터에 불과한 굉장히 건조한 날씨 덕분에 흙벽이 무너져 내리지 않은 것이다. 더욱이 교하고성의 건축 구조는 흙을 쌓아 세운 것이 아니라 지하로 파 내려가면서 공간을 분할한 것이기 때문에 지붕이 흔적 없이 사라졌어도 건물의 뼈대는 유지되어 이 유서 깊은 옛 성곽도시의 모습을 전해준다. 그리하여 오늘날 교하고성은 '세계에서 가장 크고 오래된 토성(土城)'이자 '세계 유일의 생토(生土) 건축 성곽도시'임을 자랑하며 2014년 마침내 유네스코 세계유산으로 등재되기에 이른 것이다.

교하고성, 혹은 폐허의 미학

전시관에서 나와 우리를 기다리는 셔틀버스에 오르니 불과 5분도 안 되어 교하고성 앞에 턱 내려놓는다. 교하고성으로 들어가는 입구에는 대형 안내판에 지도와 함께 간략한 안내문이 있는데 관람 정보가 간결하면서도 정확하여 한번 읽어둘 만했다.

고대 서역 36 성곽국가의 하나인 차사전국의 도성으로 이곳은 이 나라의 정치, 경제, 군사, 그리고 문화의 중심지였다. 투르판은 건조하고 비가 적어 옛 토성이 비상히 잘 보존되었는데 건축은 전부 잘 다듬어진 판축으로 이루어졌고 도시의 모습은 당나라 때 장안성의 모양을 본뜬 것으로 보인다. 성내에는 시장, 관청, 사찰, 불탑, 거리, 골목, 공방, 민가, 연병장, 참호 등이 있다. 약 2천 평에 달하는 사원에는 우물이 하나 있고 101기의 불탑이 무리 지어 있다.

안내판 곁으로는 계곡을 가로지르는 다리가 놓여 있다. 교하고성에는 동문과 남문 두 개가 있는데 동문은 주민들이 강물을 퍼 나르기 위한 문이고 입구 쪽은 주 출입문인 남문이다. 계곡가에는 키 큰 버드나무가 숲을 이루고 있다. 다리 건너는 높은 절벽이 앞을 가로막고 왼쪽

| 교하고성 관람로 초입 | 교하고성을 남북으로 가로지르는 관람로를 따라가다보면 북쪽 끝 불교사원까지 이르게 된다. 푸르름을 더하는 낙타풀이 양쪽에 듬성듬성 나 사막길을 걷는 정취를 북돋운다.

편으로 비탈길이 있어 우리를 교하고성 내부로 인도한다. 성 안으로 들어서자 붉은 벽돌을 촘촘히 박아 넓게 포장한 관람로가 곧게 뻗어 있다. 폭 10미터의 관람로는 그 옛날 교하고성의 남북을 잇는 중심 도로로 북쪽 끝 불교사원 터까지 닿아 있다.

관람로를 따라 천천히 오르자니 천지 빛깔이 누런 황토색인데 길가에 연둣빛 낙타풀이 듬성듬성 자라며 마른땅에 생기를 불어넣어주고 있다. 달리는 차창 밖으로만 보아오던 사막의 상징적인 풀인지라 답사객은 정겹게 느껴져 모두들 가까이 들여다본다. 그런데 가시가 생각보다 촘촘하다. 낙타가 먹겠다고 덤비니 풀은 안 먹히려고 가시를 돋쳤는데 낙타는 그래도 살기 위해 먹어야 하니 주둥이가 단단하게

| 교하고성 관람로 | 소실점이 보일 만큼 곧게 뻗은 관람로를 둘러싼 고성의 폐허는 건축물의 원형을 보여주며 폐허의 미학을 느끼게 한다.

진화됐단다.

고갯마루에 올라서자 갑자기 하늘이 넓게 열리고 좌우 언덕으로는 육중한 흙벽들이 끝없이 이어지며 폐허의 서정을 불러일으킨다. 곧게 뻗은 관람로는 원근법의 소실점을 그리며 무작정 뻗어나간다. 한걸음 옮길 때마다 무너진 흙벽이 교대로 나타나고 또 나타난다. 그리고 넓은 도시 광장 터에 이르니 교하고성 전체를 조망할 수 있는 관람 데크가 설치되어 있다.

동서남북 사방 어디를 보나 흙벽이 하늘과 맞닿으며 지평선을 그린다. 참으로 장대한 유적이다. 동쪽으로는 민가가 조밀하게 흙벽을 맞대고 있고, 서쪽으로는 수공업 공방 지구가 전개되어 있으며, 북쪽으로는 멀리 불교사원으로 가는 길이 보인다. 그 광활함에 가슴이 활짝 열린다.

폐허에는 폐허 나름의 미학이 있다. 같은 폐허라도 로마 시대의 대규모 목욕탕인 카라칼라 대욕장(大浴場)이나 아테네의 파르테논 신전 같은 곳은 원래의 모습을 상상해보며 인간 공력의 위대함에 경의를 표하게 한다. 우리 산천에 널려 있는 폐사지를 보면 화려한 건축이 있는 절집보다도 풀숲에 묻혀 있는 주춧돌과 무너진 석탑에서 오히려 조용한 선미(禪味)가 느껴진다.

이에 반해 지금 교하고성 폐허는 보이는 것이라고는 아무 치장이 없는 흙벽뿐이기 때문에 어떤 상상도 필요치 않다. 세월의 흐름 속에 모든 빛깔과 장식적인 형태미가 다 제거된 골격이 주는 건축물의 원형질을 보여줄 따름이다. 쿰타크사막에서 대자연에 압도되는 경외심이 올라왔다면 여기서는 인간 삶의 원초적 향기가 일어난다. 앞으로 우리가 만날 또 다른 옛 도시 유적인 고창고성에서는 역사적 향기가 느껴지는데 여기서는 인간적 체취가 다가온다. 참으로 위대한 폐허였다.

교하고성의 도시 구경

교하고성은 남북대로를 기준으로 3구로 나뉜다. 동구는 민가와 관아, 서구는 작업 공방, 북구는 사원 구역이고 그 너머에는 고분군이 있다. 동구는 중앙에 관아가 있고 남쪽에는 대형 민가, 북쪽에는 소형 민가가 들어서 있다. 도시 전체의 건물 대부분은 크기에 상관없이 대지 표면에서 아래로 파낸 뚜렷한 특징이 있다고 한다.

| **교하고성 전경** | 교하고성은 세계에서 가장 크고 오래된 토성이자 세계 유일의 생토 건축 성곽도시로서 유네스코 세계유산에 등재되었다.

　우리는 건물 내부 구조를 보여주는 건물터로 내려가보았다. 교하고성에서 내부가 가장 잘 보존된 구역은 차사전국의 왕궁터이자 당나라 안서도호부의 관아가 있던 건물터로 이곳 안내판에는 '관서유지(官署遺址)'라고 표시되어 있다. 이 관아터는 약 1,150제곱미터의 직사각형 꼴로 정원을 가운데 두고 사방으로 복도, 집무실, 야오동(窯洞, 토굴집) 등이 연결되어 있다.

　안으로 들어오니 벽채 이외에 아무런 치장이 없지만 땡볕에 노출되어 있다가 모처럼 그늘을 만나니 일행 모두가 여기저기 흩어져 휴식을 취하면서 좀처럼 밖으로 나가기 싫다는 표정이었다. 함께한 민현식 소장에게 여기가 옛 왕실 또는 도호부 장군의 집무실이라는데 공간이 과장되지 않아서 아늑함을 느끼게 된다고 나의 감상을 말하자 그는 이를 건축적으로 이렇게 설명했다.

"인간적인 분위기를 생각했다기보다 아마도 실용적 내지 기능적인 고려가 이런 공간을 낳은 것이 아닌가 싶습니다. 정방형에 가까운 이 마당 한 변의 길이가 25미터 정도 될 것으로 보입니다. 이는 상대방의 얼굴을 알아볼 수 있는 최대 거리입니다. 그리고 상대방의 표정까지 알아볼 수 있는 거리는 12미터 정도이기 때문에 이 공간 가운데 있으면 마당에 있는 모든 사람들의 표정을 다 읽을 수 있는 셈이 되죠. 해서 이런 크기의 마당에 모인 사람들은 하나의 공감대를 형성할 수 있습니다. 우리나라 절간의 마당도 이 크기를 넘지 않고, 공연장 역시 이 크기 이상이면 다른 차원의 공연이 됩니다. 현대 건축에서는 인간 감각과 신체조건의 한계에 바탕을 둔 휴먼 스케일(human scale)에 대해 열심히 연구해서 이런 결론을 얻어냈지만 이 건물을 설계한 분은 아마 체험적으로, 또는 인간의 생래적 감각으로 이처럼 인간적인 공간을 만들어냈으리라 생각됩니다."

휴먼 스케일이라! 내가 민소장에게 이에 대해 좀 더 듣고 싶다고 하니 그는 "이를테면 멀리서 사람의 움직임을 관찰할 수 있는 한계 거리는 약 130미터 정도입니다. 그러니까 야구장의 홈플레이트에서 외야석까지의 거리는 구장마다 차이가 있기는 하지만 모두 이 거리를 기본으로 삼고 있지요"라고 덧붙인다. 그리고 연극 무대와 객석 간의 적정

거리, 음악당에서 지휘자의 움직임과 그에 따라 연주되는 음악의 소리가 어긋나지 않는 거리 등등 휴먼 스케일과 연관된 많은 설명을 해주었다. 또한 신전이나 궁궐 등은 오히려 휴먼 스케일을 역이용해 초월적인 힘이나 권력을 표상한다고 한다.

내가 이렇게 휴먼 스케일에 관심을 보이자 민소장은 이를 잊지 않고 나중에 건축과 도시설계의 기본 원칙과 테크닉을 다룬 책을 일부 복사해 보내주는가 하면 휴먼 스케일을 쉽게 풀어쓴 책(리처드 세넷 『짓기와 거주하기: 도시를 위한 윤리』, 김병화 옮김, 김영사 2020)이 최근에 나왔다고 보내주기도 했다. 뒤늦게 접하게 됐지만 휴먼 스케일은 우리가 건축을 이해하는 데 있어서 기하학으로 치면 거의 공리적인 사실에 해당하는 셈이었다. 나로서는 교하고성 답사의 망외 소득이었다.

우리는 관아터에서 나와 서쪽 공방 지구로 건너갔다. 이곳에는 방직, 양조, 신발 제조 등의 수작업장이 있다. 군대가 머문 병영과 민가도 섞여 있다고 한다. 골목길은 좁고 그윽하며 직선이 아니라 구불구불했다. 도로의 폭이 좁아지면서 두 팔을 벌리면 양쪽 벽이 손에 닿을 듯했다. 이 역시 휴먼 스케일이다. 길은 약간 휘어지는 곡선을 그리고 있었다. 그만큼 걷는 기분이 편안했다. 가이드는 골목길 한쪽 우물이 있는 곳으로 안내하더니 이 우물이 얼마나 깊은지 잘 들어보라며 작은 돌을 우물 속에 넣었는데 한참 하고도 아주 한참 뒤에 바닥에 닿는 소리가 들렸다. 교하고성에는 이런 우물이 곳곳에 있다고 한다. 하기야 6천여 명이 사는 공간에 우물이 없으면 어떠했겠는가.

교하고성은 맨 북쪽의 고분을 제외하고는 본격적인 발굴조사가 이루어지지 않았고, 드문드문 그간에 수습된 유물들이 도록에 실린 것을 보면 대개 당나라 시대, 투르판으로 치면 서주(西州) 시절의 질그릇이 많은데 그 기형과 문양은 장안의 그것과는 달리 서역 양식답게 소박하고 정겹기만 하다.

마을길을 한 바퀴 휘돌아보고 나와 북쪽 사원 자리로 향하니 대로가 곧게 뻗어 불교사원 터로 인도한다. 사원은 10미터 높이의 대불탑을 중심으로 북쪽에 불단이 모셔져 있으며 주위에 승려들이 거주하던 방들이 퍼져 있다.

그 공간의 크기만 봐도 교하고성의 하이라이트는 이곳 사원 구역이었음을 알 수 있다. 이 사원 구역은 국씨고창국과 당나라 서주 시절에

| 교하고성 대불탑 | 답사에 동행한 원욱 스님은 대불탑 앞에서 염불을 올렸다. 웅장하고 거룩한 분위기의 폐사지에 울리는 염불 소리는 폐허에 생기를 불어넣는 듯해 모두를 숨죽이고 경청케 하는 장엄함이 있었다.

형성된 것으로 생각되는데 가람의 배치가 탑을 중심으로 한 것을 보면 인도 불교의 영향이 역력하다. 여기에서 수습된 불상들은 장안의 그것과는 달리 서역 불교의 특징이 완연하다. 규모가 크다고 할 수는 없지만 참으로 웅장하고 거룩한 분위기가 있었다.

첫 번째 갔을 때나 두 번째 갔을 때나 한여름 40도가 넘는 땡볕에 교하고성을 답사했는데 두 번 다 동행한 원욱 스님은 대불탑 앞에서 염불을 올렸다. 스님의 입장에서는 국적을 넘어선 신앙 행위였지만 답사객 입장에서는 폐허에서 벌이는 일대 퍼포먼스 같았다. 모두들 그늘로 피해 스님 너머 불탑을 바라보고 있는데, 작은 파라솔을 펴고 책상에 앉아 라디오를 듣던 현지 관리인은 염불 소리가 들리자 얼

| 선선현 출토 토기 | 선선현의 한 유적지에서 차사왕국의 유물이 다수 발굴되었다. 한나라의 것과는 다른 이란계 기형과 문양으로 차사인의 인종과 그들만의 조형미를 보여준다.

른 라디오 볼륨을 죽이고는 우리 쪽을 향해 눈인사를 보내더니 끝까지 경청하는 것이었다. 관리인은 위구르인이 아니라 한족이었다. 그에게 여기서 스님이 염불 올리는 것을 본 적 있느냐고 물으니 처음이라고 한다. 원욱 스님은 실크로드 답사를 동행하면서 염불 소리 끊어진 폐사지에서 예불을 올린 것이 평생의 큰 기쁨이라고 했다. 나와 함께 한 답사는 신도들과 그대로 따라가는 성지순례의 사전답사가 되었다고 한다.

불전 뒤쪽으로 가면 2미터 높이의 소불탑이 101개 있다고 안내판에 쓰여 있었지만 나의 발길은 거기까지 미치지 못했다. 그리고 강인욱 교수의 설명에 의하면 교하고성의 역사는 그 이전의 유목문화로 거슬러 올라간다고 한다. 이곳 고분군에서는 교하고성뿐 아니라 투르판,

| **황금 허리띠 장식** | 교하고성에서 출토된 황금 허리띠 장식은 보기에 따라 독수리와 호랑이의 싸움, 혹은 괴수가 호랑이를 쪼는 것으로 해석된다. 어느 쪽이든 유목민족의 역동성이 잘 드러나는 장식이다.

나아가서는 신강성을 대표하는 스키타이 동물장식의 황금 허리띠 버클(금패)이 출토되었다고 한다. 현재 교하고성 전시관의 입구에 커다랗게 상징으로 그려져 있지만 정작 유물은 우루무치의 신강성박물관에 소장되어 있다.

이 황금 허리띠는 독수리와 호랑이가 싸우는 역동적인 장면으로 중국에서는 '응호상박문(鷹虎相搏紋) 금패' 혹은 괴수가 호랑이를 쪼는 '괴수탁호문(怪獸啄虎紋) 금패'라고도 한다. 이 황금 장식은 스키타이 계통 유목문화 중에서도 특히 기원전 5세기경에 신강성과 인접한 카자흐스탄에서 많이 발견된다고 한다.

차사왕국 시절의 유물은 교하고성보다도 그 세력 범위에 있었던 쿰타크사막의 선선현의 한 유적지에서 쏟아져 나왔다. 도자기와 목기의 기형과 문양을 보면 한나라에서는 볼 수 없는 독특한 그네들만의 조형미가 드러난다. 미라도 발견되었다. 학자들은 이것이 차사국 시절 차사인의 유물로 확신하고 있다. 그런데 그 문양이 이란 지방 토기를 연상케 하는 것이어서 미라와 함께 차사인은 아리안계 인도유럽어족이었음을 말해준다. 교하고성은 차사인이 떠나면서 역사의 한 장을 마감하고 투르판의 고창고성이 그 뒤를 이어갔다. 그래서 교하고성 답사를 마친 우리는 곧장 고창고성으로 달렸다.

고창고성은 고대 신강성문화의 꽃이다

투르판의 포도밭 / 화염산을 지나며 / 고창고성 /
고창고성 대불사와 현장법사 / 독일의 중앙아시아 탐험대 /
아스타나 고분군 / 고구려의 후예 고요 장군 묘지

투르판의 포도밭

교하고성 답사를 마친 우리의 다음 행선지는 고창고성이었다. 투르판의 역사가 그 방향으로 진행되었다. 고창고성은 투르판 시내에서 동쪽으로 약 40킬로미터 떨어져 있는데 우리가 앞으로 답사하게 될 아스타나 고분, 베제클리크석굴 등 투르판의 대표적인 유적지가 모두 지근거리에 있다. 그리고 여기에 가자면 자연히 전설적인 산 화염산을 지나게 되어 여기부터 들르기로 했다.

우리의 버스가 시내를 지나 동쪽을 향해 치달리니 도로변엔 키 큰 백양나무 가로수가 계속 우리를 따라왔다. 그리고 교외로 벗어나자

| 포도 건조장 | 투르판 교외에는 포도농장과 건조장이 줄지어 있는데, 여기서 만들어진 건포도는 당도가 높기로 유명하다. 투르판에서 멀어질수록 포도농장의 푸르름은 사라지고 황량한 산줄기가 나타난다.

차창 밖으로 포도농장의 푸르름이 가득하다. 포도농장 한쪽으로는 구멍이 숭숭 뚫린 사각 벽돌집이 줄지어 있다. 이 벽돌집은 그 유명한 투르판 건포도 건조장으로, 위구르어로 춘체스라고 한다. 이것이 투르판 교외의 일반적 풍광이다.

그러다 어느 정도 지나면 그 푸르름이 다 사라지고 왼쪽 창밖으로는 육중한 황토빛 산줄기가 따라붙는다. 우리의 버스가 앞으로 나아갈수록 산줄기는 점점 모습을 가까이 드러내는데 산에는 풀 한 포기 없고 구불구불한 굵은 주름살만이 봉우리마다 가득하다. 세상에 저런 비현실적인 형상의 산이 있을까 싶다. 바로 화염산(火焰山, 832미터)이다. 총 길이는 약 100킬로미터, 너비는 약 9킬로미터, 평균 높이는

500미터로 동에서 서를 가로지르고 있다.

화염산을 지나며

약 900년 전 송나라 때 화염산에서 분화가 일어났다는 기록이 남아 있는데, 1120년 무렵 구름 없는 날에는 화산에서 자주 발생하는 스모그가 나타났고, 밤에는 횃불처럼 불타고 있었다고 한다. 이러한 화산활동으로 많은 철분을 함유한 화산 쇄설물들이 쌓여 적색사암 산지를 이루었고, 이 적색사암이 풍상에 시달려 풍화되고 때로는 물에 의해 도랑이 파이며 침식되어 마치 주름치마처럼 보이는 사면이 만들어지게 되었다. 그리고 햇볕이 강한 낮에는 붉은 모래가 반사되어 불꽃이 타오르는 것처럼 보여 화염산이라 부르게 되었다고 한다. 이 화염산 남쪽에 고창고성과 아스타나 고분이 있고, 그 뒤편 북쪽 기슭에 베제클리크석굴이 있다.

화염산은 『서유기』에서 현장법사와 일행이 천축국으로 가기 위해 이곳을 지날 때 주변이 불길에 싸여 막혀 있게 되자 손오공이 나찰녀(羅刹女)가 갖고 있던 파초선(芭蕉扇)을 치열한 격투 끝에 빼앗아 불을 끄고 비로소 서쪽으로 다시 발길을 옮겼다는 이야기의 현장이다. 실제 천축행을 감행했던 현장법사의 고난을 그린 공상적인 이야기지만 화염산의 비현실적인 풍광과 잘 어울리고 또 저 아래 고창고성에서 현장법사가 실제로 한 달간 머물며 불경을 강론했으니 그런 상상을 능히 낳을 만하다는 생각이 들게 한다.

이런 이유로 화염산 주변 길가에는 울타리를 쳐놓고 입장료를 받는

| 화염산 | 풀 한 포기 없이 황량한 화염산은 그 형상과 크기 때문에 비현실적으로 느껴진다. 철분이 많이 함유된 붉은 사암이 해에 반사돼 마치 불타는 듯 보인다 하여 '화염산'이라는 이름이 붙었다.

서유기 공원이 곳곳에 있다. 공원이라고 해봐야 현장법사, 손오공, 저팔계, 사오정 일행 조각을 만화처럼 늘어놓은 것이어서 볼거리는 없지만 첫 번째 갔을 때는 화염산 사진 한판 제대로 찍기 위해 가이드가

안내해준 곳에 들러 땡볕에서 이글이글 타오르는 형상의 화염산을 배
경으로 기념촬영을 했다. 가이드는 거기 있는 온도계가 세계에서 가
장 큰 것이라고 했는데—실제로는 미국에 더 큰 것이 있다—전신주

| **서유기 공원의 손오공 동상(왼쪽)과 온도계(오른쪽)** | 화염산을 멋지게 사진 찍을 만한 장소에는 이런 테마공원이 여러 개 조성돼 있다.

보다 몇 배 더 굵고 높은 온도계는 섭씨 45도를 가리켰고 지표온도는 75도를 기록하고 있었다.

버스로 돌아오니 모두들 이걸 보자고 돈 내고 시간 허비한 것을 아까워해 두 번째 답사길엔 공원에 들르지 않고 길가에서 얼른 사진만 찍고 고창고성으로 향했다. 두 번째 답사 회원 중에는 거기까지 가서 손오공 공원도 들르지 않았다고 불평을 말한 분이 있었다고 한다.

고창고성의 역사

어느 답사나 마찬가지이지만 중국 답사에서 가장 필수적인 것은 유적지에 대한 설명보다도 그곳의 역사를 아는 것이다. 나는 마이크를 들고 고창고성 시절 투르판의 역사를 소개했다.

"자, 즐겁게 유적지를 구경하기 위해 공부합시다. 공부 안 하고 보면 갑갑할 겁니다. 투르판의 역사는 크게 보면 세 시기로 나누어볼 수 있는데 제1시기는 기원전 2세기부터 450년까지 6백 년간의 차사왕국 시기로 앞서 답사한 교하고성 시절입니다. 제2시기는 450년부터 14세기 중엽까지 약 9백 년간의 고창고성 시기이고, 제3시기는 14세기 이후 오늘날까지 투르판 시기입니다.

지금 우리가 가고 있는 고창고성 9백 년간 투르판의 역사엔 왕조의 흥망성쇠가 아주 빈번히 일어났습니다. 흉노족, 한족, 돌궐족, 토번족, 위구르족, 몽골족 등 여러 민족이 고창고성의 역사에 등장하는데 그것이 곧 신강성의 역사와 연결되어 있으니 실크로드 답사에서 한 번은 공부하고 넘어갈 사항입니다. 자, 답사 자료집 30면을 펴주시기 바랍니다."

나는 답사 자료집에 투르판 연표를 실어 회원들이 이를 보면서 내 설명을 따라오게 했다.

"450년 오호십육국시대에 감숙성에 있던 북량이 서역으로 쫓겨 오면서 누란국과 차사전국을 차례로 멸망시키고 투르판에 망명정부를 세웠습니다. 이때 북량왕은 인구 6천 명 정도가 살고 있던 좁은 교하고성을 버리고 한나라 때부터 둔전을 시행해오던 고창벽에 성을 쌓고 수도로 삼았습니다. 이것이 고창고성의 시작입니다.

그러나 북량은 여기서 10년밖에 유지하지 못했습니다. 460년 북방의 강자인 유연(柔然) 제국이 북량을 멸망시킨 뒤 여기를 지배하지 않고 홀연히 떠나니 고창엔 힘의 공백이 생겼습니다. 이때부터 스스로 고창왕이라 칭하는 자들이 등장해 힘을 겨루다가 결국 502년 국(麴)씨가 왕으로 군림하게 됩니다. 이것이 국씨고창국입니다."

국씨고창국이 성립하기 전에 감(闞)씨, 장(張)씨, 마(馬)씨로 이어지는 정변이 있었으나 이런 식으로 생략하고 건너뛰어버렸다.

"국씨는 한족이었습니다. 서역 6강 중 유일하게 고창국만을 한족이 지배했습니다. 그렇다고 주민들이 다 한족인 것은 아니었습니다. 마치 10%의 고구려 유민이 90%의 말갈족을 다스린 발해 같은 성격이었습니다. 국씨고창국은 불교를 숭상했고 마지막 왕인 국문태는 열렬한 불교신자여서 현장법사가 인도로 갈 때 이곳에서 한 달간 머물며 법회를 갖게 했고, 주변국에 현장법사를 소개해주어 서역을 무사히 건너갈 수 있게 했습니다."

고창고성 안에는 현장법사가 설법한 강경당(講經堂) 건물이 복원되어 있다.

"국씨고창국은 640년 당나라에 의해 멸망했습니다. 실크로드 개척을 원했던 당태종이 소정방을 시켜 서돌궐까지 항복시키고는 안서도 호부를 고창고성에 두고 서역의 오아시스 나라들을 다스렸습니다. 이 때 투르판 지역을 당나라 행정구역의 하나인 서주(西州)라 불렀고 그 관할하에 고창현을 비롯해 5개 현을 두었는데, 당시 인구는 3만 7천 명이었다고 합니다."

그때 당나라는 변경에 대한 국방정책으로 동서남북 사방에 도호부를 설치했다. 신라와 연합하여 고구려를 멸망시키고 평양에 안동도호부를 두었고, 동시에 남쪽에서는 베트남 지역을 평정하고 하노이에 안남도호부를 두었으며, 북쪽 외몽골에 안북도호부를 두었고 서역에 안서도호부를 두었다. 이로써 당나라는 동서남북의 변경을 확정 지었던 것이다. 사실 아무리 시간이 없어도 이런 사실은 강조했어야 하는데 짧게 줄이기 바빴다.

"당나라 서주 시절 투르판에는 당나라 문화가 많이 이식되었고, 반대로 서역문화도 당나라로 많이 이입되어 국제적 성격을 갖게 됩니다. 서주 시절 투르판의 당나라 문화는 고창고성과 바로 곁에 있는 아스타나 고분에서 출토된 유물들이 잘 보여줍니다. 그러나 당나라의 힘이 약해지는 8세기 후반에는 토번이 이곳을 지배했습니다. 그러다 9세기 중엽 토번의 힘이 약화되면서 그 자리에는 위구르족이 대대적으로 이주해 들어와 고창을 지배하고 나라를 세웁니다. 이것이 고창회골왕국이라고도 불리는 천산위구르왕국입니다."

여기까지 설명했을 때 우리의 버스가 고창고성 주차장에 들어섰다. 나는 황급히 강의를 마쳤다.

"이후 천산위구르왕국 이야기는 베제클리크석굴로 갈 때 하겠습니다."

고창고성의 무너진 흙담 앞에서

고창고성은 총 면적이 200만 제곱미터(약 60만 평)로 교하고성의 네 배나 된다. 사각형 형태로 당나라 장안성의 체제를 따라 외성, 내성, 왕성으로 이루어졌다. 외성의 둘레는 5.4킬로미터, 성벽의 두께는 12미터, 높이는 11.5미터이고 내성의 둘레는 3.6킬로미터 정도다. 그러나 650년간 폐허로 방치되다 1961년에 와서야 국가중점문물로 보호받게 되어 남은 건물은 없다.

내성 북쪽에 왕성이 있고 두 곳에 사원 터가 있는데 하나는 왕성의 북쪽 끝에, 다른 하나는 서남쪽 외성과 내성 사이에 있다. 그중 서남쪽 사원 터는 약 1만 제곱미터(약 3천 평)로 아주 넓다. 셔틀버스를 타고 외성과 내성 사이를 한 바퀴 돌면서 중간에 서남쪽 대불사 자리에 내려 자유롭게 유적지를 돌아볼 수 있게 일정이 짜여 있다.

열아일기 팀과 첫 번째 갔을 때 얘기다. 우리의 셔틀버스가 고창고성의 동쪽 외성과 내성 사이를 달리기 시작하자 앞으로는 멀리 벌거숭이 화염산이 가로질러 있고, 오른쪽으로는 외성의 무너진 담장이 따라오고, 왼쪽으로는 무너진 건물 담들이 아무렇게나 여기저기 흩어져 있다. 빈 들판엔 낙타풀이 무리 지어 있다. 돌보는 이 없고, 돌볼 수도 없는 황량한 유적지인데 답사객들은 황홀경을 맞이하듯 감탄사를 연발한다.

"아, 이럴 수가!"

그때 우리는 쿰타크사막을 환상적으로 체험하고 온 참이어서 웬만해선 유적이고 풍광이고 눈에 들어오는 것이 다 싱겁게 보이리라 생각했는데 막상 고창고성에 와보니 그와는 전혀 다른 감동이 가슴 깊은 곳에서 일어나는 것이었다. 쿰타크사막이 대자연의 우아한 아름다움이 주는 장엄한 울림이었다면, 고창고성의 폐허에서 일어나는 것은 인간의 삶과 역사의 체취가 뼛속까지 스며오는 숭고의 감정이었다.

사방이 뚫린 셔틀버스에서 털털대는 시동 소리를 들으며 맞바람에 실려 오는 모래를 스카프로 막으면서도 무너진 흙담들이 또 어떤 장면으로 우리를 맞이할까 기대하며 행여 놓칠세라 두 눈을 앞뒤로 좌우로 바삐 움직였다. 교하고성은 생토를 지하로 파고 만들었지만 고창고성은 흙벽돌을 쌓아 건물을 세웠는데 그것이 무너져 옛 자취를 알게 모르게 남겨놓고 우리의 상상에 맡겨두니 폐허의 상징성이 더욱 실감 나게 다가왔다. 이윽고 우리의 셔틀버스가 사진 찍을 시간을 주기 위해 잠시 머물렀다.

'열아일기' 답사 멤버 중에는 극작가 오종우 선배가 있었다. 오작가

| **고창고성 전경** | 고창고성은 교하고성의 네 배나 되는 큰 규모를 자랑하는 고성이다. 오랫동안 방치되어 황량한 폐허로 남아 있지만 육중한 벽체들이 마치 추상적인 연극무대 같은 중후한 분위기를 자아낸다.

는 나보다 여러 해 선배이고 전공도 다르지만 학창 시절 그가 대학신문에 연극평을 연재할 때 간혹 학림다방에서 만나면 그의 평과 연극에 대해 의견을 주고받았던 친분이 있고, 그가 대본을 쓴 「칠수와 만수」의 무대를 보러 가 축하해준 적도 있지만 이렇게 8박 9일 긴 시간을 함께 보낸 건 처음이었다. 그는 아는 사람은 다 알듯이 속은 따뜻하면서 겉은 냉혈한 같아 감정을 잘 드러내지 않고 남에게 좀처럼 곁을 주지 않는다. 그런 그가 이곳 고창고성의 흙벽들이 높고 낮게 가로세로로 얼

기설기 남아 있는 것을 보고는 드디어 내게 다가와 말을 걸었다.

"이건 세계에서 가장 아름답고 완벽한 연극 무대장치 같아. 여기에
선 어떤 연극을 해도 다 소화해낼 수 있겠어. 이번 여행 8박 9일 본 것
중 으뜸이네."

나는 그가 느낀 감동의 정체가 무엇일까를 곰곰이 생각해보았다.

여러 요인 중 하나는 성벽의 이미지가 갖고 있는 추상성과 연관된 것으로 이해된다. 미국의 색면파 추상화가인 마크 로스코(Mark Rothko)는 대형 캔버스에 검은색 혹은 빨간색을 짙게 칠하고 또 칠하면서 색면의 라인은 번지기 기법으로 어스름하게 지워버렸다. 그렇게 해놓고 로스코는 "관객들이 내 그림을 보면서 울음을 터뜨리길 바라며 그린다"라고 했고 실제로 많은 관객들이 그의 작품을 보고 있으면 감정이 복받친다고 고백한다는데, 이와 그대로 통하는 감상이다. 형체가 남아 있으면 그런 감정이 나오지 않는다. 그것은 분명 추상의 매력이자 힘이다.

대불사의 가람배치와 탑전

다시 차에 올라 우리의 셔틀버스가 북쪽을 향해 달리니 외성 북벽이 가까워질수록 길게 뻗어나간 화염산이 선명히 다가오면서 구불구불한 불꽃 주름살이 폭양 아래 이글거리는 것처럼 보인다. 그러고 보니 고창이라는 이름이 '지세가 높고 평평해서 사람이 모두 번성하는 곳'이라는 뜻의 '지세고창 인서창성(地勢高敞 人庶昌盛)'에서 나왔다는 말을 실감할 수 있었다.

셔틀버스가 외성 북벽을 가로질러 북서쪽 모서리에서 남쪽으로 방향을 틀자 왼쪽으로 내성의 벽채들이 바람에 깎이고 무너진 채로 우리를 계속 따라온다. 화염산을 뒤로하고 망망한 지평선 위에 통째로 드러난 고성의 옛 건물터 파편들은 마치 그간 버티어낸 세월의 근수를 말해주는 것만 같았다.

마침내 고창고성에서 유구(遺構)가 가장 잘 남아 있는 대불사 터에 당도해 셔틀버스에서 내렸다. 안내 데크를 따라가다보니 안내판이 바닥에 낮게 깔려 있다. 하얀 돌판에 검은 글씨를 새겨넣은 안내문은 위구르어, 중국어, 영어로 되어 있었다.

서남 대불사의 위치는 고창고성의 외성 서남쪽 모서리로 이는 고창회골 당시 세워진 정원식 사원 자취이다. 사찰 터의 평면은 직사각형으로 동서 길이 130미터, 남북 폭 80미터에 넓이는 10,400제곱미터이며 사면에 사찰 담장이 둘러져 있다. 사원은 동향(東向)으

로 탑전(塔殿, 탑을 모신 전각), 전정(殿庭, 마당), 사문(寺門, 절문)이 일직선을 이루며 탑전을 중심으로 남, 북, 서 3면에 건물이 배치되어 있다.

관람 데크가 인도하는 대로 발길을 옮기니 벽채들이 제법 잘 남아 있어 공간의 모양과 크기를 알아차릴 수 있었다. 절문에 들어서 좌우로 늘어선 건물 잔편들을 지나니 마당이 펼쳐지는데 공간이 아주 넓어서 갑자기 가슴이 열리는 시원함이 있다.

정면엔 우리로 치면 대웅전이 있을 자리에 탑전이 내부를 드러낸

| 대불사 탑전 | 기둥 3면에 층층이 감실이 나 있다. 이 감실에는 본래 여러 형태의 불상들이 모셔져 있었다.

채 높직이 올라앉아 있다. 탑전이란 전각 안에 불상이 아니라 탑을 모셔서 얻은 이름이다. 이는 우리나라나 중국, 일본에서는 볼 수 없는 형식이고, 인도의 탑원 형식에서 유래한 것이 분명하지만 인도와는 다른 고창 고성의 특이한 가람배치다. 서역 양식이라고 부를 수 있을지는 모르겠지만 이렇게 인도와 중국 사이에 자리한 서역 곳곳에서 이런 절충적 내지 중간적 형식을 볼 수 있다.

관람로를 따라 탑전에 오르자 전각 안에 커다란 중심 기둥이 공간을 장악하고 있는데 정면에 쌀을 골라내는 키 모양으로 움푹 파인 곳에 원래는 커다란 부처님 입상(立像)이 모셔져 있었으리라는 것은 설명 없이도 알 만했다. 기둥을 한 바퀴 돌아보니 3면에 층층이 감실이 나 있는데 맨 아래층엔 큰 감실이 3곳, 위로 2, 3, 4층에 작은 감실이 각각 7곳 나 있다. 감실은 비어 있으나 모두 부처님 좌상이 모셔지고 단청과 벽화가 있었을 것이니 이 공간이 주는 장엄함을 능히 상상할 수 있겠다. 그렇게 중심주(柱)를 한 바퀴 돌아 나오니 우리가 그동안 돈황 막고굴에서 무수히 보아온 '중심주굴'과 기본적으로 같은 맥락

에 있음을 알 수 있었다. 다만 돈황은 벽화가 중심이었는데 여기는 불
상 조각이 중심이었던 것이 차이다.

대불전 강경당과 현장법사

탑전 앞에 서서 절 마당을 내려다보자 왼쪽으로 둥근 지붕의 이색
적인 건물이 보인다. 이 건물은 우리식으로 말하면 설법전으로 경전
을 강의하는 곳이라고 해서 강경당으로 불린다. 다른 건물터가 흙벽
돌을 노출한 것과 달리 벽체를 말끔하게 마무리해 새로 정비한 티가
역력하다. 그런데 사람의 심리가 묘해서 왠지 폐허가 보여주는 진정
성이 감소되는 기분이었다.

강경당 안으로 들어가니 공간이 아주 특이하다. 지붕은 돔 형식인
데 천장이 뚫려 있다. 비가 거의 오지 않기 때문에 그대로 노출할 수
있는 것이다. 벽체 모서리에 아치를 두르고 안쪽을 깊이 파고들어가
천장이 원형을 이루도록 슬기롭게 공간을 처리했다는 인상을 주었다.
그리고 벽체 곳곳에 일정한 간격으로 감실이 있는데 이는 분명 등잔
을 놓아 불을 밝혔던 자리로 보였다.

흙벽돌을 가지런히 쌓은 모습 자체가 거친 듯 싱싱하고 튼실한 질
감을 자아내는데, 곳곳에 흙손으로 말끔히 마감한 자취가 있어 원래
는 아주 단정한 공간이었으리라 상상해보게 된다. 돔 형식이기 때문
에 공간을 감싸주는 분위기가 아늑하기 그지없고 뚫린 천장으로 티
없이 맑은 푸른 하늘이 허공을 덮고 있어 말할 수 없는 고요와 신비의
감정이 일어난다. 마치 강원도 원주 오크밸리의 뮤지엄 산에 있는 설

| 강경당 내부 | 강경당은 벽체 모서리에 아치를 두르고 안쪽을 파고들어가 천장을 둥글게 한 뒤 가운데를 뚫어 돔 모양으로 지붕을 만든 덕에 내부 공간에서 환상적인 분위기가 느껴진다.

치미술가 제임스 터렐(James Turrell)의 「스카이스페이스」(Skyspace)에서 명상을 체험한 것만 같다. 참으로 멋지고 성스러운 공간이었다.

여기에 오면 가이드들은 누구든 현장법사가 경전을 강론했던 드라마틱한 이야기를 신나게 감동적으로 펼치게 된다고 한다. 우리의 가이드 역시 회원들 앞에서 모처럼 열강을 시작했다. 마이크를 나에게 빼앗겨 실력 발휘할 기회를 잃었던 차인지라 목청 높은 열강이 시작되었다.

"630년, 현장법사가 막하연적에서 닷새간 물 한 모금 마시지 못하고 죽을 고비를 넘긴 뒤 이오국(하미)에 도착했을 때 마침 그곳에 와 있

| **강경당 전경** | 대불전 강경당은 경전을 강의하는 설법전으로, 과거 현장법사가 고창국왕의 요청을 받아 한 달간 불경 강론을 한 곳이어서 각별히 주목받고 있다.

던 고창국의 사자가 불심이 깊은 고창국의 왕 국문태(麴文泰)에게 보고하니 고창국왕은 준마 수십 필과 마차를 딸려 환영사절을 보냈습니다. 현장법사는 원래 고창국을 거치지 않고 가려 했으나 고창국왕의 간절한 청을 뿌리칠 수 없어 300킬로미터 떨어진 고창성에 엿새 걸려서 도착했습니다.

고창국왕 국문태는 현장법사를 극진히 모셨습니다. 법사는 왕과 백성들을 위해 법회를 열었습니다. 고창국왕은 법사의 설법을 계속 듣기 위해 그의 천축행을 만류하며 고창국의 국사(國師)가 되어달라고 간청했습니다. 그러나 현장은 천축으로 가는 것을 고집했고 국왕도 계속 뜻을 꺾지 않았습니다.

이에 현장법사는 왕이 허락할 때까지 아무것도 먹지 않겠다며 단식에 들어갔습니다. 그러자 단식 사흘째 되는 날 국왕은 현장에게 세 가지의 조건을 제시했습니다. 첫째는 왕과 형제의 의리를 맺을 것, 둘째는 떠나기 전에 한 달간 『인왕반야경(仁王般若經)』을 설법해줄 것, 셋째는 인도에서 불경을 구해 돌아오는 길에 고창국에 3년간 머물며 설법해줄 것이었습니다. 이에 현장법사는 왕의 제안을 받아들여 단식을 풀고 대불전 강경당에서 한 달간 불경을 강론했습니다.

약속대로 한 달이 지나자 왕은 천축으로 떠나는 현장법사에게 4명의 종자와 가사 30벌, 황금 100량과 은전 30,000매, 고급비단〔綾絹〕 500필, 말 30두, 일꾼 25명을 선사했습니다. 이것은 현장법사가 인도에 가서 20년 동안 활동하기에 충분한 재원이었습니다.

그뿐이 아니었습니다. 왕은 신하 환신(歡信)에게 고급비단 500필, 과일 두 수레와 함께 현장을 잘 안내해달라는 편지를 지참시켜 서역에서 막강한 힘을 갖고 있던 서투르크의 칸(서돌궐국왕)에게 보냈습니다. 환신이 왕과 인척이기 때문이었습니다. 그밖에 현장법사가 거쳐가야 하는 서역 24국의 왕들에게 비단 1필과 의뢰장을 보냈습니다. 이에 현장법사는 고창왕의 극진한 지원에 감사하며 이렇게 말했습니다.

엎드려 대하자니 송구스러워 어찌 아뢸지 모르겠습니다. 교하(交河)의 물이 범람한다 한들 폐하의 은택에 비하면 많은 것이 아니고 파미르고원을 들어 올린다 한들 어찌 폐하의 은폐보다 무겁겠습니까. (…) 제가 목표를 이룬다면 누구의 덕분이겠습니까. 오직 폐하의 은혜 덕분입니다.(『팔만대장경』「대장대자은사삼장법사전」)

　이러한 배려로 현장은 무사히 서역을 통과하여 천축에 이를 수 있었습니다. 그리고 17년 후 드디어 귀국길에 오릅니다. 현장법사는 고창국왕 국문태와 한 약속을 지키기 위해 쉬운 바닷길을 버리고 다시 험난한 육로를 택했습니다. 그리하여 파미르고원을 넘어 호탄에 도착하니 충격적인 소식이 기다리고 있었습니다. 그사이 고창국이 없어져 버렸다는 것이었습니다. 현장이 천축에 가 있는 동안 당나라 6만 군사에 의해 멸망했던 것입니다. 그때 고창국왕 국문태는 급사했다고 합니다.

　현장법사는 놀랍고 슬프고 안타까워했습니다. 그러나 어쩔 수 없는 일이었습니다. 이에 현장법사는 고창국을 들르지 않고 곧장 장안으로 들어갔습니다.”

독일의 중앙아시아 탐험대

　고창고성은 20세기 초 독일 탐험대에 의해 철저히 도굴되었다. ‘그레이트 게임’에 독일이 뛰어든 것이 1902년이고, 이후 1914년 제1차 세계대전 발발로 중단될 때까지 모두 4차에 걸쳐 탐험이 이루어졌다. 스벤 헤딘과 오렐 스타인이 서역남로의 호탄, 누란 등을 파헤쳤던 것에 반해 독일은 천산남로의 투르판과 쿠차를 주 공략 대상으로 삼았다.

　독일의 제1차 ‘중국령 투르키스탄(신강성)’ 탐험은 유명한 무기상인 크루프(Krupp) 가문의 재정적 지원을 받아 1902년부터 1903년까지

| **독일의 중앙아시아 탐험대의 기념사진** | 테이블 맨 왼쪽에 앉은 사람이 테오도르 바르투스, 그 옆이 알베르트 폰 르코크, 그 옆이 알베르트 그륀베델이다.

시행되었다. 그때 탐험단장은 베를린 민속박물관의 인도 파트 부장인 알베르트 그륀베델(Albert Grünwedel, 1856~1935)이었다. 그는 뮌헨대학에서 아시아 미술사와 언어로 박사학위를 받았고, 불교미술에 관한 뛰어난 저서를 남긴 미술사가이다.

조수로는 박물관 직원인 테오도어 바르투스(Theodor Bartus, 1858~1941)가 있었다. 그는 독일 태생이지만 항해사로 호주 지역에서 활동했는데 독일에 있는 동안 전 재산을 맡겨두었던 호주의 은행이 파산하는 바람에 독일에 눌러앉아 1888년부터 베를린 민속박물관에서 보존기술자로 근무하고 있었다. 그는 항해사답게 힘이 넘치면서도 손길이 섬세해 발굴 유물을 수습하고 관리하는 데 탁월한 기술을 발휘했고, 네 차례의 탐사에 모두 참여했다.

그륀베델의 1차 탐사팀은 투르판 고창고성을 중심으로 유물을 수집해 46상자의 유물을 챙겨오는 성과를 보였다. 이를 보고 크게 감동받은 독일 황제 빌헬름 2세는 탐사를 지원하는 재단을 만들어 개인적으로 3만 2천 마르크라는 거금을 희사했고 크루프 또한 재단 후원자가 되었다. 제2차 탐험 역시 투르판으로 정하고 그륀베델이 계속 단장을 맡기로 했다. 그런데 그륀베델이 갑자기 앓아눕는 바람에 그때 박물관에 갓 들어온 '비정규직' 새내기인 알베르트 폰 르코크(Albert von Le Coq, 1860~1930)가 단장을 맡아 바르투스와 함께 투르판으로 떠나게 되었다.

르코크로 말하자면 영국의 오렐 스타인, 스웨덴의 스벤 헤딘, 프랑스의 폴 펠리오에 맞먹는 독일의 대표적인 중앙아시아 탐험가라고 할 수 있다. 그는 1860년 베를린의 부유한 포도주 판매상의 아들로 태어났다. 가업을 물려받기 위해 영국과 미국에서 유학하고 27세에 독일로 돌아와 할아버지가 세운 포도주회사 'A. 르코크'에 들어갔다(이 회사는 지금도 있다). 그러나 그는 사업에 별 재미를 붙이지 못하고 40세 때 베를린 동양언어학원에서 투르크어, 산스크리트어, 아랍어 등을 배웠다.

그리고 1902년 42세 때 베를린 민속박물관 인도 파트에 무보수 자원연구자로 들어갔다가 졸지에 탐험대장이 되어 투르판으로 떠나는 행운을 얻은 것이다. 르코크는 이때의 일을 훗날 『사막에 묻힌 중국령 투르키스탄의 유물들』(*Auf Hellas Spuren in Ostturkistan*, 1926)에 자세히 기록했다고 한다. 이를 정수일의 『실크로드 문명기행』에서 한 대목 인용해 소개하면 다음과 같다.

시베리아를 가로질러 중국 국경에 도착한 그는 안전치 못하다는 러시아 영사의 말을 듣고 금화 1만 2천 루브르를 넣은 주머니 위에 앉아서 라이플 권총을 한 손에 든 채 우루무치까지 온다. 약 두 달 후인 11월 18일, 고창고성에 도착해 그곳에 약 4개월 머물면서 베제클리크석굴을 비롯한 여러 유적지들을 정신없이 돌아다니며 유물 편취에 몰두한다.

르코크의 고창고성 도굴

고창고성은 이미 그륀베델이 제1차 탐사 때 거쳐갔지만 워낙에 넓은 지역이고 인근에 아스타나 고분군이 있어 여전히 조사하며 수집할 여지가 많았다. 이때 르코크는 고창고성에서 마니교(摩尼敎, Manichaeism)의 벽화를 찾아내는 엄청난 성과를 거두었다. 위구르족은 유목 시절 마니교를 믿어 고창회골국을 세운 다음에는 국교로까지 삼았다. 이 세계적으로 희귀한 마니교의 성화를 여기서 구한 것이다.

그뿐 아니라 고창고성 성벽 바깥에서는 여기서 경교(景敎)라고 부르던 네스토리우스교(Nestorianism) 벽화를 발견하는 성과도 얻었다. 또 조로아스터교(Zoroastrianism) 벽화도 발견했다. 이로써 투르판이 문명의 용광로였음을 입증할 수 있는 물증이 확보되었다. 그런데 독일 탐사단의 이런 '성과'는 무지막지한 발굴, 아니 발굴도 아니고 백주

| **경교 벽화** | 독일 탐사단은 고창고성 성벽 바깥에서 경교라고도 불리는 네스토리우스교의 의식을 담은 벽화를 발견했다.

에 벌어진 도굴의 결과였다. 1915년 오렐 스타인이 이곳에 왔을 때는 유적들이 도굴된 상태로 완전히 파헤쳐져 있었다고 한다.

이런 이야기를 들으면 당시 사람들은 어떻게 양심도 없이 그렇게 남의 나라에 와서 유적을 파헤치고 유물을 가져갔을까 하는 생각을 갖게 된다. 그 이유를 추정해보자면 첫째로 르코크는 학자가 아니라 탐험가였다. 더욱이 국왕과 재단은 이런 유물을 많이 가져오라고 막대한 재정적 후원을 했다. 이에 탐험가로서 성과에 대한 욕심이 컸을 것이다. 당시에도 학자인 그륀베델은 달랐다. 쿠차 키질석굴을 탈취할 때 그륀베델은 "유럽에서 복제품을 만들 수 있도록 석굴 구조도를 그리고 정밀하게 측량하는 것이 맞다고 생각했다"는 것이다. 그러나 이런 의

| **조로아스터교 여신 두상** | 고창고
성에서 발견된 조로아스터교 여신 나
나의 모습. 불교에 익숙한 우리의 눈
에는 마냥 이색적으로 느껴진다.

견은 당시 소수에 불과했다고 한다.(『실크로드: 7개의 도시』 참고)

이에 대해 르코크가 자기정당성을 내세울 변명의 여지가 하나 있
다. 당시 고창고성 주민들은 이 유서 깊은 고대 도시를 경작지로 만들
며 갈아엎고 있었다고 한다. 대들보와 서까래는 땔감으로 사용했는데
특히 한심한 것은 벽화의 안료가 밭에 뿌리면 좋은 비료가 된다고 긁
어내는가 하면 귀신을 쫓는답시고 벽화 속의 인물이고 동물이고 눈만
보면 파낸 것이었다. 이를 보고 르코크는 자신이 안전하게 독일 박물
관으로 유물을 옮기는 것이 오히려 유물을 보존하는 길이라는 생각이
들었다고 한다. 그의 이런 생각은 마침내 베제클리크석굴에서 제15굴
벽화 전체를 통째로 탈취해가는 행위로 이어지게 된다.

아스타나 고분군의 복희와 여와

우리의 답사는 곧바로 아스타나(阿斯塔那) 고분으로 이어졌다. 아스타나 고분군은 고창고성에서 북쪽으로 불과 2킬로미터 정도 떨어진 곳에 있다. 주로 국씨고창국 시절(502~640)과 당나라 서주 시절(640~755?) 지배층들의 공동묘지로 동서 5킬로미터, 남북 2킬로미터에 면적 약 10제곱킬로미터(약 3백만 평)의 넓은 벌판에 수백 기의 고분이 산재되어 있다. 크게 두 구역으로 나뉘어 서쪽은 아스타나, 동쪽은 카라호자(哈拉和卓)이지만 대개 아스타나 고분군으로 통한다. 아스타나의 뜻을 국내 자료들은 '휴식' 또는 '영원한 안식'이라고 멋지게 소개하는데 중국 측 자료에는 고대 위구르어로 '정치의 중심', 즉 '수도[京都]'라고 설명되어 있다. 그리고 카라호자는 위구르족을 재난에서 구출한 장군의 이름이라고 한다.

표를 끊고 마치 우리나라 절집 대문처럼 생긴 정문 안으로 들어서니 넓은 마당에 복희(伏羲)와 여와(女媧) 동상이 높이 솟아 있다. 복희와 여와는 중국 천지창조의 신이다. 남녀 한 쌍이 하반신은 뱀의 모습으로 서로가 서로를 꼬아 하나의 몸체를 이루고 있는데 오른편에 머리에 관을 쓰고 기역자 모양의 자[曲尺]를 든 인물이 남신인 복희이고, 왼쪽에 머리를 땋고 컴퍼스를 든 인물이 여신인 여와이다. 이는 하늘은 둥글고 땅은 네모나다는 천원지방(天圓地方)과 음양의 사상을 상징하며 배경에는 해, 달, 별자리를 그려 천상의 세계를 나타내고 있다.

아스타나 고분에서는 이런 「복희와 여와」 그림이 수십 점 발굴되었

| **「복희와 여와」 동상 |** 뱀 모양의 하반신을 서로 꼬아 하나가 된 남녀 한 쌍이 서 있는 모습의 이 동상은 중국 천지창조 신화의 주인공인 남신 복희와 여신 여와를 형상화한 것이다.

는데 대개 폭 1미터, 높이 2미터 정도 크기의 마포에 그린 것으로 주로 한족 지배층의 무덤에서 관 또는 시신 위에 덮여 있었다고 한다. 그중 가장 유명한 작품은 우리 국립중앙박물관에 소장되어 있다. 이 그림 을 동상으로 세워 아스타나 고분의 상징으로 삼고 있는 것이다.

아스타나 고분에서는 국씨고창국부터 당나라 시대까지 부장품들 이 아주 다양하게 출토되었는데 우리 국립중앙박물관 중앙아시아실 에는 「복희와 여와」 그림을 비롯해 투르판박물관에서도 볼 수 없을 귀 한 유물들이 많이 진열되어 있다.

「구슬 문양으로 장식된 그릇」 「새머리 장식 병」 「나무 굽다리접시」 「자수로 장식한 주머니」 「꽃무늬 바구니」 「빗(櫛)」 「나무 신발」 「나무

| 「복희와 여와」 그림 |
아스타나 고분에서 출
토된 이 그림은 현재 국
립중앙박물관 중앙아시
아실에 전시되어 있다.
천에 그린 이 그림은 시
신 또는 관 위에 덮여 있
었다고 한다.

여인상」「나무 문인상」「악기를 연주하는 사람」「동전」「묘표(墓表)」 등등 생활유물이 고루 전시되어 있으며, 조각으로는 무덤을 지키는 상상의 동물을 만든 「진묘수상(鎭墓獸像)」이 특히 유명하다.

아스타나 고분군의 지하묘실

정문 앞으로는 목조 2층 건물의 전망대가 있고 오른쪽으로 고분군이 펼쳐져 있다. 넓은 들판에 둥근 흙더미들이 수없이 펼쳐져 있는데 그게 다 무덤이란다. 이곳의 무덤은 대부분 완만하게 지하로 내려가는 경사진 길과 시신을 놓은 묘실로 이루어져 있어 이곳 말로 '사파묘도동실묘(砂坡墓道洞室墓)'라고 한다. 일반에게 개방된 무덤은 3기이며 입구마다 그 무덤에 관한 세세한 정보가 까만 대리석에 음각으로 새겨져 있다.

묘호: 73TAM210

시대: 당(唐, 618~907)

장묘 형식: 사파묘도동실묘, 묘 길이 전체 20미터, 깊이 5.5미터

출토 문물: 나무 대접, 나무 항아리, 나무 빗, 구리거울 손잡이, 진흙으로 만든 우물과 두레박 모형, 진흙인형, 풀인형, 마포, 문서로 당 정관 23년(649) 안서도호부 호조(戶曹) 관련 문서, 부인 안장 때 천으로 만든 작은 책자 등등.

묘실 시신: 부부 합장, 위를 보고 곧게 누운 자세, 보존상태 비교적 좋음. 투르판 출토 옛 시신들은 미라 상태인데 이는 땅이 건조한

| **아스타나 고분군 전경** | 아스타나 고분군의 각 굴 위치를 알려주는 안내판이 덩그러니 서 있다. 아스타나 고분군의 넓은 들판에 둥근 흙더미처럼 보이는 무덤들이 펼쳐져 있다.

자연조건에서 형성된 것임.

이런 정보를 갖고 비스듬한 묘도를 따라 들어가니 묘실 안이 작은 방만 한데 흙벽은 마무리하지 않았고 출토 문물은 없었지만 미라가 된 시신은 그대로 전시되어 있었다. 이곳에서 발굴된 미라 22구 중 하나를 답사객을 위해 현장에도 남겨둔 것이다. 확실히 유물의 현장성은 중요했다. 투르판박물관과 우루무치의 신강성박물관에 전시된 아스타나 고분 출토 미라를 볼 때는 '유물'로서 따져보았는데 죽음의 공간 속에서 마주하니 이는 그냥 '시체'였고 인간이라는 동물이 이렇게

| 묘실 입구(왼쪽)와 무덤 설명문(오른쪽) | 아스타나 고분군 각 무덤의 입구마다 해당 무덤의 정보가 자세하게 적혀 있어 관람객의 이해를 돕는다. 무덤 안에는 이곳에서 발견된 미라와 유물 등이 전시되어 있다.

종말에 다다르고 마는구나라는 스산한 감정이 일어나 오래 보기 싫었다. 그런데 갑자기 침묵을 깨는 소리가 들렸다.

"어, 이 사람은 젊어서 죽었네. 30대 중반으로 건장했는데. 병으로 죽은 것 같지 않으니 전쟁에서 죽었는지도 모르겠네."

치과의사기도 한 극작가 오종우였다. 시신의 치아를 보고 이런 판정을 내린 것이었다. 묘실 안에서의 기분이 모두들 그렇고 그랬는지 다음번 215호 묘실 앞에서는 얼른 들어가려 하지 않았다. 나도 사실

| 화조화 6폭 병풍 | 215호 묘실에서 발견된 6폭 병풍에는 백합, 난조, 원앙, 꿩 등이 그려져 있다. 그림 솜씨가 뛰어나다고 하기는 어렵지만, 마치 민화처럼 즐겁고 편안한 느낌을 주어 나름의 예술세계를 보여준다.

내키지 않았지만 명색이 문화재 전문가인데 묘실 안에 아무것도 없다고 들어가지 않을 수는 없는 일이었다. 그런데 안내문을 읽어보니 안에 화조화 6폭 병풍이 장식되어 있다는 것이다.

"그림이 있대요."

이 한마디에 모두들 비탈진 묘도를 줄지어 내려갔다. 역시 볼거리가 중요하다. 묘실 안쪽 벽면에 붉은색으로 띠를 둘러 6폭으로 나누고 백합, 난조, 원앙, 꿩을 그렸는데 화폭 아래로는 바위와 냇물, 중간에는 멀리 보이는 산, 위로는 나는 제비를 그려 산천의 야취를 담아내려는

| 비단으로 만든 꽃꽂이(왼쪽)와 아스타나 187호 묘실 출토 「바둑 두는 여인」 그림(오른쪽) | 아스타나 고분군에서 출토된 예술품 중에는 이렇듯 화려하면서도 세련되어 높은 수준을 자랑하는 것들이 있다.

뜻을 보여준다. 그림은 여지없이 아마추어의 서툰 솜씨지만 조선시대 민화를 보는 듯한 즐거움과 편안함이 있었다. 아마추어가 프로를 흉내 내지 않고 아마추어의 천진함을 그대로 추구하다보면 프로는 보여줄 수 없는 순진무구한 예술세계를 드러낸다. 나는 이를 '아마추어의 승리'라고 말하는데 이 아스타나 고분 215호의 화조화 6폭 병풍이 꼭 그러했다.

그렇다고 해서 아스타나 고분 출토 회화가 다 소박한 예술이라는 것은 아니다. 여기서 출토된 비단으로 만든 꽃꽂이는 과연 이게 진짜 1500년 전 작품일까 의심이 들 만큼 화려하면서도 세련되었고, 비단에 그린 「바둑 두는 여인」은 당나라 장안과 낙양의 문화에서도 보기

드문 세필화로 가히 명화라 할 만하다. 아마도 당나라 서주 시절 최고 급 관리의 무덤에서 나왔을 것이다.

216호 묘실의 인물화 병풍

다음 216호에도 6폭 병풍 그림이 있었는데 이번엔 인물화였다. 양 끝 두 폭엔 기물을 그려놓았는데 왼쪽에 비스듬히 기울어져 있는 그 릇은 물이 정중(正中)에 있을 때 바로 서고 넘치면 뒤집어진다는 것을 상징하는 것으로 단정(端正)과 평형(平衡)을 강조한 것이라고 한다. 네 명의 인물이 앉은 자세가 제각기 다른데 가슴 또는 등에 금인(金人), 석인(石人), 옥인(玉人), 목인(木人)이라 쓰여 있다. 이는 공자묘의 네 성인을 나타낸 것이다.

| **기마여인상** | 아스타나 고분군에서는 각종 나무인형이 출토되었다. 이 기마여인상도 그중 하나로 국립중앙박물관 중앙아시아실에 전시되어 직접 볼 수 있다.

석인은 돌처럼 굳은 결심부동을, 흰옷을 입은 옥인은 청렴결백을, 목인은 거짓이 없는 정직을 상징한다. 금인은 입을 세 겹으로 막고 있어 언어의 신중함을 나타내는데 이는 공자의 삼함기구(三緘其口), '입을 세 번 봉하다'라는 고사성어에서 나온 것이다. 공자가 주나라 태묘(太廟)를 방문하니 종이로 입을 세 번 봉해놓은 기이한 동상(金人)이 있더란다. 그런데 동상 뒤에는 이런 글귀가 있었다고 한다.

이 사람은 말을 가장 조심스럽게 했던 사람이다.

그러면 무덤 속 병풍에 금인, 석인, 옥인, 목인을 그려놓은 것은 피장자(被葬者)가 이런 분이었다는 뜻을 담은 것이리라.
'이분은 높은 도덕을 갖춘 분이다.'

아스타나 출토 문서

아스타나 고분군 답사는 참으로 힘들었다. 갈 때마다 섭씨 40도를 넘나드는 투르판의 여름날이었다. 그래도 습기가 없어 그늘로 들어가기만 하면 더위를 피할 수 있었다. 그런데 아스타나 고분은 어디를 가나 무덤뿐 햇볕을 피할 그늘이 없었다. 나는 회원들을 데리고 전망대로 올라가 휴식을 취하면서 아스타나 고분의 출토품에 대해 이야기해주었다.

여기는 기원후 250년에서 800년 무렵까지의 공동묘지인데 피장자는 장군이나 관리이고 간혹 평민도 있었지만 감씨, 마씨, 강씨, 국씨로

| **아스타나 고분군에서 출토된 각종 유물** | 아스타나 고분군에서는 진묘수머리(상단 맨 왼쪽)를 비롯한 인형과 각종 토기 등 다양한 유물이 발굴되었다. 그중에서도 목심소조인형(하단 왼쪽)과 목심소조무인상(하단 오른쪽)은 폐지를 재활용했던 당시의 생활상을 보여준다. 국립중앙박물관 소장.

이어진 고창왕릉은 발견되지 않았다. 무덤은 대부분 일부일처의 합장묘로 가족무덤이 유행한 것으로 보이며 시신은 대개 풀 위에 안치되어 있고 목관 혹은 종이관 등도 보인다.

우리가 특히 주목해볼 만한 것은 각종 나무인형인데, 흥미롭게도 당시엔 폐지의 재활용이 성행해서 폐지로 망자에게 옷을 입히고 모자와 신발을 만들어주었으며, 나무인형의 팔을 보면 종이를 꼬아서 만든 경우가 많다. 이것이 오늘날에 와서는 폐품이 아니라 엄청나게 중요한 생활사 자료가 되었다고 한다.

이와 비슷한 예가 우리 통일신라에도 있었다. 일본의 보물창고인 쇼소인(正倉院)이 소장한 문서 중에 「신라장적(新羅帳籍)」이라는 것이 있다. 이는 '좌파리가반(左波理加盤)'이라는 신라의 4첩 청동 그릇의 포장지로, 겹겹이 포갠 그릇이 들러붙지 않도록 사이마다 끼워 넣은 종이다. 8세기 전반 무렵 신라에서 놋그릇을 일본에 선물로 보내면서 그릇 사이에 폐지를 끼운 것이다. 그런데 이 폐지가 당시의 생활상을 증언하는 귀중한 문서자료가 되었다.

아스타나 고분에서 나온 문서는 2,000건이 넘는데 그 내용은 정치·경제·군사·문화·사회생활 전 분야에 걸쳐 있고 그중에는 소그드어, 위구르어로 쓰인 불교, 마니교, 경교 등의 종교 문서도 있다고 한다. 그래서 아스타나 고분군은 '지하박물관'이라는 애칭을 갖고 있다.

고구려의 후예, 고요 장군 묘지

아스타나 고분군 또한 20세기 초 제국주의 탐험대의 약탈을 피해

| 고요 장군 묘지명 | 고요 장군은 당에 의해 강제 이주당한 고구려 유민의 후손으로 아버지의 뒤를 이어 북정부도호를 지냈는데, 세상을 떠난 뒤 선영이 있는 아스타나에 옮겨져 묻혔다.

갈 수 없었고 체계적인 발굴은 1959년 이래 고고학자 황문필(黃文弼, 1893~1966)의 주도하에 10여 차례 이루어져 많은 성과를 얻었다고 한다. 그런 발굴 결과 465기의 무덤이 확인되었는데 시기를 알 수 있는 무덤 중 가장 이른 것은 273년이고, 가장 늦은 무덤은 782년 북정부도호(北庭副都護) 고요(高耀) 장군의 묘지이다.

그런데 이 고요 장군은 고구려 유민의 후예라는 사실이 우리에게 아픈 역사를 떠올리게 한다. 『나의 문화유산답사기』 중국편 제1권 천수 맥적산 답사 때 황하 서쪽 지역을 얘기하면서 잠깐 언급했듯이 당나라는 고구려를 멸망시키고는 이듬해인 669년 고구려 지배층을 중심으로 28,200호(약 20만 명)를 중국 땅 산서성 위쪽 오르도스 지역과 감숙성 농(隴) 땅으로 집단 이주시켰고, 평양에는 노인과 어린이만 남았다고 한다(『구당서(舊唐書)』).

학자들의 연구에 의하면 그 일부는 더 멀리 이곳 서역 땅으로 보내졌다고 한다. 1500년 전 우리 조상들이 겪은 애달픈 디아스포라가 이렇게 시작된 것이다. 고요는 당나라에 끌려온 재외동포 3세였다. 그의 집안은 장수 가문으로 할아버지 고덕방(高德方)은 쿠차의 안서도호부에서 근무했고 아버지 고현수(高玄璟)는 우루무치에 있던 북정부도호를 지냈으며 고요 또한 북정부도호가 되었다. 그는 돌궐과의 싸움, 토번과의 싸움, 안사의 난 때 혁혁한 공을 세우고 우루무치에 있는 북정도호부에서 세상을 떠나 거기서 장사를 지냈다. 그러다 782년 선영이 있는 이곳 투르판의 아스타나로 이장했다는 사실이 그의 묘지에 전하고 있는 것이다.〔유홍량(柳洪亮) 「당나라 북정부도호 고요 묘지 발굴보고서(唐北庭副都護高耀墓發掘簡報)」,『新疆社會科學』 1985(4) 참고〕

그래서 하서와 서역에서 장수로 활약한 고구려 후예가 많이 나오게 되었다. 그중 고선지(高仙芝) 장군과 그의 아버지 고사계(高舍鷄)가 일찍이 알려졌는데 1984년 아스타나에서 고요의 묘지가 발견됨으로써 또 한 분의 고구려 후예의 장수를 알게 된 것이다. 그리고 아스타나 고분에서는 고현(高玄)이라는 고구려 후예 장수의 묘지가 발견되기도 했다.〔전백천(錢伯泉) 「수당시기 서역의 조선족인(隋唐時期西域的朝鮮族人)」,『新疆大學學報(社會科學版)』 2006 참고〕

고현의 묘지에 대해서는 노태돈 교수(서울대 명예교수)가 KBS 다큐멘터리 「고선지 루트」에서 서돌궐과의 전투 때 여러 고을에 분산되어 있

| 저물녘 고창고성의 전경 | 고창고성이 노을빛을 받아 붉게 물들어 있다. 강렬한 볕으로 답사객을 괴롭히던 해는, 지기 시작하면서 이내 색을 바꿔 고창고성에 붉은빛이 더해진 새로운 풍경을 선사한다.

는 고구려 병사를 선발해갔다는 기록이 나온다고 해설한 바 있다. 그러니까 고요, 고선지, 고현은 서역으로 강제 이주된 조선족(고구려인) 제2, 제3세대로서 당당히 자기 능력을 펼치며 살아간 재외동포였다. 백제 멸망 후 백제의 후예들이 일본에서 활약한 것은 그런대로 알려져 있으나 고구려의 후예들에 대해서는 크게 알려진 바가 없다. 그런데 아스타나 고분이 이렇게 증언해주고 있다. 그래서 나의 이야기에는 비장감이 서렸고 회원들이 나의 이런 이야기를 아주 진지하게 들어주는 것이 고마웠다.

고창고성의 노을

나는 아스타나 고분과 고창고성을 두 번 답사했는데 그때마다 큰 횡재를 한 기분이었다. 첫 번째 갔을 때는 고창고성의 전시관 안내판에 내가 존경하는 대학자로 현대 중국에서 국학대사(國學大師), 즉 '나라의 큰 스승'이란 칭호를 받은 지셴린(季羨林, 1911~2009) 선생의 글이 대서특필되어 있는 것이 반가웠다. 안내판에는 선생이 고창고성의 문화사적 의의에 대해 내린 다음과 같은 언급이 큰 글씨로 쓰여 있다.

중국문화, 인도문화, 그리스·로마 문화, 이슬람 문화는 오랜 역사와 독자적인 체계를 갖추고 있으면서도 영향관계가 심원하다. 돈황과 신강성은 이 4대 문화가 흘러 모인 곳으로 투르판은 바로 신강성 고대문화의 축소판이고 고창고성은 고대 투르판의 정치, 경제, 문화를 모두 아우르는 4대 문화의 꽃이다.

평범한 문장이지만 이처럼 세계사적 시각에서 한 문장으로 정의 내릴 수 있는 것은 대가만의 특권이다. 그리고 중국은 학자와 시인을 기리는 일에 끔찍할 정도로 지극해서 이런 글로 선생의 권위를 빌려 유적을 빛내는 동시에 선생의 위업을 기리고 있다. 나는 이것이 무척 부러웠다. 이에 비하면 우리는 조상들의 학문적 위업을 기리는 데 너무 무심했다는 생각이 든다. 기릴 만한 학자가 없었던 것도 아니지 않은가. 우리가 크게 배워 마땅한 문화라고 생각했다.

| **고창고성 뒤로 지는 노을** | 한여름 밤 10시가 넘어서야 지는 투르판의 노을은 긴 낮이 무색하게 순식간에 사라져 어둠을 몰고 온다. 짧은 노을이 고창고성의 풍광에 쓸쓸한 정취를 더한다.

그런가 하면 두 번째 답사 때는 뜻밖의 횡재에 더없이 큰 호강을 누렸다. 저녁 늦게 10시 다 되어 관람시간이 지나 문이 닫혔을 때 도착했는데 가이드가 관리인에게 사정사정하여 마침내 셔틀버스로 고창고성을 한 바퀴 도는 것을 허락받았다. 한여름 투르판은 밤 10시가 되어야 해가 진다.

그때 마침 붉게 물들기 시작한 석양의 저녁노을 속 고창고성을 15분간 셔틀버스를 타고 달렸다. 그 붉은 노을이 고창고성 폐허를 지평선 멀리까지 점점 짙게 물들이다가 끝내는 검붉은 홍채를 토하고 황혼의 어둠 속으로 들어가는 것이었다. 그 노을은 평생에 지워지지 않을 영상으로 머릿속에 깊이 박혀 있다. 그리고 우리가 고창고성 밖으로 나왔을 때는 이내 어둠에 덮여버렸다. 순식간의 일이었다. 그때 내게 문득 떠오른 것이 『당시삼백수』에 나오는 중당시인 이상은(李商隱, 812~858)의 「등낙유원(登樂遊原)」이었다. '낙유원에 올라서'라는 뜻의 시이다.

날은 저물고 기분이 울적하여 　　　向晚意不適

수레 몰아 높은 언덕에 올라보니 　　驅車登高原

석양은 한없이 좋기만 한데 　　　　夕陽無限好

단지 아쉬운 것은 황혼이 가까운 것이다　只是近黃昏

천산위구르왕국의 영광과 상처

국립중앙박물관 중앙아시아실 / 위구르의 역사 /
베제클리크석굴의 구조 / 베제클리크 벽화의 비극적 운명 /
잃어버린 위구르인의 자존심 / 토욕구 마자촌을 지나며 /
소공탑의 내력 / 인공수도 카레즈

국립중앙박물관 중앙아시아실

국립중앙박물관 3층은 '세계문화관'으로 세계 각국의 유물을 상
설 전시하고 있다. 그전까지만 해도 '아시아문화관'으로 꾸며졌으나
2019년 12월 이집트실을 개관하면서 이름을 바꾸었다. 어느 나라든
국립박물관은 그 나라 문화유산의 자존심이자 문화능력을 상징적으
로 담보하는 곳이다. 이제 우리는 아시아를 넘어 세계의 문화관을 갖
춘 위치에 올라와 있는 것이다. 여기에서 중요한 것은 그것이 구색 맞
추기가 아니라 그 이름에 걸맞은 유물을 보유했느냐는 점이다. 박물
관의 위상은 소장품의 질과 양으로 평가되는데 모든 것이 다 우수할

| 신안해저선에서 찾아낸 것들 | 2016년 국립중앙박물관은 신안 앞바다에서 인양한 14세기 원나라 무역선에서 수습된 유물들을 대대적으로 전시해 큰 감동을 주었다. 세계 해양고고학과 동양도자사의 귀중한 유물들이 다수 선보였다.

수는 없는 일이고 그 박물관만이 내세울 수 있는 소장품이 있느냐 없느냐에 그 평가가 달려 있다. 이에 대해 우리 국립중앙박물관은 두 가지 분야에서 자랑스럽게 대답할 수 있다.

하나는 신안해저유물이다. 신안 앞바다에서 인양한 14세기 원나라 때 무역선에서 약 3만 점의 유물이 수습되었는데 이는 세계 해양고고학의 획기적인 성과이고 그중 2만여 점의 원나라 도자기는 세계도자사에서 움직일 수 없는 위상과 명성을 갖고 있다.

또 하나가 투르판, 누란에서 출토된 중앙아시아 유물들이다. 국립중앙박물관에는 중앙아시아 유물이 360여 건 1,700여 점 소장되어 있

| **1916년 수정전에 전시된 '오타니 컬렉션' 벽화들** | 오타니 탐험대가 중앙아시아 전역에서 수집·약탈한 유물인 '오타니 컬렉션'의 일부가 조선총독부 박물관에 소장되었었고, 해방 이후 국립중앙박물관이 이를 인수받아 보관·전시하고 있다.

고, 그중 81건 154점이 상설 전시되어 있다. 이 유물들은 대부분 일제 강점기 조선총독부박물관이 소장하고 있던 일명 '오타니 컬렉션'을 인수한 것이다.

오타니 고즈이는 1902년부터 1914년까지 세 차례에 걸쳐 중앙아시아 전역에 이른바 탐사대를 보내 벽화, 불상, 문서, 민속품 등 수많은 유물을 수집·약탈해왔다. 오타니 탐험대의 행적과 그 유물들이 일본, 중국, 한국으로 흩어지게 되는 과정은 『나의 문화유산답사기』 중국편 제2권에서 상세히 언급한 바 있는데, 아무튼 이는 20세기 초 영국, 프랑스, 독일, 러시아, 일본 등 제국주의 열강들이 벌인 중앙아시아 탐험

의 결과물 중 하나로 그 행위의 도덕성과 유물 소유의 정당성은 나중 문제로 하더라도 유물의 가치는 통칭 '오타니 컬렉션'으로 불리며 세계적 명성을 갖고 있는 것이다.

오타니 탐사대가 수집한 유물의 양은 낙타 145마리가 운반한 것으로 약 5천 점에 달하며, 나중에 일본, 중국, 한국으로 분산될 때 그중 약 3분의 1이 우리 국립중앙박물관에 소장되었다. 국립중앙박물관 소장 '오타니 컬렉션'의 내용은 로프노르 호수와 소하 유적지, 누란왕국의 생활민속품, 호탄과 쿠차의 불교미술품 등 서역 각지의 유물들이 망라되어 있는데 그중에서도 뛰어난 것은 투르판에서 출토된 것들이다. 「복희와 여와」를 비롯한 아스타나 고분군에서 출토된 부장품과

| 베제클리크석굴의 소조상(왼쪽)과 벽화 단편(오른쪽) | 오타니 탐험대가 베제클리크석굴에서 수습해온 불상 조각과 벽화들은 아주 작은 단편들로 정확한 장소는 알 수 없으나 한결같이 소박한 아름다움이 느껴진다. 국립중앙박물관 소장.

베제클리크석굴의 벽화 파편은 현지에서도 보기 힘든 귀중한 유물들이다.

특히 베제클리크석굴 벽화는 독일 탐험가들이 먼저 떼어간 것들이 제2차 세계대전 때 폭격을 맞아 완전히 사라졌기 때문에 더욱 귀중한 가치를 지닌다. 이에 반해 우리 박물관은 한국전쟁 때 그 무거운 벽화 파편들을 부산까지 피난시키며 온전히 보존해오고 있다. 그런 의미에서 실크로드 답사자는 모름지기 답사를 떠나기 전에, 아니면 답사 후에라도 반드시 국립중앙박물관 세계문화관의 중앙아시아 전시실을 다녀가볼 일이다.

| 베제클리크석굴 제31굴의 위구르왕 공양상 | 위구르는 8세기 강력한 힘을 바탕으로 제국을 건설했다. 베제클리크석굴 벽화 중에는 위구르왕이 공양드리는 모습이 그려져 있어 불교왕국으로서 천산위구르왕국의 모습을 엿볼 수 있게 한다.

위구르의 역사

고창고성과 아스타나 고분에 이어 우리의 답사는 베제클리크석굴로 이어졌다. 버스에 오르자마자 나는 미루어두었던 위구르의 역사에 대한 해설을 이어갔다. 사실 위구르 역사에 대한 이해는 투르판뿐 아니라 신강성 답사 전체의 필수 사항이다. 그런데 이때가 아니면 공부할 시간이 따로 없기 때문에 나는 답사 자료집에 정리해놓은 위구르족의 역사를 빠른 속도로 읽어 내려갔다.

위구르족은 기원전 3세기 이전부터 고비사막 북쪽에 살고 있던 '정령(丁靈)'이라 불린 민족에 뿌리를 두고 있다. 이들은 흉노족과 혈연관계가 있다고 하는데, 전설에 의하면 흉노의 왕자 2명이 다툼을 벌이다 부하들을 데리고 나가 만든 것이 돌궐족과 위구르족이라고도 한다.

몽골고원과 알타이산맥에 걸쳐 유목생활을 하던 위구르의 선조인 정령은 기원후 4세기부터 철륵(鐵勒)이라 불리었는데 돌궐에게 조공을 바치며 많은 박해를 받았다. 그러다 6세기 후반 돌궐이 동서로 나누어지며 약해졌을 때 철륵은 부족들이 연합해 '위구르(維吾爾)'를 맺게 된다. 위구르란 연맹 또는 단결이라는 뜻이다.

그리고 744년, 위구르는 마침내 돌궐을 멸망시키고 제국을 건설해 이후 100년간 중앙아시아와 만주에 이르는 광대한 영토를 지배하게 된다. 중국에서는 이들을 회흘(回紇)이라고 했는데, 위구르의 왕인 칸(可汗)이 당나라 황제(덕종)에게 회흘의 한자를 회골(回鶻)로 바꾸어 불러달라고 했다고 한다. 회골은 빠르기가 매와 같다는 뜻이다. 이들이 바로 오늘날 신강성에 거주하는 1천만 위구르족의 뿌리이다.

회골은 흉노의 후예답게 군사력이 뛰어나 757년 안사의 난으로 당나라가 위기를 맞았을 때 황제의 구원 요청을 받고 수도 장안까지 진격해 황제를 돕기도 했다. 단 그때 조건이 장안을 마음대로 약탈해도 좋다는 것이었다고 한다. 그렇게 막강한 위구르였지만 9세기 중엽이 되면 가문의 분열과 외부의 침략으로 세 나라로 나뉘게 된다.

그중 하나가 투르판에 있던 고창회골이다. 또 하나는 하서주랑에 남아 있던 '하서회골'인데 이들은 훗날 서하에 병합되었다. 다른 하나는 카슈가르 지역의 '총령(蔥嶺)회골'로, 총령은 파미르고원의 한자 이름인데 고원에서 자라는 파가 유명하여 파 총(蔥) 자를 쓴다. 총령회골은 훗날 키르기스에 의해 멸망하고 말았다.

고창회골은 고창위구르라고도 하고 천산산맥 아래 있다고 해서 천산회골 또는 천산위구르라고도 불리는데, 나는 위구르족 입장에서 부르는 이름인 천산위구르왕국으로 하겠다. 천산위구르왕국은 처음에는 마니교를 국교로 삼았으나 투르판에 정착하면서 불교로 개종해 베제클리크에 많은 석굴을 조성했다.

그후 1209년 몽골군이 쳐들어왔을 때 칭기즈칸에게 항복하고 공주와 결혼하는 사위나라가 되었다. 원나라는 투르판을 화주(火州)라 부르며 원나라 행정체제 안에 두면서도 천산위구르의 왕이 통치케 했다. 대원제국에서 고려와 마찬가지로 독립적인 사위나라로 대접을 받은 것이었다.

그런데 1275년 천산산맥 북쪽에서 해도(海都)라는 자가 반란을 일으켜 12만 병력으로 고창성을 공격해왔다. 이에 천산위구르 왕은 반년 가까이 저항하다 전사하고 만다. 이 전란이 30여 년 이어지면서 고창성은 완전히 파괴되었다. 1306년, 마침내 반란이 수습되어 다시 화주를 중건할 때 천산위구르 왕은 다 무너진 고창성은 폐허로 버려두고 인근에 있는 아스타나 지역으로 옮겼다.

이후 천산위구르왕국은 원나라의 멸망과 동시에 종말을 고했고 1347년, 신강성의 다른 지역과 마찬가지로 차가타이한국에 복속되었다.

| 베제클리크석굴 전경 | 계곡 맞은편 산자락과 함께 눈에 들어오는 베제클리크석굴의 전경이다. 황량한 화염산을 넘을 때까지는 생각지 못했던 아름다운 광경이다.

이 무렵(14세기)부터 이 지역은 투르판이라 불리게 되었고 주민들은 완전히 이슬람화되었다. 이슬람교가 중국에서 회교(回敎)로 불리게 된 것은 회골이라 불리던 위구르가 믿는 종교로 알려졌기 때문이라고 한다. 투르판의 이슬람화와 동시에 베제클리크 벽화는 혹심한 피해를 당하고 만다. 그리고 20세기 독일 탐사단의 만행으로 이보다 더 심한 치명상을 입게 된다.

베제클리크석굴의 자리앉음새

아스타나 고분에서 베제클리크로 가자면 화염산을 넘어가야 한다. 우리의 버스가 왼쪽으로 방향을 틀어 비탈길을 오르며 화염산 북쪽

자락을 타고 넘기 시작하니 나무라고는 찾아볼 수 없는 황량하기 그지없는 적나라한 첩첩산중이다. 여기에 무슨 아름다운 석굴사원이 있을까 싶기만 하다.

나는 어디를 가든 유적지 입구에 당도하기 전에 멀리 떨어져서 주변 경관과 함께 바라보기를 좋아한다. 내가 천수 맥적산석굴을 가면서 석굴이 '홀연히' 나타나기를 벼르고 별렀던 것은 바로 유적지 전체를 바라보고 싶은 마음의 표현이었다. 베제클리크에 처음 갔을 때는 석굴을 계곡 맞은편 산자락과 함께 느긋이 바라보지 못한 것이 아쉬웠다. 그래서 두 번째 갔을 때는 가이드에게 투르판시에서 발간한 도록을 보여주면서 이 사진을 찍은 장소에서 나도 촬영할 수 있게 해달라고 부탁했다. 가이드는 알았다며 조금 더 가면 좋은 장소가 있다고 했다.

우리의 버스가 그렇게 몇 굽이를 돌고 돌아 고갯마루에 오르자 오른쪽으로 넓은 공터가 보였다. 가이드가 버스를 세우고 빨리 사진 찍고 오라고 하니 회원 중에는 영문도 모른 채 아직 석굴에 다 온 게 아니라며 주저주저하는 이도 있었다. 과연 베제클리크석굴의 로케이션이 아주 훌륭했다. 한껏 앞으로 나아가보니 석굴 아래로 무성히 자란 키 큰 백양나무들이 줄지어 달리는 계곡이 한눈에 들어왔다. 베제클리크석굴 아래로 흐른다는 무르투크 계곡이었다.

계곡은 동쪽을 향해 열려 있었다. 그래서 동향으로 앉아 있는 베제클리크석굴은 아침 햇살에 더욱 아름다웠겠다는 생각이 절로 들었다. 베제클리크는 흔히 '아름다운 장식'이라는 뜻으로 알려져 있는데 중

| **베제클리크석굴 전면** | 베제클리크석굴의 풍광은 훌륭하다. 석굴 아래로 무성히 자란 백양나무가 무르투크 계곡 옆으로 줄지어 서 있다.

국 측 자료를 보면 돌궐어로는 '장식회화(裝飾繪畫)'라는 뜻이고 위구르어로 '산허리[山腰]'라는 의미라고 한다. 여기에서 보니 실제로 베제클리크는 화염산 뒤편 산허리 절벽에 벽화로 장식된 석굴이었다.

맘껏 보고 맘껏 사진 찍고 천천히 버스로 발걸음을 옮기는데 회원들이 노점상 앞에 모여 어서 오라고 손짓한다. 가까이 가보니 둥글게 쌓은 모래둔덕 속에서 푹 익은 계란을 꺼내 먹고 있는 것이었다. 달걀 모래찜 구이라고 할 것인데 대중목욕탕에서 먹는 구운 계란과는 차원이 달랐다. 껍질도 잘 벗겨지고 흰자 노른자가 푹 익어서 겉이고 속이고 아주 부드러웠다. 투르판의 폭양과 찜통더위와 모래사막이 주는 간식거리였다.

걸어가도 그만인 거리였지만 다시 버스를 타고 베제클리크석굴 주차장에 내려 가이드가 표를 끊어올 때를 기다리는데 회원 한 명이 곁으로 다가와 묻는다.

"베제클리크석굴은 유네스코 세계유산에 등재되지 못했나보죠?"
"안 되었어요. 천산남로의 유적 24점을 일괄 지정할 때 투르판에서 교하고성과 고창고성만 되고 여기는 너무 훼손이 심해서 떨어졌어요. 어떻게 알았죠?"
"유네스코 세계유산 마크가 없잖아요. 괜히 좀 안됐다 싶네요."
"그러게 말예요. 아무리 파괴되었다 해도 중국 석굴사원의 계보에서 쿠차의 키질석굴과 돈황의 막고굴 사이를 잇는 실크로드상의 대표적인 석굴인데."

베제클리크석굴의 구조

베제클리크석굴이 아무리 많이 파괴되었다고 해도 여기에 온 이상 우선 석굴 자체의 역사를 알아보지 않을 수는 없는 일이다. 베제클리크석굴은 6세기 국씨고창국 시절부터 당나라 서주 시절을 거쳐 14세기 초 천산위구르왕국이 멸망할 때까지 약 800년간 총 83개의 석굴이 굴착되었다. 그중 벽화가 있는 석굴은 42개라고 한다.

무르투크 계곡을 향한 가파른 절벽에 석굴들이 어깨를 맞대듯 다닥다닥 붙어 있는데 족히 100미터 가까운 널찍한 발코니가 각 석굴을 연결해주고 있다. 아래쪽 개방되지 않은 것까지 3층으로 이루어졌다

| 베제클리크석굴 제15굴의 「서원도」 | 석가모니의 전생 모습이 여러 형상으로 담긴 「서원도」는 베제클리크석굴에서 보이는 천산위구르왕국 시대의 대표적 불화 형식으로, 「불본행경변상도」라고 불리기도 한다. 예르미타시 미술관 소장.

니 그 규모가 서역에서 키질석굴 다음으로 크다고 하겠다.

　석굴을 여는 방법은 축조 석굴, 개착 석굴, 반축·반개 석굴로 구분된다. 축조 석굴은 흙벽돌을 쌓아 만든 것이고, 개착 석굴은 본실을 굴착해 조성한 것이며, 반축·반개 석굴은 본실은 개착하고 전실은 축조한 것이다.

　내부 구조는 장방형의 평면에 둥근 아치형 천장 구조가 많고, 돈황 막고굴에서 많이 본 중심주굴도 있는데 특이하게도 가운데 예불공간인 중당을 회랑이 'ㄷ'자로 둘러싼 구조도 있다. 이를 사용 용도로 분류해보면 ①예배굴 ②참선수행실 ③승방 ④고승 사리 봉안실 등 네 가지이다.

베제클리크석굴의 초기 벽화는 중국미술의 영향이 강했지만 9세기 중엽 천산위구르왕조가 등장한 이후에는 위구르풍 그림으로 바뀌었고 벽화의 내용도 대단히 풍부해졌다. 서역의 석굴에 많이 등장하는 천불도를 비롯해 『약사경』『관무량수경』 같은 경전의 변상도(경전의 내용을 형상화한 그림)와 공양상(부처에게 귀한 물건을 올리는 그림), 비천상 등 그림의 주제가 다양했다.

특히 「서원도(誓願圖)」는 베제클리크석굴에서 보이는 천산위구르왕국 시대의 대표적인 불화 형식이다. 서원이란 맹세토록 원한다는 뜻으로 전생의 석가모니가 과거불에게 공양하고 부처가 될 것을 약속받는다는 내용이다. 그래서 「서원도」에는 석가모니의 전생 모습이 여러 가지 형상으로 나타나 있다. 이 과거불 공양도를 서양학자들은 '서원도'라 부르지만, 중국학자들은 그림 내용이 『불본행경(佛本行經)』과 일치한다는 점에서 「불본행경변상도」라고 부른다. 독일의 르코크가 무려 15폭이나 떼어간 베제클리크석굴의 「서원도」는 화려하게 옷을 차려입은 천산위구르왕국의 귀족들이 공양상으로 많이 묘사되어 있고, 소그드 대상들의 모습도 나타나 실크로드상에서 이 석굴의 위상을 잘 말해주고 있다.

이상이 베제클리크석굴 벽화의 일반적 내용이다. 이보다 더 자세한 편년은 독서로는 힘들겠으나 답사 때는 반드시 필요하기 때문에 이를

| **베제클리크석굴 제16굴의 남자 공양자상** | 꽃을 들고 두 줄로 서서 공양하는 위구르인의 모습이 묘사되어 있다. 베제클리크 벽화에는 이런 풍속화적인 요소가 많이 들어 있다.

시기별로 여기에 정리해 제시해둔다(사실 이 자료는 내가 공들여 어렵게 찾아낸 것이다). 다만 대단히 전문적인 사항인지라 까다로우니 독서로서 이 책을 읽는 분은 공부한다고 마음먹고 참을성을 갖고 읽어주시고, 답사기가 궁금한 분은 건너뛰어 '베제클리크석굴의 현재'로 넘어가서 독서를 계속해도 좋다.

베제클리크석굴 편년①: 국씨고창국시기(499~640)

베제클리크석굴이 언제 열리기 시작했는지는 알 수 없지만 오호십육국시대의 혼란을 겪으면서 탄생한 국씨고창국 때부터로 생각되고

| 베제클리크석굴 제4굴의 공양왕상 벽화(왼쪽), 제20굴의 공양자상 벽화(오른쪽) | 베제클리크석굴 벽화는 단편으로만 전하고 있지만 이 잔편들은 대단히 박진감 넘치는 필치를 보여준다.

있다. 국씨고창국은 왕 국문태가 현장법사를 모신 데서 볼 수 있듯이 독실한 불교국가였는데, 석굴 안에서 559년에 만들어진『묘법연화경 관세음보살 보문품』, 속칭『관음경』의 일부분이 발견되었기 때문에 그 이전에 굴착된 석굴이 있음을 알 수 있다. 그러나 이 시기 석굴은 아주 드물며 제18굴이 대표적 석굴이다. 색채는 석람(石藍), 석록(石綠)의 차가운 빛깔이 주조를 이룬다.

우리나라에서 드문 중앙아시아미술 전공자인 조성금은『천산위 구르왕국의 불교회화』(진인진 2019)에서 제18굴은 중심주식 대형굴로 7세기에 처음 개착된 뒤 두 차례 대대적인 개보수를 했는데 위구르 최

| 베제클리크석굴 제31굴의 위구르 음악가상 | 베제클리크석굴 중에서도 유명한 제31굴에는 다양한 악기를 다루는 위구르 음악가들의 생생한 표정과 몸짓이 묘사되어 있다.

고 지도자인 삼보노와 그 일족들이 발원한 것임을 밝힌 바 있다. 현재 천불도(千佛圖)가 도안처럼 그려져 있고 천장에도 바둑판처럼 반듯한 문양이 남아 있다.

베제클리크석굴 편년②: 당나라 서주시기(640~9세기 중엽)

이 무렵 베제클리크석굴은 '영융굴사(寧戎窟寺)'라는 이름으로 불리었으며 특히 제31굴이 유명하다. 이때 베제클리크석굴은 실크로드의 불교 성지가 되었으며, 우루무치에 있는 북정대도호 양습고(楊襲古)가 서주(투르판)로 와서 이 사원을 중수했다는 기록이 남아 있다. 성당기의 새로운 풍조가 들어와 고창의 불화들이 예술적으로 발전하여 선묘가 간결하면서 강건해 '형신겸비(形神兼備)'라는 평을 받고 있다.

형신겸비는 형사(形似)와 전신(傳神)을 두루 갖추었다는 의미로 동양화에서 최대 찬사다. 형사란 외형적인 모습을 비슷하게 그렸다는 뜻이고 전신이란 겉모습이 아니라 그 내면의 정신까지 담아냈다는 뜻이다. 대개는 어느 한쪽에 치우치는 경향이 있는데 둘 다 갖추었다니 부족함이 없다는 얘기다.

이 시기엔 석록(石綠)이 대거 사용되었다는 특징이 있는데, 석록은 암석과 식물 중에서 뽑아내어 투르판의 건조한 기후에도 잘 견디기 때문에 오늘날까지 변색되지 않았다고 한다.

제31굴 동쪽 벽에는 배를 타고 피안으로 가는 부처님의 본행경도(本行經圖)와 열반경변도, 공양도가 있었고 불단 정면에도 위구르 왕의 공양도가 있었다고 하지만 지금은 흔적만 보일 뿐이다.

베제클리크석굴 편년③: 천산위구르왕국 시기

이 시기 베제클리크석굴은 여전히 영웅굴사로 불리었으며 왕실사원이 되어 대대로 왕들이 석굴을 열었다. 제15, 20, 38굴 등으로 이때가 베제클리크석굴의 전성기이다. 벽화의 소재가 이전 시기와는 비교할 수 없을 정도로 풍부해져 각종 불, 보살, 천왕, 팔부중상들이 등장하고, 「천수천안관음경」 같은 대형 변상도가 그려지며 특히 「서원도」가 크게 유행한다.

제15굴에는 'ㄷ' 자형 회랑 양쪽 벽면을 따라 16폭의 「서원도」가 장식되어 있었으나 독일 탐험대가 다 떼어가고 훼손된 한 폭만 남아 있다. 회랑 천장에 화려하고 정교한 페르시아 양식의 보상화문(寶相華文, 꽃장식 무늬)이 자리하고 있을 뿐이다.

제20굴은 이 시기의 공양상으로 유명한 예배굴이다. 석굴 중앙에 정방형의 중당이 있고 주위로 회랑이 둘러쳐져 있다. 그 좌우 벽에 「서원도」가 그려져 있다.

제38굴에는 나무 아래에 흰옷을 입고 서 있는 마니교 신도들의 모습이 보인다. 이 석굴에는 위구르어로 쓴 마니교 경전이 보전되어 있고, 마니교에서 성스러운 나무로 받드는 삼신광명수(三身光明樹)가 그려져 있으며, 마니의 동상(높이 9센티미터)도 볼 수 있다.

베제클리크석굴의 현재

나는 지금 베제클리크석굴의 역사와 편년을 투르판지구 문물보관소에서 펴낸 『투르판 베제클리크석굴 벽화 예술』(2000)을 비롯한 자료를 보고 이렇게 소개하고 있지만 정작 현장을 답사하는 것은 너무도 허망한 발걸음이 되고 말았다. 83개의 석굴 중 일반에게는 6개의 석굴(제20, 26, 27, 31, 33, 39굴)만이 공개되고 있다.

그런데다 막상 석굴 안으로 들어가면 벽화를 도려내간 자국만 뚜렷하고 남아 있는 벽화의 잔편들은 탈취해갈 가치가 없어 남겨둔 것이고 대개 이슬람교도들의 폐불 행위로 훼손되어 있다. 우리가 잔편이나마 벽화다운 벽화를 볼 수 있는 것은 제33굴의 뒷벽 윗부분에 부처님의 열반을 애도하는 보살과 팔부중상, 그리고 각국에서 온 왕자들

| 베제클리크석굴 내부 | 석굴 내부에 파괴된 흔적이 역력하다. '서양에서 온 악마'라고 불리던 20세기 초 독일 제국주의 탐험가들에 의해 처참히 도굴된 베제클리크석굴은 지금도 여전히 그 상처를 안고 있다.

의 모습뿐이다.

그나마도 사진 촬영이 엄격히 금지되어 기념으로 담아갈 것이라고 는 발코니 아래로 무르투크 계곡을 따라 줄지어 늘어선 백양나무뿐이 다. 그래도 위구르인의 영광 어린 문화유산이라는 사실과 저 아름다 운 풍광이 있어 베제클리크 답사는 결코 후회스럽지 않다.

베제클리크석굴이 이렇게 종말을 고한 것은 투르판의 위구르인이 이슬람화된 14세기 말로 추정되고 있다. 그때부터 석굴이 더 이상 개 착되지 않았을 뿐 아니라 이슬람교도들은 우상숭배를 금했고, 사람이 고 동물이고 눈을 이른바 흉안(凶眼)이라 생각해 보이는 대로 모조리 도려냈다.

| **베제클리크석굴 제33굴의 부처님의 열반을 애도하는 그림** | 제33굴 뒷벽 윗부분에 붙어 있는 부처님 열반 상은 우리가 유일하게 눈으로 볼 수 있는 벽화다운 벽화다. 다른 벽화는 온데간데없이 도려낸 자국만 남아 있다.

그리고 20세기 초 이곳을 다시 찾은 사람은 벽화를 탈취하러 온 제국주의 탐험가, 당시 사람들이 서양에서 온 악마라고 불렀던 양귀자(洋鬼子)들이었다. 나는 이제 독일인들이 벽화를 탈취해 감으로써 벌어진 베제클리크석굴의 비극적인 운명에 대한 이야기를 시작해야 하는데 당사자인 르코크의 자서전(『사막에 묻힌 중국령 투르키스탄의 보물들』)을 읽어보지 못한 나로서는 서문에서 언급한 피터 홉커크의 『실크로드의 악마들』과 발레리 한센의 『실크로드: 7개의 도시』 외에 프랜시스 우드의 『실크로드: 문명의 중심』(박세욱 옮김, 연암서가 2013)과 맹범인(孟凡人) 등의 『잃어버린 고창벽화 모음(高昌壁畵輯佚)』(신강인민출판사 1995)을 참고로 하여 그 기막힌 얘기를 전하고자 한다.

르코크의 벽화 탈취

1904년 11월, 고창고성 탐사를 마친 독일 제2차 탐험대의 르코크와 바르투스는 승금구(勝金口, 성진커우)석굴이라는 곳을 잠시 조사하고 이번에는 베제클리크석굴로 자리를 옮겨 계곡 아래에 숙소까지 마련했다. 오늘날 베제클리크석굴은 긴 테라스를 따라 석굴이 다닥다닥 붙어 있지만 오랫동안 폐허로 있었기 때문에 그 당시엔 입구는 물론 천장에서 바닥까지 모래에 묻혀 있는 곳이 많았다.

그러던 어느 날 르코크는 가장 커 보이는 굴에 들어가려고 벽을 덮고 있는 모래더미 위로 비틀거리며 올라갔는데 발을 떼자마자 곧 모래사태가 일어나 모래들이 마구 흘러 내렸단다. 그러고는 모래가 쓸려 내려간 벽 위에는 마치 "이제 막 화가가 붓질을 끝낸 것 같은 생생한 그림이 나타났다"는 것이다(『실크로드의 악마들』).

그는 흥분해서 바르투스를 향해 어서 와 이 놀라운 벽화들을 보라며 소리쳤다. 두 사람이 부지런히 모래를 치워내자, 입구 양 벽면에 각세 분씩 모두 여섯 분의, 등신대보다 더 큰 부처 그림이 나타났다. 여기가 문제의 제15굴이다. 제15굴은 'ㄷ'자 회랑을 따라 16폭의 「서원도」가 그려져 있었다. 대박을 터뜨렸음을 직감한 르코크는 이것을 무사히 베를린으로 옮기기만 한다면 오렐 스타인이나 스벤 헤딘의 성과를 앞지를 수 있다고 생각했다. 이처럼 그에겐 탐험의 성과에 대한 욕

| 베제클리크석굴 제20굴의 「서원도」 | 천산위구르왕국 시기의 공양상으로 유명한 제20굴은 예배굴로, 굴의 좌우 벽에 「서원도」가 그려져 있다. 이 그림은 독일에서 발간한 초호화 도록인 『고창』에 실려 있다.

심만이 가득했고 양심 같은 도덕은 없었다.

르코크와 바르투스는 상태가 나쁜 1폭만 남겨두고 15폭을 다 떼어내기로 했다. 어떻게 이 흙벽에 붙어 있는 거대한 벽화를 떼어냈을까? 그는 자서전에서 그 방법을 아주 상세하게 늘어놓았다고 한다.

작품이 그려진 표면은 특수처리가 되어 있다. 벽면에 진흙, 낙타 똥, 잘게 썬 짚, 식물의 섬유질을 섞어 발랐다. 그리고 스투코(stucco, 벽에 바르는 회반죽)로 덧칠했다.

첫 단계로 먼저 아주 예리한 칼로 그림 주변을 포장 박스 크기에 맞도록 잘라낸다. 칼날이 표면층을 완전히 관통할 수 있도록 주의해야 한다. 수레에 실어서 옮길 박스는 커야 하고, 낙타에 실을 것은 조금 작아도 된다. 말에 실을 것은 더 작아야 한다. (…)

그다음 단계로는 곡괭이로 그림 옆 벽면에 구멍을 낸다. 톱질을 할 수 있는 공간을 확보하기 위해서다. 앞서 진행된 승금구 석굴에서는 해머와 정으로 단단한 바위를 쪼개서 공간을 확보해야 하는 경우가 있었는데 여기서는 다행히 바위가 아주 부드러웠다. (『실크로드: 7개의 도시』)

벽화의 톱질이 완전히 끝난 다음엔 널빤지 위에 수평으로 벽화를 놓는다. 널빤지에는 맨 먼저 마른 갈대를 깔고 그다음에 펠트를 올리고 마지막에 솜을 덮는다. 벽화는 표면이 널빤지를 향하게 해서 솜 위에 놓는다. 또다시 그 벽화의 뒷면 위에 솜을 깔고 다음 벽화를 표면이 위로 가게 해서 놓는다. 마지막으로 그 위에 첫 번째와 마찬가지로 세 가지 보충재를 덧깐 다음 널빤지를 덮는다. 이렇게 하면 근사한 '샌드위치'가 완성된다. 포장된 샌드위치는 베를린까지 운송 도중 손상되지 않도록 짚을 채운 나무 상자에 집어넣었다. 벽화 절개의 '명인' 바르투스는 벽화를 떼어낸 자리에 이렇게 썼다.

바르투스 이 땅의 것을 베를린으로 옮기다.

이렇게 이들은 제15굴에서 훼손된 1폭을 제외하고 15폭의 「서원도」를 모두 떼어갔다. 르코크는 2차 탐사에서 수집한 유물 103상자를 베를린으로 옮기고는 이렇게 말했다.

오랜 시간 힘들여 작업한 끝에 벽화를 모두 떼어내는 데 성공했다. 20개월 걸려 그것들은 무사히 베를린에 도착했다. 그 벽화들은 박물관의 방 하나를 가득 채웠다. 그 방은 모든 벽화가 완벽히 옮겨온 하나의 작은 사원이었다.(『실크로드의 악마들』)

투르판 탐사를 이렇게 마친 르코크는 1905년 8월에 하미 지역을 조사하던 중 타슈켄트의 상인인 카심으로부터 돈황문서가 대량으로 발견되었다는 이야기를 듣고 달려가 보고 싶어했다. 그런데 공교롭게도 그때 베를린에서 전보가 날아오기를 그의 상사인 그륀베델이 병이 다 나아 그쪽(신강성)으로 떠났으니 10월 15일 전에 카슈가르에 가서 그를 맞이하라는 내용이었다. 하미에서 돈황을 거쳐 카슈가르로 가기에는 시간이 보름가량 모자랐다.

르코크는 하늘에 운명을 맡겨보기로 하고 중국 동전을 던져 앞면이 나오면 돈황으로 가고 뒷면이 나오면 카슈가르로 가기로 했다. 그런데 뒷면이 나왔다. 그는 돈황을 포기하고 카슈가르로 떠나 10월 15일 전에 카슈가르에 도착했다. 그런데 오기로 한 그륀베델은 도중에 수하물을 잃어버려 10월 말이 되어도 도착하지 않았다. 르코크는 아무리 생각해도 분했지만 돈황문서가 하늘의 명에 따라 더 좋은 곳으로 갔다고 생각하며 스스로를 위로했다고 한다. 그 결과 돈황문서는 오렐 스타인의 차지가 되었고, 르코크는 쿠차의 키질석굴로 가서 또다시 엄청난 유물을 탈취해가게 된다.

베제클리크 벽화의 비극적 운명

독일 탐험대가 벽화를 탈취해간 뒤 일본의 오타니 탐험대가 한 차례 여기를 다녀가면서 벽화 잔편들을 수습해갔고 오렐 스타인도 다녀갔다. 그리하여 베제클리크석굴의 벽화는 현재 독일, 영국, 인도, 일본, 한국, 중국 등 6개국 박물관에 흩어져 있다.

그중 독일 탐험대가 탈취해간 대형 벽화들은 제2차 세계대전 때 폭격을 맞아 완전히 사라지는 비극적인 최후를 맞이했다. 그 자초지종을 살펴보면 르코크가 떼어갔던 베제클리크 벽화들은 베를린 민속학박물관 인도미술부(1963년 이후 인도미술관이 됨)에 보관되었는데, 대작들은 벽면에 고정시켜 전시했다. 그러다 제2차 세계대전이 일어나자 작은

| 1945년 독일 민속학박물관 내부 전경 | 「서원도」 14폭을 비롯해 르코크가 떼어간 베제클리크 벽화들은 독일로 옮겨져 전시되었지만, 제2차 세계대전 당시 폭격을 맞아 완전히 사라져버렸다.

작품들은 석탄광산 등 다른 곳으로 피난시켰지만 가로 2.4미터, 세로 3.1미터에 달하는 「서원도」 14폭을 비롯한 대작 28폭은 시멘트로 고정시킨 탓에 옮길 수 없어서 모래주머니를 쌓아 유리장을 가리며 보호했다. 한 폭은 벽화 10상자와 함께 베를린 동물원에 따로 보관해두었다.

그러나 박물관에 있던 벽화들은 일곱 차례에 걸친 연합군의 베를린 공습 때 잿더미가 되어 사라져버렸다. 그리고 베를린 동물원에 따로 보관해둔 벽화는 1945년 소련군이 베를린을 점령했을 때 가져가서 지금은 상트페테르부르크에 위치한 예르미타시 박물관에 소장되어 있다. 결국 제15굴의 「서원도」 1폭만 러시아에 남아 있고 나머지는 1913년 박물관에서 발행한 초호화판 도록인 『고창(高昌, Chotscho)』에 사진으로 전할 뿐이다.

'되살아나는 천년의 기억'을 위하여

우리 국립중앙박물관이 소장하고 있는 중앙아시아 벽화는 총 60건 62점이다. 이 중 기존 연구로 주제와 출토 유적이 밝혀진 유물이 38건 정도 되는데 베제클리크에서 나온 벽화가 「서원도」 잔편을 비롯해 26점이고 나머지는 야르호(5점), 쿰투라(4점), 키질(2점), 미란(1점) 등이다. 이처럼 우리나라는 베제클리크석굴 벽화의 주요 소장국 중 하나로, 투르판시 내지 신강성과 문화재 보호를 위해 협력할 의무가 있다고 할 것이다.

이에 우리 국립중앙박물관은 2009년 2월 중국 신강위구르자치구와 '투르판 지역 석굴사원, 유물조사 및 보존처리'를 위한 MOU를 체결했고 2009년 10월 14일 국립중앙박물관 아시아부 및 보존과학팀을 현지에 파견, 본격적인 조사를 했다.

베제클리크석굴 사원은 최근 자주 발생하는 기상이변으로 인해 석굴 내부에 그려진 벽화의 상당수가 표면이 갈라지거나 박락되는 등 훼손이 심화되고 있는 것으로 알려졌다. 국립중앙박물관이 그동안 축적된 경험과 연구를 바탕으로 1차 조사에서는 주로 적외선카메라를 사용해 벽화의 제작 과정과 현 상태를 파악하는 기초 조사를 실시했다.

한편 일본에서는 디지털을 이용한 석굴 복원을 시도했다. 일본의 류코쿠대학은 오타니 고즈이가 주지로 있던 서본원사의 부속 학원으로 오타니 컬렉션의 일부를 지금도 소장하고 있다. 이런 인연으로 일본 NHK는 류코쿠대학과 함께 베제클리크 석굴 제15굴의 석가모니 「서원도」 16폭을 디지털로 복원하여, 2005년 요요마가 음악감독을 맡은 「신 실크로드」 제2편 '되살아나는 천년의 기억'으로 방영

| 베제클리크석굴 제15굴의 연꽃을 든 보살상 | 싯다르타의 전생을 그린 「서원도」 중에서 가장 아름답고 보존이 잘되어 있는 부분으로 꼽힌다. 국립중앙박물관 소장.

했다. 참으로 감동적인 다큐멘터리였다. 이 글을 읽은 분은 이 동영상을 꼭 한번 보라고 권하고 싶다.

내가 베제클리크석굴에 깊은 애정을 보이며 벽화의 파괴를 이토록 아쉬워하는 것은 우선 인류 공동의 자산인 위대한 문화유산의 아름다움을 잃어버렸기 때문인데, 이보다 더 가슴 아픈 것은 위구르족의 역사적 자부심과 존재감에 치명적인 상처를 주었다는 점이다.

잃어버린 위구르인의 자존심

베제클리크석굴은 6세기부터 14세기까지 국씨고창국, 당나라 서주 시절, 천산위구르왕국으로 이어지는 세 시기 동안 개착되었지만 그 전성기는 천산위구르왕국 시대였다. ─ 마치 안서 유림굴이 서하제국의 존재를 세상에 명확히 드러내주듯이 위구르족의 역사와 문화를 받쳐줄 수 있는 곳이 베제클리크석굴인데, 그 벽화가 이렇게 사라진 것은 안타깝다. 게다가 고창고성마저 저렇게 폐허로만 남아 있으니 어디에서 천산위구르왕국의 영광을 찾을 것인가.

중국인들에게 지식인의 표상이라 할 노신(魯迅, 1881~1936)은 중국인을 일깨우기 위해 유럽의 문화를 소개하는 번역에도 열심이었는데 그는 유럽이라면 영국, 프랑스, 독일, 이탈리아, 스페인 등 강대국만 떠올리고 북유럽, 동유럽의 제 민족을 생각하지 않는 태도는 제국주의의 피해를 보고 있는 민족의 올바른 태도가 아니라며 노르웨이 극작가 입센(H. Ibsen)의 「인형의 집」(Et dukkehjem), 폴란드의 아담 미츠키에비치(Adam B. Mickiewicz)가 쓴 민족서사시 「판타데우시」(Pan Tadeusz)를 번역 목록에 올려놓은 바 있다.

우리도 중국을 바라볼 때 중원을 중심으로 했던 왕조만 생각할 것이 아니며 서역과 막북(漠北, 고비사막 북쪽)의 유목민족들을 함부로 '호(胡)'라고 부르며 오랑캐로 대할 일이 아니다. 안서 유림굴의 서하시대 불화를 보면 고려불화와 연관성이 있듯이 베제클리크석굴의 천산 위구르왕국 불화에서도 고려나 조선 불화와의 친연성을 볼 수도 있었으련만 그것이 다 파괴되어 지워진 것이 두고두고 아쉽기만 한 것이다.

토욕구 마자촌을 지나며

투르판에 두 번째 갈 때 답사 스케줄을 짜면서 다른 곳은 몰라도 토욕구(吐峪溝) 석굴을 꼭 넣어달라고 했더니 여행사에서 돌아온 답이 다른 것은 다 되는데 토욕구 석굴만은 안 된다는 것이다. 여기는 앞으로 3년간 보수공사에 들어가 갈 수 없다고 했다. 정말 아쉬웠다.

고창고성 동쪽으로 13킬로미터 떨어진 토욕구는 화염산의 협곡으로 입구에는 오래된 위구르 전통마을인 마자촌(麻札村)이 있다. 토욕구의 '토욕'은 '조각된 것'이라는 뜻이고 '구'는 좁은 협곡을 말하니 아마도 위구르인들이 이곳 협곡의 석굴 조각을 보고 붙인 이름 같다. 토욕구 석굴은 오호십육국시대인 4세기부터 석굴사원이 조성되었는데 1916년 대지진이 일어나 반 이상이 흙 속에 묻혀 있어 그 수가 얼마인지 모르나 현재 94개의 석굴이 확인되었다고 한다.

토욕구 석굴에는 원래 많은 벽화가 장식돼 있었지만 독일 탐험대들의 약탈로 대부분 없어져 현재는 단지 8개 석굴에서만 벽화를 볼 수 있다고 한다. 르코크는 1905년 처음 왔을 때 벽화뿐 아니라 2개의 마대포대 가득 필사본들을 담아가면서 그 석굴에 '수고굴(手稿窟)'이라

는 이름을 붙였다고 한다. 대부분 석굴은 천장과 벽을 천불(千佛) 그림으로 채웠는데 화려한 색채로 석굴을 가득 채운 천불도들이 대단히 아름다웠으나 안타깝게도 이슬람교도들에 의해 눈 부분이 훼손된 것이 많았다고 한다.

토욕구는 이처럼 불교성지였지만 14세기 투르판이 이슬람화되면서 이슬람 성지로 바뀌게 된다. 이슬람 성인으로 추앙받는 7명이 투르판에서 전도하다 죽은 후 이곳에 묻혔다. 이것이 칠현사(七賢祠)이다. 이름은 중국식이지만 무덤은 돔 형태의 이슬람식이다. 이후 토욕구 칠현사는 이슬람 성지의 하나가 되어 '동방의 메카'라 불리며 메카까지 갈 수 없는 중국 회교도들의 성지순례가 끊이지 않는다고 한다. 이슬람교 성인의 무덤을 지칭하는 마자(mazar)에서 마자촌이라는 이름

| 토욕구 마을 전경 | 회교 마을인 토욕구 마자촌의 이름은 이슬람교 성인의 무덤인 '마자'에서 유래했다. 이슬람 공동묘지, 포도 농장과 건조장 등 투르판의 모든 것이 있는 마을이다.

이 생겼다고 한다.

오늘날 토욕구 마자촌은 회교마을로 약 70가구에 400여 명이 살고 있는데 마을엔 초록색 기둥의 이슬람 사원이 있고 600년 된 뽕나무 고목도 있으며 르코크가 4개월간 기거하던 집이 그대로 있다고 한다. 마을 뒤편으로는 이슬람 공동묘지가 있으며 동구 밖엔 포도 농원과 포도 건조장도 있다고 한다. 한마디로 투르판의 모든 것이 들어 있어 가보고 싶었던 곳이다. 만약 나에게 투르판에 다시 올 기회가 주어진다면 가장 먼저 이곳 토욕구 마자촌부터 달려갈 것 같다.

소공탑의 내력

이제 투르판 답사를 마칠 때가 다가온다. 교하고성에서 시작하여

| 소공탑 | 소공탑은 투르판 시내에 위치한 이슬람사원 기념탑이다. 14세기 이후 무슬림 왕조가 들어서며 투르판은 이슬람 문화권이 되었다. 위구르 왕 에민 호자의 동상과 그의 아들 슐레이만이 지은 소공탑이 나란히 서 있다.

화염산, 고창고성, 아스타나 고분, 베제클리크석굴 그리고 미완의 토욕구 마자촌까지 답사를 마치면 이제 투르판 시내의 소공탑과 카레즈 박물관 구경만 남는다.

소공탑은 투르판 시내에 있는 이슬람사원의 기념탑이다. 그 유래를 보자면 투르판이 이슬람화되는 과정과 관계되는데 아주 복잡하다. 간단히 줄여서 말하면 14세기에 원나라가 망한 뒤 투르판은 몽골의 후예가 세운 차가타이한국에 복속되었다. 바로 그 무렵인 1389년 무슬림이었던 키즈르 호자(Khizr Khoja)가 투르판을 지배하면서 주민들을 이슬람으로 개종시켰다. 호자(Khoja)는 예언자 무함마드 또는 정통 칼리프의 후손에게 붙이는 존칭이다. 그후 이슬람은 오늘날까지 이

| **소공탑 내부의 문** | 소공탑의 내부 공간에는 큰 치장이 없지만, 빛을 이용해 공간을 재단하는 이슬람 건축의 특징을 잘 보여준다. 벽돌을 기하학적으로 쌓았는데 그 틈새를 통해 내부에도 빛이 잘 든다.

지역의 주된 종교가 되었다.

그리고 16세기 말부터 투르판은 북쪽의 준가르(準喝爾)의 지배를 받게 되는데 명나라를 멸망시킨 청나라는 서역으로 진출해 결국 준가르를 정복하고, 1756년에 새로 얻은 강토라고 해서 신강(新疆)이라는 이름으로 지배했다.

청나라가 준가르와 한창 싸우던 1720년, 청나라 군대가 서역의 관문인 투르판에 쳐들어왔을 때 이 지역을 다스리고 있던 위구르족의 왕 에민 호자(Emin Khoja)는 청나라에 귀순했다. 청나라는 이에 에민 호자에게 왕위 세습을 허용했다. 이리하여 왕이 된 그의 아들 술레이만(Süleyman)은 1777년, 알라신과 아버지 에민 호자와 청나라의 은혜에 보답한다는 의미를 담아 은화 7천 냥을 들여 1년 만에 이 탑을 완성했다.

소공탑은 높이 44미터로 신강에서 가장 오래된 고탑이자 중국에 있는 이슬람 탑 중에서 가장 높고 아름답다는 명성을 갖고 있다. 황토로 빚은 벽돌을 사용해 마름모, 격자, 물결 등 15가지 기하학적 무늬로 장식했다. 기하학적으로 쌓은 벽돌 틈새로 채광이 잘돼 안이 어둡지 않다.

소공탑은 '액민탑' 또는 '에민 미너렛'이라고도 부른다고 한다. 이 기묘한 이름들은 중국어의 외국인 인명을 말하는 방식에서 나왔다. 중국어의 외래어 표기, 특히 인명 표기는 정말로 어렵다. 중국인 자신들도 어려운지 아주 유명한 사람은 아예 줄여서 부르기도 한다. 예를 들어 셰익스피어(Shakespeare)는 사사비아(莎士比亞)라고 표기하고 줄여서 사옹(莎翁)이라고 부른다. 요새도 그러는지 모르지만 학창 시절 중국책에서 차이콥스키(Tchaikovsky)를 차옹(茶翁)이라고 표기한 것을 보고 재미있어한 적이 있다.

소공탑은 술레이만의 한자식 이름인 소래만(蘇莱曼)을 중국식으로 줄여서 소공(蘇公)이라고 한 것이다. 액민탑은 에민 호자의 한자식 이름인 액민화탁(額敏和卓)에서 나온 것이다. 에민 미너렛의 미너렛(Minaret)은 이슬람식 탑을 말한다. 마치 이슬람사원을 모스크라고 하는 것과 같다. 결국 이 이름들을 합치면 술레이만(소공)이 아버지 에민

| **소공탑** | 신강위구르자치구에서 가장 오래된 탑인 소공탑은 중국에 있는 이슬람 탑 중 가장 높고 아름답다는 명성을 지녔다. 기하학적 문양으로 뒤덮인 외벽이 눈에 띈다.

호자(액민화탁)를 위해 지은 이슬람사원의 탑이라는 뜻이다.

액민탑은 아주 깔끔하고 당당하고 품위 있는 이슬람 건축이다. 에민 호자의 동상을 앞에 두고 듬직하면서 안정감 있는 모스크 건물 옆에 기하학적 무늬로 장식된 원통형 탑이 의젓하게 솟아 있다. 동상과 건물이 모두 황토빛으로 이루어져 정원의 포플러를 비롯한 나무들과 편안하게 잘 어울린다. 안으로 들어가면 공간에 큰 치장이 없고 간혹 빛을 이용하여 공간을 나눈 것이 아주 멋있다. 이슬람 건축은 외벽의 장식에서는 문양이 대단히 발달해 있고 내부 공간에서는 광선의 설계라고 할 빛의 재단이 아주 능숙하다는 느낌을 받게 된다. 그래서 이국적인 문화이지만 세세히 들여다보며 낯선 미감을 체험하는 시각적 즐거움이 있다.

화주, 풍주, 수주

투르판은 여러 가지로 유명한데 첫째는 더위다. 투르판은 사막 속의 분지이기 때문에 중국에서 가장 덥다. 한여름엔 평균 기온이 40도를 넘고 최고 기온은 50도에 육박하며, 지표온도가 80도까지 올라갈 정도다. 그래서 원나라 시대는 투르판을 화주(火州), '불의 고을'이라고 이름 지었다.

둘째는 바람이 강하기로도 유명하다. 우루무치로 가는 이른바 '투르판 가도'에는 무수히 많은 풍력발전소 바람개비가 돌아가고 있는데 그중에서도 가장 바람이 센 협곡지대는 노풍구(老風口)라는 알 듯 모를 듯한 이름을 갖고 있다. 그래서 투르판은 풍주(風州), '바람의 고을'

이라는 별명을 갖고 있다.

이외에 사주(沙州), 녹주(綠州)라고도 부른다지만 이는 사막의 오아시스 도시라면 다 해당되는 것으로 꼭 투르판만을 일컫지는 않을 것이다. 이보다는 차라리 인공수로인 카레즈(坎兒井)의 도시라는 의미에서 '물의 도시' 수주(水州), 아니면 지하수주(地下水州)라고 할 만하다. 투르판이 같은 사막 속의 오아시스 도시면서도 이처럼 푸르름을 유지하며 풍요를 누린 것은 전적으로 이 카레즈의 슬기 때문이다.

인공수도 카레즈

카레즈는 위구르어로 '우물'이라는 뜻으로, 지하에 우물을 파고 이 우물들을 서로 연결해서 물길을 만든 지하 관개수로를 말한다. 투르판은 연간 강우량이 16밀리미터밖에 안 되지만 증발량은 3,000밀리미터에 달하기 때문에 지상에 수로를 만드는 것이 불가능하다. 그래서 지하에 만든 인공수로가 카레즈다.

투르판 서쪽 400킬로미터 밖에 있는 해발 5천 미터 천산산맥의 만년설이 여름이면 녹아내려 흐르다가 사막 속으로 사라지는데, 투르판은 바다보다도 낮은 저지대이기 때문에 비교적 용이하게 우물을 팔 수 있어 카레즈 건설이 가능했다. 이 우물을 20~30미터 간격으로 적게는 수십 개에서 많게는 수백 개를 연결시키면 길이 5~30킬로미터의 한 갈래 카레즈가 된다. 이런 카레즈가 모세혈관처럼 연결되어 있는데 모두 합치면 그 길이가 무려 5,000킬로미터가 넘는다고 한다. 그래서 카레즈는 만리장성, 대운하와 함께 중국의 3대 불가사의 공정으로 꼽힌다.

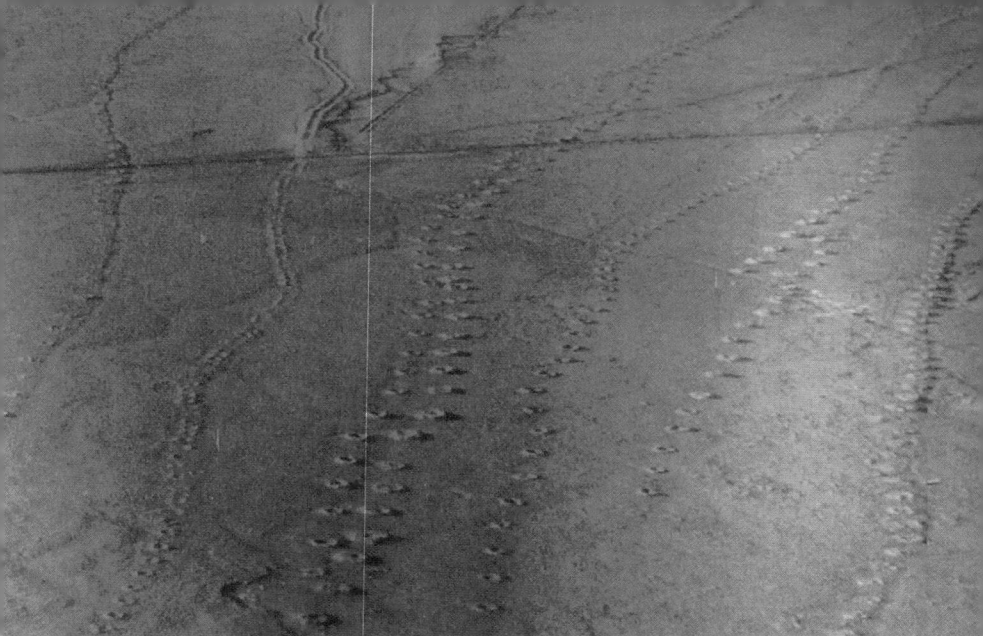

| 하늘에서 본 카레즈 | 카레즈는 우물들로 연결된 지하수로인데 투르판의 카레즈를 모두 합치면 5천 킬로미터가 넘는다고 한다. 사진 속 줄지어 있는 동그란 모양이 우물이다.

투르판에 언제부터 카레즈가 만들어지기 시작했는지는 불분명하다. 혹자는 2천여 년 전부터 시작되었다고 하나 그렇지는 않은 것 같다. 이런 관개 시스템은 이란에서 일찍이 발달한 '카나트'와 연관이 있을 것으로 생각된다. 이란의 카나트는 카레즈와 똑같은 관개수로 시설로 2016년 유네스코 세계유산으로 지정된 바 있다. 그리고 투르판의 역사를 보면 2천 년 전에는 교하고성에 주거지가 있었고, 1500년 전에는 고창고성으로 옮겨 갔으므로 약 1100년 전 위구르족이 투르판으로 이주해오면서 가져온 문화가 아닌가 추측된다.

투르판의 카레즈박물관에 들어가보니 카레즈를 만드는 과정을 상세히 알려준다. 한 개의 수직 우물과 한 개의 암거(暗渠)를 굴착하는

| 카레즈의 지하수로 | 카레즈는 위구르어로 '우물'이라는 뜻이다. 오늘날 카레즈가 급격히 줄어들면서 투르판 사람들의 생활이 위협받고 있다.

구성원은 5인 1조로 반경 1미터의 수직 갱과 수평 암거를 완성하는 데 수개월이 걸린다고 한다. 그런데 이 카레즈는 한번 만들면 끝나는 것이 아니라 지하수로가 막히지 않게 수시로 흙을 퍼내며 관리해야 한다고 하니 들어가는 공력이 이만저만이 아니다.

카레즈는 전성기인 1784년 총 연장이 5,272킬로미터에 이르렀고, 17만 2,367개의 우물이 있었다고 한다. 그런데 지금 이 투르판의 카레즈가 말라가고 있다. KBS 특파원 보고(「세계는 지금」 2019.9.21)에 따르면 석유 채굴과 지하수 개발로 지하수로가 바뀌고, 인구 증가에 따른 물 소비 증가로 인해 우물이 마르면서 수갱이 무너지고 암거가 막힌 곳이 많다는 것이다. 1950년에 1,800개였던 카레즈가 1987년에는

1,156개, 2019년에는 200개만 남았다고 한다. 그래서 어떤 마을은 6개의 카레즈가 있었는데 지금은 1개뿐이란다. 이로 인해 마을 사람들이 농사를 포기하기도 하고 마을이 집단으로 이주하는 일까지 벌어지고 있다는 것이다.

중국 당국도 카레즈를 보존하길 원하나 역부족이란다. 여기에다 지구 온난화로 천산산맥의 빙하가 줄어들어 지하수의 절대량이 예전 같지 않은 것이 더 큰 문제라고 한다. 실제로 천산산맥의 만년설이 덮여 있던 산봉우리에 맨바닥이 보이기도 한다. 참으로 안타까운 일이 아닐 수 없다.

투르판의 건포도

투르판은 이 카레즈 덕에 넓은 농토를 확보해 오늘날 세계적인 포도 산지로 명성을 얻었다. 비 한 방울 내리지 않고 연일 폭양이 내리쬐는 엄청난 일조량 덕분에 이곳의 포도는 다른 지역에서 따라올 수 없는 높은 당도를 자랑한다. 투르판의 포도 농원은 구멍이 숭숭 뚫린 포도 건조장에서 곧바로 건포도를 생산해낸다. 바람이 많은 풍주이기에 건포도 만들기에도 제격이다. 투르판에 대한 나의 강렬한 추억은 이 고소하고 다디단 건포도를 조석으로 맛본 것이었다. 우리는 귀국 비행기를 타기 위해 우루무치로 가기 전에 투르판의 포도구를 한 바퀴 돌고 투르판 건포도를 두 봉지씩 사서 양손에 들고 버스에 올랐다. 하나는 씨 있는 건포도이고, 다른 하나는 씨 바른 건포도였다.

푸른 하늘이 곧 천국이었단다

천산산맥을 넘으며 / 구자국의 내력과 역사 / 한나라 봉수대 /
키질가하의 전설 / 쿠마라지바의 일생 / 키질석굴 / 한락연 /
쿠차의 아단지모 / 천산신비대협곡 / '아예석굴' 발견기

천산산맥을 넘으며

답사기를 펴내고 나면 흔히 어느 곳이 가장 좋았냐는 질문을 받곤
한다. 전에는 하나를 대답했다가는 자칫 아홉을 무시한 셈이 될 수 있
어 답하기 힘들다고 그냥 넘겼는데, 요즘은 하나를 부각시켜 아홉도
주목받게 할 수 있다는 생각에 답을 주어 상대방의 흥미를 붙잡아두
곤 한다. 그러나 묻는 뉘앙스에 따라 답이 다르다. 이번 실크로드 답사
에서 '어느 도시가 제일 좋았느냐'고 물으면 나는 투르판이라 할 것이
고, '어느 오아시스 도시가 매력적이더냐'고 물으면 쿠차라고 대답할
것이다. '어디가 제일 인상 깊었냐'고 물으면 타클라마칸사막을 건너

| 비행기에서 본 천산산맥 | 천산산맥은 세계 7대 산맥의 하나로 중국뿐 아니라 카자흐스탄, 키르기스스탄을 거쳐 우즈베키스탄까지 뻗어 있다. 실크로드 답사 중 가장 감동적인 장면은 비행기에서 내려다본 만년설의 천산산맥이었다.

간 일이라고 말할 것이고, '어느 코스가 제일 감동적이었냐'고 물으면 주저 없이 비행기에서 내려다본 천산산맥이라고 대답할 것이다.

우루무치에서 쿠차까지는 비행기로 약 한 시간 반 정도 걸리는데 구름 위를 유유히 날던 비행기가 서서히 왼쪽으로 방향을 바꾸어 나아가자 구름이 걷히면서 창밖으로 만년설에 덮인 천산산맥의 준봉들이 어깨를 맞대고 계속 비행기를 따라오는 듯했다. 승객들이 너나없이 놀란 눈으로 창밖을 바라보고 있는데 어느 쪽 창으로 보아도 예각의 설산이 첩첩이 펼쳐질 뿐이다. 천산산맥이 중앙아시아의 척추라고 불리며 이를 경계로 신강성의 북쪽은 준가르분지가 되고 남쪽은 타림

| 쿠차 들판의 강줄기 | 비행기가 쿠차에 가까워지면서 들판을 굽이굽이 돌아가는 강줄기가 나타났다. 오아시스 도시인 쿠차는 이 강물을 젖줄로 하여 풍요를 누려왔다.

분지가 된다는 사실은 익히 알고 있었지만 이렇게 어마어마하게 광대한 줄은 미처 몰랐다.

천산산맥은 세계 7대 산맥의 하나로 바다로부터 가장 멀리 떨어져 있는 산맥이다. 중국뿐 아니라 카자흐스탄, 키르기스스탄을 거쳐 우즈베키스탄까지 뻗어 총 길이가 2,500킬로미터에 달하는데 중국 신강성 지역에서만도 1,700킬로미터가 넘는다. 부산에서 신의주를 왕복하는 거리이다.

해발고도는 평균 3,600~4,000미터이며 높은 곳은 7,000미터를 훨씬 넘는다. 남북의 폭은 250~350킬로미터라니 한반도의 폭보다

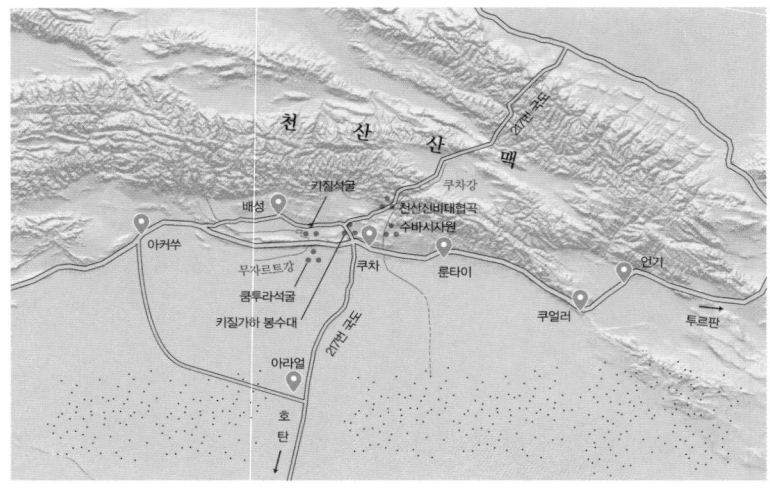

| **쿠차 지도 |** 쿠차는 천산남로에 위치해 타림분지의 어느 오아시스 도시보다 인구도 많고 나라도 강성했으며, 남겨놓은 문화유산도 많다.

더 넓다. 신강성의 천산산맥 면적은 57만 제곱킬로미터로 한반도의 2.5배나 된다. 이게 말이 되나 싶지만 진짜 그렇다.

여행이 중요한 이유는 인간의 경험을 확대시켜주기 때문이다. 해외 여행에서 우리는 크게 세 가지를 보고 배운다. 문화유산 답사는 인류의 역사와 인문정신을 가르쳐주고, 도시 여행은 인간 삶의 다양한 면모를 엿보게 하며, 자연 관광은 대자연을 바라보는 시야를 넓혀준다. 이 중 자연 관광에 해당할 천산산맥은 땅덩어리의 생김새에 대한 나의 상상력을 훨씬 뛰어넘어 경이로우면서도 감동적인 장면으로 남아 있다.

그렇게 천산산맥의 산봉우리를 넘어가던 우리의 비행기가 구름 위로 올라타더니 어느 만큼 가다가는 다시 내려가며 설산의 줄기를 또 따라간다. 그러기를 수없이 반복하다가 곧 쿠차에 착륙한다는 안내방 송이 나오고 나서 얼마 되지 않아 이번에는 초록의 평원 저 멀리로 누런 사막이 아스라이 멀어져간다. 오아시스라면 사막 속의 옹달샘을 떠올리곤 했는데 실크로드에 와보니 그게 아니었다.

쿠차 들판이 끝나는 저 멀리로 강줄기가 햇빛을 받아 흰빛을 발하며 굽이굽이 돌아간다. 아! 강이다. 저것이 쿠차 시내로 흐르는 강인지 키질석굴 앞의 강인지 또는 사막을 누비고 달리는 타림강인지 내가 여기서 가늠할 소견이 있는 것은 아니지만 쿠차는 저 강물을 젖줄로 하여 풍요를 누려왔다는 것이 한눈에 보였다.

그래서 쿠차는 타림분지의 다른 오아시스 도시보다 인구도 많고 나라도 강성했으며, 남겨놓은 문화유산도 많다. 유네스코 세계유산에 등재된 유적이 키질석굴, 키질가하 봉수대, 수바시 폐사지 등 셋이나 있을 정도다. 아름다운 자연유산도 많다. 천산신비대협곡을 비롯해 타림강 유원지, 천연 호양림이 있다. 거기에다 '가무(歌舞)의 도시'로도 이름 높다. 그리하여 쿠차는 '서역의 낙도(樂都)'라는 애칭을 갖고 있으며 신강성 최고의 관광지일 뿐 아니라 중국 전체의 '10대 명승 여유구(旅遊區)'의 하나로 꼽힌다.

이런 쿠차이기에 나는 실크로드의 여로로서는 아주 예외적으로 두 차례 모두 쿠차에서 이틀 밤을 보냈다. 그러고도 아쉬움이 많이 남았으니 만약에 내가 다시 찾아온다면 그때는 이 유서 깊은 오아시스 도시에 휴양으로 와서 사흘이고 나흘이고 묵으면서 대자연의 신비로운 아름다움과 폐허마다 일어나는 스산한 적요(寂寥)의 미를 한껏 만끽하고픈 욕망과 희망이 있다.

구자국의 내력과 역사

쿠차라는 지명은 돌궐어를 번역한 위구르어로 '십자로'라는 뜻이라고 한다. 실제로 쿠차는 천산남로 한가운데 네거리로 동으로는 카라샤르(언기국), 서로는 카슈가르(소륵국), 북으로는 오손(烏孫), 남으로는 호탄(우전국)으로 연결돼 있다. 쿠차의 한자 표기는 여러 가지가 있지만 고대에는 '구자(龜玆)'로 많이 표기되었고, 1758년 청나라 건륭제 때 '고차(庫車)'로 표기한 것이 오늘에 이른 것이다.

본래 쿠차인은 아리안계로 언어는 인도유럽어의 일종인 토하라어를 사용했다. 이는 고대 인도유럽어 영역의 동쪽 끝에 해당하는 것이다. 이런 사실은 쿠차가 인도, 페르시아 문명과 중국 문명과의 교차점이었음을 말해준다.

쿠차가 역사서에 처음 등장하는 것은 『한서』 「서역전」에 구자국은 "장안에서 거리는 7,480리이고, 가구 수는 6,970호, 인구는 81,317명이며, 군사는 21,076명"이라고 기록된 것이다. 당시 서역 36국 중 가장 많은 인구다. 다른 오아시스 왕국의 인구는 대개 1만 명 내외이고 작은 곳은 몇백 명에 불과했으니 8만 명은 대단한 숫자가 아닐 수 없다. 『한서』에 나오기 전 구자국 사람들이 살았던 모습은 이 지역에서 출토되는 토기들에서 엿볼 수 있는데 이란풍의 기하학적 무늬가 눈에 띄어 언어와 맥을 같이한다.

기원전 89년, 한무제는 흉노를 물리치고 마침내 서역을 장악했다. 이후 서역도호부를 쿠차 동쪽 50킬로미터 떨어진 룬타이에 오루성(烏壘城)을 쌓고 다스렸는데, 이때부터 구자국은 중국 문명과 긴밀해진다. 특히 구자국과 한나라는 기원전 65년 아주 가까워지는 계기를 맞았다. 쿠차 북쪽 천산산맥 너머에 있는 이리(伊犁) 지역의 오손으로 시집간 한나라 공주는 그의 딸이 구자국 왕 강빈(絳賓)과 결혼하게 되자 아버지인 한나라 황제에게 외손녀와 사위 자격으로 알현할 수 있게 해달라고 요구했다. 한나라 황제가 이를 허락하자 구자국 왕은 아내와 함께 1년 동안 장안에서 체류하다 돌아왔다. 이를 계기로 구자국은 한나라 문물과 제도를 많이 도입하며 서역의 강자로 부상했다. 우리의 쿠차 답사는 이 한나라 때의 봉수대부터 시작됐다.

한나라 봉수대

쿠차의 한나라 봉수대는 시내에서 서쪽으로 약 10킬로미터 떨어진 곳의 강가 절벽에 우뚝 서 있다. 이 강은 수량은 많지 않은 구거(溝渠) 정도이고 여름 한철만 흐르고 다른 계절엔 말라 있는 마른내인지라 소금기가 많아 염수구(鹽水溝)라는 이름을 갖고 있다. 우리는 키질석굴로 갈 때는 이 구거 건너 서쪽으로 난 길을 따라갔다.

나는 지금 한나라 봉수대(烽燧臺)라고 편하게 부르지만 정식 명칭은 '키질가하(克孜爾朶哈) 봉수대'이다. 키질은 위구르어로 '붉다'는 뜻이고 가하는 '보초를 서서 지킨다'는 뜻이다. 한문으로는 초잡(哨卡)이라고 하니 '붉은 지킴이'쯤 된다. 봉화대가 아니라 봉수대라고 하는

것은 그 기능이 다르기 때문이다. 밤에 불을 피워 알리는 것을 봉(烽)이라 하고 낮에 연기를 피우는 것을 수(燧)라 하니, 봉수대는 봉화대와 연대(烟臺)의 기능이 합쳐진 것을 말한다. 연기를 피우는 땔감은 늑대 배설물을 사용해서 낭연(狼烟)이라 했다고 한다.

키질가하 봉수대는 참으로 장대하다. 높이 약 13미터이고 동서 길이 6미터, 남북 폭 4미터이다. 흙을 다져 쌓아 올리면서 중간중간에 나무로 보강했고 맨 위에는 비록 무너졌지만 망루도 있었다고 한다. 한나라가 망하고 오호십육국시대를 지나 당나라 시대가 되자 쿠차에 안서도호부를 두면서 이 봉수대는 다시 제 역할을 했다고 한다. 그러나 세월이 흘러 봉수대로서 기능을 잃고 지키는 이, 돌보는 이가 없어지면서 세월의 흐름 속에 풍화되고 바로 아래 염수구에서 날아드는 소금기로 많이 벗겨져 이렇게 뼛골만 남은 것이라고 한다.

넓은 들판 저 멀리로 길게 늘어진 산자락을 배경으로 우뚝 서 있는 그 웅장한 자태를 보면 정말로 위엄 있고 거룩해 보인다. 한나라가 서역을 지배한 거대한 기념비라고 할 만하다. 저것이 봉수대건 그 무엇이건 쿠차의 랜드마크라고 부르기에 부족함이 없다. 특히나 이곳은 실크로드 옛길의 길목에 있다고 하니 낙타를 몰고 오는 카라반들이 멀리서 이 봉수대를 보았을 때 그 반가움과 기쁨이 어떠했겠는가. 그래서 키질가하에는 이런 전설이 생겼다.

| **키질가하 봉수대** | 중국 한나라 시대의 봉수대로 높이 약 13미터에 폭은 4~6미터에 달한다. 봉화불과 연기로 연락하는 두 기능을 갖추고 있어 봉수대라고 한다.

키질가하의 전설

옛날에 쿠차 왕에게 끔찍이 사랑하는 딸이 있었는데, 점을 치자 100일 안에 공주가 독 있는 전갈(毒蝎)에게 물려 죽는다는 점괘가 나왔다. 이에 왕은 전갈이 못 올라가게 높은 탑을 쌓고 공주를 고이 모셔둔 후 철저히 가린 음식과 물 말고는 평소 공주가 좋아하는 사과를 하루 한 알만 넣어주게 했다. 공주는 탑 안에서 예언이 비켜가기만을 바라며 지냈다.

그리고 운명의 100일째 되는 날 세심한 왕은 공주에게 마지막 사과를 손수 깎아서 보내주었는데 그만 그 속에 전갈이 숨어 들어갔던 것이다. 그리하여 공주는 예언대로 전갈의 독침에 죽고 말았고 왕은 딸의 이름을 부르며 통곡했다고 한다. 이후 사막을 지나가는 외로운 길손들은 이 탑을 보면 그 임금의 애처로움을 생각하며 "키질가하!"라고 큰 소리로 외쳤다고 한다.

이 이야기는 '키질가하'가 위구르어로 '여인이 살던 땅'이라는 뜻의 '쿠즈라 가호'와 발음이 비슷하기 때문에 생긴 것이라고 한다. 그러나 이 전설의 가치는 사막을 지나오던 고독한 길손이 멀리서 이 봉수대가 보이면 맘껏 소리쳐볼 수 있는 명분을 부여해주었다는 데 있는 것 같다. 마치 우리가 산에 오르면 메아리를 울리게 해보려고 "야호!"라고 소리치는 것과 비슷한 민간설화이다. 진즉에 알았으면 나도 목청껏 "키질가하!"를 외쳐볼 걸 그랬다.

봉수대 아래쪽 절벽에 '키질가하석굴'이 있다는 사실은 뒤늦게 알

| **키질가하석굴** | 주로 당나라 때 개착된 석굴사원으로 쿠차 불화의 풍격이 있는 벽화들이 많지만 박락이 심해 옛 모습을 보여주지는 못한다고 한다.

아 답사하지 못했다. 이는 당나라 때 석굴로 현재 제47굴까지 번호가 부여됐는데 비교적 완전한 동굴이 38개이고 그중 예배굴인 지제굴(支提窟)이 19개, 승방굴인 비하라굴(毗訶羅窟)이 19개이며 벽화는 본생담이 많이 그려졌고 '쿠차 불화의 풍격'이 있다고 한다. 눈앞에 두고도 보지 못한 것이 억울했는데 여기를 다녀온 분 얘기로는 키질석굴과 쿰투라석굴까지 다녀왔으면 됐지 시간을 뺏기면서 거기는 뭐 하러 가느냐고 했다. 그러나 아무리 볼거리가 부실해도 가봐야 하는 것이 미술사학도의 답사인데, 나의 철저하지 못했음을 크게 후회하고 있다.

| 아단지모를 알리는 입간판 | 쿠차가 내세우는 자연유산인 아단지모는 풍식작용으로 점토질 같은 연한 부분은 다 벗겨지고 단단한 부분만 남아 갖가지 모습을 띤 지형을 말한다.

'귀부신공'의 아단지모

한나라 봉수대를 떠난 우리는 다음 행선지인 키질석굴로 향했다. 키질석굴은 쿠차에서 서북쪽으로 약 70킬로미터 떨어진 곳에 있는데 행정구역으로는 쿠차시 서쪽 경계와 바로 붙어 있는 배성(拜城, 바이청)현 키질향(鄕)에 속한다. 우리의 버스가 남북으로 뻗어 있는 217번 도로를 타고 북쪽을 향해 달리는데 차창 밖의 풍광이 오묘하다. 앞을 보아도 양옆을 보아도 붉고 누런 빛을 띠는 산줄기가 바짝 따라붙는다. 산에는 나무는 고사하고 풀 한 포기 없어 속살 정도가 아니라 마치 뼛골까지 드러낸 것만 같다. 나는 이때 적나라(赤裸裸)라는 단어는 이런 걸 가리키는 것이라고 생각했다.

| 귀부신공의 아단지모 | 비바람에 깎이고 깎여 오로지 돌덩이, 흙덩이로 이루어진 형상이건만 바람이 스치고 지나간 자국이 웅장하고 아름다운 감정을 일으킨다. 쿠차에서는 이를 귀부신공이라고 해서 귀신이 도끼질한 것을 신이 다듬었다고 표현한다.

길은 곧게 뻗어 있지만 아래위로 굽이져 우리의 버스는 마치 물결 위를 가듯 출렁이며 고갯마루를 향해 앞으로 나아간다. 길가에 커다란 입간판이 사진과 함께 뽐내듯 세워져 있는데 '아단지모(雅丹地貌)'라 쓰여 있다. 아! 이것이 쿠차가 내세우는 자연유산 아단지모로구나!

아단지모는 풍식(風蝕)작용으로 점토질 같은 연한 부분은 다 벗겨지고 단단한 부분만 남아 갖가지 모습을 띤 지형을 말한다. 아단은 위구르어 야르당(yardang)에서 나온 것으로 '흙더미로 이루어진 절벽'이라는 뜻이란다. 이 말을 처음 사용한 것은 스웨덴의 탐험가 스벤 헤딘이다. 그는 백 년 전 누란을 탐험할 때 백룡퇴를 발견하고 야르당이라는 표현을 썼는데, 이를 중국 지리학회가 아단지모라 부르며 받아

들여 공식명칭이 된 것이다.

지리학의 연구를 빌려 좀 더 자세히 말하자면 이곳은 본래 기후가 습윤하고 강수량이 많아 잡초가 우거진 광활한 호수였으나 약 30만 년 전부터 가뭄에 의해 호수가 점차 말라 바닥의 침전물들이 지표에 드러나게 되었고, 그후 오랜 기간 건기가 지속되면서 굳어져 단단해 진 퇴적층과 미처 굳어지지 못한 점토와 모래가 바람에 의해 침식되 어 갖가지 형상을 이루게 된 것이다. 말하자면 지구 형성 과정에서 바 람이 만들어낸 조각품이다.

야르당은 아프리카 사하라, 미국 애리조나주 피닉스 등지에도 있는 데, 이집트의 스핑크스가 야르당을 보강하여 만든 것이라고 주장하는 학자도 있다고 한다. 신강성에는 3대 아단지모가 있는데 하나는 누란 에서 돈황으로 가는 길에 있는 백룡퇴, 돈황 옥문관에서 하미로 가는 도중에 있는 마귀성, 그리고 이곳 쿠차의 아단지모이다.

우리의 버스가 길게 뻗은 붉은 산자락 한가운데를 치고 올라서니 고개 아래로 아단지모가 펼쳐지는데 좌우로 누런빛을 띠는 흙더미, 바윗덩이가 마치 마구 파헤쳐놓은 공사판처럼 어지럽기 짝이 없는 가 운데 저 아래로 듬성듬성 흰빛을 띠는 붉은 바위들이 첩첩이 전개된 다. 여기가 염수구의 서쪽 골짜기이다. 우리는 이 오묘한 아단지모의 풍광을 만끽하기 위해 염수구 위쪽에 있는 빈터에서 사진을 찍으며 한참을 쉬어갔다.

참으로 신기했다. 오로지 돌덩이, 흙덩이로 이루어진 것이건만 바 람이 스치고 지나간 자국이 웅장하고 아름다운 감정을 일으킨다는 것이. 나는 이를 이루 다 형언하지 못하는데 천산산맥의 기상을 받은 중국의 문필가들은 온갖 형용사와 비유로 이를 묘사해낸다. 쿠차의 한 관광 안내서에는 이런 구절이 있다.

쿠차의 산에는 장식이라는 것이 없다. 그것은 장식이 필요 없기 때문이다.

반어법의 섬세한 문학적인 묘사이다. 그러나 이보다는 중국인 특유의 상상력을 구사한 과장법이 나와야 더 실감 나는데 쿠차의 관광 안내서는 이를 '귀부신공(鬼斧神工)'이라고 했다.

귀신이 도끼질하고 신이 다듬었다.

키질석굴로 가는 길

우리의 버스는 얼마만큼 가다가 217번 대로를 버리고 왼쪽으로 방향을 바꾸어 서쪽으로 난 길로 들어섰다. 곧장 북쪽으로 가면 천산신비대협곡이 나오는데 거기는 나중에 들르기로 하고 우리는 부지런히 키질석굴을 향해 달렸다. 우리나라로 치면 지방도로를 달리는 셈인데 어디에도 마을은 보이지 않았지만 간간이 방목해놓은 염소가 풀을 뜯고 있는 풍경이 사람 사는 곳임을 말해주었다.

한참을 가다가 삼거리가 나오자 배성현으로 가는 길을 버리고 왼쪽으로 꺾어 좁은 길로 들어서니 이정표가 나타나면서 키질석굴이 10킬

| **키질석굴 앞의 무자르트강** | 키질석굴 입구에 다다르자 거짓말처럼 발아래로 큰 강이 흘러 드라마틱한 풍광의 전환을 보여준다. 키질석굴은 이처럼 그 자리앉음새가 뛰어나다.

로미터 남았다고 알려준다. 여기부터 길은 심하게 구불구불 돌아간다. 여태껏 곁에 두고 보아온 황량한 산자락 속으로 파고 들어가는 셈인지라 벌거벗은 바윗덩어리들이 차창 가까이 바짝 달라붙는다. 순식간의 변화라 당황스럽기도 한데 갑자기 우리의 버스가 속도를 줄이더니 멈추어 섰다. 혹시 고장 난 것 아닌가 긴장했는데 수십 마리의 염소떼가 길을 가로질러 가는 걸 기다려주는 것이었다. 가이드가 하는 말이 여기는 양보다 염소를 많이 키운다고 한다. 사방을 둘러봐도 집 한 채 없고 돌덩이, 흙덩이뿐인 황무지에 온기가 도는 것 같아 따뜻한 미소가 절로 나왔다.

그렇게 5분 정도를 갔을까. 우리의 버스가 이번에는 제법 가파른 비탈길을 오르느라 숨이 가쁘다. 차창 밖으로는 집채만 한 돌덩이가 바로 눈앞까지 엄습해오는 듯했다. 그러다 고갯마루를 오르자마자 급하게 왼쪽으로 꺾어 방향을 트니 거짓말처럼 발아래로 큰 강이 흐르고 숲이 우거진 풍경이 전개된다. 키질석굴 앞으로 흐르는 무자르트강(木扎提河)이다. 그 드라마틱한 풍광의 전환이 실크로드 답사에서 가장 인상 깊이 남았다고 소감을 말한 분이 있을 정도다. 그러니 그 옛날 이 길을 걷던 실크로드의 대상들이 이 고갯마루에 다다랐을 때 기분이 어떠했을까. 황량하기 그지없는 적나라한 산길을 지나왔기에 길손들은 키질석굴이 더욱 반갑고 고맙고 성스럽게 느껴졌을 것이다. 한나라 봉수대 식으로 "키질석굴!"이라고 목청껏 불러보고 싶었을 것이다.

키질석굴은 유네스코 세계유산으로 등재된 만큼 주차장을 비롯하여 관람 편의 시설이 잘 정비되어 있다. 그런데 이곳 입장료가 아주 다양하다. 석굴을 크게 동부와 서부로 나누어서 각각 55위안씩 별도로 받는다. 우리 돈으로 따지면 9천원 정도인데 다 둘러보려면 물론 110위안이다. 특굴로 지정된 것을 보려면 석굴 하나에 1인당 200~300위안을 따로 내야 한다. 양질의 높은 서비스를 받으려면 그만큼 돈을 더 내라는 지독한 자본주의로 생각할 수 있지만 한편으로는 석굴 관리 차원에서 그 비싼 돈을 내고도 꼭 보고 싶은 사람만 보라는 것일 수도 있다. 관람불가라고 아예 막아놓는 것보다 훨씬 합리적이다. 재미있는 것은 석굴 안은 보지 않고 그 앞에서만 놀 경우는 5위안이란다.

백양나무 가로수 길에서

티켓을 끊고 안으로 들어서니 주변에 나무를 조림하여 강변의 공원처럼 꾸며놓았다. 입장료 5위안을 따로 받을 만했다. 땡볕을 피하여 나무 그늘 밑을 따라 앞으로 가다가 왼쪽으로 키질석굴을 향해 반듯하게 난 길로 들어서면 누구나 "우와!" 하는 감탄사를 발하고는 길 가운데 서서 움직이려 하지 않는다. 여기부터 석굴까지 족히 500미터 남짓 되는 길 좌우로 키 큰 백양나무가 늘어서 있기 때문이다.

서역에 오면 이런 길을 걷고 싶었다. 나는 이것이야말로 서역인의 삶이 낳은 상징적 이미지라고 생각했다. 투르판에서도 쿠차에서도 시내를 지나면서 차창 밖으로 무수히 보았지만 이렇게 백양나무 가로수 길을 여유롭게 걸어본 것은 이번이 처음이었다. 나는 백양나무 흰 줄기를 쓰다듬어보고 나무 끝의 여린 잎사귀가 푸른 하늘에 가볍게 손짓하는 것을 보기도 하면서 쿠차의 향토적 서정을 가슴에 담고 아주 느리고 느리게 걸어갔다.

국내 절집 답사에서 늘 주장하지만 나는 산사의 답사는 절집 진입로부터이고, 또 산사의 진정한 가치는 고목과 절 마당을 빗자루로 쓸고 있는 노스님에게 있다고 철석같이 믿기에 키질석굴로 들어가는 이 고목 백양나무 가로수 길이 그렇게 반갑고 고맙기까지 했다. 버스에서 내리기만 하면 부리나케 유적지로 내달리던 내가 이렇게 느긋이 걸어

| **백양나무 가로수길** | 키질석굴을 향해 반듯하게 난 길로 들어서면 누구나 "우와!" 하는 감탄사를 발하고는 길 가운데 서게 된다. 500미터 남짓 되는 길 좌우로 키 큰 백양나무가 늘어서 있기 때문이다.

가는 모습을 보면서 나의 학생들은 우리 선생님도 이제 많이 달라졌다고들 수군댔다니 그들은 내 속을 몰라도 너무 몰랐던 것이다.

백양나무 가로수가 끝나는 자리엔 사진으로 수없이 보아 너무도 친숙한 쿠마라지바의 멋지면서도 거룩해 보이는 동상이 자리하고 있었다. 1994년 그의 탄생 1650주년을 기념해 세운 동상이라는데 이 동상 하나가 있음으로 해서 키질석굴과 쿠차의 역사적·인문적 이미지는 더없이 높이 고양된다. '빗자루질 하는 노스님' 대신 삼장법사라는 영원한 스승 한 분이 변함없는 자세로 이 석굴사원을 지키고 있는 것이다. 역시 내가 신앙처럼 믿는 미술의 힘이고 미술의 사회적 효용가치이다. 사진으로 볼 때는 몰랐는데 실제로 보니 옷주름이 선연하고 얼굴 표정에 종교적 고뇌가 깊이 서려 있다. 내가 이제까지 본 세상의 많은 동상 조각 중에서 최고의 명작 중 하나로 꼽을 만하다. 특히 알맞은 크기와 키질석굴 앞이라는 그 위치 선정과 백양나무 배경이 압권이다.

쿠마라지바의 일생

쿠마라지바(鳩摩羅什, 구마라집, 344~413). 그는 불교사에 금자탑을 세운 위인이며 성현이다. 인도의 불교가 중국으로 건너가 뿌리를 내리고 그것이 한국과 일본으로 전파되는 데 결정적 공헌을 하신 분이다. 쿠마라지바는 344년 구자국에서 태어났다. 구자국의 공주였던 어머니 지바(耆婆)는 쿠차에 찾아온 계빈국(罽賓國, 오늘날 카슈미르 지방)의 학승 쿠마라염(鳩摩羅炎)을 흠모해 왕실의 권위로 환속시키고 결혼했다. 그래서 아버지 이름 '쿠마라염'과 어머니 이름 '지바'를 합쳐 쿠마

| 키질석굴 앞 쿠마라지바 동상 | 석굴 앞의 쿠마라지바 동상은 키질석굴과 쿠차의 역사적·인문적 이미지를
더없이 고양시킨다. 이제까지 본 수많은 동상 조각 가운데 최고의 명작 중 하나로 꼽을 만했다.

라지바가 되었다고 하는데, 쿠마라지바를 중국어로 의역하면 동수(童
壽)가 된다고 한다.

그런데 어머니는 쿠마라지바를 낳은 뒤 문득 출가를 결심해 아들과
함께 수바시사원에서 수행에 전념하다 아들이 왕위 계승에 연관되지
않도록 출가시켜 아버지의 고향인 카슈미르로 데리고 갔다. 그때 쿠
마라지바의 나이 일곱 살이었다. 여기에서 그는 종파를 넘어 소승과
대승을 열심히 공부했다. 그리고 인도에 유학하면서 두루 여러 선지
식을 만나 뵙고 가르침을 구했다. 그는 특히 기억력이 뛰어나 인도 전
역에서도 명성이 자자했다.

스무 살이 되기 얼마 전 쿠마라지바는 고국으로 돌아와 왕으로부터 스승의 예우를 받으며 열심히 대승불교를 설파했고 그 명성은 중국 깊숙이까지 퍼졌다. 이 시기 쿠차는 불교국가로 키질석굴, 쿰투라석굴 등 많은 석굴을 열고 있었다. 이때 중국은 전진(前秦, 351~394)이 크게 일어나 북부 중국을 거의 다 장악했다. 전진 왕 부견(符堅, 338~385)은 독실한 불교도로 372년 순도(順道)라는 승려를 고구려에 보내 불교를 전하게 한 인물이다. 그는 383년, 장군 여광(呂光)을 파견해 구자국을 정복하고 명승 쿠마라지바를 데려오게 했다.

384년 여광은 7만 대군을 이끌고 구자국에 쳐들어왔다. 이에 구자국은 온힘을 다해 대항했으나 중과부적으로 결국 패배하고 말았다. 이듬해 여광은 쿠마라지바를 데리고 본국으로 돌아가는데 도중에 부견이 죽었다는 소식을 듣자 하서주랑의 무위에서 자립하여 후량(後凉, 386~403)이라는 나라를 세우고 스스로 왕이 되었다.

여광의 포로가 된 쿠마라지바는 신하로서 상담에 응하기도 했지만 여광은 짓궂게도 그를 달리는 말에서 떨어뜨리는 등 골리기 일쑤였다. 또 그를 파계시키려고 함께 끌려온 구자국의 왕녀, 즉 쿠마라지바의 사촌 여동생을 강제로 아내로 맞게 했다. 쿠마라지바는 이를 거부하며 버티었으나 여광은 아내로 맞이하지 않으면 왕녀를 죽이겠다고 했다. 결국 쿠마라지바는 그녀를 아내로 맞이하였다.

이렇게 파계한 쿠마라지바는 속절없이 계속 양주(오늘날 무위)에 머물렀다. 이때 그는 중국어를 충분히 익힐 수 있었고 이것이 불경 번역의 큰 자산이 되었다. 399년 여광이 마침내 죽고 후량은 그의 아들, 동생, 조카들이 뒤엉키는 왕위 계승 싸움을 벌이다 결국 403년 후진(後秦, 384~417)에게 멸망했다.

후진은 건국자의 성을 따서 요진(姚秦)이라고도 부른다. 요진을 건국한 요장의 뒤를 이은 요흥(姚興)은 나라의 기틀을 세웠을 뿐 아니라 불교에 독실하여 천수 맥적산석굴이 그때 많이 열렸다. 요흥은 401년 양주에 살던 쿠마라지바를 국사(國師)로 영접하여 장안으로 모셔왔다. 요흥은 쿠마라지바에게 불경 번역에 전념하도록 황제의 별장을 제공해주었다. 이것이 서안의 초당사(草堂寺)다.

쿠마라지바는 산스크리트어로 된 불경을 정성 들여 한문으로 번역해 황제의 은혜에 보답했다. 그리고 413년(409년이라 하기도 한다) 69세에 세상을 떠났다. 그가 번역한 불경은 총 35부 300권에 달한다. 서안의 초당사에는 그의 사리를 모신 아주 아름다운 팔각당 승탑이 있다.

키질석굴 개요

키질석굴의 키질은 앞서 말했듯이 위구르어로 '붉다'라는 뜻이다. 석굴이 있는 황토빛 밍우다거(明屋達格)산이 햇빛을 받으면 붉게 변한다고 해서 얻은 이름이다. 쿠차에 불교가 전래된 시기는 늦어도 2세기 무렵으로 생각되나 석굴이 개착되기 시작한 것은 3세기 무렵으로 추정되며, 8세기 당나라의 서역 지배 시기까지 굴착되다가 9세기 위구르인들이 밀려 들어온 이후 폐쇄된 것으로 생각된다.

석굴은 약 3킬로미터에 걸쳐 4개 구역(동쪽·서쪽·안쪽·뒤쪽)에 퍼져

있는데 석굴의 수는 현재 정식번호가 부여된 것이 236번까지이며 81개 석굴에 벽화가 그려져 있었다고 한다.

키질석굴은 용도와 구조에 따라 승방굴(僧房窟), 중심주굴(中心柱窟), 대상굴(大像窟), 방형굴(方形窟)로 나뉜다. 승방굴은 스님이 거주하며 생활하는 공간이고 일반적으로 거실·통로·작은방 세 부분으로 구분한다. 중심주굴은 예배·공양 등 종교 활동을 위한 곳으로 석굴 중앙에 방형의 중심 기둥이 있어 탑을 상징하며, 기둥 양옆과 뒤로 난 통로를 통해 탑돌이를 할 수 있는 구조다. 대상굴은 중심주굴과 구조가 비슷하나 중심주 정면에 커다란 불상(대개는 소조 입상)을 모신 구조다. 방형굴은 주실 평면이 네모나기 때문에 붙은 이름으로 승려들이 불경을 강독하던 공간으로 생각된다.

본격적으로 답사하기 전에 우선 석굴의 편년을 개략적으로 살펴보면 다음과 같다.

초창기(3세기 말~4세기 중엽): 제47, 48, 77, 92, 118굴
- 방형굴이 많다.
- 필치가 거칠고 인물 묘사가 소박하다. 불전도 고사 위주의 소승 불교 벽화가 많다.

발전기(4세기 중엽~5세기 말): 제13, 32, 38, 83, 84, 114, 171굴
- 중심주굴이 많고 필치에 훈염법(暈染法, 번지기 기법)이 나오고 마름모형 도상이 등장한다.
- 석가모니 전생의 이야기를 담은 본생담(本生譚)이 많아 윤회전생의 이론이 형성된 것을 알 수 있다.

번영기(6세기~7세기): 현존 석굴의 50% 이상이다.
- 금분 및 금박이 칠해졌다.
- 대형 중심주굴이 많다. 석가모니 성불 후의 불전도(佛傳圖)가 많다.

쇠퇴기(8세기~9세기 중엽): 제129, 135, 197굴
- 쇠락 원인은 전쟁과 관련 있는 듯 전쟁 벽화가 나온다.
- 놀러 온 사람의 낙서도 있다.

폐쇄: 8세기 중엽부터 더 이상 조성되지 않았으며 9세기 중엽에 석

굴은 완전히 폐쇄된다.

약탈

- 일본의 오타니 탐험대가 1903년, 1909년, 1913년 세 차례 도굴해 갔다.
- 독일의 그륀베델이 1906년, 르코크가 1914년에 벽화를 다량으로 탈취해갔다.
- 프랑스의 폴 펠리오가 1907년 유물을 수거해갔다.
- 러시아의 베레좁스키 형제가 1907년 유물을 수거해갔다.

해외소장처

- 도굴된 벽화들은 독일에 압도적으로 많고, 우리 국립중앙박물관 에도 약간 전한다.

키질석굴의 미술사적 특징

키질석굴은 대동의 운강석굴, 낙양의 용문석굴, 돈황의 막고굴과 함께 중국의 4대 석굴사원으로 꼽힌다. 그중 키질석굴은 서역에 위치 해 인도 불교미술이 중국으로 전파되는 과정에서 충실한 중개자 역할 을 하면서 다른 한편으로는 독특한 서역 불교미술을 보여준다는 점에 서 가치가 높다. 이는 쿠마라지바가 중국 불교에 끼친 영향과 비슷한 성격을 지니는 것이다.

베를린 아시아미술관의 에른스트 발트슈미트(Ernst Waldschmidt, 1897~1985)는 키질 벽화의 양식을 세 시기로 나누어 편년하면서 500년 전후의 인도·이란 풍을 제1양식, 600~650년 사이의 서역풍을 제2양

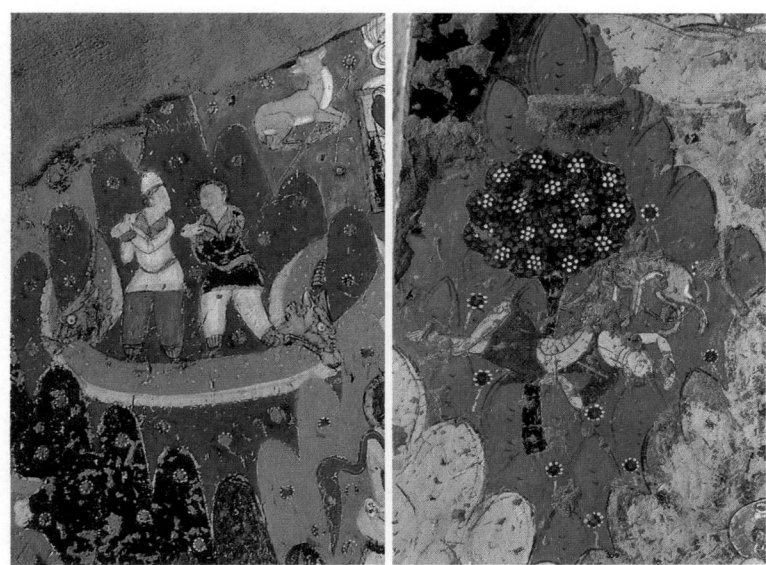

식, 700~800년 사이의 중국풍을 제3양식으로 분류했다.

벽화의 내용은 석가모니 전생담이 압도적으로 많지만 여러 보살, 천국의 기악, 선녀, 공양인 등을 통해 구자국 사람들의 생활풍속을 보여주는 내용도 꽤 된다. 그래서 독일 탐험대들은 벽화를 탈취하면서 석굴 동(洞)마다 별명을 붙여 음악(音樂)동, 화가(畵家)동, 공작(孔雀)동, 항해자(航海者)동, 재보(財寶)동, 마야(摩耶)동, 16기사(騎士)동, 보살천장(菩薩天井)동 등으로 불렀다.

벽화 형식 중 다른 지역에서 전혀 볼 수 없는 특징은 마름모꼴 문양대가 구사된 점이다. 마름모꼴 무늬마다 이야기 하나하나를 그리고 사방연속무늬처럼 벽면을 덮는 방식은 키질석굴에서만 보이는 특징이다. 그리고 채색에 있어서는 파란색 안료를 많이 사용한 것이 눈에 띈다. 이 푸른색 안료는 '라피스 라줄리'(lapis lazuli)로 우리에게는 흔히 청금석(靑金石)이라 알려진 광물로부터 얻어낸 것이다. 이로 인해 키질석굴의 청색은 지금도 변하지 않았고 '푸른 석굴'이라는 애칭을 갖게 되었다. 이것은 당시 아프가니스탄에서만 나오던 광물이라 이를 구하기 위해 많은 돈을 썼을 것으로 생각된다. 그만큼 쿠차 사람들은 푸른색을 좋아했다는 얘기인데 실제로 지금도 쿠차의 민가를 보면 대문과 창틀이 대부분 청색으로 되어 있다. 쿠차 사람들은 그 푸르름에 대해 이렇게 생각한다고 한다.

푸른 하늘은 그 자체가 신이다.
푸르름과 있으면 평화롭게 살 수 있다.

나는 쿠차 사람들이 왜 이렇게 푸른색에 신앙하는 마음까지 보여줄까 궁금하게 생각하여 무슨 특별한 이유가 있을지 찾아보았으나 아직 답을 얻지 못했다. 일반적으로 푸른색에는 평화와 희망의 이미지가 들어 있다. 이것이 꼭 쿠차에만 해당하는 것이 아니지만 키질석굴에 왔을 때 한없이 맑은 푸른 하늘을 보면서 분명 쿠차인들은 이 밝은 푸르름이 그네들 삶에 항시 함께하기를 바라는 마음이었을 것이라고 생각했다.

| **키질석굴 제38굴 주실** | 주실의 천장에는 석가모니의 본생담이 그려진 가운데 부처님이 설법하는 모습이 있다. 벽면에는 석가모니가 모셔져 있었고 시계 방향으로 돌아 후실로 들어갈 수 있다.

키질석굴의 기본 구조

나의 두 번째 쿠차 답사 때는 명지대 미술사학과의 최선아 교수가 함께했다. 키질석굴로 들어가는 버스 안에서 내가 최교수에게 관람의 핵심 포인트만 짚어달라고 하자 최교수는 마이크를 잡고는 다음과 같이 설명했다.

"석굴은 곧 절입니다. 이곳 풍토에 맞는 절이죠. 조용한 곳, 시원한 곳에 불상을 모시고 아름답게 장식하는 석굴의 전통은 인도에서 시작되었습니다. 석굴은 크게 두 가지로 스님들이 생활하는 승방굴인 비하라와 예불굴인 차이타야가 있고, 대표적인 인도석굴로 아잔타석굴이 있습니다. 이 석굴의 형식이 중국으로 오면서 여러 변화가 생기는데 키질석굴은 시간과 공간 모두에서 중간 위치에 있습니다.

내용적으로는 소승불교와 대승불교의 조화가 여기서 이루어집니다. 석굴의 구조에서 큰 기둥이 석굴 가운데를 받치는 '중심주굴'은 인도에는 없는 형식입니다. 건축공학적으로 사암은 석질이 약하다보니 기둥 삼아 중심주를 세웠던 것 같습니다. 300년 무렵 키질에서 나타난 중심주 석굴은 중국에 전해져 돈황 막고굴에서 한때 대유행하게 됩니다.

키질 벽화의 내용은 막고굴에 비하면 소승적 요소가 많습니다. 대승은 모두 같이 가는 것이고 소승은 석가를 따라가는 것입니다. 그래서 키질엔 석가의 개인 소재가 많습니다. 석가의 일생과 관련된 불전도, 본생담이 많이 그려져 있습니다."

여기까지 일사천리로 이야기하듯 설명하고 있는데 우리의 버스가 갑자기 서면서 최교수도 잠시 강의를 멈추었다. 염소 지나가는 것을 기다리는 것임을 알더니 빙그레 웃음 짓고는 다시 강의를 이어갔다.

"키질석굴의 중심주굴을 보면 천장에는 석가모니의 본생담에 나오는 40~50개의 장면을 마름모꼴 문양대에 그려 넣어 장식했습니다. 마름모꼴 가운데는 부처님이 설법하는 모습이 있고 그 옆으로 각 장

| **키질석굴 제224굴의 열반도** | 중심주를 돌아 후실에 들어가면 석가모니의 열반상이 있다. 반대쪽으로 나오면 주실 앞면 위쪽에서 미륵이 우리를 반갑게 맞아준다. 미술사가들은 이를 '미륵과 열반의 도상학'이라고 해석한다.

면이 삽화처럼 그려져 있습니다.

중심주굴에서 벽화의 배치를 보면 천장에는 석가모니 전생담이 있고 벽면에는 석가모니가 모셔져 있고 중심주를 시계 방향으로 돌아 후실에 들어가면 가장 깊은 곳에 석가모니의 열반상이 나옵니다. 그리고 다시 주실로 돌아 나오면 입구 벽면 위에 불상이 보입니다. 이 불상을 두고 일본의 불교미술사가 미야지 아키라(宮治昭)는 미륵보살이라는 해석을 내놓았습니다.

불교에서는 현세불인 석가모니 부처 말고도 미래에 또 다른 부처님이 세상에 도래한다는 믿음을 갖기 시작했습니다. 바로 56억 7천만 년후 이 세상에 부처로 내려올 미륵불입니다. 현재는 도솔천이라는 정

| 계단을 따라 올라가는 관람로 | 키질석굴은 잔도가 아니라 계단과 복도로 연결되어 있어 관람 동선이 복잡하지 않다.

토에서 보살로 있지만, 석가모니 부처님의 말씀이 잊혀 세상이 말세가 되면 중생을 구하러 하생한다고 믿기도 하지요. 미륵보살은 대승불교에서 만든 보살 중 가장 먼저 창안된 존재입니다. 이렇게 키질에서는 소승과 대승이 만났습니다.

그러니까 키질석굴에서는 주실에서 천장을 보고 시계 방향으로 해서 후실로 들어가 열반에 든 석가모니를 뵙고 다시 주실로 나와 밖으로 향하면 미륵이 우리를 맞아주는 구조입니다. 미야지 아키라는 이를 '미륵과 열반의 도상학'이라고 했습니다.

이상 간단히 마치고 나머지는 현장에서 벽화를 보면서 말씀드리겠습니다."

| 관람로에서 내려다본 풍경 | 석굴을 향해 계단을 오르는데 발걸음을 옮길 때마다 석굴 앞으로 전개되는 강변 풍광이 아름답게 다가온다. 위에서 내려다보는 부감법의 장쾌함이 있다.

회원들은 모두 힘껏 박수를 치면서 감사의 뜻을 보내는데 곁에 앉아 있던 화가 박재동은 "미륵과 열반의 도상학이라! 머릿속에 쏙쏙 들어오네요. 난 이제 키질석굴은 다 뗐다"라며 어린 시절 교과서 공부할 때나 썼던 말로 만족스러움을 표했다.

키질석굴 감상

키질석굴은 일반굴 6개, 즉 제8굴, 10굴, 17굴, 27굴, 32굴, 34굴을 공개한다. 그래서 쿠차로 답사 떠나기 전에 최교수에게 아무리 관람료가 비싸도 특굴을 2개 정도는 봐야겠는데 어느 굴을 신청할까 물었다. 그러자 "제38굴과 69굴이 좋겠네요"라는 대답이 돌아왔다. 그리하여 우리는 모두 8개의 석굴을 답사하게 되었다. 이를 위해 우리는 한 사람당 570위안, 우리 돈으로 거진 10만 원을 지불했으니 얼마나 관람료가 비싼지 알 수 있다. 동시에 경복궁 입장료 3천 원이 국제시세로 얼마나 싼 것인지 실감할 수 있다. 이런 이유로 나는 고궁 입장료를 최소한 3배는 올려야 한다는 강력한 견해를 갖고 있다.

현장 안내인은 석굴로 가기 전 모두에게 카메라를 사물함에 넣고 나오라고 했다. 안내인이 인솔하는 대로 석굴을 향해 계단을 따라 오르는데 발걸음을 옮길 때마다 석굴 앞으로 전개되는 강변풍광이 너무도 아름답게 다가왔다. 위에서 내려다보는 부감법의 장쾌함이 있었다. 백양나무숲이 강줄기를 더욱 따뜻하게 감싸주는데 강 건너 뼛골만 남은 산자락은 붉은빛을 발하며 강물을 따라갔다. 쿠마라지바의 동상은 멀리서도 거룩해 보이고 줄지어 선 백양나무 가로수는 햇살에 더욱 영롱하게 흰빛을 발하고 있었다.

우리는 특굴로 신청한 제38굴부터 관람을 시작했다. 제38굴은 4세기경에 연 석굴로 주실의 크기는 가로·세로·높이가 똑같이 약 3미터 85센티미터이다. 둥근 천장에는 마름모꼴 문양대에 석가모니의 본생과 인연 이야기가 그려져 있는데 양벽 상단에는 각각 가로로 일곱 줄에 달하는 악기를 연주하는 장면이 요철법으로 벽돌 테라스 위에 그려져 있다. 그래서 독일 탐험대들은 이 석굴을 '음악가의 동굴'(樂天洞)이라고 불렀다.

최교수가 가르쳐준 대로 시계 방향으로 해서 중심주 뒤로 들어가니 좁은 통로 아래쪽에는 사리탑이 그려져 있고, 맨 뒷벽에는 석가모니

| 키질석굴 신1굴의 비천상 |

| 키질석굴 제38굴 주실의 대광명왕본생고사 |

| 키질석굴 제189굴의 공양상 |

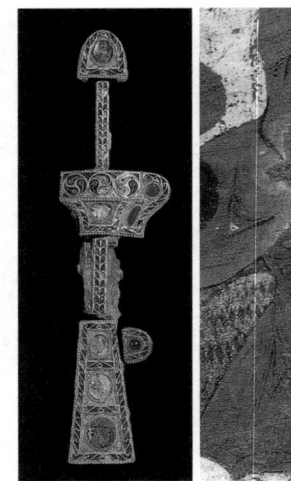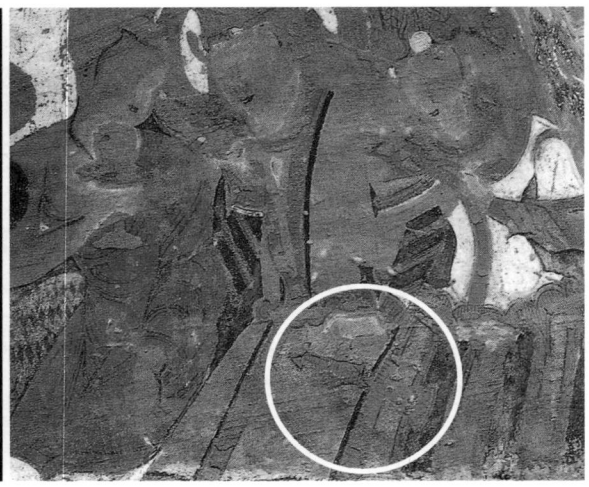

| 신라 계림로 14호분의 장식보검(왼쪽)과 키질석굴 제69굴의 장식보검 벽화(오른쪽) | 이 모양의 장식보검은 전 세계에서 3점만이 발견된다. 신라와 서역의 문화교류를 증명해주는 매우 중요한 유물이다.

가 길게 누운 열반도가 있다. 그리고 밖으로 나와 문 쪽을 향하니 과연 문 위 벽에는 미륵으로 생각되는 사색에 잠긴 보살이 있다. '미륵과 열반의 도상학'을 감상한 것이다.

또 하나의 특굴인 제69굴의 전실 벽화에는 석가모니 전생에 성불하리라는 수기(授記, 약속)를 준 연등불(燃燈佛)이 나온다. 석가모니가 전생에 연등불이 온다는 소식을 듣고 자신의 몸을 뉘어 진흙길을 긴 머리카락으로 덮고 그 위로 밟고 지나가도록 했다는 서원도의 한 장면을 그린 것이다.

제69굴에는 신라와 연관된 이른바 '장식보검 벽화'가 있다. 한 무사가 허리에 장식보검을 차고 있는데 꼭 경주 계림로 14호분에서 출토

| **키질석굴 제8굴의 마름모꼴 문양대** | 마름모꼴 무늬마다 이야기를 그려넣고 사방연속무늬처럼 벽면을 덮는 방식은 키질석굴에서만 보이는 특징이다.

된 것과 같은 모양이다. 이런 장식보검은 카자흐스탄의 보로보에 지역에서 출토된 것과 함께 전 세계에서 3점뿐이다. 우리 신라와 서역의 문화교류를 증명해주는 매우 중요한 벽화다.

그날 관광객은 우리 외에 중국인 두 팀이 더 있었다. 제8굴에서는 앞에 들어간 팀이 나오지 않아 밖에서 기다렸다. 안내원 하는 말이 이 제8굴에서 사람들이 오래 머문다고 한다. 제8굴은 6~7세기에 조성된 석굴로 주실 천장의 벽화가 감탄사를 자아나게 한다. 파괴되지 않고 많이 살아남아 키질 벽화 원래의 아름다움을 상상케 해준다. 흰색, 파란색, 녹색, 검은색을 바탕으로 한 수많은 마름모꼴 안에서 부처님이 얼굴 표정과 포즈를 달리하며 설법을 하고 있다. 부처님 옆에는 법을

| 키질석굴 제205굴의 국왕공양상 | 키질석굴 벽화의 내용으로 석가모니 전생담이 압도적으로 많지만, 여러 보살, 천국의 기악, 선녀, 공양인 등을 통해 구자국 사람들의 생활풍속을 보여주는 내용도 많다.

구하는 이가 간절한 모습으로 설법을 듣고 있다.

천장 중심부에는 태양신, 달신, 불신, 바람신, 전설의 새인 공명조(共命鳥)가 한 줄로 길게 늘어서 당시의 우주관을 보여준다. 굴 입구 쪽으로 고개를 돌리면 비천(飛天)들이 보인다. 그 가운데 붉은색 비파를 든 비천은 남성이다. 다른 지역의 석굴들에서 비천은 대부분 중성이지만, 키질석굴의 비천은 남녀가 구분돼 있다. 중심주에는 수많은 구멍이 있는데, 이는 수미산을 형상화하기 위해 나뭇가지를 꽂았던 흔적이라고 한다.

안내원이 8호굴에선 관람객이 오래 머문다고 한 이유를 알 만했다. 비록 파괴되어 상처투성이인 석굴이지만 빛바랜 채색으로 흙벽에 여전히 남아 상상 속의 불국토 이야기를 전해주는 이 벽화는 그 자체로 하나의 작품 같아 보였다. 캔버스에 유채(oil on canvas)로 그린 전시장용 타블로(tableau) 작업에 익숙한 내 눈에는 흙벽과 함께 어우러지는 마티에르(matière) 효과가 강한 울림을 주었다.

답사에서 돌아온 뒤, 홍콩 개인전 준비로 실크로드 답사를 함께하지 못한 화가 임옥상의 화실로 찾아간 적이 있다. 내가 약올리듯 여행의 즐거움을 늘어놓으면서 키질석굴의 흙벽에 남은 벽화 파편들 이야기를 했더니 그는 깜짝 놀라면서 책꽂이에 꽂힌 전시 계획서 파일을 펼쳐 보여주는데 '작가의 말'에 이렇게 쓰여 있었다.

미술에서 다루는 물질이 제한되면 상상의 폭도 좁아질 수밖에 없다고 생각해요. 그림으로 표현하던 것에서 나아가 돌과 흙, 철을 접하고 표현하게 되면서 상상력의 비약적인 확장이 일어났어요. 생각과 표현이 훨씬 더 자유로워졌지요. 모든 재료는 서로 통하지요. 결국엔 모두 흙으로 돌아가고 다시 흙에서 시작하게 되니까요.

그러면서 자신이 캔버스를 버리고 흙에 그려야겠다고 생각한 것은

10여 년 전 키질석굴을 본 감동에서였다고 했다. 2019년 2월 홍콩에서 열린 그의 개인전 제목은 '흙(Heurk)'이었다.

제10굴의 한락연

처음 석굴 관람을 시작했을 때는 8개밖에 못 본다고 서운한 마음을 갖고 답사를 시작했는데 고작 3개의 굴을 보고 나서 모두들 피곤한 기색이 역력하다. 그래도 석굴 답사는 그대로 진행되었다.

제27굴은 뒷벽의 윗부분에 작은 감실 89개가 열을 지어 있기 때문에 '다감굴(多龕窟)'이라 불린다. 현재 감실은 텅 비어 있다. 그러나 그 감실들 안에는 불상을 고정시키기 위한 장치를 박아놓은 구멍들이 여기저기 보였다. 제27굴 벽화에서 눈에 띄는 것은 설법을 듣는 천인(天人)의 얼굴에 흰색과 검은색을 교차로 칠해 입체감을 두드러지게 한 기법이다. 천인의 통통한 얼굴과 곱슬머리를 보면 당시 구자국 사람을 표현한 것일진대 여지없는 유럽 인종으로 보이는 것이 특이했다.

제17굴에서는 벽과 천장, 복도 등에 온통 채색의 벽화가 화려해 그림 이야기를 읽어보느라 바빴고, 제34굴에서는 천장 가득 그려진 부처의 설법 장면을 보면서 비둘기, 사슴, 코끼리, 원숭이, 공작, 뱀 등 온갖 동물 구경을 했다. 이쯤에서 우리는 석굴 답사를 마치고 마지막으로 조선족 화가 한락연(韓樂然)이 머물던 제10굴로 갔다.

한락연에 대해서는 이미 돈황 답사기에서 길게 소개한 바 있는데 줄여 말하자면 중국 연변 출신의 화가로 상해와 파리에 유학하여 화가로 활동하다 조선 독립을 위해 중국공산당에 들어가 활약한 인물이

| 한락연 자화상 소묘(왼쪽)와 제10굴 내부(오른쪽) | 한락연은 키질석굴에 머물며 벽화 모사와 발굴 작업에 전념하다 불행히도 비행기 사고로 사망했다.

다. 그러다 국민당 정부에 체포되어 옥고를 치르고 석방될 때 신강성으로 주거 제한을 받았다. 이에 키질석굴에 머물며 벽화 모사와 발굴 작업에 전념하다 불행히도 비행기 사고로 사망했다. 한락연은 항일독립운동을 한 공로를 인정받아 2005년 국가보훈처로부터 광복 60주년 기념 독립운동가 포상을 받았다.

제10굴은 본래 승방굴이어서 벽화가 없다. 지금 한쪽 벽 나무받침대 위에 빛바랜 한락연의 사진이 놓여 있다. 북쪽 벽면에는 그의 삶을 기리는 글을 굵고 큰 글씨로 가득 새겨놓아 그의 의로웠던 삶을 전해준다. 이 글은 그의 조수였던 천톈(陳天)이 새겼다고 쓰여 있다.

선생님의 체취라도 느껴보려고 굴 안으로 들어와보니 방 안은 어두

| 키질석굴 제10굴 창문에서 본 풍경 | 제10굴에는 이곳에서 마지막 삶을 불태운 조선족 화가 한락연의 숨결이 스며 있다.

운데 남쪽으로 뚫린 작은 창으로 백양나무숲 너머 붉은 산자락이 아련히 펼쳐진다. 다른 데라면 그냥 풍광이 아름답다고 말했겠지만 당신의 의롭지만 고독했을 삶을 생각하니 처연한 아름다움으로 다가왔다.

쿠마라지바의 불경 번역

석굴 답사를 마치고 내려온 우리는 쿠마라지바 동상 앞에서 쿠차의 명물인 살구와 신강성의 특산물인 하미과와 수박을 사 먹으며 사진도 찍고 그림도 그리며 여유롭고 즐거운 시간을 가졌다. 나는 부채에 키질석굴을 배경으로 한 쿠마라지바 동상을 그렸는데 김정헌 화백은 백양나무 줄기를 광배로 삼은 쿠마라지바를 그렸고, 박재동 화백은 그

| 김정헌의 **쿠마라지바**(왼쪽)와 유홍준의 **쿠마라지바**(오른쪽) | 우리는 쿠마라지바 동상 앞에서 사진을 찍고 그림도 그리며 여유롭고 즐거운 시간을 가졌다.

림 그리는 우리 두 사람을 쿠마라지바 동상과 함께 그렸다.

나는 동상을 바라보며 쿠마라지바의 위업을 다시 생각해보았다. 쿠마라지바 이전에 중국의 승려와 지식인들은 불교의 경전을 직접 대하기 힘들었다. 그래서 불교에 대한 이해도 도교를 비롯한 기존 사상에 비유해 이해하는 '격의(格義)불교'일 수밖에 없었다. 그랬는데 쿠마라지바가 등장해 산스크리트어로 된 불경을 한문으로 번역해줌으로써 비로소 중국의 지식인(유학자)들도 불경을 읽을 수 있게 되었던 것이다.

우리가 불교의 기본 경전으로 삼는 『아미타경』『묘법연화경』『유마

| **쿠마라지바** | 쿠마라지바는 불교사에 금자탑을 세운 위인이며 성현이다. 인도의 불교가 중국으로 건너가 뿌리를 내리고 그것이 한국과 일본으로 전파되는 데 결정적 공헌을 했다.

경』 등은 모두 그가 번역한 것이다. 그러나 쿠마라지바는 단순히 단어를 직역만 한 것이 아니라 불교에서 말하는 개념들을 한문으로 옮기려 애썼다. 쿠마라지바가 번역하면서 고민한 것은 '천축에서 찬불가의 가락은 지극히 화려하고 아름다운데 이것을 한문으로 옮기려니 그 뜻은 얻을 수 있으나 그 말의 이치까지 전할 수는 없다'는 점이었다.

그는 이렇게 말했다.

천축국의 풍속은 문장의 체제를 대단히 중시한다. 그 오음(五音)의 운율(韻律)이 현악기와 어울리듯이, 문체와 운율도 아름다워야 한다. 국왕을 알현할 때에는 국왕의 덕을 찬미하는 송(頌)이 있다. 부처님을 뵙는 의식은 부처님의 덕을 노래로 찬탄하는 것을 귀히 여긴다. 경전 속의 게송들은 모두 이러한 형식인 것이다. 그러므로 범문(梵文)을 중국어로 바꾸면 그 아름다운 문채(文彩)를 잃는 것이다.(『양고승전(梁高僧傳)』)

이리하여 그가 택한 방법은 직역이 아니라 의역이었다. 극락(極樂), 지옥(地獄), 열반(涅槃)이라는 단어는 지금도 그가 번역한 그대로 쓰이고 있다. 그러나 의역이기 때문에 쿠마라지바는 더욱 신중했다. 그는 의역의 위험에 대해 이렇게 말했다.

아무리 큰 뜻을 터득하더라도 문장의 형식이 아주 동떨어지기 때문에 마치 밥을 씹어서 남에게 주는 것과 같다. 그러므로 다만 맛을 잃어버릴 뿐만이 아니라, 남으로 하여금 구역질이 나게 하는 것이다.(『양고승전』)

번역의 어려움을 토로한 이 말은 조선시대 서포 김만중(金萬重)도 인용할 정도로 널리 퍼져 있다. 그러나 쿠마라지바는 자신의 평생 소임으로 생각한 불경 번역에 자부심을 갖고 있었다. 임종 직전에 이렇게 말했다고 전한다.

> 내가 전한(번역한) 것에 틀린 것이 없다면 내 몸이 사라진 뒤에도 내 혀만은 타지 않을 것이다.(『양고승전』)

그리고 그를 다비(茶毘, 화장)한 뒤 보니 정말 혀가 타지 않고 남아 있었다고 한다. 이렇게 열과 성을 다한 쿠마라지바의 불경 번역에 힘입어 불교는 중국 전역으로 퍼져나갔고 이는 다시 중국의 종교와 사상에 영향을 끼쳐 유불선의 사상으로 나아가게 함으로써 중국사상을 말할 수 없는 크기와 깊이와 넓이로 확대해갔다.

아픈 삶을 살면서도 인내하여 끝내는 불멸의 위업을 남긴 것을 생각하면 쿠마라지바는 실로 성현이었다. 쿠마라지바가 있어 쿠차는 빛나고 키질석굴은 성지순례의 발길이 끊이지 않게 되었다.

그런데 사람의 마음이란 묘한 것이다. 쿠마라지바로부터 250여 년이 지나 현장법사는 쿠마라지바의 번역에 대해 궁금한 것이 생겼다. 문장의 아름다움은 이루 말할 것이 없지만 그 원문이 어떻게 되어 있는데 그렇게 번역했는지 알고 싶었던 것이다. 그래서 현장법사는 천축에 들어가 원전을 구해와 평생을 다해 번역했다. 현장법사는 의역이 아니라 직역을 택했다. 이렇게 불경은 중국어로 의역과 직역이 모두 완성됐다. 후세 사람들은 쿠마라지바의 번역을 구역, 현장법사의 번역을 신역이라고 하며 이 둘을 역성(譯聖) 정도가 아니라 율장·경

| **키질석굴을 떠나며** | 백양나무숲이 강줄기를 더욱 따뜻하게 감싸주는데 강 건너 뼛골만 남은 산자락은 붉은 빛을 발하며 강물을 따라간다.

장·논장의 삼장에 통달한 삼장법사(三藏法師)라 부르며 영원한 스승으로 모시고 있는 것이다.

 참으로 신기한 것은 얼핏 생각하면 직역이 먼저 있고 여기에 의지해 의역이 나올 수 있을 것으로 보이는데 그 반대였다. 그렇다면 쿠마라지바의 의역은 이미 직역을 직접 다 소화한 뒤에 이루어낸 더 높은 차원의 의역이었다는 얘기가 된다. 쿠마라지바의 번역 중 가장 많이 인구에 회자되는 명구는 '공(空)'에 관한 것이다. 불교의 교리에서 이해하기 어려운 개념의 하나가 공이다. 색(色)이란 형태가 있는 것을 말하고 공이란 실체가 없고 변해가는 것을 말하지만 결국은 둘이 같다고 말한다. 이를 쿠마라지바는 개념화시켜 이렇게 번역했다.

색즉시공 공즉시색(色卽是空 空卽是色)

이 여덟 글자 속에 삼라만상의 세상만사가 다 들어 있는 것이다.

쿠차의 아단지모

키질석굴 앞 쿠마라지바 동상 앞에서 느긋이 즐기고 다시 백양나무 가로수 길을 걸어 나와 버스에 오르니 모두들 흐뭇한 표정이다. 답사도 여행이지만 하나라도 더 보고픈 마음에 일정을 빠듯하게 짜서 항시 시간에 쫓기곤 하는데 모처럼 여유 있는 시간을 가진 것에 대만족했다. 더욱이 오늘 하루 일정은 천산신비대협곡(天山神秘大峽谷) 하나만 남았는데 낯설고 골치 아픈 역사 공부를 하지 않아도 되는 자연관광이고 한 시간 정도의 가벼운 트래킹 코스라니 그 얼마나 상쾌한가. 나로 말할 것 같으면 인솔자로서 안내도 해설도 필요치 않아 더없이 홀가분하다.

우리의 버스가 주차장을 출발해 다시 강파른 밍우다거산을 돌고 돌아 고갯마루를 넘어가려고 할 때 나는 저 아래로 키질석굴과 무자르트강을 내려다보면서 그럴 수 있을는지 모르지만 다시 한 번 오기를 기대하며 작별을 고했다.

"잘 있어라, 키질석굴이여. 짜이젠(再見), 쿠마라지바!"

| **홍산석림** | 아단지모 지형의 일환으로 붉은 산이 숲처럼 솟아 있는 모양이다. 쿠차 아단지모의 절정을 보여준다.

　　우리의 버스가 오던 길로 되돌아 천산신비대협곡을 향하자 차창 밖으로는 다시 흙더미, 바윗덩이로 뒤덮인 누런빛의 벌거벗은 산들이 이어진다. 그렇게 한참을 가다가 217번 도로와 만나 왼쪽으로 방향을 틀면서 천산산맥을 향해 내달리자 길은 사뭇 강을 따라 북쪽으로 뻗어 있다. 지도를 펴보니 쿠차강이다. 천산산맥의 만년설이 녹아 흐르는 강줄기는 아주 여럿이어서 아까 본 키질석굴 앞의 무자르트강과는 수맥이 전혀 다르다. 무자르트강은 쿠차 시내 서쪽 쿰투라석굴 앞을 지나 타림강으로 흘러 들어가고, 이 쿠차강은 수바시 폐사지를 거쳐 쿠차 시내 동쪽으로 흐르다가 타클라마칸사막 속으로 사라진다.

쿠차강을 따라가는 길 양편 또한 황량한 산줄기가 따라붙는데 산의 모양이 웅장해지더니 갑자기 붉은빛을 띠면서 엄습해올 듯이 다가온다. 오전에 키질석굴로 가다가 사진을 찍기 위해 잠깐 머물렀던 아단지모 지대로 들어선 것이다.

쿠차의 아단지모는 범위도 넓고 온갖 형상을 보여준다. 사자, 곰, 공작새 등 갖가지 동물상은 물론 스핑크스 같은 모양도 있고, 혹은 유럽 중세의 성이나 사찰의 탑 같기도 한데 티베트 라싸의 포탈라궁을 연상케 한다고 정식으로 '아단지모 포탈라궁'이라 소개되어 있다. 이리하여 쿠차의 아단지모는 염수구 외에 피라미드 관광구라고도 불리는 금자탑(金字塔) 자연관광구가 있고 붉은 산이 숲처럼 솟아 있는 홍산석림(紅山石林)을 지나서 천산신비대협곡에 이르게 된다.

천산신비대협곡

'천산신비대협곡'은 위구르어로 키질리아(克孜利亞)라고 하는데 이는 홍색산애(紅色山崖), 즉 '붉은색의 깎아지른 산'이라는 뜻이란다. 그냥 천산협곡이라 하지 않고 '신비(神秘)'와 '대(大)' 자를 붙인 것은 중국식 과장법이 아니라 실제로 그 기이한 형상과 거대한 규모를 나타낸 수식이다. 마치 미국 애리조나주와 네바다주 경계에 있는 캐니언을 그랜드캐니언(Grand Canyon)이라고 이름 지은 것과 같다고나 할까. 그런데 같은 협곡이라도 그랜드캐니언은 땅 아래쪽으로 넓게 푹 꺼져 들어간 형상인데 천산신비대협곡은 위로 좁게 불쑥 솟아오른 정반대 형상을 보여준다.

천산신비대협곡은 평균 해발 1,600미터, 최고봉이 약 2,000미터인 산악지대에서 높이 약 200미터 되는 절벽이 10~20미터 간격을 두고 약 5킬로미터에 걸쳐 펼쳐져 있다. 협곡 폭은 최대 53미터, 최소 0.4미터이다. 이 협곡을 자연과학적으로 설명하자면 1억 4천만 년 전에 유라시아 기판과 인도 기판이 충돌하는 과정에서 일어난 지질학적 현상이란다. 또 지질학적으로는 지구의 심장에서 솟구친 마그마가 억만 년 세월의 풍화작용으로 쉽게 녹아 흘러내리는 점토(粘土)와 이암(泥巖)은 씻겨나가 뼛골만 남고 어마어마한 비바람이 할퀴고 간 생채기가 그대로 자국으로 남은 것이라고 한다.

이를 중국식 과장법을 빌려 말하자면 1억만 년 전에 천산산맥과 타클라마칸사막이 맞부딪치면서 한쪽이 뒤틀린 것을 귀신이 도끼질하고 신이 다듬으면서 만고의 신령스러운 기운이 다 들어가 기이하고, 험준하고, 웅장하고, 그윽하고, 신비한 대협곡이 된 것이다.

　　입장권을 끊고 왕복 한 시간 요량으로 해서 대협곡으로 걸어 들어가는데 앞서 다녀온 사람 중에는 맨발로 걷는 이가 있었다. 아닌 게 아니라 발아래 닿는 촉감이 부드럽고 실오라기 같은 물줄기가 절벽 밑을 따라 흐르고 있었다. 좁은 절벽 사이로 난 입구를 들어서자마자 골짜기는 구절양장으로 휘어가고 절벽은 까마득히 치솟아 올라 협곡의 하늘이 좁아 보였다. 길은 외길인지라 잃을 리 없고 하늘은 열려 있어 어둡지도 무섭지도 않다.

　　가다가 보면 아름다운 여인을 닮았다는 여인산(麗人山), 부처님 얼굴 같다는 불면산(佛面山), 겨울에 얼어붙은 고드름이 녹으면서 사철 물이 뚝뚝 떨어진다는 옥녀천(玉女泉), 하늘이 한 가닥 선으로 보인다는 일선천(一線天), 초승달 같은 계곡이라는 월아곡(月牙谷), 깊고 신령한 계곡이라는 유령곡(幽靈谷), 찬바람이 일어난다는 냉풍동(冷風洞) 등 나름대로 스토리텔링을 하려고 붙인 이름들이 있었다.

　　그러나 나는 그처럼 억지로 갖다 붙인 이름에는 마음 쓰지 않고 무념무상으로 협곡 속을 향해 걸었다. 양쪽에서 좁혀오는 붉은 절벽 사이를 헤집고 계속 안으로 들어가는 것이 마치 천산산맥의 내장을 내

| 천산신비대협곡 내부 | 양쪽에서 좁혀오는 붉은 절벽 사이를 헤집고 계속 안으로 들어가는 것이 마치 천산산맥의 내장을 내시경으로 들여다보는 듯했다.

| 천산신비대협곡에서 | 왕복 한 시간을 거니는 동안 곳곳에서 태고의 신비를 느끼며 조용히 쉬어가곤 했다.

시경으로 들여다보는 듯하다. 그 옛날 구석기인들이 알타미라동굴과 라스코동굴의 입구가 아니라 안쪽 깊숙한 곳을 찾아 들어가 벽화를 새긴 것은 대자연의 모태 속으로 들어가는 마음에서 나온 것이라는 해석에 공감하게 한다.

'아예석굴' 발견기

태고의 신비를 간직한 이곳에 어느 날 갑자기 인문적 가치를 드높이는 일이 생겼다. 1999년 10월 이 협곡에서 한 위구르 소년이 벽화가 그려진 석굴을 발견한 것이다. 소년은 약초를 캐기 위해 절벽 위로 올라갔는데 갑자기 천둥번개와 함께 벼락이 내리쳤다고 한다. 소년은 놀라서 황급히 한쪽 깊숙한 곳으로 몸을 피했는데 나중에 비구름이 지나가고 난 뒤 보니 자기가 피한 곳이 동굴 속이었고, 그 안에는 벽화가 그려져 있어 당국에 신고했다.

전문가들이 현장으로 달려와 조사한 결과 석굴은 길이 4.6미터, 폭 3.5미터, 넓이 16제곱미터이며 좌우 벽에 『관무량수경』에서 극락세계를 보는 열여섯 가지 방법을 말하는 '16관(觀)' 그림이 8세기 성당시대 양식으로 그려져 있는데 보존 상태가 좋았다. 그뿐 아니라 먹으로 쓰인 제기(題記)가 한문과 쿠차어로 들어 있고 공양자 이름에 신령광(申伶光)이라는 중국 이름과 구준남(寇俊男)이라는 쿠차인의 이름이 함께 들어 있어 중원문화와 쿠차문화가 일찍이 융합해가는 과정을 보여주는 기념비적인 석굴로 평가받게 되었다.

이에 당국에서는 이 석굴 이름을 지명을 따서 '아예(阿艾)석굴'이라 부르고 소수민족 갈등이 심한 이 지역에서 민족융합의 좋은 역사적 예로 삼았다고 한다. 그리고 이를 발견하여 신고한 위구르 소년은 문화유산을 사랑한 애국청소년의 한 모범으로 교과서에 올라 있다고 한다.

천산신비대협곡을 끝으로 하루 일정을 마치고 우리는 무슨 장한 벼슬이라도 한 사람처럼 양 한 마리를 통으로 구워 만찬을 즐겼다. 그러자 식당에서는 양고기를 통으로 주문하면 답례로 올리는 것이라며 위구르 여인의 춤을 선사했다. 예쁜 모자에 화려한 스카프가 인상적이었는데 마치 보살님 삼굴(三屈)의 자체처럼 머리·상체·하체가 따로 놀면서 빠르게 돌아가는 것이 혹시 호선무(胡旋舞)에서 따온 춤사위인지도 모른다고 생각하며 재미있게 감상했다.

| **아예석굴 내부** |　천산신비대협곡은 아예석굴을 발견함으로써 인문적 가치까지 갖게 되었다. 약초를 캐러 갔다가 이 석굴을 발견해 신고한 위구르 소년은 문화유산을 사랑한 애국청소년의 한 모범으로 교과서에 올라 있다고 한다.

아침 일찍부터 시작해 한나라 봉수대, 키질석굴, 천산신비대협곡을 두루 구경하고 양고기에 위구르 여인의 춤까지 즐긴지라 쿠차의 첫날은 정말로 보람 있고 즐거운 하루였다.

쿠차 강변 폐사지에 울리는 그의 노래

쿰투라석굴에서 / 수바시 불사유지 / 폐사지의 서정 /
수바시 출토 사리함 / 불교국가 시절 쿠차 / 고선지 장군 /
쿠차의 위구르화(化)와 쿠차대사 / 쿠차왕부와 오늘의 쿠차

쿰투라 신2굴의 천장벽화

쿠차에서의 둘째 날 아침, 첫 답사는 쿰투라(庫木吐拉)석굴이었다. 실크로드고 뭐고 그저 나하고 답사하는 것이 좋아서 따라온 '친구보다 더 친한 후배' 형선이가 묻는다. 형선이는 토건회사를 경영하고 있는데 의리파이고 단도직입적인 성격인지라 내가 좋아한다.

"성님, 오늘 아침에 또 석굴이라는 곳을 간다고 되어 있는데 도대체 쿠차엔 석굴이 몇 개나 있는 건가요?"

"나도 쿠차에 오기 전에 그것이 궁금해 찾아봤는데 쿠차엔 대형석

굴이 4개, 소형석굴이 10개, 확인된 동굴 숫자가 총 600여 개라고 하네."

책마다 숫자가 약간씩 차이가 있는데 대체로 쿠차에 있는 4개의 대형석굴이란 북쪽의 키질가하석굴(46굴), 동쪽의 심심(森木撒姆)석굴(52굴), 서북쪽의 키질석굴(236굴), 서남쪽의 쿰투라석굴(112굴)이다(임영애 『서역불교조각사』, 일지사 1996).

"아따, 뭐 한다고 그렇게 많다나요?"
"여보게, 자네 고향인 남도에 절이 총 몇 개인가? 자네 지금 사는 동네에 교회당이 몇 개인가? 우리나라 전국에 폐사지가 얼마나 많은 줄 아는가. 조계종 불교문화재연구소가 조사한 바에 의하면 5,700여 곳이나 된다네."
"아, 그런 건가요? 그러면 이번 석굴은 성한 건가요, 망가진 건가요?"
"다 망가진 거지. 이데올로기가 바뀌면 앞 시대 이념의 산물은 철저하게 파괴돼버려요."

이는 조선왕조가 성리학을 이데올로기로 삼으면서 폐불정책을 써서 사찰을 빼앗아 서원으로 만들고 백성을 현혹시켜 불상 코를 갉아먹으면 애를 낳는다는 속설을 퍼트려 파불시킨 것하고 똑같은 일이다. 적개심은 사기의 원동력이라고 한다. 증오의 감정을 일으켜 앞 시대 이데올로기를 지운 것이다.

"다 망가져 볼 게 없다면서 거긴 왜 가요?"

"설령 볼 게 없다 하더라도 가봐야 하는 게 문화유산 답사야. 벽화 못지않게 중요한 게 석굴의 자리앉음새야. 아마 풍광은 좋을걸세."

"풍광이야 좋겠지요. 그러나 내가 아는 한 성님은 절대로 풍광이나 보러 갈 사람이 아닌데 쿰투라석굴에서 특별히 보려는 게 뭔가요? 나한테 먼저 얘기해보슈."

"사실 꼭 보고 싶은 것이 있기는 한데 과연 볼 수 있을지는 몰라. 가봐야 안대."

내 속을 너무 잘 아는 그에게 들켰다. 나는 쿰투라석굴의 '신(新)2굴'에 있는 천장벽화 「보살군상」이 꼭 보고 싶었다. 쿠차를 소개하는 책이면 빠짐없이 나오고, 불교미술 책 표지화로도 등장하고, 중국 석굴에 관한 책이라면 항시 큰 도판으로 싣는, 미술사적으로 중요하면서도 아주 특이하고 아름다운 벽화다.

돔 천장의 중심에는 큰 연꽃무늬가 그려져 있고 그 아래로 열세 분의 보살이 연꽃을 머리에 인 듯이 천장을 둘러싸고 있다. 낱낱 보살상의 모습이 아주 정성스레 묘사되어 있는데 모두 자태가 다르다. 보살들이 지닌 구슬장식, 손에 들고 있는 보병과 꽃, 그리고 유려한 옷주름 등에서 뛰어난 기법이 엿보이는데 가벼운 삼굴(三屈)의 자세를 취한 모습과 길게 땋아 내린 머리, 그리고 콧수염이 서역인의 외모를 여실히 느끼게 한다.

이 벽화는 인도 불교를 받아들여 토착화한 쿠차 불교의 전성기인

5세기 작품으로 생각되는데 도판으로만 봐도 어딘지 비잔틴의 기독교 성현의 도상과 연결되는 인상을 주고 또 터키 아나톨리아 고원의 카파도키아 동굴의 기독교 벽화와도 일맥상통하는 분위기가 있다. 공간상으로나 시간상으로나 인도, 기독교, 서역, 중국의 문화가 융합된 상징적 유물로 생각되어 이것을 답사기에 소개할 수 있다면 대박 날 것이라고 생각했다.

그래서 답사 오기 전에 여행사를 통하여 특굴이면 미리 신청해달라고 했다. 그러나 워낙에 찾아가는 사람이 없어서 여행사로서는 확인할 수 없다며 현지에 가서 알아보라는 대답만 돌아왔다.

쿰투라석굴 개요

쿰투라석굴은 쿠차에서 서남쪽으로 약 30킬로미터가량 떨어진 강변에 위치한다. 우리의 버스가 백양나무 가로수 길로 이어지는 도심을 벗어나 황량한 들판을 달리기 시작할 때 이번에도 최선아 교수에게 쿰투라석굴의 개요를 부탁했다.

"저도 쿰투라석굴은 처음인데요, 쿠차에서 키질석굴 다음으로 크고 유명한 천불동입니다. 현재까지 알려진 석굴은 모두 112개이고 비교적 완전하게 남아 있는 석굴은 약 60여 개 정도라고 합니다. 키질석굴보다 늦게 굴착되기 시작해 크게 세 시기로 나누어 5~7세기의 구자국 시기, 8~9세기의 당나라 시기, 그리고 10~11세기의 천산위구르왕국 시기로 편년되고 있습니다.

| **쿰투라석굴 신2굴의 천장벽화「보살군상」** 중국 석굴에 관한 책이라면 항시 큰 도판으로 싣는, 미술사적으로 중요하면서도 아주 특이하고 아름다운 벽화다. 낱낱 보살상의 모습이 아주 정성스레 묘사되어 있는데 모두 자태가 다르고 동서문화의 만남을 상징적으로 보여준다.

| **쿰투라석굴 제79굴의「위구르 공양인상」** | 쿰투라석굴에서는 구자, 한족, 위구르의 미술 양식을 함께 볼 수 있다. 8세기 말 벽화에는 위구르 복장의 공양인들이 벽화에 나타난다.

　초기 구자국 시기에는 키질석굴의 영향을 받은 벽화가 그려졌지만 7세기 이후 당나라의 직접 지배를 받은 후로는 변상도와 아미타삼존, 약사삼존 등의 벽화가 등장합니다. 그리고 8세기 말 벽화에는 위구르 복장의 공양인들이 벽화에 나타납니다.

　특히 쿰투라석굴은 제작 연대와 승려 이름, 불상의 이름, 도상의 내용을 적어놓은 제기가 많이 쓰여 있어 학술적 가치가 높은데, 그것도 쿠차어, 한문, 위구르어가 섞여 나오고 있습니다. 그래서 구자, 한족, 위구르의 미술 양식이 한곳에 보인다는 특징이 있습니다.

　위구르족은 11세기까지는 불교를 신봉해 그들 나름의 독특한 문화

| **쿰투라석굴 전경** | 쿰투라석굴은 쿠차에서 키질석굴 다음으로 크고 유명한 천불동이다.

가 이곳 석굴 벽화에도 반영되었는데 12세기부터는 점점 이슬람화하면서 석굴은 더 이상 열리지 않았고, 오히려 벽화마다 치명적인 파괴를 입었으며 13세기에는 석굴이 폐쇄되었습니다.

그리고 20세기 초 독일, 프랑스, 러시아, 일본의 탐험대들이 벽화를 탈취해가서 천장에 일부 남아 있을 뿐 성한 것이 거의 없다고 알려져 있습니다. 중화민국 성립 후 황문필 주도하에 학술조사를 실시해 유명한 '신2굴'을 비롯해 새로 발견된 석굴 몇 개가 학계에 알려져 있습니다만 우리가 볼 수 있을지는 모르겠습니다.

석굴의 구조는 키질석굴과 마찬가지로 세로로 긴 방형 볼트 천장에 회랑이 부착된 중심주굴이 많고 대상굴도 있습니다. 특히 유명한 것은 제68굴부터 제72굴까지 다섯 석굴인데, 서로 복도로 연결되어 있어 '오련동(五聯洞)'이라 부릅니다. 오련동은 자료집에도 실린 것처럼 넓은 창 5개가 나란히 뚫려 있어 쿰투라석굴을 상징합니다. 이상이 쿰투라석굴의 개요입니다."

곁에서 열심히 듣고 있던 형선이는 이렇게 훌륭한 해설을 듣고 답사를 다니는 것은 우리 회원들의 복이라며 최교수를 칭찬한다. 내가 뭐가 그렇게 칭찬할 만하냐고 물으니 "간명하잖아요. 복잡한 곁가지는 다 쳐버렸잖아요. 그게 실력이지라우"라고 답한다.

우리의 버스가 쿰투라석굴에 거의 다다랐을 때 가이드는 버스를 세우고 어느 건물 안으로 들어갔다. 나는 음료수나 과일을 사러 간 것으로 생각했는데 쿠차석굴연구소였다. 가이드는 젊은이 한 사람과 함

께 버스에 올라와서는 이분이 가야 석굴 문을 열 수 있다며 젊은 연구원을 소개했다. 각 석굴에는 자물쇠가 2개 채워져 있는데 열쇠 하나는 현지 관리인이 갖고 있고, 다른 하나는 연구원이 갖고 있다는 것이었다. 우리가 볼 수 있는 석굴은 10개인데 내가 보고 싶어하는 신2굴은 상부의 지시가 있지 않는 한 자신들도 못 들어간다고 한다. 크게 기대한 것은 아니었지만 좀 서운했다.

쿠차석굴연구소에서 얼마 가지 않아 쿰투라 수력발전소가 보였고 거기서 강변 언덕을 따라가니 이내 주차장에 이르렀다. 왼쪽으로는 큰 강이 흐르고 오른쪽 절벽으로는 쿰투라석굴이 오련동의 다섯 창문과 함께 길게 펼쳐진다. 사막지대에서 만날 수 있으리라고 믿기지 않는, 정말로 포근하고 아름다운 강변 풍광이었다.

쿰투라석굴에서

쿰투라석굴 앞으로 흐르는 강은 키질석굴 앞을 흐르는 바로 그 무자르트강이다. 여기서 약 15킬로미터를 거슬러 올라가면 어제 우리가 다녀온 키질석굴이 나온다. 무자르트강은 천산산맥 서쪽에서 발원해 계속 동쪽으로 흐르다가 이곳 쿰투라석굴에 이르러 방향을 바꾸어 남쪽으로 흐르며 타림강에 합류한다. 그래서 곡선으로 휘어 흐르는 강변 풍광이 더욱 정겹게 다가오는 것이다. 한자로는 위간하(渭干河)라고 한다.

쿰투라석굴은 북쪽의 '대구(大溝) 구역'과 남쪽의 '협곡(峽谷) 구역'으로 나뉜다. 대구 구역은 강을 따라 남북으로 뻗어 있는 산자락 750미터에 걸쳐 약 80개의 석굴이 있으며, 협곡 구역은 여기서 약간 떨어진 작은 골짜기에 약 30개의 석굴이 있다. 전부 112개가 확인되었다고 한다.

우리는 연구원과 안내원이 자물쇠를 열어주는 대로 석굴 답사를 시작했다. 몇 개의 굴을 들어가보았지만 석굴 안의 벽화는 다 떨어져 천장에만 겨우 남아 있거나 간신히 살아남은 벽화도 눈이 파이고 얼굴에 X자가 굵게 그어져 차마 보기 힘들었다. 손전등을 쥐고 열심히 도상을 살피는 것은 최선아 교수뿐이었다.

감흥도 없는 석굴 안에 오래 있을 이유가 없어 강변 풍광이나 보러

먼저 밖으로 나왔더니 함께한 홍선 스님이 말없이 강가에서 물수제비를 뜨고 있었다. 아마도 그 불화들이 처참하게 파괴된 모습을 보면서 좀처럼 가누기 힘든 아픈 마음을 다스리기 위해 애꿎은 잔자갈을 강물에 던지고 있는 것으로 보였다.

나는 안내원에게 오련동을 먼저 보게 해달라고 했다. 오련동은 바깥 모습도 멋있지만 안쪽의 공간 구조도 볼만했다. 제68굴에서 제72굴까지 다섯 굴이 회랑으로 연결되어 왼쪽은 창으로 이어지고 오른쪽은 석굴이 어깨를 맞대고 있다. 석굴 안은 전실과 후실, 두 공간으로 나뉘어 있는데 후실에는 열반상을 조성했을 것으로 추정된다. 그러나

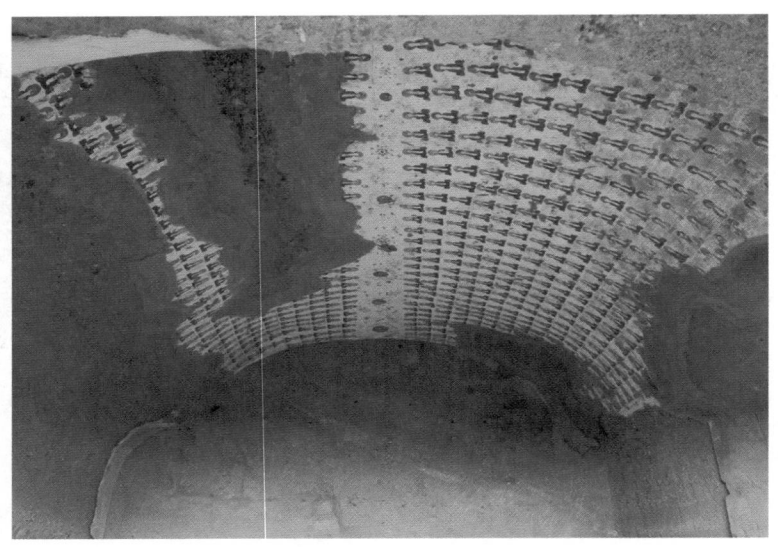

| **훼손된 벽화** | 이슬람교도와 제국주의 탐험대들이 벽화와 불상을 파괴해 이처럼 처참한 모습으로 남아 있다.

열반상은 흔적도 없이 빈 좌대만 남아 있다.

오련동 다섯 석굴 중 네 개는 각기 본존을 모시는 예배굴이고 제69굴만은 승려들이 모여 법회를 보는 법당굴이었다. 그런데 벽화는 다 떼어갔고 간간이 남아 있는 것은 불에 탄 자국이 역력했다. 이슬람교도들이 일일이 파괴하기도 귀찮고 힘들다고 석굴에 불을 질러 태워버렸기 때문이란다.

우리는 안내원을 따라 다른 구역의 석굴을 관람하러 자리를 이동했다. 그런데 우리 형선이가 다른 때와 달리 안내원 곁을 떠나지 않고 계속 무슨 얘긴가를 진지하게 건넨다. 그리고 안내원은 뭔가 아니라는

| 쿰투라석굴 제20굴의 불좌상 | 이 불좌상은 쿰투라석굴에서 가장 양호한 상태다. 두 손을 가지런히 무릎 위에 모은 선정인을 하고 있어 차분한 인상을 준다.

몸짓이다.

제20굴의 불좌상은 쿰투라석굴에서 가장 양호한 상태라고 하는데 높이 약 90센티미터의 불좌상은 높은 육계와 청색의 머리카락, 계란형의 얼굴에 두 손을 가지런히 무릎 위에 모은 선정인(禪定印)을 하여 차분한 인상을 준다.

곁에 있는 제23굴의 주실 천장에 천상도가 그려져 있다. 이런 식으로 우리는 몇 개의 석굴을 더 보았지만 대충 그쯤에서 석굴 답사를 마쳤다. 버스로 돌아오는데 형선이가 가이드에게 통역을 시키면서 자료

| 쿰투라석굴 제46굴 주실 내부 | 제46굴의 벽화는 상대적으로 생생하게 남아 있어 옛 모습을 어림짐작할 수 있다. 가운데 빈 공간에는 원래 불상이 모셔져 있던 광배의 자취가 남아 있다.

집에 실린 신2굴로 안내해달라고 부탁하는 소리가 들렸다. 그러자 연구원이 여기가 아니라 다른 구역에 있다고 했다.

그렇게 아쉬움을 간직한 채 쿰투라석굴을 떠나려는데 형선이는 '같은 연구자들끼리 이럴 수 있느냐'며 연구원에게 전문가 두 사람만 얼른 가서 신2굴의 대문만이라도 사진 찍을 수 있게 안내해달라고 조르고 또 졸랐다. 결국 쿠차석굴연구소 연구원은 버스를 세워놓고 나와 최선아 교수만 따라오라며 큰길 모퉁이 샛길로 돌아갔다. 그러고는 저 높은 언덕 건너편에 문이 닫혀 있는 것이 신2굴이라고 했다.

최교수가 올라오기에는 너무 가파른 언덕이었다. 나는 이게 어디냐 싶어 부리나케 언덕에 올라가 건너편에 보이는 석굴 대문 사진을 찍

| **쿰투라석굴 신2굴 외부** | 유명한 「보살군상」이 있는 신2굴은 외부인이 출입할 수 없어 밖에서 대문 사진만 찍고 위치를 확인하는 것 정도가 최선이었다.

고 돌아왔다. 버스로 돌아와 형선이에게 사진을 보여주며 크게 확대해보니 석굴문 주위로 가시 철망이 여러 겹 둘러 있는 것이 보였다. 그러자 형선이가 내 귀에 대고 속삭이듯 말했다. "성님, 이제 이 사진이 있으니 석굴을 본 걸로 하고 글 쓰면 되겠지요. 이렇게 대문 사진까지 있는데 누가 아니라고 하겠수" 하고는 넌지시 웃는다. 어떻게 해서든 신2굴 입구라도 촬영하게 해준 형선이가 고맙기만 했다.

돌아가는 버스에서 우리는 한 사람씩 쿰투라석굴을 본 소감을 말하기로 했다. 대개는 오련동의 멋진 안팎의 구조를 말하거나 이슬람교도의 파불과 제국주의 탐험가의 못된 짓을 규탄했는데 어떤 회원은 물수제비뜨는 홍선 스님이 인상적이었다고 했고 어떤 회원은 형선이가 기어이 신2굴 사진을 찍게 도와준 것이 기억에 남는다고 했다.

수바시 불사유지

둘째 날 오후 답사는 '수바시(蘇巴什) 불교사원 터'였다. 책에 따라서는 '수바시 고성(古城)'이라고도 되어 있지만 성터가 아니라 폐사지다. 유네스코 세계유산 등재 때 명칭은 '수바시 불사유지(佛寺遺址)', 우리식으로 말해 '수바시 절터' 혹은 '수바시 폐사지'다.

수바시 절터는 쿠차에서 동북쪽으로 20킬로미터 떨어진 초르타크(却勒塔格)산에 의지하여 자리 잡고 있다. '초르'는 '황량하다'는 의미이고 '타크'는 '산'을 뜻한다. 말 그대로 산은 메마르고 황량하기 그지없다. 그러나 사원 앞으로는 쿠차강이 저 멀리 천산산맥에서 발원하여 천산신비대협곡 앞을 지나 이곳에 와서 초르타크산을 끼고 급하게 흐르고 있다.

수바시에서 '수'는 위구르어로 '물', '바시'는 '머리'를 의미한다. 그러니까 수바시사원은 물머리에 있는 절집이라는 뜻이다. 실제로 쿠차강은 이곳 좁은 골짜기를 비집고 내려오면서 마치 저수지에서 방류된 물처럼 빠른 속도로 흘러간다. 그러나 이것은 사찰의 애칭일 뿐 정식 명칭일 리가 없다.

수바시사원은 쿠마라지바의 전기가 실려 있는 『양고승전』에는 작리대사(雀梨大寺)로 나오고, 현장법사의 『대당서역기』에서는 조호리사(昭怙釐寺)라고 했다. 이외에도 여러 이름이 기록에 나오는데 모두 산스크리트어를 한자로 음차한 것으로 그 뜻은 명확히 밝혀지지 않

| **수바시사원 서사 전경** | 수바시사원은 신강성 전체에서 가장 큰 규모의 사찰이었다. 3세기에 창건되어 대찰로 명성을 누렸으나 이 지역이 이슬람화되던 10세기 전후부터 쇠퇴하기 시작해 13세기에 완전히 폐사되었다.

왔다.

수바시사원은 서역(신강성) 전체에서 가장 큰 규모의 사찰이었다. 3세기에 창건되어 구자국 왕실의 후원을 받아 대찰이 되었고, 7세기 당나라 때 전성기를 맞이했다. 8세기 중엽, 위구르족이 이주해 들어올 때도 대찰을 유지했다. 그러나 쿠차가 점차 이슬람화되어가던 10세기 전후부터 쇠퇴하기 시작해 13세기에는 완전히 폐사가 되었고, 그로부터 오늘에 이르기까지 800년간 폐허로 남아 있는 것이다.

수바시사원은 강을 경계로 해 동사(東寺)와 서사(西寺)로 나뉘어 있었다. 동사는 남북 500미터, 동서 140미터이고, 서사는 남북 700미터, 동서 170미터에 달한다. 동사는 약 8만 제곱미터, 서사는 약 12만 제

| **수바시사원 동사 전경** | 수바시사원은 강을 경계로 동사와 서사로 나뉜다. 동사 약 8만 제곱미터, 서사 약 12만 제곱미터의 광활한 면적을 자랑했다.

곱미터의 광활한 면적이다. 서사가 동사보다 약간 크지만 구조는 비슷하다고 한다.

가람배치는 기본적으로 남쪽, 북쪽, 중앙에 3기의 탑을 중심으로 하면서 불전(佛殿)과 승방(僧房)이 포진된 구조로 생각되고 있다. 수바시 사지는 현재 보존상태가 비교적 나은 서사만 일반에게 공개하고 있다.

서사에서 중앙의 불탑은 비록 허물어졌지만 사방으로 뻗은 십(十)자 평면에 3층으로 이루어져 있는 것이 명확히 보인다. 이는 인도의 스투파 형식을 많이 따르면서 서역의 신앙형태에 맞게 건물이 배치된 것이다. 불탑 뒤편 계단으로 올라가면 2개의 감실이 있는데 감실은 윗부분이 아치형이고, 아랫부분은 방형이며 안쪽으로 들어가면 두 감실이 통하도록 되어 있다고 한다. 1978년 쿠차의 문화재 실무팀이 이곳에서 여인과 영아의 미라를 발굴해 현재 쿠차박물관에 전시하고 있다.

맞은편에는 승방으로 보이는 거대한 건축 흔적이 남아 있다. 높이도 장대할 뿐 아니라 내부의 규모도 거대하고 여러 개의 방으로 구획되어 있어 승방으로 추정된다고 한다. 이상이 수바시사원 가람배치의 기본 골격이다.

수바시사원의 역사

이 유서 깊은 절터가 중요한 것은 서역 불교의 총본산이었을 뿐 아니라 인도의 불교와 중국 불교를 연결하는 다리 역할을 한 불교사의 성지라 할 만하다는 점에서다. 그리고 수바시사원은 양대 역경승으로 공히 삼장법사로 칭송받는 쿠마라지바와 현장법사가 모두 다녀간 곳이다.

쿠마라지바는 일곱 살 때 어머니를 따라 이곳 수바시사원(작리대사)에 와서 머리를 깎고 수행에 전념하다 인도로 건너갔다. 그리고 큰스님이 되어 구자국 왕의 초대를 받아 고국으로 돌아와서는 이 사찰에 주석했다고 한다. 어쩌면 384년, 그가 여광이라는 장수에게 끌려갈 때도 이 사원에 있었는지 모른다.

그로부터 200여 년이 지나 현장법사는 인도로 경전을 구하러 가던 628년, 약 두 달 동안 이곳 수바시사원(조호리사)에 머물렀다. 현장법사의 『대당서역기』는 이 절에 대해 다음과 같이 증언했다.

황폐한 성의 북쪽으로 40여 리를 가면 산기슭에 하나의 강을 사이에 두고 두 개의 가람이 있다. 똑같이 조호리라고 이름하지만 동서에 위치하여 동·서 조호리라고 불린다. 불상의 장엄함은 사람의 솜씨라고는 할 수 없을 정도로 뛰어나다. 승도들은 청정하며 실로 부지런히 정진한다. 동조호리 불당에는 옥돌이 있는데, 넓이는 2척쯤 되며 황백색을 띠고 있어 마치 대합조개와 같은 모습인데 그 위에는 부처님 발바닥이 새겨져 있다. 길이는 1척 8촌이고 너비는 약 6촌이 된다. 재일(齋日)에는 등불을 밝히기도 한다.

이것이 수바시사원이 얼마나 장대했는가에 대한 구체적인 증언이다. 혜초(慧超) 스님이 『왕오천축국전』에서 장소를 밝힌 나라는 구자국이 유일한데 다음과 같이 말했다.

다시 소륵에서 동쪽으로 한 달을 가면 구자국에 이른다. 이곳이 바로 안서도호부로서 중국 군사의 대규모 결집처이다. 이 구자국에는 절도 많고 승려도 많으며 소승법이 행해지고 있다. 고기와 파, 부추 등을 먹는다. 중국 승려는 대승법을 행한다.(정수일 역주, 학고재 2004, 이하 『왕오천축국전』은 같은 책에서 인용)

이것이 수바시사원에 대한 직간접 증언이다. 13세기에 폐사가 된 이후로는 줄곧 모래 속에 묻혀 있다가 20세기 초, 제국주의 탐험대가

| 무너진 서사의 대탑 | 열십자로 뻗은 방향만 간신히 남기고 3층으로 올라간 자취를 살짝 흘림으로써 성스러운 건조물이었음을 보여준다. 그렇게 드러나는 폐허의 이미지가 자못 장엄하다.

밀려 들어올 때 인간의 간섭을 다시 받게 되었다. 먼저 일본 탐험대가 들어와 아름답고 귀한 사리함을 비롯해 적지 않은 유물을 일본으로 가져갔고, 뒤이어 1907년에 프랑스의 펠리오도 원형 사리함을 비롯해 많은 유물을 도굴해갔다. 그리고 중화민국 성립 이후로 북경대학의 황문필이 1958년에 정식으로 일부를 발굴했고, 2014년엔 유네스코 세계유산으로 지정되었다.

폐사지의 서정

수바시 폐사지에 당도해 버스에 내리는 순간 절터 곳곳의 무너진 붉은 벽채들이 저 너머 시커먼 초르타크산을 배경으로 듬성듬성 늘어선 광경에 압도된다. 검붉은 초르타크산을 등에 진 절터는 완만한 기울기를 갖고 펼쳐지다가 강 건너 저편에서 다시 건물터로 이어진다. 파노라마로 전개되는 그 장쾌함에 발길이 얼른 나아가지 않는다.

일반에게 개방된 서사는 중앙의 불탑을 중심으로 한 바퀴 돌아 나올 수 있도록 나무 데크로 관람로를 만들어놓았다. 주변에는 그동안 우리가 흔히 보아온 낙타풀이 듬성듬성 나 있을 뿐 거친 모래만이 가득하다. 답사객들이 하나둘 뿔뿔이 흩어져 먼 데를 바라보며 관람로를 따라 비탈을 오른다. 평소 같으면 하나라도 더 얻어들으려고 인솔자 뒤에 바짝 붙거나 서넛이서 소곤소곤 이야기하며 유적지를 걸을 텐데 수바시 폐사지에서는 혼자서 걷는 이가 많았다. 하기야 설명 듣고 말고 할 것도 없는 폐허의 잔해들뿐이고, 그렇게 걷고 싶게 만드는 것이 폐사지의 분위기다. 묵묵히 걸어가다가는 잠시 걸음을 멈춰 초르타크산을 배경으로 폐허의 잔해 사진을 찍기도 하고 거기에 비친 자신의 얼굴을 '셀카'로 담기도 한다.

여기가 폐사지인 것은 무너진 중앙의 대탑이 있기 때문에 알 수 있다. 열십자로 뻗은 방향만 간신히 남기고 3층으로 올라간 자취를 살짝 남김으로써 이것이 자연적인 흙더미가 아니라 인공이 들어간, 그리고 성스러운 건조물이라는 것을 확실히 보여준다. 그런데 그 폐허의 이미지가 자못 장엄하다. 전문가들은 이 탑의 원 모습을 그려보기 바쁘겠지만 답사객들은 오히려 이 붉은 건축물 잔해가 저 멀리 초르타크산과 어울리는 것에 감동한다.

| 서사 관람로 | 일반에게 개방된 서사는 중앙의 불탑을 중심으로 한 바퀴 돌아 나올 수 있도록 나무 데크로 관람로를 만들어놓았다. 주변에는 그동안 흔히 보아온 낙타풀이 듬성듬성 나 있을 뿐 거친 모래만이 가득하다.

본래 폐사지에 오면 종교로서 불교의 자취는 희미해지지만 역사의 자취가 풍기는 처연함이 일어난다. 불교가 폐기된 흔적이지만 이슬람이 폐불한 벽화의 자취와는 차원이 다르다. 세월의 흐름 속에 한편으로는 사라지면서 한편으로는 남아 있는 것이다. 여기에서 일어나는 감정은 사라진 것에 대한 그리움이 아니라 남아 있는 것에서 일어나는 스산한 서정이다. 그 폐허에서 살아온 인생과 살아갈 인생을 생각하는 것은 그 나름의 또 다른 종교 감정이 아닐 수 없다. 그래서 시인 정호승은 이렇게 노래했다.

요즘 어떻게 사느냐고 묻지 마라

폐사지처럼 산다

(…)

부디 어떻게 사느냐고 다정하게 묻지 마라

(…)

입도 버리고 혀도 파묻고

폐사지처럼 산다

—「폐사지처럼 산다」 부분(『밥값』, 창비 2010)

그러나 수바시 절터와 우리나라 폐사지는 다르다. 여기서 일어나는 감정은 그렇게 다정하지가 않다. 우리나라 폐사지에는 나무도 있고 흙 속에 파묻힌 주춧돌도 있고 무너진 석탑 부재(部材)도 있다. 그러나 이곳 수바시 절터에서는 눈에 보이는 형체와 빛깔이란 오직 흙뿐이어서 자연의 원초적 형태로 회귀하는 것만 같다. 모든 치장이 다 사라지고 남은 것도 종국에는 저 검고 붉고 태양만 타오르는 초르타크산의 일부로 묻혀버리고 말 것만 같은 느낌이다. 그렇다고 눈앞의 실체가 사라진 것도 아니다. 그래서 쿠마라지바는 부처님의 말씀을 이끌어 '색즉시공 공즉시색'이라 말했는가보다.

처음 쿠차를 답사했을 때 함께 온 김정헌 화백은 수바시 절터에서 혼자 뒤떨어져 한참을 있다가 버스로 왔다. 스케치하느라 늦은 줄 알았는데 그게 아니었다. 보이는 대로 그리면 작품이 되겠지만 이 풍광을 보면 볼수록 울컥하는 울음이 복받쳐 그릴 수 없었단다. 그래서 늦

| 수바시사원에서 **바라보는 초르타크산** | 무너진 벽채 너머로 초르타크산을 바라보는 모습이 실크로드의 로망을 자극한다.

었단다. 이 말을 듣고 내 친구 병욱이는 자기도 모르게 눈물을 흘렸단다. 왜 그랬느냐고 물으니 노을 속의 폐허가 마치 자기 인생의 끝자락을 보여주는 것 같아서 슬펐다고 한다. 그 이야기를 듣자 나 또한 코끝이 저려왔다.

두 번째 수바시 절터에 갔을 때 원욱 스님이 다른 두 회원과 데크에 앉아 멀리 무너진 벽체 너머 초르타크산을 바라보는 모습이 그림 같아 사진을 찍고 2020년 문화유산 달력의 표지화로 실었더니 많은 사람들이 여기가 실크로드의 여러 장소 중 가장 가보고 싶게 만드는 곳이라고들 했다. 그 모두가 공(空)이 주는 감동의 다른 표현일 것이다.

수바시 출토 사리함

일본 탐험대들이 수바시 절터에서 도굴해간 여러 유물 중 특히 주목되는 것은 도쿄국립박물관이 소장하고 있는 7세기 당나라 시대의 목제 사리함이다. 원통형에 꼭지 달린 뚜껑을 갖춘 이 사리함은 처음에는 시커멓기만 했는데 보존처리하면서 아름다운 그림이 드러났다.

그런데 놀랍게도 이 사리함의 뚜껑 위에는 악기를 연주하는 나체의 동자들이 있고, 함 둘레에는 21명이 춤을 추고 있다. 사리함이란 고승의 사리를 모신 그릇인데 거기에 음악을 연주하고 춤을 추는 그림을 그렸다는 것이 놀랍고 신기하지 않을 수 없다.

이 사리함에 그려진 춤은 쿠차의 유명한 가무극인 「소막차(蘇幕遮)」의 한 장면이라고 한다. 이는 당나라 현종 때 교방곡(敎坊曲, 궁중연희곡)의 하나로 그대로 받아들였다고 한다. 본래 구자국에서 유행했던 이 음악은 송나라까지 그대로 이어져 범중엄(范仲淹, 989~1052)의 「소막차」라는 절창을 낳았다. 소막차는 쌍조(雙調) 62자인데 그중 뒷부분 31자만 옮기면 다음과 같다.

슬픔 젖은 고향 생각	黯鄕魂
나그네 심정은 더욱 애절해	追旅思
밤마다 밤마다	夜夜除非
좋은 꿈 꿀 수 없다면 잠도 청하지 못하리	好夢留人睡
밝은 달 아래 높은 누각에 홀로 기대어 서지 마시게	明月樓高休獨倚

| **수바시 출토 사리함** | 일본 도쿄국립박물관이 소장하고 있는 이 당나라 시대 목제 사리함은 원통형에 꼭지 달린 뚜껑을 갖추었다. 처음에는 시커멓기만 했는데 보존처리하면서 악기를 연주하고 춤을 추는 모습을 그린 아름다운 그림이 드러났다고 한다.

애달픈 심정에 술 한잔 들어가면　　　　　酒入愁腸

그 술 한잔, 그리움의 눈물로 바뀐다네　　化作相思淚

일본 NHK의 다큐멘터리 「실크로드」 제10편은 '음악의 천산남로'라는 주제로 쿠차의 음악을 추적하는데, 키질석굴에서 '음악동굴'이라고 부른 제38굴의 벽화는 물론이고, 쿰투라 제46굴 중 4~5세기 벽화에서 일본에 전하는 악기와 똑같은 배소와 비파를 천사가 연주하는 것을 소개한 바 있다. 우리나라 KBS도 역사기행 「고구려 음악 대탐사」(2007.3.11)에서 쿠차의 춤과 악기를 소개했다. 동아시아에서 춤과 음악과 노래와 악기라면 쿠차의 영향을 받지 않은 나라가 없다.

고구려 벽화고분 「장천 1호분」에 나오는 5현 악기와 오대산 상원사의 통일신라시대 범종에 새겨진 비천상이 지닌 공후는 쿠차에서 유래

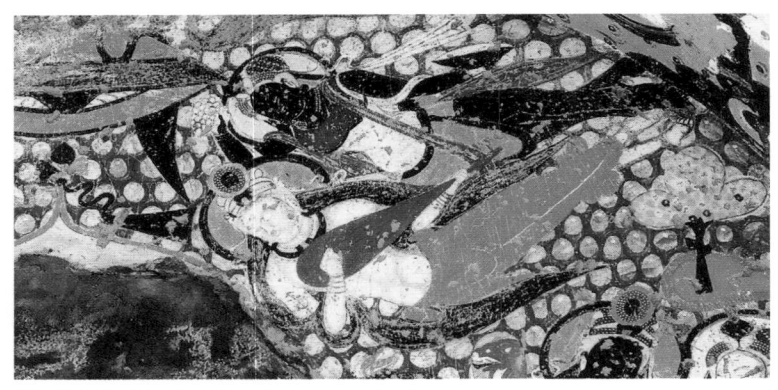

| **키질석굴 제8굴의 기악비천상** | 7세기 당나라 시대 석굴로 기악비천상이 위(검은색)와 아래(흰색)로 겹쳐 그려져 있다. 아래쪽 비천상이 연주하는 5현 악기는 비파로 생각된다.

한 것으로 생각되고 있다. 최치원은 「향악잡영」 5수에서 신라시대에 행해진 금환, 월전, 대면, 속독, 산예 등 「신라오(五)기」를 시로 읊었는데, 이 중 속독은 속특국(粟特國), 즉 소그드에서 전래된 씩씩하고 빠른 템포의 춤이고, 산예가 곧 사자춤으로 쿠차에서 전해진 것이라고 한다.

산예는 멀리 사막 건너 만리 길 오느라	遠涉流沙萬里來
털옷 다 해지고 먼지 잔뜩 묻었네	毛衣破盡着塵埃
흔드는 머리 휘두르는 꼬리에 어진 덕 배었으니	搖頭掉尾仁德馴
온갖 짐승 재주 좋다 한들 이 굳센 기상 같으랴	雄氣寧同百獸才

우리나라 중요무형문화재 북청사자놀음, 봉산탈춤, 통영오광대 등

| 상원사 동종 비천상 | 오대산 상원사의 통일신라 범종에 새겨진 비천상으로, 여기 나오는 공후는 쿠차에서 유래한 악기로 생각되고 있다.

에서 나오는 사자춤도 바로 이 산예(狻猊)인 것으로 생각된다. 그렇다고 우리가 그냥 영향을 받기만 한 것이 아니라, 『신당서』에서 말하기를 "고구려 춤은 호선무인데 바람처럼 빠르게 돈다"라고 했다. 호선무는 양귀비가 잘 춘 서역 춤인 줄로만 알았는데 그렇게 국제화되어 고구려 버전도 있었다는 것이 새롭기만 하다. 당시 고구려, 신라의 가무가 당나라에서 큰 인기를 얻었다는 것은 마치 요즘 케이팝이 팝의 본고장인 미국을 휩쓰는 것과 같다고 할 것이다.

호선무가 어떤 것이기에 그처럼 국제적으로 인기를 끌었나 이것저것 자료를 찾다보니 스치듯 지나가면서 본 구절인데 춤의 문외한인 나 같은 사람에게 무언가 깊이 생각게 하는 감성의 미학이 있었다.

호선무를 출 때 마음은 현악기 가락에 응하고, 손은 북장단에 응한다.

이 구절을 보고 감동하여 춤꾼 이애주를 만났을 때 이야기해주었더니 무릎을 치면서 절묘한 표현이라고 맞장구를 쳤다. 그러면서 승무,

살풀이를 비롯해 춤과 음악의 어울림에서 손끝은 '두둥둥 당당' 하면서 장단에 맞추어 자동적으로 돌아가지만 몸짓은 해금 같은 현악기의 소리에 귀를 바짝 세우고 그 가락을 받아서 감정을 잡은 다음에 춤사위로 풀어내는 것을 절묘하게 요약한 명구라며 나에게 어느 책에 이 구절이 나오느냐고 물었다. 그런데 나는 무심코 보고 지나친 것이어서 지금껏 그 전거를 찾지 못해 애 태우고 있다. 전공이 아니다보니 이런 실수를 하고 있지만 전공이 아니기 때문에 춤에서는 평범하게 한 말을 지밀 있게 받아들인 것인지도 모르겠다.

불교국가 시절 쿠차

이제 나의 쿠차 답사를 마무리할 때가 되었다. 쿠차 시내로 들어가면 우리는 이슬람사원인 쿠차대사(大寺)와 쿠차 왕궁인 쿠차왕부(王府)를 구경하는 것으로 답사를 끝맺게 된다. 순식간에 불교문화에서 이슬람문화로 전환하게 되는데 그게 왕년의 구자국과 오늘의 쿠차시의 간극을 말해준다. 구자국 시절 쿠차는 서역 36국 중 인구 8만 명이 넘는 최대 왕국이었다. 그리고 7세기 당나라 초기에 이곳을 방문한 현장법사는 『대당서역기』 「굴지국(屈支國)」 편에서 이렇게 말했다. 굴지국은 곧 구자국의 다른 이름이다.

동서 1,000여 리, 남북이 600여 리, 땅은 수수 보리를 심기에 알맞고 포도 석류가 나며 배, 사과, 복숭아, 살구가 많다. (…) 절은 100여 군데, 스님은 5천여 명으로 설일체유부(說一切有部)를 학습하고 있

다. (…) 대성 서문 바깥 길 좌우에는 높이 90여 척 되는 입불이 있는데 이 상 앞에서 5년마다 승속과 귀천을 가리지 않고 대중을 공양하는 재회가 열린다. 왕부터 서민에 이르기까지 이 시기 세속의 일을 그만두고 계를 지키며 경을 받고 설법을 듣는다. 또 많은 가람의 불상을 진귀한 보석과 비단으로 장식하고 가마에 싣고 다닌다.

당나라가 서역 경영에 나섰을 때 쿠차는 안서사진의 하나가 되었다가 나중엔 안서도호부가 아예 투르판에서 이곳 쿠차로 옮겨 왔다. 그때 쿠차는 실크로드 천산남로의 중심도시 역할을 담당했다. 고구려 후예 고선지가 안서도호부의 장수로 근무한 곳이 바로 쿠차다.

그런 의미에서 우리는 쿠차 시내로 들어가는 길에 먼저 구자고성에 잠시 들렀다. 구자고성은 쿠차대사, 쿠차왕부에서 불과 500미터 떨어진 큰길가에 있는데 '구자고성유지(龜玆古城遺址)'라는 간판 곁으로 높이 3미터 남짓 되는 무너진 성벽의 잔편이 약간 뻗어 있을 뿐 한 시대를 울렸던 구자국의 도성을 상상할 수 있는 것은 아니었다.

보는 눈을 피하여 슬쩍 성벽에 올라보니 한쪽은 옥수수밭에 묻혀 있고 한쪽은 이미 대로에 잘려나가 길 건너 멀리 희미한 흔적만 남아 있다. 참으로 허망한 역사의 자취였다. 그래도 이 무너진 성벽의 잔편이라도 있어 그 옛날 당나라 안서도호부가 여기에 있었고 우리의 고선지 장군이 여기를 근거지로 해 서역을 넘어 중앙아시아를 누볐다는 역사를 기억하는 계기가 되니 다행스럽게 느껴졌다.

고선지 장군

고선지(高仙芝, ?~755)의 아버지는 고구려 말기 무장으로 나라가 망하면서 이곳으로 끌려와 고구려 유민으로 당나라 장수가 되었던 고사계(高斯界)이다. 그러니까 고선지는 당나라에서 태어난 재외동포 2세였던 것이다.

스무 살에 유격장수가 된 고선지는 721년 토번국을 격파하고, 당나라의 영역을 타클라마칸사막 서쪽까지 넓혔다. 몇 차례의 서역원정 중 파미르고원을 넘은 행군이 유명하다. 747년 고선지 장군은 1만 명의 군사를 이끌고 쿠차를 출발해 파미르고원 와칸 계곡을 넘어 석국(石國)을 비롯해 여러 제국을 정벌하고 당나라에 조공을 바치게 했다.

그가 넘어간 와칸 계곡의 험준한 골짜기를 KBS 다큐멘터리 「고선지 루트」에서 생생히 보여주었는데, 오렐 스타인은 그의 책 『아시아의 가장 안쪽』(*Innermost Asia*, 전4권, 1928)에서 당나라 군대를 이끈 고구려 장군 고선지의 파미르고원 원정을 알프스산을 넘은 한니발과 나폴레옹의 원정에 필적할 만한 전쟁사의 대위업으로 평했다.

그런 전투 공로로 고선지는 747년 안서도호부의 부도호를 거쳐 안서사진 절도사가 되었다. 고선지 장군은 또 749년에는 호탄과 토번의 군대를 격파했고, 750년에는 파미르고원을 넘어 서쪽 투르키스탄과 타슈켄트에 이르러 그 왕을 사로잡아 재산과 보물을 몰수했다(이 행위에 대해서는 많은 비난이 있었다고 한다). 고선지 장군은 이처럼 승승장구했다. 그러나 그의 눈부신 승리는 여기까지였다.

이때 이슬람 아바스왕조는 서투르키스탄까지 진출하여 여러 나라와 연합해 당나라와 운명을 건 대전투를 준비했다. 이것이 역사상 유명한 751년의 탈라스 전투이다. 현지의 이슬람 연합군 10만 대(對) 고선지의 원정군 2만 4천명이었다.

결국 고선지 장군의 원정군이 패했다. 당나라군은 2만의 군사적 손실을 입었다. 이 전투 결과 이슬람 세력의 중앙아시아 지배가 확고하게 이어졌고, 중국은 다시는 파미르고원을 넘지 못했다. 부수적으로 탈라스 전투에서 포로가 된 당나라 군사 중 제지기술자가 있었는데 그가 사마르칸트로 보내져 이슬람 최초의 제지공장과 '사마르칸트 종이'가 탄생했고 이후 유럽으로 제지기술이 전파되는 문명의 교류를 낳았다.

고선지는 비록 패장이었지만 그간 세운 공이 워낙 커 패전의 책임을 문책당하지는 않았다. 오히려 755년 안녹산이 낙양을 점령하는 난을 일으키자 고선지는 황제로부터 진압 명령을 받고 다시 장수로 복귀하게 되었다. 그러나 자신의 옛 부하였던 감군 변영성의 모함을 받고 허망하게도 참수당하고 말았다.

고선지는 이처럼 비극적으로 생을 마감했지만 그는 『구당서(舊唐書)』라는 역사서에 전기가 실린 역사 인물이자 자랑스러운 재외동포 2세였다. 동시대 시인 두보(杜甫)는 '안서대도호 고선지의 말을 노래한다'라는 뜻의 시 「고도호 총마행(高都護驄馬行)」을 지어 그의 위업을 푸른빛의 한혈마와 함께 이렇게 기렸다.

안서도호 고선지 장군의 푸른 총마	安西都護胡青驄
명성을 날리고 홀연히 장안으로 왔네	聲價欻然來向東
전장에서는 이 말을 당할 자 오랫동안 없었으니	此馬臨陣久無敵
말과 장군이 하나 되어 큰 공을 이루었도다	與人一心成大功
공을 이루어 가는 곳마다 대우가 극진했어도	功成惠養隨所致
바람에 나부끼듯 멀리 사막으로 달려가	飄飄遠自流沙至
웅장한 자태는 마구간에 엎드려 있지 않고	雄姿未受伏櫪恩
용맹한 기상 오로지 전쟁의 이로움만 생각했네	猛氣猶思戰場利
발목은 잘록하고 발굽은 높아 쇠를 밟는 듯하니	腕促蹄高如踏鐵
교하고성에서 두꺼운 얼음 깨려고 얼마나 찼을까	交河幾蹴層氷裂
오색 꽃무늬 흩어져 온몸을 감싸고 있으니	五花散作雲滿身

만 리를 달리는 한혈마를 이제야 보누나	萬里方看汗流血
장안의 젊은이들이야 감히 타볼 수나 있을까	長安壯兒不敢騎
번개보다 더 빠른 걸 세상이 다 아는데	走過掣電傾城知
푸른 실로 머리를 두른 채 늙고 있으나	靑絲絡頭爲君老
어떤 일만 있다면 횡문을 나서 큰길을 달리겠지	何由卻出橫門道

천하의 두보가 우리 고선지 장군을 이렇게 찬미했다는 것이 너무도 고맙고 자랑스럽다. 두보가 이 시를 지은 것은 749년이라고 하니 두보 나이 38세 때였고, 고선지는 정확한 나이를 알 수 없으나 751년 탈라스 전투가 있기 2년 전이니 타클라마칸사막과 파미르고원을 누비며 승승장구하던 생애 최고의 전성기였다. 그리고 고선지가 세상을 떠난 것은 그로부터 6년 뒤인 755년이었다.

쿠차의 위구르화(化)와 쿠차대사

그런 쿠차였는데 토번(티베트)이 쿠차에서 당나라를 몰아내고 점령하면서 쇠퇴의 길을 걷기 시작했다. 8세기 중엽, 토번이 물러나자 이번엔 위구르족이 대대적으로 타림분지로 이주하기 시작하고 아리안계의 쿠차인을 밀어내면서 쿠차는 급속히 위구르화되었다.

9세기 중엽 위구르제국이 성립했을 때 쿠차는 투르판에 근거를 둔 천산위구르왕국에 속하는 도시가 되었다. 그리고 14세기 위구르족이 이슬람으로 개종하면서 불교와는 완전히 고별하고 이슬람 세상이 되었다. 이리하여 쿠차 시내에서 다시는 불교문화를 찾아볼 수 없게 되고 대신 이슬람문화가 들어찼는데 그 대표적인 유적지가 쿠차대사이다.

쿠차대사는 이슬람교도들의 예배당인 청진사인데, 카슈가르의 아이티가르(艾提尕爾)와 함께 신강성의 양대 청진사로 불릴 정도로 이름 높다. 이 이슬람 건축은 15세기에 처음 지을 때는 흙집이었고 17세기에는 목조건축이었다가 1918년에 화재를 겪은 후 대대적인 모금으로 1927년에 지금 모습으로 준공된 것이라고 한다.

청색 전돌로 짜인 18.3미터의 대문이 높이 솟아 있고 예배 대청(大廳)은 1,500제곱미터로 가용 인원이 3천 명이며 라마단 기간에는 1만 6천 명이 이곳에 모여 예배를 본다고 한다. 사실 나는 이슬람 건축에 대해서는 자세히 알지 못하는데 그동안 구경해본 경험으로는 문양장식이 대단히 발달했다는 인상을 갖고 있다. 우상을 숭배하지 않는다는 교리가 낳은 결과이다. 쿠차대사 역시 가로 8행 세로 8행의 64개 뿌리를 갖고 있는 6각형 큰 기둥과 102개의 격자무늬 도안으로 이루어진 천화판(天花板)이라는 꽃무늬가 자랑이란다.

아무리 이슬람과 인연이 없고 잘 모른다지만 오늘날 이슬람이 지배하는 신강성 쿠차에 와서 옛날 불교의 자취만 찾아간다는 것도 답사의 올바른 자세가 아닌 듯해 가이드에게 이슬람의 교리나 역사 말고 교인들의 신앙형태에 대해 간략히 설명해줄 수 있느냐고 물으니 이곳 회족들은 '5공(功) 6신(信)'을 말한다고 한다. 회족이란 이슬람화된 중국인이니 회교는 중국화된 이슬람 신앙인 셈이다.

5공이란 코란을 외우는 염공(念功), 세금을 부과하는 과공(科功), 메카에 성지순례를 다녀오는 조배공(朝拜功), 하루 다섯 번 예배하는 예

| **쿠차대사** | 이슬람교도들의 예배당인 청진사다. 카슈가르의 아이티가르(艾提尕爾)와 함께 신강성의 양대 청진사로 불린다.

공(禮功), 금식에 참여하는 재공(齋功)이다.

6신은 첫째 코란경에 대한 믿음, 둘째 알라에 대한 믿음, 셋째 천사에 대한 믿음, 넷째 전생에 대한 믿음, 다섯째 후생에 대한 믿음, 여섯째 알라의 섭리대로 이루어진다는 믿음이란다.

쿠차왕부와 오늘의 쿠차

쿠차대사 바로 곁에 있는 쿠차왕부는 역대 쿠차왕이 살아온 왕궁이다. 1759년 청나라 건륭제가 신강성을 정벌할 때 이곳 위구르 수장인 아오떼이(鄂對)가 크고 작은 반란세력을 평정하는 데 공이 있어 그에게 쿠차왕의 작위를 주고 이곳을 통치하며 왕위를 대대로 세

| 쿠차왕부 | 역대 쿠차왕이 살아온 왕궁이다. 청나라 건륭제가 위구르 수장인 아오떼이에게 쿠차왕의 작위를 주고 이곳을 통치했다.

습하게 했다. 이때 건륭제는 한족의 장인들을 보내 쿠차왕부를 지어 주었다.

그리하여 아오떼이는 초대 쿠차왕이 되었고 왕위는 대대로 세습되었다. 그러나 중화민국이 성립하면서 봉건특권을 폐지해 제12대 쿠차왕으로 세습이 끝나고 2014년 그가 죽으면서 쿠차왕부는 더 이상 왕실의 소유가 아니라 국유재산의 공공건물로 바뀌게 되었다. 그리하여 원래 모스크가 있던 지역을 확장하고 쿠차박물관을 이전해 쿠차왕부로 재개장하게 된 것이다.

원래 쿠차왕부는 성내의 방과 성벽만 남아 있었으나 2004년 쿠차현 정부는 쿠차왕국의 마지막 왕의 기억을 토대로 원래의 위치에 쿠

| 쿠차왕부 정원 | 성내의 방과 성벽만 남아 있던 쿠차왕부를 현 정부가 중국과 이슬람의 양식을 융화시켜 복원했다. 지금은 쿠차 왕가의 역사와 생활 모습을 전시하고 있다.

차왕부를 복원해 건축했다. 중건된 쿠차왕부는 4만 제곱미터 부지에 중국의 중원과 이슬람의 풍격을 융화시킨 궁전과 여름별장, 성루 등의 건축 특색을 보이며, 왕가의 가족사를 비롯해 쿠차 왕가 190년의 역사와 생활 모습을 전시하고 있다. 비록 나는 불교 유적 중심으로 답사했지만 쿠차는 엄연히 근세 이후 이슬람의 세계임을 쿠차대사와 쿠차왕부가 말해주며 답사의 현 위치를 명확히 해주는 것이었다.

이상으로 나의 쿠차 답사는 끝났다. 이제 다음 날 타클라마칸사막을 종주하기 위해 일찍 떠나야 하므로 서둘러 호텔로 들어가는데 시내를 지나면서 차창 밖으로 얼핏 보아도 쿠차의 위상은 그 옛날만 못한 것이 눈에 보인다. 현대로 들어오면서 다른 오아시스 도시들은 석탄, 석유, 가스가 발견돼 급격히 산업화가 진행되면서 인구 팽창을 이루었고 한족들이 많이 이주해왔지만 쿠차의 발전은 아주 느리게 이루어졌다.

오늘날 쿠차의 인구는 약 49만 명이고 그중 89%가 위구르족(2018년 기준)이다. 행정구역으로 봐도 쿠차는 아커쑤(阿剋蘇)지구가 관할하는 현급시(縣級市)이다. 우리나라로 치면 시(市)는 못 되고 군(郡) 정도에 해당한다. 그나마도 읍(邑) 정도였다가 근래에 승격되어 겨우 '현급시'가 된 것이다.

그러나 이렇게 산업화되지 않고 더디게 도시화되었다는 것은 오히려 역사도시 쿠차의 엄청난 강점이자 매력이다. 많은 점에서 겉은 순박하나 속은 화려한 백제의 마지막 왕도 부여를 생각게 하는 면이 있다. 말이 된다면 '순박함 속에 들어 있는 화려함'이라고 하겠다. 이 점 때문에 나는 쿠차를 타림분지에서 가장 매력적인 도시로 꼽으며, 만약 다시 실크로드로 답사를 온다면 쿠차에서 하루를 더 묵어 천산산맥과 타림강과 타클라마칸사막의 신비로운 자연을 여유롭게 즐기고 싶다는 희망과 욕망을 품고 있다.

죽음의 사막에 서려 있는 인간의 발자취

타클라마칸사막과 사막공로 / 타림강을 건너며 / 식피대 /
소그드인과 카라반 / 신라오기의 '속독' / 호양나무 아래에서 /
오언 래티모어 / 사막의 배, 낙타

사막 체험이라는 매력

두 번째 실크로드 답사를 떠나기 전 여행사에서 회원들에게 보내준
안내문에는 넷째 날 종일 타클라마칸사막을 종주하게 된다며 다음과
같은 간략한 소개와 준비물이 적혀 있었다.

- 호텔 조식 후 '신(新) 사막공로'를 타고 타클라마칸사막을 지나
  호탄으로 이동(10시간 소요).
- 중국 내륙에서 가장 큰 강인 타림강과 수명이 3천 년인 호양나
  무숲을 차창 밖으로 관광함.

| **타클라마칸사막** | 위구르어로 '황량한 사막 산' 또는 '살아서 돌아올 수 없는 곳'이라는 뜻을 가진 타클라마칸 사막은 고운 모래언덕인 사구로 이뤄져 있고 그중 약 85%가 바람에 따라 끝없이 이동하기 때문에 유동사막이라고도 부른다.

- 점심식사는 아러러(阿熱勒) 간이휴게소에서 함. 메뉴는 현지식인 반면(拌面, 비빔국수).
- 중간에 버스에서 내려 타클라마칸 모래사막 안을 직접 걸어 들어가보는 사막 체험(약 30분).

  준비물: 모래바람을 막기 위한 머플러와 마스크를 챙겨주세요.
- 호탄에 도착 후 석식 및 호텔 투숙.

　회원 중에는 안내서를 보고 이번 답사코스 중 가장 기대되는 것이 넷째 날의 사막 체험이라고 한 이가 있었다. 어떤 친구는 사막 체험이 있어서 답사에 참여했다고도 했다. 모두 내 나이 또래였다. 나는 그 기분을 안다. 해외여행에는 연령의 리듬이 있다.

　젊었을 때는 모두 화려하고 발달된 문명을 경험해보고 싶어해 파리, 런던으로 떠나는 배낭여행을 선호한다. 중년으로 접어들면 유명한 박물관과 역사 유적을 찾아 이집트, 그리스, 로마를 여행한다. 그러다

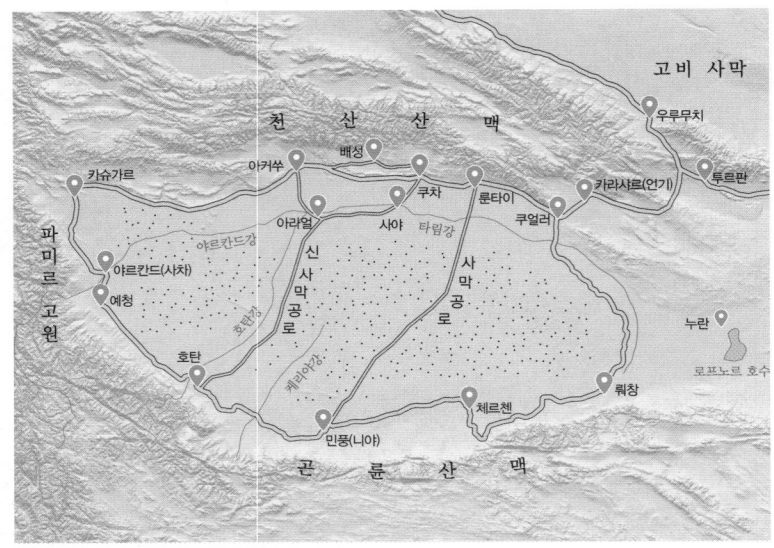

| **타클라마칸사막의 지도** | 타클라마칸사막은 남쪽은 곤륜산맥, 북쪽은 천산산맥, 서쪽은 파미르고원, 동쪽은 고비사막에 둘러싸인 달걀 모양의 타림분지 한가운데 위치한다.

중늙은이가 되면 역사고 예술이고 골 아프게 따질 것 없는 중국의 장가계, 계림 등 자연관광과 일본 온천여행을 선호한다. 그러다 노년이 가까워진 인생들은 오히려 티베트, 차마고도 등 인간이 문명과 덜 부닥치며 살아가는 곳을 보고 싶어한다. 인간의 간섭을 적게 받아 자연의 원단이 살아 있는 곳에 대한 그리움이 노년에 들면서 깊어지는 것이다. 그런데 몸이 받쳐주지 못하여 그냥 로망에 머물고 말기 일쑤다. 그러므로 실크로드 답사 중 타클라마칸사막을 경험해본다는 것은 노년 여행에서 누릴 수 있는 큰 호강이다.

타클라마칸사막의 증언

타클라마칸(塔克拉瑪干)의 문자적 의미는 두 가지로 해석된다. 위구르어로 '타크(塔)'는 우리가 이미 답사했던 쿰타크, 초르타크 등에서와 마찬가지로 산(山)이라는 뜻이며, '라마칸(拉瑪干)'은 '대황막(大荒漠, 크고 거친 사막)'의 뜻이란다. 합쳐서 '황량한 사막 산'이라는 의미가 된다.

그러나 띄어쓰기를 달리하면 위구르어로 '타클라(塔克拉)'는 '그대로 두다, 포기하다'라는 뜻이고 '마칸(瑪干)'은 '곳, 장소'를 의미하므로 '돌아오지 못하는 곳'이 되어 '살아서 돌아올 수 없는 곳'이라고 풀이된다. 그리고 문학적으로 표현해 '죽음의 모래 바다'라는 별칭도 갖고 있다.

타클라마칸사막은 동서 길이 약 1,000킬로미터, 남북 폭 약 400킬로미터, 면적은 약 33만 제곱킬로미터에 달한다. 한반도의 1.5배 크기로 남쪽은 곤륜산맥, 북쪽은 천산산맥, 서쪽은 파미르고원, 동쪽은 고비사막에 둘러싸인 달걀 모양의 타림분지 한가운데 위치한다. 타림분지(40만 제곱킬로미터)의 약 80%를 타클라마칸사막이 차지하고 있다. 고운 모래언덕인 사구(砂丘)로 이루어져 있고 그중 약 85%가 바람에 따라 끝없이 이동하기 때문에 유동사막이라고도 부른다. 고대 중국인들은 유사(流沙)라고 불렀다.

연평균 강수량은 불과 100밀리미터이고 어떤 해는 비가 5밀리미터 정도만 내릴 때도 있단다. 전형적인 사막 기후인데다 바다로부터 멀리 떨어져 있어 기온차가 심해 여름철에는 40°C까지 치솟는 반면에 겨울철에는 −20°C 이하로 내려가기도 한다. 『실크로드의 악마들』은 탐험가들이 남긴 타클라마칸사막에 대한 인상을 이렇게 정리했다.

어떤 여행자도 타클라마칸사막을 유쾌한 마음으로 회고하지 않았다. 이 사막을 건넌 몇 안 되는 유럽인 중 한 명인 스벤 헤딘은 이곳을 '이 세상에서 가장 위험한 최악의 사막'이라고 하였고, 오렐 스타인은 헤딘보다 타클라마칸사막을 더 잘 알았는데 아라비아사막은 이에 비하면 '길들여진' 것이라고 말할 정도였다. 지리학자이자 한때 카슈가르 주재 영국총영사였던 퍼시 사이크스 경은 이를 '죽음의 땅'이라고 불렀고, 사막 여행의 전문가인 그의 누이 엘라는 '너무나 소름 끼치는 황료함'이라고 표현했다.

거기에다 카라부란(kara buran)이라는 살인적인 검은 모래폭풍이 무시로 일어난다. 현장법사는 이 검은 폭풍에 대해서 다음과 같이 말했다.

이런 바람이 일어나면 사람이고 짐승이고 모두 정신을 잃고 망연자실해져서 완전히 무기력한 상태에 빠진다. 때로는 슬프고 애처로운 선율이나 가엾게 울부짖는 소리가 눈앞의 여러 광경과 소리들 사이로 들려온다. 사람들은 혼란에 빠져 어디로 가야 할지 모르게 된다. 이렇게 해서 수도 없이 많은 사람들이 여행 도중에 죽음을 당

| **타클라마칸 사막공로** | 죽음의 사막 타클라마칸을 종주하는 사막공로가 1993년과 2007년 두 차례에 걸쳐 개설되었다.

했다.(『대자은전』)

타클라마칸의 사막공로

이런 사막이 가로막고 있기 때문에 실크로드는 타클라마칸사막 남북에 퍼져 있는 오아시스 도시를 에돌아가며 형성되었던 것이다. 그 죽음의 모래바다를 종주하는 사막공로(沙漠公路)가 금세기 들어와 두 개가 가설되어 우리는 그 길을 가게 된 것이다.

첫 사막공로는 1993년부터 2년 6개월에 걸쳐 쿠차 동쪽의 룬타이에서 호탄 동쪽의 민풍까지 522킬로미터를 연결했다. 그리고 2007년

11월, 쿠차 서남쪽의 아라얼(阿拉爾)에서 호탄으로 직접 연결한 새 사막공로가 뚫렸다. 이 '신(新) 사막공로'의 기착점인 아라얼시는 교통상의 요충지로 쿠차, 호탄, 아커쑤로 가는 길이 여기서 갈라지고 모인다. 아라얼이란 몽골어로 '모이다'라는 뜻이란다. 답사를 오기 전에는 전혀 들어보지 못한 도시 이름인데 이 아라얼시의 애칭이 타림(塔裡木)이라고 한다. 타림분지 안 깊숙한 곳이라는 뜻이다.

신 사막공로는 전장 424킬로미터이다. 2005년 착공해 2007년 개통되면서 '아화공로(阿和公路)'라고 불리다가 공식적으로는 217번 국도로 편입시켰는데 사람들은 여전히 신 사막공로라고 부른단다. 아무튼 이 신 사막공로가 뚫림으로써 쿠차에서 호탄까지는 종래의 사막공로보다 500킬로미터가 단축돼 약 660킬로미터 거리를 버스로 10시간이면 다다를 수 있게 된 것이다.

타림강을 건너며

우리는 아침 일찍 서둘러 8시에 출발했다. 호탄까지 10시간 정도 잡으면 되지만 중간중간에 검문이 심해 얼마가 걸릴지 모른다는 것이다. 신강성은 무려 여덟 개의 나라와 국경을 맞대고 있어 원래 검문이 많은데다 근래엔 위구르인들의 분리독립 요구 시위가 끊이지 않아 더욱 엄격해졌다고 한다(결국 우리는 14시간 걸려 밤 10시 다 되어 도착했다).

버스에 올라 본격적으로 타클라마칸사막을 향해 출발하니 우리의 버스는 217번 국도를 올라타고 서남쪽을 향해 힘차게 달린다. 반대방

| **타림강** | 타림분지 북쪽을 동서로 관통하는 2,000킬로미터 이상의 중국 최장 내륙하천이다.

향은 우리가 다녀온 천산신비대협곡을 지나 천산산맥을 뚫고 올라가는 길이다.

쿠차를 떠난 지 얼마 안 되어 우리의 버스는 큰 강을 건너고 있었다. 타림강(塔里木河)이었다. 나는 차창에 바짝 붙어 카메라의 셔터를 부지런히 눌렀다. 애초에 우리는 타림강 유원지에서 잠시 머물며 강변 정취를 만끽하고 떠날 예정이었다. 그런데 가이드가 지금 부지런히 가도 밤 10시는 되어야 도착한다며 시간상 불가능하다는 것이었다.

타림강은 타림분지 북쪽을 동서로 관통하는 전장 2,179킬로미터 혹은 2,376킬로미터에 달하는 중국 최대의 내륙하천이다. 책마다 길

| **구불구불 흐르는 타림강** | 평평한 들판을 지나면서도 마치 '고삐 풀린 말'처럼 이리저리 굽어가며 흐르고 있다.

이가 다르게 나오는 것은 타림강의 물길이 빈번히 바뀌어서 길이가 해마다 달라지기 때문인데 그 지류를 어디까지 포함하느냐에 따라서 도 다르다고 한다.

  타림강은 파미르고원에서 시작하는 카슈가르강(喀什噶爾河)을 그 발원지로 삼는다. 그리고 북쪽의 천산산맥에서 흘러내리는 쿠차강, 무자르트강을 받아들이고, 남쪽의 곤륜산맥에서 발원한 호탄강도 합류하면서 도도한 강줄기가 되어 동쪽으로 흐른다. 말로만 들어도 그 기상이 웅장한데 쿠얼러 부근에 이르면 공작강과 합류해 한때 로프노르 호수라고도 불리던 나포박(羅布泊)으로 흘러들었으나 수로가 바뀌면서 지금은 대특마(檯特瑪) 호수로 흘러든다.

나는 타림강 이름만 들었지 이 강이 이렇게 길고 신강성의 자연에서 차지하는 비중이 큰 줄은 몰랐다. 여기 사람들은 신강성의 천산산맥 남쪽을 남강(南疆)이라고 부르는데 타림강을 '남강의 어머니 강'이라고 부른다고 한다.

타림이라는 말은 돌궐어로는 '사막의 강언덕'이라는 뜻이며, 몽골어로는 '느리게 흐르는 물'이라는 의미이고, 위구르어로 '고삐 풀린 말'이라는 뜻의 '무강지마(無繮之馬)'라고 한다. 나는 '고삐 풀린 말'에 한 표 던지고 싶다. 타림강의 항공사진을 보면 평평한 들판을 지나면서도 한없이 이리저리 굽어가며 흐른다. 천산산맥을 넘어올 때 내가 비행기에서 내려다본 구불구불 흘러가는 강은 타림강이었던 것이다.

타림강의 긴 다리를 건너온 지 얼마 안 되어 우리의 버스가 도로 한쪽으로 내려가더니 '검문소'라는 큰 글자가 보이는 건물 앞에 정차했다. 앞에서 검문하는 자동차가 적지 않다. 사야(沙雅)현 검문소였다. '공안(公安)'이라는 완장을 찬 사람이 버스에 올라타더니 짐은 놓고 사람은 다 내려 검색대를 통과하라고 한다. 그것은 부탁도 요구도 아니고 분명히 명령이었다.

우리는 공안의 명령대로 건물 안으로 들어가 검색대를 통과하고 밖으로 나왔는데 버스 검색이 끝날 때까지 기다리란다. 곧 끝날 줄 알았다. 그때가 10시 15분이었는데 무려 한 시간 뒤에야 우리는 다시 버스를 타고 출발할 수 있었다. 억울했다. 내가 가보고 싶었던 타림강 유원지가 바로 사야현에 있는데 타림강은 못 보고 주차장에서 검문 끝나기만 기다렸다는 것이 더욱 억울했다. 그러나 타림강에 가지 않기를 잘했지 갔다면 그날 안으로 호탄에 들어가지 못하고 사막에서 밤을 맞이할 뻔했다.

소그드 카라반의 통행증

이렇게 검문을 당하고 있자니 그 옛날 소그드 카라반들이 한 도시로 들어갈 때는 반드시 통행증 검사를 받았다는 사실이 떠올랐다. 예일대 교수인 발레리 한셴(Valerie Hansen)은 유물·유적이 아니라 고문서를 중심으로 한 연구로 주목받았는데 『실크로드: 7개의 도시』에서 카라반뿐 아니라 여행자도 제대로 된 서류를 소지하지 않으면 통과시켜주지 않았고 여행자는 여행경로를 벗어나서는 안 된다고 명시되어 있었다며 투르판과 쿠차에서 출토된 소그드 카라반들의 통행증에 대해 다음과 같이 소개했다.

통행증에는 각 카라반에 소속된 구성원(사람과 동물 모두) 목록과 출발지와 목적지, 그들이 허락받은 방문지가 모두 적혀 있다. 여행자들은 여행을 시작할 때 자신의 최종 목적지, 중간 기착지, 동행하는 사람과 동물이 모두 적혀 있는 통행증을 신청해야 했다. 또한 새로운 행정구역으로 들어갈 때마다 여행자는 동행하는 사람과 동물을 확인하는 문서를 발급받아야 했다.

　모든 경비 초소에서는 지방행정구역 내에서나 경계에서나 지방관이 모든 사람, 짐을 운반하는 동물이 모두 정당하게 주인에게 속한 것인지 점검했다. (…) 당나귀나 말, 낙타, 소를 동반하는 여행자는 반드시 동물 매매확인서를 경비초소에 제시해야 했다.

그런 행동의 제약 속에서도 오아시스 도시에서 도시로 오가면서 장사를 했던 소그드 카라반들은 사실상 실크로드의 주역이었다. 그들이 있었기에 오아시스 도시 사람들의 삶이 윤택해졌고 세계사적으로 동서교역과 동서문화의 교류가 이루어졌다. 그럼에도 불구하고 길게는 3세기부터 10세기까지, 짧게는 5세기부터 8세기까지 전성기를 보냈던 소그드인들이 누비며 다녔던 자취나 기념물을 실크로드 어디에서도 찾아볼 수 없다.

　나는 이 책의 서문에서 죽음의 사막에 길을 뚫은 것은 돈과 신앙이었다고 말했다. 그런 생각에서 『나의 문화유산답사기』 중국편 제1권 제1장을 서안의 개원문에 세워진 거대한 조형물인 사로군조상(絲路群彫像)의 소그드 상인과 낙타 행렬의 조각상에서 시작했다. 만약 어딘가에 그들이 살던 마을이 있다든지, 하다못해 어느 소그드 상인의 무덤이라도 있으면 그곳을 찾아가보고 답사기로 쓰고 싶은 마음이 있었다. 그런데 지금 검문을 당하고 있자니 소그드 대상들의 통행증이 떠오르면서 소그드 카라반의 이야기는 지금 내가 서 있는 이 지점이야말로 제격이라는 생각이 들었다.

소그드인 카라반의 장사

검문을 마치고 떠나면서 나는 마이크를 잡고 답사객들에게 카라반의 통행증 이야기를 해준 뒤 나의 소그드 이야기를 시작했다. 어차피 오늘 종일 버스 안에 있어야 할 것이기에 시간에 구애받지 않고 내가 아는 한껏 길게 각주까지 달면서 강의를 시작했다.

소그드인의 고향인 소그디아나(Sogdiana)는 지금의 우즈베키스탄 사마르칸트, 부하라 지방으로 아무다리야강과 시르다리야강 사이의 오아시스 곳곳에 퍼져 작은 왕국들로 형성되어 있었다. '다리야'는 강이라는 뜻이란다. 이들은 이란계 주민으로 소그드어를 사용했고 조로아스터교를 신봉했다. 당나라 시대의 독특한 도자기인 당삼채(唐三彩) 기법으로 만든 도용(陶俑) 중에 움푹 들어간 눈에 콧날이 오뚝하고 긴 수염을 하고서 낙타를 몰고 있는 호상(胡商)이 바로 소그드 상인이다.

이들은 지리적으로 동서양의 중앙에 자리 잡고 일찍부터 중국, 인도, 이란과 직접 교역하면서 실크로드의 중개상 역할을 해왔다. 소그드인들은 타고난 장사꾼이었다. 『신당서』「서역전」을 비롯한 중국의 기록에는 그네들의 풍습에 대해 한결같이 다음과 비슷한 사실을 전하고 있다.

소그드인들은 아이를 낳으면 반드시 꿀을 먹이고 손에 아교를 쥐여준다. 이는 이 아이가 장성해서 입으로는 달콤한 말을 하고 아교가 물건을 달라붙게 하듯이 손에 돈이 달라붙으라는 염원이 들어 있는 것이다. (…) 그들은 누구나 장사에 능하며 지극히 적은 이윤이라도 다툰다. 사내아이가 스무 살이 되면 다른 나라로 보내는데 중국에도 온다. 이익이 있는 곳이라면 가지 않는 곳이 없다.

이들은 아무리 사소한 일에도 계약서를 작성할 정도로 일상생활에서도 거래를 분명히 했다고 한다. 8세기에 소그드 100여 가구가 삼면이 높은 봉우리로 둘러싸인 타지키스탄의 무그산으로 피난을 갔는데 무슬림 군대가 기어이 추격해와 이들을 전멸시킨 일이 있었다. 그런데 이 비극적인 유적지에서 1932년 한 양치기가 버드나무로 짠 바구니를 발견했는데, 그 안에서는 소그드어로 쓰인 혼인계약서가 하나 나왔다고 한다.

신랑 우테진은 신부 최태를 맞아 사랑하고 존경할 것이며, 신부

도 그렇게 할 것이다. 남편이 아내의 동의 없이 다른 여자를 취하면 아내에게 30드라크마를 지불해야 한다. 하지만 남편이 아내를 더 이상 원하지 않으면 아내가 가져온 모든 물건을 돌려주고 이혼해야 한다. 아내도 마찬가지다. 서기 710년 3월 25일 작성.

소그드 상인들은 4세기부터 동쪽의 중국, 북쪽의 유목국가들, 서쪽의 이슬람제국과 거래하며 방대한 상업망을 구축하기 시작했다. 이들은 낙타에 짐을 싣고 오아시스의 길, 초원의 길을 따라 이동하면서 도적 등 안전에 대한 대비로 장사 집단을 꾸렸다. 이를 카라반

| 사막을 지나가는 카라반 | 소그드 상인들은 4세기부터 낙타에 짐을 싣고 오아시스의 길, 초원의 길을 따라 이동하면서 도적 등 안전에 대한 대비로 장사 집단, 즉 카라반(대상)을 꾸렸다.

(caravane)이라고 하며 중국에서는 대상(隊商)이라고 불렀다. 6세기부터 8세기 사이, 중국으로는 당나라 시대이고 사마르칸트에 아프라시압(Afrasiab) 궁궐이 있었을 때가 소그드 카라반의 전성기였다.

발레리 한센은 통행증에 기록된 카라반의 규모가 대개 사람 4~5명에 동물 10마리 정도로 소규모였다며 흔히들 생각해왔던 것처럼 사적인 원거리 무역이 아니라 관이 주도하는 무역이었다고 했다. 그러나 일본의 대표적인 실크로드 연구가인 나가사와 가즈토시(長澤和俊)는 『동서문화의 교류』에서 카라반의 편성은 재력과 용도에 따라 각기 다르지만 편성 그 자체에는 일정한 규칙이 있었고, 20세기 초 내몽골 지역에 남아 있던 대상들을 보면 20마리를 최소 단위로 하여 이를 1연(練)이라고 하는데 한 사람의 낙타몰이꾼, 이른바 타부(駝夫)의 책임 두수였다며 다음과 같이 말하고 있다.

대개 300두로 하나의 대상을 이룬다. 300두 중 4분의 3이 상품을 싣고, 나머지 4분의 1이 식료품, 음료수, 일용품, 파오(천막) 등의 운반에 사용되었다.

그들은 중국의 비단, 인도의 후추, 페르시아의 은제품을 다른 지역에 팔아 막대한 부를 축적했다. 거래에는 동전과 함께 염색하지 않은 '평직 비단'을 화폐로 사용했는데 동전에 비해 비단이 장점이 많았다고 한다. 우선 동전의 가치는 유동적인 반면에 비단 가격은 안정적이었고 비단이 동전보다 가벼웠다고 한다.

소그드인의 거점 도시

소그드인은 실크로드에서 활약하면서 소그디아나에서 중국 장안에 이르기까지 많은 거점 도시를 만들었다. 이는 '통상을 위한 이주'(trade diaspora)이거나 '상업 식민 취락'(trade colony)이었다고 한다.(정재훈 『돌궐 유목 제국사』, 사계절 2016 참고)

이렇게 정착한 소그드인들은 장사뿐만 아니라 농업에 종사하기도 하고 혹은 여관을 운영하거나 그림을 그리거나 군인이 되는 등 여러 직업을 가졌으며 중간 무역상과 고리대금업자도 나타났다고 한다. 이

| 당나라 삼채도용 | 낙타를 탄 소그드인 상인들의 모습을 재미있고 생생하게 조각한 삼채 도용이다. 당나라 장안에서 소그드인의 인기를 알아볼 수 있다. 중국국가박물관 소장.

거점 도시가 있음으로 해서 소그드 대상들의 상품 무역은 지역 단위로 오랫동안 지속될 수 있었던 것이다. 흔히들 카라반들이 낙타를 몰고 실크로드 전 구간을 누볐으리라 상상하지만 그런 상인은 거의 없었다고 한다.

소그드인들의 거점 도시는 문서로도 증명되었다. 오렐 스타인은 돈황 근처의 군대 감시초소를 발굴하던 중 소그드어로 쓰인 편지 8통이 든 우편가방을 발견했는데 313년 무렵에 쓰인 이 편지들을 통해 4세기 초에는 이미 소그드인 공동체가 낙양, 장안, 난주, 무위, 주천, 돈황까지 형성되어 있었음을 알 수 있었다고 한다. 그리고 그중 한 편지에 40명의 소그드인이 사는 정착지 어느 곳과 사마르칸트 출신 100명의 자유민에 대한 언급이 있다고 한다.(『실크로드: 7개의 도시』 참고)

구체적인 예로 많은 소그드인들이 투르판에 영구 정착했다. 4세기부터 투르판에 자리 잡기 시작했는데 그 수는 651년 사산제국이 멸망한 뒤 그리고 712년 이슬람이 사마르칸트를 점령한 후 소그드 피난민이 생기면서 급격하게 늘어나 전성기를 이루었다고 한다. 최근 고창 고성 동북쪽 한 마을에서는 80기가 넘는 소그드인 무덤이 발견되었는데 중국식 묘비에 적힌 이름으로 이를 밝혀낼 수 있었다고 한다.

소그드인의 출신지는 그 사람의 중국식 이름을 보면 알 수 있었다. 사마르칸트 출신은 강(康), 부하라 출신은 안(安), 키슈 출신은 사(史) 등 아홉 가지 성이 있었다. 소그드를 소무(昭武)라 하여 이들을 '소무 9성'이라고 불렀다. 양귀비를 죽음으로 몬 안사의 난의 지도자 안녹산과 사사명도 소그드인의 피를 이어받은 안씨와 사씨였다.

신라오기의 소그드, '속독'

실크로드를 따라 곳곳에 이주해와 정착했던 소그드인들은 자신들의 장사가 원활히 이루어질 수 있도록 흉노·돌궐·위구르 등 유목제국, 여러 오아시스 국가, 그리고 중국과 여러모로 적극 협력했다. 그들에게 많은 정보를 제공해주었고 정치적으로 자문도 해주었으며 파견 사절 역할을 대신해주기도 했다. 특히 돌궐제국은 자신들이 확보한 물자를 중국과 서쪽의 막강한 시장에 판매해 부를 꾀하기 위해 소그드 상인과 결탁했다. 이리하여 그전까지 유목 세력이었던

| 경주 용강동 출토 호인상 | 경주 용강동 고분에서 출토된 이 도용은 누가 보아도 소그드인의 모습이다. 카라반의 전성기에 소그드인이 고구려, 신라와도 무역했음을 증명해준다.

돌궐은 소그드 상인들과의 정경유착을 통해 새로운 교역국가로 도약할 수 있었다고 한다.(『돌궐 유목 제국사』참고)

인구 1백만 명이라는 당나라 시대 장안에는 수천 명의 소그드인과 이란인, 투르크인이 모여 살고 있었다. 중국인들은 이들을 일괄해 호인(胡人)이라 불렀다. 이들은 국제 무역뿐만 아니라 안사의 난에서도

| **사마르칸트 아프라시압 유적지 벽화** | 7세기로 추정되는 시기에 소그드 왕이 외국사신을 맞이하는 장면을 그린 대형 벽화인데 조우관을 쓴 인물은 고구려 사신으로 생각된다.

보여주듯이 정치에도 관여했다. 그리고 이들이 가져온 종교, 문화, 예술 등에 관한 정보는 당나라 장안을 국제도시로 만드는 데 결정적 역할을 했다. 조로아스터교, 네스토리우스교, 마니교 등이 이들을 통해 전래되었고 음식과 과일, 일상품뿐만 아니라 이색적이고 흥겨운 음악, 춤, 연희를 공급받았다. 당나라 정부는 이 국제문화를 향유하기 위해 엄청난 양의 비단과 동전을 물자 수입에 투입했는데 그때가 소그드 카라반들의 전성기였다.

당나라의 국제문화는 주변국으로 퍼져 우리 고구려, 신라도 여기에 동참했음이 여러 가지로 증명되고 있다. 소그드인으로 대표되는 호인이 경주 괘릉의 서역인 무인상으로 등장하고, 경주 용강동 석실분에서 출토된 「호인도용(胡人陶俑)」은 누가 보아도 소그드인을 연상케 한다. 그리고 최치원의 「신라오기」 중 하나인 가면극 속독(束毒)은 바로 소그드의 한자 표기인 것이다.

쑥대머리 파란 얼굴 저것 좀 보소	蓬頭藍面異人間
짝과 함께 뜰에 와서 원앙춤 추네	押隊來庭學舞鸞
북소리 두둥둥둥 바람은 살랑살랑	打鼓冬冬風瑟瑟
이리저리 뛰어다니며 끝없이 춤춘다네	南奔西躍也無端

우즈베키스탄 사마르칸트의 아프라시압 유적지에서 1965년에 발견된 벽화는 660년 무렵 소그드 왕이 외교사절을 맞이하는 그림인데 여기에 고구려 사신으로 추정되는, 조우관(鳥羽冠)을 쓴 인물 그림이 있어 우리나라와 소그드의 오랜 인연을 말해준다.

이런 소그드였다. 소그디아나가 이슬람에 점령된 이후에도 소그드 대상들의 활약은 그들이 만들어놓은 식민 도시를 매개로 하여 지속되었다. 그러나 이슬람의 동방진출은 집요하고 잔인해 피난민들을 파미르고원 높은 산까지 쫓아가 전멸시켰다. 모국을 잃은 식민 도시는 결국 그 지역에 흡수돼 소그드의 정체성이 사라져버릴 수밖에 없었다.

소그디아나는 다른 중앙아시아 국가들과 마찬가지로 칭기즈칸의 몽골에 의해 초토화되었다. 훗날 티무르황제가 등장해 1370년 사마르칸트를 수도로 티무르제국(1369~1508)을 건설했지만 그는 자칭 타칭 칭기즈칸의 후예였지 소그드가 아니었다. 그리고 그때는 해양 실크로드의 발전으로 사실상 오아시스의 길과 초원의 길은 유명무실해졌다. NHK 다큐멘터리 「실크로드」의 '제11부: 소그드 상인을 찾아서' 편을 보면 오늘날 남아 있는 소그드인을 추적하여 취재한 결과 이슬람의 추격을 피해 무그산에 숨어 있다가 간신히 살아남은 몇 명의 후예를 만날 수 있었고, 그들 말에 의하면 오늘날 3~4천 명 정도가 타지키스탄의 야그노브 지역에 살고 있다고 한다.

모래바람을 막는 식피대

나의 소그드 이야기가 끝난 것은 11시 30분쯤이었는데 그때 나타난 길가의 입간판에는 '호탄(和田) 558킬로미터'라고 쓰여 있었다. 우리의 버스는 지평선이 보이는 들판을 달리고 있었는데 멀리 오른쪽 창밖으로 포플러가 줄지어 따라왔다. 지도를 보니 이 길은 사뭇 타림강을 따라 나 있는 것이었다. 그리고 신 사막공로가 시작되는 아라얼시부터 줄기차게 남쪽으로 달리는데 지도를 보니 호탄에서 흘러내려오는 호탄강이다.

가다가 보이는 것은 안내판뿐이다. 그렇게 또 얼마쯤 가니 길가에 '아러러 복무소(服務所) 100킬로미터'라고 쓰여 있다. 복무소는 휴게소인데, 앞으로 100킬로미터까지 아무것도 없다는 뜻이었다. 아러러는 우리로 치면 면(面)에 해당하는 작은 고을(鄕)이다. 우리는 그곳 간이휴게소에서 점심을 먹기로 되어 있다. 이때부터 우리의 버스는 본격적으로 타클라마칸사막을 달렸다. 길가엔 지평선 닿는 데까지 사막

| 식피대 | 신 사막공로 도로변에는 방풍림 대신 갈대를 가로세로로 줄지어 심어 모래가 도로로 넘어오지 못하게 했다. 이를 식피대라 하는데 마치 모래밭에서 갈대가 자라는 것 같았다.

이 펼쳐진다. 그런데 사막공로 도로변에 있다는 유명한 수정방(水井房)이 보이지 않는다. 가이드에게 물으니 신 사막공로엔 수정방이 없다고 한다.

처음 룬타이에서 민풍까지 사막공로를 개설했을 때는 사막의 모래가 바람에 휩쓸려 아스팔트 도로를 덮어버리는 것을 방지할 대책으로 수정방을 설치했다. 수정방은 펌프로 물을 끌어올리는 '우물집'으로 사막공로 522킬로미터에 방풍림을 심기 위해 약 5킬로미터 간격으로 모두 108개의 수정방을 설치했는데 다른 이름으로 '부부방'이라고도 한다. 이런 이름이 붙은 것은 수정방에서 파이프로 물을 끌어 나무에 물을 주는 관리 업무가 대개 신혼부부에 배당되었기 때문이란다. 이 수정방 제도로 사막공로 길가엔 방풍림이 줄지어 있는 것을 볼 수 있단다.

그런데 우리가 가는 신 사막공로 도로변에는 방풍림 대신 갈대를 가로세로로 바둑판처럼 줄지어 심어 모래가 도로로 넘어오지 못하게 해두었다. 이를 식피대(植被帶)라고 한다는데 네모반듯한 구획 속에 모래가 갇혀 있는 것이 마치 모래밭에 갈대가 자라는 듯 보였다.

가도 가도 지평선이 저 멀리에서 가물거리고 길가엔 식피대가 끊임없이 이어지며 둔덕엔 듬성듬성 풀과 키 작은 나무가 성글게 자라고 있다. 사막에 나는 풀이라고 해봐야 낙타풀과 홍류 그리고 야생대추나무〔沙棖棗〕 정도일 것이 분명한데 지금 차창으로 보이는 것은 홍류였다.

홍류(紅柳, Chinese tamarisk)는 키 작은 나무, 이른바 관목으로 키는 1~2미터 정도지만 뿌리는 5미터 이상 깊숙이 뻗어 있다고 한다. 생긴 것은 싸리나무 비슷한데 황량한 사막에서 살아남은 나무인지라 잎도 꽃도 거칠어 보인다. 그러나 아무렇게나 피어 바람에 흔들리는 보랏빛 꽃이 삭막한 사막에 어울리는 순정을 느끼게 한다. 낙타는 홍류의 새순을 아주 좋아해 봄여름에는 홍류 잎을 즐겨 먹지만 가을에는 딱딱해서 먹지 않는다고 한다. 그 대신 주로 겨울에 사막을 탐험했던 스벤 헤딘이나 오렐 스타인은 이 홍류를 만나면 그렇게 반가워하며 "오늘은 타마리스크를 한 다발 베어와 모닥불을 지폈다"라고 일기에 남길 정도였다. 아무튼 사막에서 자라는 것이라면 낙타풀이든 홍류든 또는 사막대추든 '사막은 살아 있다'라고 말해주는 것이어서 따스한 시정을 던져준다.

| 홍류 | 키가 1~2미터 정도인 관목이지만 뿌리는 5미터 이상 깊숙이 뻗어 있다 바람에 흔들리는 보랏빛 꽃이 삭막한 사막에 어울리는 순정을 느끼게 한다. 낙타는 봄여름의 홍류 잎을 즐겨 먹는다고 한다.

그러던 중 이따금 늠름하고 넉넉하게 자란 호양나무가 나타나면 더욱 반가웠다. 텔레비전에서 「동물의 세계」 같은 프로그램을 시청하다 아프리카 초원에 우리나라 자귀나무 비슷한 나무가 한 그루 서 있는 것을 보았을 때 오는 정감과 그리움의 감정이 일어난다. 나는 시간을 지체하면 안 된다는 것을 알면서도 기어이 가이드에게 저 멀리 보이는 호양나무 아래에 차를 세워달라고 부탁했다.

호양나무 아래에서

그러지 않아도 쿠차를 떠나면서 가장 서운했던 것은 호양림을 보지

| 사막 속의 호양나무 | 사막 둔덕 곳곳에서 듬성듬성 자라고 있는 호양나무가 삭막한 타클라마칸사막에 온기를 불러일으킨다.

못한 것이었다. 호양나무는 은행나무와 견줄 정도로 생명력이 강한 교목으로 '살아 있는 화석의 나무'로 불린다. 호양나무는 메마른 땅, 모래바람, 가뭄, 추위, 소금기 등 식물 생태의 모든 악영향에도 강하여 "살아 천 년을 죽지 않고 죽어 천 년을 쓰러지지 않으며 쓰러져서 천 년을 썩지 않는다(長生不死一千年 死了不倒一千年 倒了不爛一千年)"는 전설을 낳았다. 그 척박한 환경에서도 자라주기 때문에 여기서는 영웅나무라고 칭송하고 있단다.

　호양나무는 중형 교목이라 키는 10~20미터 정도 자라고, 수령은 전설과 달리 약 200년 정도 되는데 중국 호양나무의 90%가 신강성에 있고, 신강성 호양나무의 90%가 이곳 타림분지에 있다고 한다.

| **타림강변의 호양나무** | 호양나무는 메마른 땅, 모래바람, 가뭄, 추위, 소금기 등 식물 생태의 모든 악영향에 강해 '영웅 나무'로 칭송받는다. 목재로서도 훌륭하지만 낙엽이 곱고 아름답기로 유명하다.

내가 호양나무에 큰 애정을 느끼는 것은 우리나라 느티나무처럼 수형이 늠름하고 노란 단풍도 아름답고, 특히 그 줄기의 강인함 때문이다. 온갖 풍상을 이겨낸 나무만이 가질 수 있는 깊은 주름에서 힘과 관용이 동시에 느껴진다. 실제 목재로서 호양나무는 가벼우면서 강해 소목장들이 아주 선호한다고 하는데 나는 이보다도 무려 4천 년 전의 누란, 니야 유적지의 옛 무덤에 서 있는 기둥들이 호양나무인 것에 놀라움과 감동을 느끼며 좋아한다.

호양나무는 건조한 사막뿐만 아니라 습기가 많은 소택지(沼澤地)에서는 더욱더 잘 자라 쿠차 옆 고을로 우리가 검문을 심하게 받았던 사야현과 한나라 때 서역도호부를 설치했던 룬타이현의 타림 강변 호양림은 신강성의 제일가는 풍광의 하나로 꼽힌다. 호양나무는 그 노란 단풍이 그야말로 환상적이라고 생각되는데 전하는 말로는 2015년 이래로 타클라마칸사막엔 수정 같은 서리가 내려 죽음의 바다에서 호양나무가 동화 속의 은세계처럼 은백색으로 분장했다며 2016년 1월 14일 날짜까지 박은 사진으로 자랑하고 있다.

쉬는 시간도 공부의 연장이라는 주장이 있는데 답사에서는 휴식 시간이 답사의 연장이다. 긴 시간 버스에 앉아만 있다가 호양나무 그늘 아래서 사막의 바람을 쐬며 모래언덕의 아름다운 능선이 겹겹이 멀어져가는 것을 바라보면서 여유를 누린 것은 타클라마칸사막 답사에서 잊을 수 없는 추억의 한 장면으로 지금도 남아 있다.

다시 사막을 간다

다시 신 사막공로를 달려 우리가 마침내 처음이자 마지막으로 만나는 아러러 휴게소에 도착했다. 아러러는 카자흐어로 '섬'이라는 뜻이란다. 이 작은 고을이 마치 황량한 사막 속에 사람이 사는 섬처럼 생각되어 얻은 이름인 모양이다. 우리가 아러러 휴게소에 도착한 것은 오후 2시 5분 전이었다. 예정보다 한 시간이 지체되었으니 부지런히 먹고 30분 후 떠나기로 했다. 메뉴가 반면이라는 비빔국수이기 때문에 오래 걸릴 이유도 없었다.

점심식사를 마치고 아러러 휴게소의 분위기를 보러 먼저 밖으로 나오니 입구에는 타림분지 지도가 있고, 그 옆에 관광 안내판이 크게 세워져 있는데 그 옆에는 사이비 종교, 여기 말로 비법종교(非法宗教)

| **신 사막공로 아러러 휴게소** | 아러러는 카자흐어로 '섬'이라는 뜻이란다. 이 작은 고을이 마치 황량한 사막 속에 사람이 사는 섬처럼 생각되어 얻은 이름인 모양이다.

26개 고지판이 있었다. 중국 답사 때 촌으로 가면 이런 비법종교 고지판을 자주 만나곤 한다. 낙양 답사 때 송나라 시대 청자 가마를 답사하면서 본 바로는 사이비 기독교가 대세였는데 여기서는 대부분이 이슬람에 뿌리를 둔 것이고 사이비 불교와 사이비 기독교도 몇 개 있었다. 그 옛날 백백교, 백련교, 태평교, 배상제교처럼 사이비 종교가 끊이지 않는 것이 중국 사회의 심연을 보여주는 것만 같았다.

그렇게 사방을 두리번거리다 길 건너 사막으로 건너가볼까 하는데 갑자기 일진광풍이 일어나면서 검은 아스팔트 위로 누런 모래를 뿌리고 지나간다. 겁이 나서 얼른 버스 뒤로 숨어 바람이 지나가기를 기다리는데 이번에는 반대방향에서 바람이 일어 빗자루질하듯이 휩쓸고

| **반면** | 중국식 비빔국수인 반면은 휴게소에서 요기하기에 딱이다.

지나간다. 바닥에 깔린 모래가 S자를 그리며 미끄러지듯 퍼져가는데 그 위로 또 한 번 모래가 덮인다. 그렇게 몇 차례 반복하더니 다시 볕이 나면서 언제 그랬느냐는 듯 사위는 조용하고 광풍이 지나간 자취만 아스팔트 위에 가볍게 남아 있었다. 마치 샌드아트의 한 장면 같았다.

식사를 마치고 뒤늦게 나온 회원들에게 순간 있었던 일을 얘기하니 모두들 믿으려 하지 않았다. 내가 가이드에게 그게 카라부란이냐고 물으니 그건 그냥 수시로 일어나는 황사일 뿐 카라부란이면 서 있지를 못한다고 한다.

2시 30분 우리는 다시 버스에 올라 호탄을 향하여 출발했다. 창밖을 바라보니 지평선을 향해 펼쳐지는 사막의 능선이 오후의 양광을 받으면서 더 고운 빛을 발하는 것 같았다. 사구의 능선만 겹겹이 파도처럼 출렁이다가 호양나무가 점점이 나타나기도 하고 모래받이 식피대가 검은 비닐망사로 쳐져 마치 바닷가 가두리 양식장처럼 보이기도 한다. 그게 사막의 표정이었다.

그런데 갑자기 버스 앞 유리창에 빗방울이 가볍게 듣기 시작했다. 나는 "비가 온다!"라고 소리쳤다. 빗방울이 계속 떨어지면서 사막의 노란 빛깔이 점점 짙어지더니 진한 갈색으로 변하고 있었다. 그 색깔이 점점 짙어져가는 그러데이션이 신기하기만 했다. 가이드가 이번 답사 팀 중에 누가 3대를 두고 공덕을 쌓아 1년에 16밀리미터밖에 오지 않는 비를 경험하고 가느냐며, 자신도 가이드 10년 만에 처음이라고 했다. 그런데 한 3, 4분이나 지났을까. 언제 그랬느냐는 듯이 빗방울은 멎었고 우리가 앞으로 갈수록 물기를 머금은 진한 갈색의 사막이 다시 샛노란빛을 회복해갔다.

그리고 우리는 조용히 휴식을 취하며 사막을 달렸다. 점심 후인지라 다들 한참 곤하게 자고 있는데 갑자기 버스가 서는 바람에 모두 깨었다. 또 검문이란다. 이번에는 공안이 올라와 사람마다 얼굴 사진을 찍으며 여권과 대조를 한다. 우리는 무슨 잘못이라도 저지른 사람들처럼 공안이 내려갈 때까지 숨죽이고 가만히 있었다. 공안이 버스에서 내려간 뒤에도 우리는 출발할 수 없었다. 30분은 기다렸을 것이다. 가이드가 여권과 검문소 확인을 받은 답사객 명단이 쓰인 종이쪽지를 갖고 돌아온 다음에야 출발할 수 있었다. 어떤 회원은 이건 소그드 카라반보다 더 심하게 검문하는 거 아니냐고 볼멘소리를 했다.

타클라마칸사막 속에서

그리고 우리는 또 한참을 갔다. 시계를 보니 오후 4시 조금 지났을 때 길가에 '호탄 249킬로미터'라는 표지판이 나왔다. 이제 반 조금 더 온 셈이었다. 차창 밖으로 보는 타클라마칸사막의 풍광은 변하는 것이 없었다. 그리고 30분쯤 갔는데 우리의 버스가 또 정거했다. 이번에도 검문인가 했는데 사막 체험을 위한 정차였다. 가이드는 바람막이

옷 챙겨 입고 머플러와 모자 잊지 말고 길 건너오라고 안내한다. 모두들 이 순간을 기다렸다는 듯이 저마다 중무장을 하고 사막으로 들어갈 차비를 하는데 가이드는 방향을 잃어버리지 말고 너무 깊숙이 들어가지만 말라며 30분 후에 다시 출발하자고 했다.

우리는 각자 알아서 사막 속으로 향했다. 모래언덕은 위쪽일수록 단단하고 아래쪽은 발이 빠질 정도로 흐물흐물했다. 모래언덕의 능선이 칼날처럼 휘어 돌아갔는데도 허물어지지 않는 것이 신기했다. 대상들이 낙타를 몰 때 사구의 언덕 능선만 따라가는 이유가 있었던 것이다. 이곳 사막의 모래는 아주 보드라웠다. 명사산의 모래, 쿰타크사막의 모래 다 만져보았지만 여기 모래가 더 고왔다. 토건회사를 경영하는 후배 형선이는 이 모래를 손에 쥐어 날려보면서 세상에 공사판에서 쓰는 모래로 이거보다 좋은 건 없을 텐데 이걸 옮기는 물류가 없는 것이 아쉽다며 멋쩍게 웃었다. 우리는 과연 토건회사 사장답다고 하며 더 웃었다.

나는 능선 하나를 돌아서 다음 모래언덕으로 넘어갔다. 저 멀리 사구의 능선이 파도처럼 굽이치는 모습을 더 실감 나게 카메라에 담고 싶어 안쪽으로 들어갔다. 사방 어디에서도 모래언덕의 능선만 보이는 곳을 찾아 언덕 아래로 내려가보았다. 그리고 다시 능선으로 올라와 저 멀리서 재동이가 스케치하는 곳을 이정표로 삼고 다시 언덕 아래로 내려가 길게 누워 빈 하늘을 올려다보았다. 제주도 다랑쉬오름의 굼부리에서 하늘을 본 이래 처음으로 능선 너머의 푸른 하늘을 보았다. 천지가 조용하고 몸에 닿는 모래의 촉감이 보드라워 일어나기 싫

| 사막의 모래언덕 | 끝없이 펼쳐진 모래바다를 보면 공포와 아름다움이 동시에 느껴진다. 진정한 탐험가라면 절대로 이 죽음의 사막에 도전하는 것을 거부하지 못하리라는 생각이 들었다.

었다. 사위가 고요하니 약간 무서웠다.

다시 일어나 모래언덕 능선 높은 곳으로 올라와 파도가 굽이치는 문양을 그리면서 멀어져가는 사막 깊숙한 곳을 망연히 바라보고 있자니 진정한 탐험가라면 절대로 이 죽음의 사막에 도전하는 것을 거부하지 못하리라는 생각이 들었다. 스벤 헤딘은 거대한 모래 바다가 자신을 향해 손짓하는 것을 거역할 수 없었다며 이렇게 말했다.

저 너머 지평선의 끝에는 고귀한 사구들이 부드러운 곡선을 그리며 솟아 있었다. 나는 그것들을 아무리 보아도 싫증이 나지 않았다.

그리고 그 너머 무덤 속 같은 침묵의 바다 속에 펼쳐져 있는 그 미지의 (…) 아직 아무도 밟아보지 못한 그 땅이 나를 기다리고 있었다.(『실크로드의 악마들』)

오렐 스타인은 단단윌릭 유적지를 찾아 탐험길에 오르면서 어느 날 밤 산기슭의 캠프에서 달빛에 비친 수백 미터 아래의 타클라마칸사막을 이렇게 묘사했다.

마치 나는 끝없는 평원에 펼쳐진 광대한 도시의 불빛을 내려다보고 있는 듯했다. 저곳이 진정 어떤 생명도, 인간이 존재할 어떤 희망도 허용하지 않은 공포의 사막이란 말인가. 나는 이런 매혹적인 광채를 다시 본 적이 없다. 텐트로 들어가 추위에 벌벌 떨면서 오랫동안 소식을 전하지 못한 먼 곳의 벗들에게 크리스마스 편지를 쓰고 있는 동안에도 나는 그 영상을 쉽사리 떨쳐버릴 수가 없었다.(『실크로드의 악마들』)

그래서 스타인은 간단히 식사를 끝내고 "저 아래 마법의 도시를 마지막으로 한 번 더 바라본 뒤" 잠자리에 들었다고 한다. 탐험가들에게 타클라마칸사막은 이처럼 공포와 아름다움이 계속 교차하는 곳이었다. 스벤 헤딘은 자서전에서 이렇게 회고했다.

해가 질 때의 풍경은 장관이었다. 진홍색으로 불타는 하늘을 배경으로 푸르스름한 보라색 구름밭이 유독 두드러졌는데, 위쪽 가장자리는 황금색으로 흐릿하게 빛나고 아랫부분은 사막 모래처럼 누런색이었다. 파도를 닮은 곡선의 모래언덕들은 붉게 타는 저녁 하늘을 배경으로 시커먼 실루엣을 남겼다. 동쪽에서는 살인적으로 추운 새 밤이 반짝이는 별들을 데리고 시커멓게 사막 위로 솟아올랐다.

(이튿날) 기온은 영하 20도까지 떨어졌다. (…) 간밤의 그 모든 아름다움은 흔적도 없었다. 불길한 잿빛 황야가 우리를 둘러쌌고, 바람도 강했다.(『마지막 탐험가』)

나는 스벤 헤딘과 오렐 스타인의 이런 글을 읽으면서 탐험가로서 이들의 성공에는 뛰어난 문장력이 한몫했다고 생각한다. 그러나 이것이 그들의 타고난 글솜씨인지 대상의 공포와 아름다움이 영감을 주었던 것인지는 알 수 없다. 다만 이들의 저서를 샅샅이 뒤져 명문들을 끄집어낸 『실크로드의 악마들』의 저자 피터 홉커크 또한 대단한 문필가로 많은 문학상을 수상할 만했다고 감탄해 마지않는다.

래티모어의 『투르키스탄으로 가는 사막의 길』

우리는 다시 버스에 올라 호탄을 향해 떠났다. 저마다 사막을 체험하고 돌아온 뒤끝인지라 무언가 마음이 묵직했다. 다른 때 같으면 휴식 후 버스에 오르면 즐거운 얘기가 오가고 떠날 때 준비해온 맛있는 간식을 나눠주거나 투르판 건포도나 쿠차의 말린 살구처럼 현지에서 조달한 주전부리를 봉지째로 뒤로 넘겨 돌려가며 나눠 먹곤 했건만,

이번엔 차 안에 무거운 침묵이 감돌았다. 사막이 안겨준 자연에 대한 두려움과 경외였다. 그리고 그 침묵을 깬 것은 재동이었다.

"형님들, 사막 속에 들어가서 무섭지 않았어요? 난 스케치한다고 이리저리 옮겨 다니다가 나중엔 방향을 잃어 식은땀 뺐네요. 차도 기차도 없던 시절에 이 사막을 건너가는 인생이 있었다는 것이 신기하고 믿기지 않네요."

"그래서 내가 뭐라고 하던가. 죽음의 사막을 뚫은 것은 돈과 신앙뿐이라고. 소그드 상인 장사꾼과 불경을 구하러 천축으로 가는 입축승뿐이었지."

"아, 그러네요. 돈과 신앙이라……"

재동이는 뭔가 깊이 짚이는 것이 있는지 가만히 '돈과 신앙'을 되새김하다가는 갑자기 무언가 생각난 듯이 내게 물었다.

"형, 돈과 신앙 말고 혹시 사랑은 없었을까? 그런 게 있으면 영화 같을 텐데."

"음…… 생각나는 게 하나 있네."

나는 답사객들이 피곤하여 곧 잠들 것 같아서 재동이에게만 조용히 미국의 초기 중국연구자 오언 래티모어(Owen Lattimore, 1900~1989) 부부의 신혼 때 이야기를 해주었다. 래티모어는 리영희 선생의 『8억인과의 대화』(창작과비평사 1977)에도 나오는 진보적인 중국학 학자로 매카시 선풍 때 공산당으로 몰려 곤혹을 치르기도 했고, 태평양전쟁 중엔 루즈벨트 대통령의 소개로 장개석의 정치고문을 지낸 사람이다.

그는 제2차 세계대전 종전 후 아시아의 국제질서에 대해 일본은 천황제를 없애야 군국주의의 뿌리를 뽑을 수 있고 한국은 독립시켜야 한다는 견해를 피력했다고 한다. 나는 이분이 쓴『중국통사』(*China: A short History*, 1947, 한국어판 동아서원 1984)라는 책을 아주 감동 깊이 읽어서 종종 인용도 하는데『투르키스탄으로 가는 사막의 길』(*The Desert Road to Turkestan*, 1928)을 보고서 그의 젊은 시절이 너무도 흥미진진하고 존경스러웠다. 이 책은 내용보다도 쓰여진 과정이 더 드라마틱하다.

래티모어는 1900년 미국에서 태어났는데 첫돌배기 때 아버지가 중국(당시 청나라)에 신교육 교사로 초대되어 천진(天津)에서 12살까지 살고 스위스 학교에 들어갔다. 그런데 제1차 세계대전이 일어나면서 가정형편상 대학에 진학하지 못하고 중국으로 돌아와 천진의 영자신문사와 무역회사에서 일했다.

그러다 무역회사에서 양모를 운반하는 책임을 맡아 내몽골에 파견되어 카라반이 싣고 온 물건을 화차에 실어 천진으로 보내는 일을 했는데, 그때 카라반을 따라 그들과 함께 걷고 함께 잠을 자면서 직접 사막을 건너가보고 싶다는 로망을 갖게 되었다. 천진으로 돌아와 사표를 내니 회사 지배인은 단 1년만 북경에 가서 중국 정부와 관계되는 업무를 더 해달라고 했고, 이에 래티모어는 여행경비도 벌 겸 북경으로 가

| 오언 래티모어와 부인 엘리노어 | 미국의 중국학자인 래티모어는 신혼 시절 고비사막을 횡단했고, 부인은 남편을 만나러 북경에서 우루무치로 달려가 재회했다.

기로 했다. 그때 거기서 근무하는 동안 엘리노어를 만나 결혼했다.

그리고 그는 신혼 몇 개월 뒤인 1926년에 예정대로 카라반을 따라 고비사막으로 출발했다. 6개월간 진짜 카라반과 함께 사막을 건넜다. 그리고 우루무치에 도착하기 임박해서 북경에 있는 아내에게 전보를 쳤다. 그러자 엘리노어는 남편을 만나기 위해 기차와 자동차를 갈아타며 불철주야 달려가 천신만고 끝에 우루무치에 도착했고, 부부는 마침내 극적으로 재회했다. 그리고 이 부부는 여기서 투르판, 쿠차, 카슈가르를 거쳐 인도로 들어갔다.

이 길고 힘든 여행이 끝나고 2년 뒤 래티모어는 『투르키스탄으로 가는 사막의 길』을 펴냈다. 그런데 재미있는 것은 아내인 엘리노어도 『투르키스탄에서의 재회(再會)』(Turkistan Reunion, 1934)라는 책을 펴냈다는 사실이다. 래티모어가 정식 대학교육을 받은 것은 훨씬 뒤의 일로, 그는 하버드대학을 졸업한 뒤 외교관계 잡지 편집장을 지내다 대학교수, 연구소 소장이 되어 미국 내 초기 중국학 연구의 태두가 되었다. 여기까지 이야기하자 재동이가 말을 이어받았다.

"래티모어는 그냥 학자가 아니었네요."

"래티모어가 책을 펴내자 세계지리학회가 그를 초청해 강연회를 열었대요. 이때 래티모어는 자신이 스벤 헤딘, 오렐 스타인 책을 읽고 감동받아 고비사막을 다녀왔지만 자신이 한 것은 '탐험'이 아니라 시대에 뒤떨어진 '방랑'이었을 뿐이라고 전제하면서도 '학자들의 관념 속에 잘못 그려진 역사와 문화의 이미지를 바꿀 수 있는 가장 좋은 처방은 현장 답사'라고 일갈했대요. 그래서 그의 『중국통사』라는 책은 책상물림의 '학삐리'들은 절대로 쓸 수 없는 독특한 중국문화사 책이에요. 아주 싱싱해."

"그런데 형은 이런 얘기를 어떻게 알았어?"

"답사가 그냥 만고강산 유람하는 여행인 줄 아니? 자료를 조사하고 세상을 새롭게 인식한다는 점에서는 '답사학'이에요."

사막의 배, 낙타

다시 우리는 버스에 올라 호탄을 향해 질주했다. 아직도 4시간은 가야 한다. 회원들은 심심파적으로 마이크를 돌려가며 그간 살아온 이야기를 재미있게 나누었다. 이런 것을 여기서 다 옮기자면 타클라마칸 편 『데카메론』이 될 수도 있으리라. 특히 '친구보다 더 친한 후배' 형선이는 유신헌법 반대 투쟁을 벌이다 징역 15년을 선고받고 감옥생활을 했는데 1년 만에 형집행정지로 출소해 고향에 내려가 요양하던 중 집안 어른들께서 고문 후유증으로 다 망가진 몸에는 뱀이 좋다고 권해 산에서 날뱀을 잡아 탕으로 끓여 먹고 술로 담가 먹은 이야기를 들려주었다. 요즘에야 가당치 않은 이야기지만 당시만 해도 뱀은 최고의 몸보신 음식으로 통했고, 형선이도 그렇게 건강을 회복하고 나자 이 좋은 걸 세상 사람들이 몰라서 되겠느냐 싶어 뱀장사에 나섰다는 것이었다. 흥미진진한 옛날이야기와 더불어 요즘도 우리나라 산천에서 흔히 볼 수 있는 살모사, 능구렁이, 방울뱀, 꽃뱀 등 뱀의 종류와 생태, 독 있는 뱀 구별법 등을 들려줄 때는 우리끼리만 듣기에 너무 아까워 책으로 펴낼 것을 모두들 강권했다.

그때 누군가가 "낙타다!"라고 소리쳤다. 창밖으로 내다보니 야생 낙타 대여섯 마리가 길가 식피대까지 내려와 풀을 뜯고 있었다. 내가 조사한 바에 의하면 타클라마칸의 야생 낙타는 가축 낙타가 도망한 것으로 대개 4두에서 15두 정도가 무리 지어 살고 있다고 한다.

사실 실크로드 형성의 일등공신은 아무래도 낙타라 해야 할 것이다. 그 옛날 그 시절 낙타가 없었다면 아마도 실크로드 오아시스의 길은 열리지 못하고 말과 노새가 다니는 초원의 길이 발달했을 것이다. 우루무치 공항 로비에서는 '신강성의 8대 불가사의(新疆8大怪)'를 사진과 함께 선전하고 있는데 그중 3번은 '낙타가 차보다 빠르다(駱駝比車跑的快)'이다.

낙타는 아무것도 먹지 않고도 일주일을 거뜬히 지낼 수 있어 경주를 하면 단거리는 당연히 말이 앞서지만 장거리에서는 결국 낙타가 말을 이긴다고 한다. 낙타를 본 김에 나는 나가사와 가즈토시의 『동서

문화의 교류』를 읽으면서 아주 재미있고 유익해 메모해두었던 낙타의 생태를 회원들에게 읽어주었다. 나가사와는 오언 래티모어 등 직접 카라반 경험을 한 사람들로부터 들은 이야기라고 했다.

낙타는 몸길이가 약 1.8~2미터에 키는 3미터 정도이고 무게는 약 250~680킬로그램까지 나간다. 낙타는 사지가 장대하고 발끝은 두 발굽과 표면이 각질화된 커다란 둥근 발바닥으로 되어 있어 모래나 눈 위를 걷는 데 적합하다. 눈과 콧구멍은 자유로이 여닫을 수 있고 눈에는 긴 눈썹이 있으며 귀에도 털이 있어 모래바람에도 잘 견딘다.

낙타는 먹는 양이 적고 거친 것도 잘 먹는데 혀와 치아가 강인해 가시가 있는 단단한 식물도 잘 삼킨다. 어느 낙타는 주인의 오래된 천막을 살짝 먹어버린 경우도 있단다. 물 없이도 며칠간의 여행을 견디며 약간의 소금기 있는 염수나 탁한 물에도 태연하다.

낙타는 어리석고 매우 겁이 많아 놀라기 쉬워 참새 한 마리가 날아오고 토끼 한 마리가 뛰어도 카라반 전체가 큰 혼란에 빠지곤 한다. 늑대의 습격을 받으면 발길질 한번으로 쓰러뜨릴 수 있겠건만 방어할 줄을 모르고 겨우 째지는 목소리로 짖어대거나 침을 뱉어내는 게 다다. 낙타가 화가 나서 위에서 되새김하던 액체를 내뱉어 뿌리면 그 악취가 시궁창 썩은 물보다 심하고 오래간다.

낙타 새끼는 봄에 태어난다. 태어나자마자 하루 만에 움직일 수 있고, 거의 1년간 젖을 먹고 자라나는데 어미와 떼어놓기 위해 젖을 뗀 뒤 몇 개월 뒤에는 이동식 천막인 파오에 묶어둔다. 2세 때 코뚜레를 하고 사막여행을 시키며 3세에 타기 시작해 4세에는 작은 짐을 싣고 다니는데, 제일 일하기 좋은 나이는 5세부터 15세까지다. 수명은 25~30년이다.

낙타는 매일 30~40킬로미터를 7일간 계속해서 여행할 수 있다. 그러고 나서 하루는 쉰다. 물 없이 봄가을이면 7일, 여름철 혹서 때는 4일 견딘다. 낙타의 몸은 여러 가지 방법으로 수분을 절약하는 구조로 되어 있다. 예를 들어 콧구멍부터 윗입술에 이르는 홈은 코로부터 수분을 입속으로 돌려보내 겨울엔 식물에서 취하는 수분만으로 충분하며 물을 마실 때는 한번에 50~60리터를 마신다.

짐 무게는 적게는 120킬로그램, 많게는 180킬로그램을 좌우로 나누어 싣는다. 낙타는 낮 동안만 풀을 먹으며 밤에는 먹지 않기 때문에 몽골의 낙타몰이꾼은 주로 야간에 여행하고 낮에 쉰다. 큰 비나 눈이와 비바람이 얼굴에 부딪치면 낙타는 전진하지 않고 옆으로 엎드리기 때문에 카라반은 쉴 수밖에 없다.

낙타는 동절기에만 노역에 견디고 하절기에는 무력하여 전혀 노역을 견디지 못한다. 만약 하절기에 무리하게 사역하면 동절기에는 움직이기 어렵고 잘못하면 죽음에 이른다. 하절기는 낙타의 탈모기로 병에 걸리기 쉽다. 그래서 대상들이 낙타를 쓰는 기간은 동절기 반년이다. 동절기 6개월을 일하면 낙타는 대단히 수척해진다. 그래서 하절기에는 방목하여 가을에 다시 살찐 낙타를 모아 카라반을 편성한다.

타클라마칸사막의 형성 과정

모두들 낙타 얘기를 아주 재미있게 듣는 것이 역력히 보였다. 다른데서 했으면 그렇게 실감 나지 않았을 것이다. 그러나 타클라마칸사막이니까 한마디 한마디가 생생하게 느껴졌던 것 같다. 내가 낙타 얘기를 읽는 동안 만화가 재동이는 계속 낙타를 그리면서 재미있게 듣고는 맘에도 없는 말로 나를 골린다.

"형님, 낙타 얘기를 하려면 뱀장사처럼 생생하게 해야지 그렇게 낭독하니까 얘기에 힘이 없잖아요. 얘기 밑천이 다 떨어져서 공책에 써

온 거나 읽는 거 처음 보네. 천하의 이야기꾼 유아무개도 타클라마칸사막 종주에는 힘을 못 쓰네. 안 그래요, 형님. 그렇지 않으면 타클라마칸사막에 대해 얘기해봐요."

그러지 않아도 작년에 돈황 답사하면서 지리학자 기근도 교수에게 들은 타클라마칸사막의 생성에 관한 지리학의 이론을 회원들에게 이야기해주려던 참이었다. 그런데 또 공책을 보고 하면 재동이한테 한 방 먹을 것 같아 마이크를 손에 쥐고 뒤로 돌아 회원들 반응을 보면서 내 식으로 번안해서 이야기체로 시작했다.

"지구 덩어리가 태양에서 떨어져 나와 돌기 시작한 것은 약 45억 년 전이라고 합니다. 그때부터 지구의 바깥 표면은 식기 시작했습니다. 그러다 어느 순간 지구 표면은 쩍 갈라졌습니다. 마치 팥죽을 끓이다가 불을 끄면 위가 갈라지는 것과 마찬가지입니다."

팥죽 끓인다는 비유에 회원들이 재미있어하며 웃음을 머금었다.

"지구가 식으면서 올라간 수증기가 비를 퍼붓고 그 비가 갈라진 틈으로 들어가면서 지구 표면은 바다와 함께 몇 덩이로 나뉘게 됩니다. 유라시아 대륙이 가장 크고 남아메리카와 아프리카가 붙어 있다가 분리됩니다. 호주가 저 아래 있고 인도도 아프리카 쪽에 있었습니다. 이것이 그 유명한 판구조론입니다.

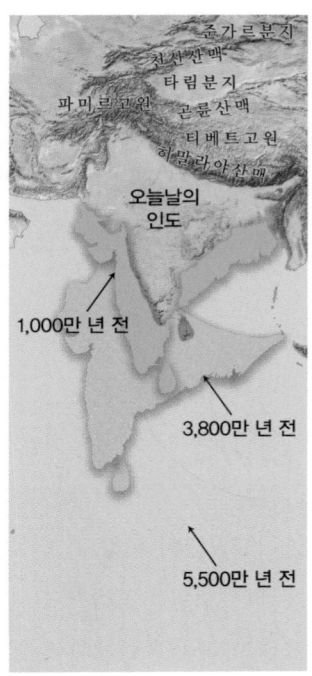

| **히말라야 산맥의 형성과정** | 5,500만 년 전부터 인도판이 유라시아 대륙판을 향해 올라오기 시작해 마침내 충돌하면서 히말라야산맥이 불쑥 솟아났다.

지구가 돌면서 이 여러 땅덩이들은 계속 움직이고 있는데 5,500만 년 전부터 본격적으로 저 밑에 있던 인도판이 유라시아 대륙판을 향해 올라오기 시작했습니다. 그러다 마침내 헤딩하면서 충돌했어요. 그래서 불쑥 솟아난 것이 히말라야산맥입니다. 그런데 그 충돌이 마치 승용차가 대형 덤프트럭을 들이받는 것 같아서 인도판이 아시아판 밑으로 끼어들어갔습니다. 출렁거린 것이죠."

나는 몸까지 써가면서 인도판의 헤딩을 강조했다. 그리고 핵심적인 사항인 '업앤다운'(up and down) 현상에 대해서는 몸짓을 더하며 이야기를 이어갔다.

"충돌은 한 번이었지만 그 여진이 업앤다운 운동으로 이어졌습니다. 그래서 남쪽은 데칸고원과 힌두스탄평원이 되었고, 북쪽을 보면 티베트고원으로 펑퍼짐하게 퍼지다가(down) 곤륜산맥으로 치솟았고(up), 다시 타림분지로 내려앉았다가(down) 천산산맥으로 출렁 치솟았고(up), 다시 준가르분지로 내려앉았습니다(down).

이것을 옛날 중국 사람들이 어떻게 알았는지 신강성의 강(彊) 자를 보면 활 궁(弓) 변은 파미르고원을 나타낸 것이고 한 일(一) 자는 산맥, 밭 전(田) 자는 고원과 분지를 의미해서 아래쪽부터 히말라야산맥(一)-티베트고원(田)-곤륜산맥(一)-타림분지(田)-천산산맥(一)으로 이어집니다."

모두들 나를 따라 손가락으로 그림을 그리면서 신기해했다.

"그리고 이렇게 지형이 완성되자 기후에 변화가 생겨서 남쪽은 몬순이 불어 인도양으로부터 습기를 공급받아 비가 많이 내리고, 북쪽은 히말라야산맥에 막혀 습기를 제공받지 못해서 아주 건조해지고 게다가 겨울철이면 고기압이 발달해 한랭 건조한 바람이 동아시아 쪽으로 불게 되면서 타림분지엔 타클라마칸사막이 생긴 것입니다."

나의 강의 아닌 이야기를 회원들은 아주 진지하게 듣는데 재동이는 또 재미있게 들으면서도 긴가민가하며 다 믿으려 하지 않고 여지없이 반기를 들었다.

"형님, 얘기 중 팥죽 끓이다 터지는 거 말고는 다 구라지?"
"아니, 팥죽 끓이는 것만 내가 한 얘기고 다 지리학의 판구조론이야."
"강(彊) 자 얘기두?"

"기근도 교수한테 들은 거야."

"어, 믿기 싫은데 믿어야 할 거 같네."

호탄강 전망대에서

그리고 우리는 쉼 없이 계속 신 사막공로를 남쪽으로 달렸는데, 호탄시에 왔음을 알리는 '호탄계(和田界)' 푯말이 있는 곳에 다다른 것이 밤 9시 11분이었다. 도중에 검문이 한 번 더 있었다. 13시간에 걸쳐 온 것이다. 그런데 신기한 것은 이곳 시각으로 저녁 9시가 넘었는데도 아직까지 해가 지지 않았다는 사실이다. 중국은 베이징을 기준으로 해서 전국을 동일 시간대로 사용하기 때문에 이곳은 사실상 서울보다 3시간이나 늦다.

호탄으로 들어가기 직전 가이드는 아무리 늦었어도 여기는 봐야 한다며 고맙게도 호탄강 전망대로 우리를 안내했다. 낮은 강변의 언덕이었는데 전망대에 오르자 강폭은 제법 넓으나 물은 거의 흐르지 않는 마른 강이 초승달 같은 곡선을 그리며 지평선 끝까지 이어간다. 사막만 보다가 만난 강이기에 더욱 정겹고 아름다웠다.

호탄강은 일명 녹옥강(綠玉河)이라 불린다. 곤륜산맥에서 발원하는 백옥강(白玉河)과 묵옥강(墨玉河) 두 개의 지류가 호탄 북쪽에서 합류해 호탄강이 되어 사뭇 북쪽으로 치달려 우리가 지나온 아라얼에서 타림강에 합류한다. 그래서 호탄강 자체의 길이는 318킬로미터지만 지류를 다 합하면 1,127킬로미터가 된다고 한다.

이리하여 마침내 우리는 그 유명한 서역남로의 오아시스 왕국, 옥

| 호탄강 전망대 | 사막공로를 지나 호탄으로 들어가기 직전에 호탄강을 넓게 조망할 수 있는 전망대가 있다. 마침내 호탄에 도착한 것이다.

의 고향인 호탄에 온 것이다. 우리가 호탄의 숙소에 도착한 것은 밤 9시 40분이었다. 옛사람들은 길이 없어 다니지 못했던 타클라마칸사막을 13시간 40분 만에 북에서 남으로 종주해 넘어온 것이다. 내일부터 우리는 어제까지의 천산남로가 아니라 곤륜산맥 북쪽 자락을 따라가는 서역남로를 답사하게 될 것이다.

전설이 미술을 만나 역사로 되살아난다

옥과 불교의 왕국, 호탄 / 이슬람의 호탄 파괴 / 호탄옥 /
복토해버린 요트칸 유적지 / 단단윌릭 발견 이야기 /
라와크 불교사원 유적지 / 비사문천 신화

옥과 불교의 왕국, 호탄

호탄(和田)은 신강성 최남단 곤륜산맥 아래에 있는 오아시스 도시
로 서역남로에서 중심적 위치를 차지해왔다. 곤륜산맥에서 발원한 두
물줄기가 호탄을 끼고 동서로 흘러내리다 북쪽에서 합류해 녹옥강이
라고도 불리는 호탄강이 되어 타림강으로 흘러든다. 호탄 동쪽으로
흐르는 강은 백옥강, 이곳 말로 위룽카스강(玉龍喀什河), 서쪽으로 흐
르는 강은 묵옥강, 카라카스강(喀拉喀什河)이라 한다. 호탄은 이처럼
다른 오아시스 도시들과는 달리 물이 풍부하여 경작지가 넓으며 이
강에서 그 유명한 호탄옥이 나온다.

기원전 2세기 서역 36국 시절 호탄의 나라 이름은 우전국(于闐國)이다. 지금까지 오아시스 도시를 얘기할 때면 맨 처음 인용해온 『한서』「서역전」에는 우전국에 대해 다음과 같이 기록되어 있다.

우전국은 장안에서 9,670리 떨어진 곳에 위치한다. 가구 수는 3,300호, 인구는 19,300명, 병사는 2,400명이다.

우전국 사람은 인도유럽어를 사용하는 아리안족이었다. 호탄의 명칭은 우전 말고도 화전(和闐) 등 여러 가지가 있었으나 1959년 국가에서는 화전(和田)으로 통일시켰다. 우전은 인도어로는 보루(堡壘)라는 의미가 있다는데 티베트어로는 '옥이 나는 곳'이라는 뜻이란다. 호탄의 상징은 예나 지금이나 옥이다. 호탄옥의 명성이 얼마나 오래되었는가는 약 3200년 전, 하남성 안양의 상(은)나라 왕실 무덤에서 호탄옥으로 만든 유물이 출토된 데서 여실히 알아볼 수 있다. 그 때문에 비단길이 본격적으로 열리기 전에 호탄에서 중원까지 옥의 길이 먼저 열렸다는 주장이 설득력을 얻고 있다.

실크로드가 본격적으로 열리면서 호탄은 서역남로의 중간에 위치한 교통상의 요충지가 되어 대표적인 교역 도시로 발전했다. 서역남로는 돈황-누란-체르첸(차말)-니야(민풍)-호탄-야르칸드(사차)-카슈가르(소륵)로 이어지는데 호탄에서는 곤륜산맥 너머 티베트로 넘어가는 길이 따로 나 있다. 이리하여 호탄은 인도·티베트·중국이 모두 만나는 집결지가 되었다.

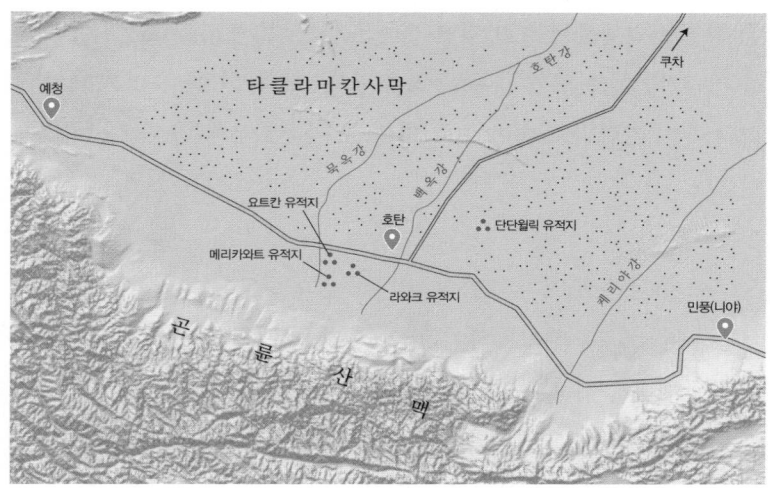

| **호탄 지도** | 호탄은 서역남로 중간에 위치한 실크로드의 요충지이자 대표적인 교역 도시였다. 여기서 인도 · 티베트 · 중국이 모두 만나 교류했을 뿐 아니라, 인도 불교가 서역 불교로 특색을 갖추고 오아시스 각국과 중국으로 퍼졌다.

인도의 불교는 일단 호탄으로 들어와 서역 불교로 특색을 갖추고 여기에서 오아시스 각국과 중국으로 퍼져갔다. 대승불교가 크게 확장된 것도 호탄이었다는 학설이 지배적이다. 불상과 불화에서는 인도 양식과 중국 양식의 결합이 역력하여 오렐 스타인은 이를 '세린디아'(Serindia)라고 불렀다. 중국을 일컫는 세레스(Seres)와 인디아(India)를 결합하여 만든 조어다.

기원후 1세기부터 6세기 사이 오아시스 국가들이 팽창할 때 호탄은 당당히 서역 6강의 하나로 꼽혔고, 6세기 누란이 멸망하면서 교역 루트로서 서역남로의 생명이 다한 뒤에도 호탄만은 여전히 중요한 거점 도시로 서역남로를 지키고 있었다. 인도로 불법을 구하러 간 입축승

중 최초로 기행문을 남긴 법현 스님은 『불국기』에서 401년에 이 도시를 지나가면서 신도 수가 수만 명에 달하고 사찰은 "작은 것은 세지 않더라도 큰 가람만도 넷이 있다"며 불교 왕국으로서 번성함을 이렇게 말했다.

이 나라는 토지가 기름져서 사람들의 생활이 윤택하고, 불법을 받들어 불교가 생활화되어 있다. 승려들은 수만 명이나 되었는데, 모두 대승을 배우고 있었으며, 모두 무리 지어 식사를 한다. 이 나라 사람들은 대개 집 앞에 작은 스투파를 세워놓았는데, 그중 제일 작은 것이 약 2장(약 6.6미터)가량 되어 보였다.

그로부터 250년 뒤 현장법사가 왔을 때도 우전국은 여전히 "사찰은 1백여 개에 승도는 5천여 명에 달하며 모두 대승불교를 배우는" 불교 왕국이었다고 그의 『대당서역기』에 전한다. 호탄은 7세기에 잠시 서돌궐에 예속되었으나 당나라가 이를 멸망시키고 서역에 안서사진을 설치할 때 카라샤르(언기), 쿠차(구자), 카슈가르(소륵)와 함께 호탄(우전)에도 군대가 주둔함으로써 다시 그 존재감을 드러냈다.

혜초 스님이 호탄을 지나갔는가에 대해서는 논란의 여지가 있으나 최소한 풍문으로 들은 바일지라도 『왕오천축국전』에서 호탄의 우전국에 대해 다음과 같은 증언을 남겼다.

다시 안서(쿠차) 남쪽에서 우전국까지는 2,000리이다. 이곳에도 중국 군사가 많이 주둔하고 있다. 절이 많고 승려도 많으며 대승법이 행해지고 있다. 고기는 먹지 않는다. 여기서부터 동쪽은 모두 당나라의 영역이다. 모두가 공히 알고 있어 말하지 않아도 알 수 있다.

이슬람의 호탄 파괴

호탄은 이처럼 서역 불교에서 쿠차와 함께 양대 종가를 형성했건만 막상 오늘날의 호탄 시내에는 우전국의 영광을 말해주는 유적이 단 한 곳도 남아 있지 않다. 그 이유는 11세기, 이슬람의 잔인한 점령에 있었다. 호탄은 1006년 카라한 왕조(999~1211)에 점령되면서 무슬림 국가가 되었다. 카슈가르 지방에서 위세를 떨친 카라한 왕조는 이슬람교로 개종하고 점령지를 모두 이슬람화시킨 것으로 유명하다.

이슬람의 불교사원 파괴는 저주와 광기를 동반한 너무도 야만적인 행위였다. 군대를 동원해 모든 불교 건축물을 파괴하라고 명령했다. 무슬림의 학자 마흐무드 알 카슈가리(1005~1102)가 호탄 점령에 대해 남긴 유명한 시가 있는데 읽기에도 민망하고 끔찍하다.(『실크로드: 7개의 도시』)

우리는 강물처럼 밀어닥쳤다.
우리는 그들의 도시를 활보하였다.
우리는 미신을 섬기는 사원을 부숴버렸다.
우리는 부처 대가리에 똥을 쌌다.

돈황 막고굴의 제17굴 장경동에 돈황문서가 무더기로 보관되어 있었던 이유를 두고 여러 가설이 있는데, 그중 피난설은 바로 이 카라한 왕조가 호탄에서 폐불을 자행하고 이제 돈황까지 쳐들어갈 기세여서 급히 불경과 문서를 집어넣고 봉쇄시켰다는 학설이다.(『나의 문화유산답사기』 중국편 2권, 112면 참고)

그로부터 200여 년 후 카라한 왕조가 멸망한 뒤에도 이슬람은 그대로 호탄을 지배했다. 1271년 마르코 폴로가 이곳 호탄에 왔을 당시에는 차가타이한국의 지배를 받고 있었는데,『동방견문록』에서 이렇게 증언했다.

호탄은 야르칸드에서 8일 거리에 있다. 위대한 칸에게 예속되어 있는데 주민들은 모두 무하마드를 신봉한다.

이렇게 1천 년간 무슬림이 지배하면서 호탄에는 불교건축물이 단한 곳도 남지 않게 되었다.

복토해버린 요트칸 유적지

호탄 시내에서 가장 유명하다는 유적지는 시내 서쪽 11킬로미터 되는 곳에 있는 '요트칸(約特干) 유적지'이다. 요트칸은 '현자의 땅' 또는 '왕의 고을'이라는 뜻이라고 한다. 이곳은 고대 우전국의 도성으로 생각되는데 이슬람 침략 때 완전히 파괴돼 폐허가 되고 말았다. 이후 19세기까지 흙으로 덮여 있었는데 1860년 무렵 묵옥강이 범람해 이 유적지가 일부 침수되면서 화려한 금세공품과 옥, 도자기 등이 발견되어 주민들이 달려와 주워갔다. 그러자 청나라 관리들과 지역 부호들이 인부를 고용해 발굴을 자행하면서 많은 유물을 수거해갔다. 그 바람에 유적층은 다 교란되어버렸다.

1892년 프랑스 탐험대가 여기에 왔을 때 주민들로부터 적지 않은 유물들을 구입해갔을 것으로 추정되는데 그 규모는 정확히 알려지지 않았다. 그리고 1896년 스벤 헤딘이 케리야강을 측량하기 위해 호탄에 왔을 때 그는 뜻밖에도 이 지역의 유물사냥꾼들에게서 요트칸 유적지의 여러 고대 유물을 사는 행운을 얻었다.

우리가 말하는 도굴꾼을 그들은 릴리(wryly)라고 불렀는데 이는 '보물을 찾는 사람'이라는 뜻으로 중국에서는 심보자(尋寶子)라고 했다. 스벤 헤딘은 그리스-불교 양식, 또는 인도-헬레니즘 양식의 화병을 비롯해 불상, 단지, 그릇 등 523점을 닥치는 대로 모두 사버렸다. 이외에도 수없이 많은 양의 동전과 고사본을 구입한 것이 오늘날 스톡홀름에 있는 스벤 헤딘 재단의 방대한 중앙아시아 유물 수집품의 기초를 이루게 되었다.

스벤 헤딘에 뒤이어 1905년 5월, 43세의 오렐 스타인이 타클라마칸 사막을 탐험하는 첫발을 내딛기 위해 호탄에 왔을 때 그에게 맨 먼저 달려온 이들 역시 유물사냥꾼들이었다. 그들이 가져온 요트칸에서 발굴된 유물을 스타인 역시 있는 대로 사들여 지금 영국박물관에 소장되어 있다. 그러나 이때 오렐 스타인은 요트칸 유적은 유구들이 너무 파괴돼 발굴할 가치가 없다고 판단하고 예정대로 단단윌릭 유적지를

| 포도 장랑(왼쪽)과 요트칸 유적지 표지판(오른쪽) | 우전국의 도성터인 요트칸 유적지는 지금은 폐허가 되어 낡은 안내판만이 남아 있다. 대신 그곳에는 포도넝쿨이 한없이 길게 뻗은 포도 장랑이 자리를 차지하고 있다.

찾아서 사막으로 들어갔다.

이후 일본 오타니 탐험대가 여기에 와서 역시 유물사냥꾼들에게 요트칸에서 나온 여러 유물들을 구입해왔다. 이것이 현재 우리 국립중앙박물관에 소장되어 있는 아주 작고 앙증맞은 테라코타 조각상들이다. 신중국 이후 중국 문화재 당국은 이렇게 교란된 요트칸 유적지를 발굴해볼 엄두를 내지 못해 아예 복토(覆土)하여 보존하는 방침을 세우고 유적지 전체를 3~5미터 높이의 흙으로 덮어버렸다. 이리하여 오늘날 이곳에 가면 낡은 안내판만이 요트칸 유적지였음을 알려줄 뿐 포도넝쿨이 한없이 길게 뻗은 '천리 포도 장랑(千里葡萄長廊)'이 자리를 차지하고 있다. 이런 식이니 호탄 시내에는 우리가 역사의 체취를 느낄 수 있는 곳이 거의 없다.

| **요트칸 유적지의 테라코타 조각상** | 국립중앙박물관에는 요트칸 유적지에서 발굴돼 오타니 탐험대를 통해 전해진 앙증맞은 조각상들이 소장되어 있다.

'보는 호탄'이 아니라 '듣는 호탄'

호탄시를 벗어나 호탄 지구로 넓혀서 보면 적지 않은 역사 유적지들이 있다. 호탄에는 니야 유적지, 단단윌릭 도시성곽 유적지, 라와크(熱瓦剋) 불교사원 유적지, 메리카와트(買力剋阿瓦提) 불교 유적지 등 국가가 공인하는 '국가급A급경구(國傢級A級景區)'가 18군데나 있다고 알려져 있다. 그러나 대개는 아직 일반에게 공개되지 않은 유적지이니 학술 목적의 연구자가 아닌 여행객이나 답사객이 가는 것은 예의가 아니고, 가봤자 유적지 주변의 사막과 하늘만을 볼 수 있을 뿐이다. 억지로 가자면 라와크와 메리카와트 유적지를 가볼 수 있다고 하나 황량한 사막 한가운데 무너진 탑이 외로울 뿐이란다. 이것은 답사 중의 허망이라면 허망이다.

| 메리카와트 유적지 | 호탄에서 가장 중요한 불교 유적지로 국가급A급경구로 지정되어 있지만, 황량한 사막 한가운데 무너진 벽체가 외롭게 서 있을 뿐이다.

그래서 호탄시에서 발간한 관광객을 위한 안내책자에는 정직하게 "호탄은 박물관, 바자르, 이슬람사원 등이 볼만하다"라고 소개되어 있다. 그리고 국내 여행사에서는 호탄을 안내하면서 "호탄의 볼거리로는 실크 수작업 공장, 요트칸 유적지 등이 있는데, 보존과 관리가 제대로 되지 않아서 그 흔적을 찾아보기 힘들 정도이다"라며 관광객의 항의를 막으려는 듯 미리 경고성 고지를 하고 있다.

오늘날 호탄은 인구 약 40만 명(2016년 기준)으로 이슬람교도인 위구르족이 80%, 한족은 12%, 21개 소수민족이 8%를 차지하며 도시 자체도 대단히 낙후되어 있다. 저번 답사 때 가이드에게 들은 말이 있다.

쿠차에서 타클라마칸사막을 건너 호탄으로 오는 것이 너무 힘들고 시간이 많이 걸려 비행기로 오는 코스를 개발했더니 오기는 1시간 만에 편하게 왔지만 여행객들은 "도대체 여기는 뭐 볼 게 있어 왔나?"라고 푸념 아닌 항의가 심해 비행기로 호탄에 오는 관광상품은 없앴다는 것이다.

그렇다면 호탄 답사는 그냥 지나가도 그만인가. 답사는 그럴 수 있지만 답사기는 그럴 수 없다. 아무리 폐허가 되었다지만 호탄에는 그 이름값이 있다. 호탄박물관은 모름지기 호탄의 역사적 면모를 보여줄 만한데 실상은 부실하다고 하며 내가 도착했을 때는 마침 박물관이 휴관하는 월요일이어서 그냥 떠날 수밖에 없었다.

그 대신 호탄 교외와 인근 도시에 무수한 옛 유적지들이 있고, 19세기 말부터 20세기 초 유럽의 탐험가들이 이를 발굴해낸 이야기들은 유적지를 보는 것만큼이나 유익하고 재미있다. 나는 그 탐험 이야기를 이제부터 들려주고자 한다. 이럴 때 답사의 고수들이 쓰는 말이 있다. '보는 호탄'이 아니라 '듣는 호탄'이다(나는 비슷한 표현을 안동 답사기에서 쓴 적이 있다).

불교국가 호탄의 모습

호탄에 불교가 언제 들어왔는지에 대해서는 확실한 기록이 없다. 『후한서』의 기록에 의하면 기원후 73년 서역 정벌에 나섰던 반초가 우전국에 들어왔을 때 우전국은 무당을 믿었다고 했다. 그러나 4세기가 되면 이미 호탄에 불교가 대단히 번성했음은 현장법사보다도

250년 앞서 399년에 인도로 떠난 법현 스님의 『불국기』에 나오는 다음과 같은 기록에서 알 수 있다.

성 서쪽 7, 8리쯤에 가람이 있는데 이름이 왕신사(王新寺)이다. 80년 동안 지었으며 3대의 국왕을 걸쳐서 완성되었다고 한다. 높이가 대략 25장(약 80미터)이나 되는데 누각은 조각을 한 뒤에 금은으로 장식하고 갖가지 보석으로 꾸몄으며 탑 뒤에 지은 불당도 장엄하기 그지없고 기둥, 서까래, 창문, 부재가 모두 금박으로 장식되었으며 별도로 요사채를 지었는데 역시 장엄하고 아름다운 장식은 도저히 말로 표현할 수가 없다.

이때 법현 스님은 국왕으로부터 극진한 환영을 받았다고 했다.

국왕은 우리 일행을 구마제(瞿摩帝)라는 사원에 편안히 머물도록 주선해주었다. 이 절은 대승에 속하는데 3천 명의 승려들이 목탁 소리에 맞추어 공양을 하러 모여든다. 이들이 식당에 들어갈 때 절도가 엄하여 순서에 따라 차례로 자리에 앉는다. 식사할 때 아무 소리도 들리지 않는다. 시중드는 사람이 음식을 더 권할 때에도 서로 부르지 아니하고 단지 손으로 가리킬 뿐이다.

법현 스님은 이렇게 호탄에 머물며 초파일 부처님 오신 날 행사를 보기 위해 일행들은 먼저 떠나보내고 자신은 더 머물렀다. 그리고 참관기를 다음과 같이 전하고 있다.

> 4월 1일이 되면 성안의 도로들은 깨끗이 청소가 되고 물이 뿌려지고 거리는 장엄하게 꾸며진다. 성문 위에는 갖가지 장식으로 꾸며진 장막이 쳐지고 그 아래 왕과 왕후 그리고 궁녀들이 자리를 잡는다. (…) 불상을 모신 수레가 성문 앞 100보에 이르면 국왕은 왕관을 벗고 새 옷으로 갈아입고는 손에 꽃과 향을 들고 양쪽에 시종들을 거느리고 맨발로 성문을 걸어 나와 불상을 맞이하여 이마를 불상의 발에 대고 절하며 꽃을 뿌리고 향을 사른다.

우전국의 이러한 불교 왕국으로서의 모습을 전해주는 유적지는 호탄 주변에 있는 단단윌릭 도시 유적지와 라와크 불교 사찰 유적지이다. 이를 처음 발견한 이는 스벤 헤딘이고 본격적으로 발굴하여 수많은 미술품으로 호탄의 전설을 사실로 확인한 것은 오렐 스타인이었다. 탐험가로서 두 사람의 출세는 호탄에서 시작되었고, 호탄은 두 탐험가에 의해 다시 세상에 그 이름을 드러내게 되었다.

스벤 헤딘의 단단윌릭 발견

단단윌릭은 '상아의 집'이라는 뜻으로 호탄에서 동북쪽 90킬로미터 떨어진 곳에 자리한 도시 유적이다. 동서 2킬로미터, 남북 10킬로미터의 유구에 사원터, 집터가 모두 17곳이 발견되었다. 천 년을 두고 모래에 묻혀 있던 이 도시 유적을 발견한 탐험가는 스벤 헤딘이었다. 스벤

| 단단윌릭 거주건축 유적지 | 모래에 묻혀 있던 도시 유적 단단윌릭을 발견한 스벤 헤딘은 일약 세계적인 명성을 얻었다.

헤딘은 로프노르와 누란을 발견한 것으로 알려졌지만 그가 중앙아시아 탐험에서 일약 세계적인 명성을 얻은 것은 1895년 12월부터 이듬해 봄까지 단단윌릭 유적지를 발견하고 케리야강을 측량한 뒤 『아시아 대륙을 관통하여』라는 탐험기 겸 보고서를 펴낸 뒤였다.

그는 1895년 2월 떠났던 첫 번째 타클라마칸사막 탐험에서 경험 부족으로 죽을 고비를 넘겼다. 간신히 살아난 스벤 헤딘이었지만 사막에 묻혀버린 도시 하나를 최초로 발견해낸 탐험가가 되고 싶다는 의욕을 버릴 수 없었다. 그는 본국에 잃어버린 측량장비들을 새로 구입해 보내줄 것을 요청했고 이것이 도착하자 다시 탐험에 나섰다.

이번 탐사 목적은 지도상의 공백으로 남아 있는 케리야강을 측량하는 것이었다. 그해 12월, 스벤 헤딘은 다시 카슈가르를 출발하여 서역남로를 따라 500킬로미터를 21일 동안 걸어서 이듬해 1월에 호탄에 도착했다. 호탄에 온 스벤 헤딘은 유물사냥꾼에게 시내 요트칸 유적지에서 나온 유물들을 500여 점이나 구입하는 횡재를 누렸다. 그런데 그 유물사냥꾼 중 2명이 스벤 헤딘을 찾아와 모래 속에 묻힌 도시에 대해 이야기해주면서 거액을 주면 그 도시 중 하나를 안내해주겠다고 했다. 이에 1월 14일 스벤 헤딘은 케리야강을 측량하러 가는 김에 모래 속에 묻힌 도시를 찾아가는 아주 짧은 탐험을 준비했다. 식량도 3주 분량 정도만 넣어 단출하게 탐험 장비를 꾸렸다.

무거운 짐, 현금, 중국 여권 등은 호탄의 한 상인에게 맡겨두고 길안내자들을 앞장세운 뒤 부하 4명, 낙타 3마리, 당나귀 2마리만 데리고 떠났다. 그러나 그가 다시 호탄으로 돌아오기까지는 넉 달 반이 걸렸고 정말이지 로빈슨 크루소 같은 기이한 모험을 다 했다. 그때 기온은 영하 21도까지 떨어졌다고 한다.

그는 백옥강을 따라가다가 1월 19일, 강을 벗어나 다시 죽음의 모래사막 속으로 천천히 들어갔다. 그리고 나흘째 되는 날 길잡이들은 마침내 단단윌릭에 데려다주었다. 그때 단단윌릭을 본 첫인상을 그는 이렇게 말했다.

가옥들은 대개 모래 속에 묻혀 있었다. 그러나 여기저기에서 기둥과 나무 벽들이 모래언덕 밖으로 삐져나와 있었다. 높이가 1미터나 됨 직한 어떤 벽에서는 우아한 석고상 몇 개를 발견했다. 부처와 불교의 다른 신들을 재현한 것으로 서 있거나 연꽃잎에 앉아 있는 모습이었는데 모두 낙낙한 옷을 걸치고 불타는 광배가 머리 주위를 둘러싸고 있었다.(『마지막 탐험가』, 이하 동일)

이때 그는 눈에 보이는 것은 모두 자기 것이나 되는 양 당당히 이렇게 말했다.

나는 이 발견물들과 다른 많은 유물들을 조심스럽게 싸서 상자에 꾸렸다.

그런데 예상과 달리 그는 엄청난 보물단지 같은 이 유적을 발굴하지 않고 모래 속에 묻힌 수로, 죽은 포플러가 늘어서 있는 길, 바싹 마른 살구밭 등을 상세히 기록할 뿐이었다. 그는 그 이유를 이렇게 말했다.

나는 철저하게 발굴조사를 할 수 있는 장비를 갖추고 있지 않았고 더더욱 고고학자도 아니었다. 학술적 조사는 기꺼이 전문가들 몫으로 남겨두었다. 몇 년 후 전문가들이 느슨한 모래 속을 삽으로 팔 것이다. 나로서는 중요한 발견을 하고 사막 한가운데에서 고고학의 새 영역을 개척한 것으로 충분했다.

결국 그가 찾아낸 단단윌릭의 보물들은 5년 뒤 오렐 스타인이 대대적으로 인부를 동원해 삽질에 빗자루질까지 하면서 몽땅 영국으로 실어가게 된다. 이 대목을 보면 스벤 헤딘의 유물에 대한 욕심은 오렐 스타인과 달랐던 것 같다. 그는 유물보다 탐험가로서의 명예를 더 중요하게 생각했던 것으로 보인다.

단단윌릭에서 그는 이 유물을 발굴하는 대신 모래폭풍이 연달아 대여섯 번 일어나는 동안 모래언덕이 움직이는 속도를 측정했다. 그 속도와 바람의 진로를 근거로 모래사막이 고대 도시가 있던 지역에서 현재 남쪽 경계까지 확장되는 데는 약 2천 년이 걸렸을 것으로 계산했다. 즉 단단윌릭은 2천 년 된 도시라는 결론을 내린 것이었다. 그리고 훗날 발견된 단단윌릭의 유물들은 이 도시가 그의 측량대로 약 2천 년 전의 고도라는 결론을 확증해주었다.

스벤 헤딘은 자신의 그런 탐험 성과에 큰 만족을 느꼈다. 자신의 성취가 자랑스러웠고 훗날 비슷한 발견들로 이어질 첫 번째 발견이라는 것이 기뻤다고 했다. 그때 기분을 스벤 헤딘은 그의 일기에 이렇게 썼다.

나는 천 년간 잠들어 있던 도시를 깨워 새 생명을 불어넣은 후 마법의 숲의 왕자처럼 이곳에 서 있다.

이와 같이 단단윌릭 조사를 마친 스벤 헤딘은 길을 안내해준 2명에게 약속대로 충분한 보수를 주며 왔던 길로 되돌아가게 하고, 자신은 케리야강 측량을 위해 다시 끝없이 이어지는 사막을 가로지르는 탐험을 계속했다.

바우만의 스벤 헤딘 추적

스벤 헤딘은 대단한 탐험가이자 대단한 문장가이다. 그의 그림 솜씨 또한 아마추어를 훨씬 뛰어넘는다. 강연도 그렇게 잘했다고 한다. 그는 이런 솜씨를 나치에게 협력하는 데 발휘하는 바람에 영원히 지울 수 없는 오명을 남겼지만 당시는 물론 훗날까지 많은 사람들이 그의 책을 읽고 거기 푹 빠져들었다.

약 100년 뒤 브루노 바우만(Bruno Baumann)이라는 젊은이는 스벤 헤딘의 저서를 읽고 너무도 감동받아 그가 갔던 길을 그대로 따라가는 여행을 하고 『돌아올 수 없는 사막, 타클라마칸』(*Karawane ohne Wiederkehr: das Drama in der Wüste Takla Makan*, 한국어판 이수영 옮김, 다른우리 2004)이라는 책을 펴낼 정도였다. 바우만에 따르면 스벤 헤딘의 탐험기에는 과장 또는 허구 또는 왜곡이 있었으며, 어쩌면 스벤 헤딘이 자신의 업적을 드라마틱하게 드러내기 위한 포장이었을 것이라는 뉘앙스를 풍기기도 한다. 사실 탐험기는 답사기와 달라서 그가 거짓말을 해도 남들이 알 수 없는 것이다. 그런데 그것을 그대로 뒤쫓아 밟아보는 귀재가 나타나 과장과 거짓을 밝혀냈으니 역시 '인생도처유상수'라고 해야겠다.

100년 후에도 이러했으니 당대엔 어떠했겠는가. 1898년 출판 당시 헤딘의 『아시아 대륙을 관통하여』는 엄청난 센세이션을 불러일으키며 많은 이들에게 자극을 주었다. 그중 한 명이 오렐 스타인이었다. 오렐 스타인은 두 권으로 막 출간된 이 책을 보고 그가 호탄 동북쪽에서 발견했다는 그 신비의 도시, 단단월릭을 발굴해보고 싶었고 학부생 시절부터 존경해온 현장법사의 족적을 추적하며 『대당서역기』에 나오는 불교 유적들을 찾아보고 싶었다고 했다. 그리고 유물사냥꾼들에게서 학자들에게 전해지는 고대 문서들이 과연 진짜인가도 확인하고자 했다. 이 고문서에 대해서는 자세히 얘기할 여유가 없지만 끈질긴 추적 끝에 가짜 문서를 만들어 고액으로 팔아먹은 이슬람 아훈이라는 사람을 찾아내 그가 가짜 제조자였다는 자백을 받아냈다.(『실크로드의 악마들』 참고)

오렐 스타인의 단단월릭 발굴

오렐 스타인은 당시 영국의 식민지였던 인도 간다라 지방(현재 파키스탄의 일부)의 라호르 동양어학교의 교장으로 근무하고 있었는데 영국의 인도총독부에 자금지원을 신청해 마침내 1900년 5월, 38세의 나이로 탐험에 나서게 되었다. 그는 인도에서 옛날에 고선지 장군이 넘었던 카라코룸산맥을 두 달 만에 넘어 카슈가르에 도착했다. 여기에서 스타인은 영국 영사인 매카트니에게 유물이나 고문서를 가져오는 사람 중 호탄에 사는 투르디라는 위구르인을 소개받았다.

호탄에 온 오렐 스타인은 우선 투르디를 찾았다. 투르디는 아버지 뒤를 이어 30년 동안 금을 찾아 유적을 파헤치고 다녔다고 하는데 그가 가져온 벽화 파편과 고문서를 보고 스타인이 놀라 어디에서 가져왔느냐고 조심스럽게 물으니 호탄에서 동북 방향으로 열흘 정도 걸

리는 타클라마칸사막 깊숙이 있다고 대답했다. 스타인은 그곳이 바로 단단윌릭이 틀림없다고 믿고 여기를 첫 번째 공략 대상으로 삼았다.

그는 스벤 헤딘의 책을 읽고 사막에서의 발굴은 겨울철에 해야 한다는 것을 확신하고 거기서 겨울을 날 채비에 들어갔다. 스타인은 열하루간의 행군 끝에 마침내 크리스마스 일주일 전에 '죽음과 적막을 잉태한 듯이 보이는' 단단윌릭에 도착했다. 첫날 유적지를 정성껏 사진 찍고 유물이 놓여 있는 상태를 확인하면서 라벨을 붙이며 영국박물관으로 보낼 수 있게 수습한 것이 무려 150점이었다.

이튿날은 작업 인부들에게 글씨가 쓰여 있는 문서류를 찾으면 은화를 보상금으로 준다고 하자 산스크리트어로 쓰인 불경을 찾아낸 인부가 있었다. 이후 스타인은 호탄의 역사와 전설을 증언해주는 그림을 계속 발견하게 된다. 스타인은 단단윌릭에서 3주 동안 14개소의 유적지를 발굴했다(오늘날은 17개소를 확인했고 그중 불교 유적지로 확인되는 곳이 7곳이다).

「잠종서점전설도」

스타인은 그가 명명한 단단윌릭 제10사지에서 너무도 유명한 「잠종서점전설도(蠶種西漸傳說圖)」를 발견했다. 「잠종서점전설도」는 중국에서 밖으로 나가지 못하게 엄금한 누에고치가 어떻게 호탄에 전래되어 호탄이 비단의 도시로 되었는가를 말해주는 그림인데 이는 『대당서역기』에 전하는 내용과 그대로 일치한다.

왕성에서 동남쪽으로 5~6리 떨어진 곳에 마사(麻射)사원이 있다. 이 나라 선왕의 부인이 세운 것이다. 옛날 이 나라 사람들은 뽕나무를 알지 못했다. 그런데 동쪽의 나라(중국 당나라)에는 그것이 있다고 들었으므로 사신에게 명하여 구해오도록 하였다. 그런데 중국의 군주는 이것을 분양해주지 않았다. 그뿐만 아니라 변방의 출입문에 엄명을 내려서 누에나 뽕나무 종자가 나가지 못하게 철저히 경비를 서도록 하였다. 하는 수 없이 호탄 왕은 자존심을 굽혀서 중국에 혼처를 구하였다. 중국의 군주는 먼 나라에 영향을 미치려는 의도도 지니고 있었으므로 그 청을 받아들였다. 호탄 왕이 사신에

게 왕녀를 받아들일 때 다음과 같이 하도록 명령하였다.

"너는 공주에게 '여기는 본래 비단실이나 누에, 뽕나무의 종자가 없으니, 반드시 그것을 가지고 와서 옷을 만들어야 합니다'라고 말하라."

공주는 그 말을 듣고 비밀리에 종자를 구한 뒤 모자 속에 감추어 마침내 변방의 출입문에 도착하였다. 국경의 관리는 두루 수색하였지만 공주의 모자만은 조사하지 못했다. 그리하여 호탄국에 들어가서 마사 가람의 옛 땅에 머물렀다. 왕은 비로소 예를 갖추고 공주를 받들어 궁으로 맞아들였다. 뽕나무와 누에의 종자는 이 땅에 남겨두었는데, 따뜻한 봄이 오자 그 뽕나무를 심고 누에 먹일 잠월(蠶月, 음력 4월)이 되자 다시 이곳으로 와서 뽕나무 잎을 따다가 누에에게 먹였다. 처음에 왔을 때는 여러 가지 잎을 먹였지만, 이후로는 뽕나

무가 무성해졌다. 이에 왕비가 돌비석에 규정을 새겨두었다.

"살상해서는 안 된다. 누에가 나방이 되어서 날아가버린 뒤에 누에고치를 처리해야 한다. 만일 이 법칙을 어긴다면 신이 보호하지 않으실 것이다."

그리하여 마침내 누에를 위해 가람을 세웠다. 이곳에는 말라버린 뽕나무가 몇 그루 있는데, 이것이 그 본래 종자였던 나무라고 한다. 그러므로 이 나라에서는 누에를 죽이지 않는다. 그리고 몰래 실을 가져가면 다음 해에는 누에 작황이 좋지 않다고 한다.

이 이야기를 들으면 우리는 누구나 고려 때 문익점이 원나라에서 몰래 붓 뚜껑에 목화씨를 가져온 일을 연상하게 될 것이다. 이 「잠종서점전설도」는 단단월릭 제10사지의 불상좌대 8개 중 동쪽 면에 있었

| 돈황 막고굴 제98굴 주실 동쪽 벽에 그려진 호탄 왕과 왕비 | 호탄 왕 이성천과 돈황 절도사의 딸인 왕비가 그려져 있다. 왕의 면류관을 꾸미고 있는 화려한 옥 장식이 인상적이다.

다고 한다. 그림의 기법이야 뛰어나다고 할 수 없지만 스토리에 명확히 들어맞는 이 그림이 있음으로 해서 호탄의 역사는 다시 살아났고 고고학자로서 오렐 스타인의 명성은 하늘 끝까지 뻗치게 되었다.

여기서 돈황 막고굴을 다녀오신 분은 제98굴의 「호탄 왕과 왕비」를 기억해냄 직하다. 조성연대가 923년 또는 926년인 제98굴의 주실 동쪽 벽에는 호탄 왕 이성천과 왕비가 그려져 있는데 왕비는 돈황의 절도사 조의금의 딸이었다. 돈황 절도사는 당시 귀의군이라고 해서 사실상 왕으로 군림했기 때문에 왕비 대접을 받았다. 호탄 왕은 면류관 (앞뒤 드리개 여섯 줄)을 썼는데 드리개에 옥 장식이 유난히 많은 것이 역시 호탄 왕답다. 왕의 얼굴에는 어딘지 아리안계 인상이 있고, 왕비의 얼굴은 중국인이다. 이 벽화가 있음으로 해서 「잠종서점전설도」는 더욱 실감 난다.

「서왕도」

오렐 스타인의 단단윌릭 발굴 일주일째 되던 날은 크리스마스였다고 한다. 그날 스타인은 캠프에서 북동쪽 반 마일 떨어진 유적지인 제4사지(寺址)에서 호탄을 전란에서 구해낸 성스러운 쥐를 그린 「서왕도(鼠王圖)」 판넬을 발견했다. 이 성스러운 쥐에 대해서도 현장법사의 『대당서역기』에 전한다. 그 내용을 줄여서 소개하면 다음과 같다.

왕성 서쪽으로 150~160여 리를 가다보면 거대한 사막의 길 한가운데에 구릉이 있는데 이는 모두 쥐가 파낸 흙이 쌓인 것이다. 옛날에 흉노들이 수십만의 병사들을 거느리고 변방의 성을 노략질하러 나왔다가 쥐가 파서 쌓아놓은 흙더미 옆에 군대를 주둔시킨 일이 있었다. 호탄 왕은 뾰족한 방법이 없어 제단을 마련하고 향을 사르며 쥐에게 부탁했다. 그러자 쥐가 다음 날 아침에 전투를 벌이면 이길 것이라고 했다. 왕은 이 말을 믿고 날이 새기 전에 흉노를 기습했는데 흉노군은 놀라 갑옷을 입으려 했으나 갑옷 끈, 활시위와 말의 안장이 모조리 끊겨 있었다. 밤에 쥐들이 갉아먹은 것이다. 호탄 왕은 이렇게 흉노를 물리치고 나라를 구할 수 있었다. 그 이후 호탄에서는 쥐를 기리는 사당을

| **「서왕도」** | 단단윌릭 제4사지에서는 호탄을 전란에서 구해낸 성스러운 쥐를 그린 「서왕도」가 발견되었다.

세우고 제를 올렸다. 그리고 대대로 이들을 존경하면서 특별히 진귀하게 여겼다고 한다.

「서역의 모나리자」

단단윌릭은 이외에도 무수히 많은 벽화가 수습된 대단한 유적지였다. 여기에서 스타인은 수많은 문서 또한 발굴했는데 문서의 연도가 782년에서 787년 사이에 있는 점으로 보아 단단윌릭이 8세기 말에 사막화되었다는 사실을 밝혀낼 수 있었고, 인도, 페르시아, 중국의 양식이 혼용되는 과정을 명확히 보여주는 그림을 통해 세린디아 양식이라는 미술사적 개념을 제시하기도 했다. 여기에 남아 있는 그림들은 박물관 하나를 꾸미고도 남을 만한 것이었다. 1월 18일, 오렐 스타인은 자신을 유명하게 만들 또 하나의 유적지 니야를 향해 민풍으로 떠났다.

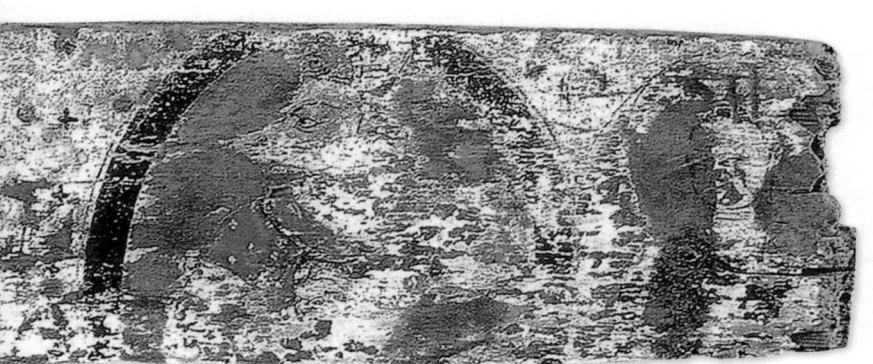

스타인이 다녀간 뒤 단단윌릭 유적지에는 독일의 에밀 트린클러 (Emile Trinkler), 스위스의 크리스토프 바우머(Christoph Baumer) 등이 다녀가면서 새로운 유물이 도굴되어 해외로 빠져나갔다. 그렇게 약탈된 양이 얼마인지 모른 채 2002년 중국 신강성고고연구소에서는 이곳 제1사지에서 묘한 미소를 짓고 있는 아름다운 불화편을 발견했다. NHK 다큐멘터리 「신 실크로드」 제6편에서는 이를 '서역의 모나리자'라는 이름으로 소개했다.

서역의 모나리자는 우안칠분(右顔七分), 즉 얼굴 오른쪽을 다 보이고 왼쪽은 4분의 3(three quarter)만 취하는 자세이기 때문에 정면정관의 엄격함이 아니라 인간미가 드러나는데 왼쪽을 바라보는 눈동자와 입가의 가는 미소가 일품이라고 해서 그런 별명을 얻은 것이다. 미술사적으로 특히 이 그림을 주목하는 것은 굵기의 변화가 없는 붉은색 윤곽선 때문이다. 이는 철선묘(鐵線描)라고 해서 당나라 장언원(張

| 「서역의 모나리자」 | 단단윌릭 제1사지에서는 '서역의 모나리자'라 불리는 벽화가
발견되었다. '서역의 모나리자'는 정면이 아니라 비스듬히 왼쪽을 바라보고 있어 인간
미가 살아 있고 입가의 미소도 일품이라 붙은 별명이다.

彦遠)의 『역대명화기(歷代名畫記)』에서 "우전국(호탄) 출신의 서역 화
승인 위지을승(尉遲乙僧)이 철선묘 기법에 뛰어났다"고 한 기록을 그
대로 보여주기 때문이다. 이 또한 작품과 기록이 일치함으로써 그동
안 명성만 있었지 실 작품을 볼 수 없었던 위지을승이라는 호탄의 승
려 화가가 중국회화사에 생생하게 부활하는 것만 같다.

라와크 불교사원 유적지

오렐 스타인은 단단윌릭에 이어 호탄 북쪽 사막에 있는 라와크라는 또 하나의 엄청난 유적지를 발굴했다. 무너진 불탑이 사막 한가운데 묵직이 자리 잡은 폐사지인데 스타인은 그가 이제까지 사막에서 본 것 중에 가장 거대한 건조물이었다고 했다.

라와크는 '정자 누각'이라는 뜻으로 십(十)자형 평면을 한 불탑이다. 멀리서 보면 정자 누각처럼 보이는데 탑신의 지름은 9.6미터이고 잔존 높이는 3.6미터이며 정상부는 그릇을 엎어놓은 듯한 복발(覆鉢)형이지만 이미 무너졌다. 이런 십자형 불탑은 쿠차의 수바시 절터에서도 본 바 있듯이 인도에서 유래한 서역 양식으로 이해되고 있다.

그런데 스타인이 안내인에게 모래에 파묻힌 옛날 집이 있다는 말만 듣고 찾아가 라와크에서 처음 만난 것은 사구들 사이의 외로운 불탑뿐이었는데 그것은 빙산의 일각이었고 8미터 아래까지 모래에 묻혀 있었다고 한다. 스타인은 일급 유적지임을 직감하고 인근 마을(가장 가까운 마을이라 해도 하루가 걸렸다)에서 발굴할 수 있는 인부들을 불렀다. 이들과 함께 스타인은 9일 동안 무려 91구의 불상을 출토했고 벽화도 많이 나왔다. 그러나 불상들이 너무 크기 때문에 등신대 이상은 가져갈 수 없는 것이 안타까웠다고 한다. 그래서 사진 촬영을 하고 초기 간다라 작품과 관련 있는 점을 기록하며 자신의 세린디아 이론의 근거 자료로 삼는 것에 만족하고 다시 원상복구하고 모래로 묻으며 그 심정을 이렇게 말했다.

나는 정말로 장례를 치르고 있는 듯한 묘한 슬픔에 빠졌다. 내 손으로 세상의 빛을 보게 했던 소상들을 다시 하나하나 그것들이 십수 세기 동안 매몰돼 있던 모래 관 속으로 되돌려 보낸다는 것이 차마 눈뜨고 지켜볼 수 없는 광경이었다.(『실크로드의 악마들』)

그러면서 그는 먼 훗날 호탄에 박물관이 생겨 이 조각상들이 잘 보관될 날이 오기를 희망했다고 한다. 그러나 5년 뒤 스타인이 다시 라와크에 왔을 때는 불탑에서 보물을 찾아내려는 유물사냥꾼들이 이 소조상들을 모조리 박살내놓은 상태였다. 스타인은 이 파괴된 현장을

| 라와크 불탑 전경 | 라와크는 '정자 누각'이라는 뜻으로, 이 불탑은 십자형 평면 모양을 하고 있다. 인도에서 유래한 서역 양식으로 이해된다.

보고는 크게 낙담했다.

그리하여 라와크의 아름다운 불상 조각들은 오렐 스타인의 빛바랜 흑백 사진으로만 옛 모습을 볼 수 있는데 이미 얼굴은 파불돼 없지만 사실적인 육체 표현에 '물에 젖은 옷주름' 기법으로 육감적인 분위기를 드러내는 것은 여지없이 인도의 간다라 양식을 연상케 한다. 특히 이 중 미술사가들이 주목하는 것은 비사문천(毘沙門天) 조각상이다. 비사문천은 사천왕 중 북방을 지키는 다문천왕(多聞天王)의 별칭인데 나머지 세 천왕과는 달리 비사문천왕은 독립된 독존으로 조각된 것이다. 이는 이 비사문천의 비호하에 탄생했다는 전설을 반영한 것이다.

호탄의 비사문천 신화

현장법사는 『대당서역기』에서 호탄 사람들은 자신들의 나라를 쿠스타나(瞿薩旦那, Kustana)라고 하는데 이는 산스크리트어로 지유(地乳), 즉 '땅의 젖'이라며 그 내력을 소개하는데, 이를 요약하면 다음과 같다.

옛날 인도의 아소카 왕에게 추방된 사람들이 동서로 나뉘어 싸우다가 동국이 서국을 멸망시키고 통일을 이루자 국왕은 한 선인(仙人)의 교시를 받아 수도를 호탄의 땅에 세웠다고 한다. 왕은 나이가 들었지만 이제껏 자식이 없어 가계가 끊어질 위기에 놓여 비사문천에게 부

| 라와크 출토 보살상 | 어깨가 넓고 허리가 가느다란 모습이 굽타 양식의 영향을 받은 것으로 추정된다.

탁해 자식을 기원하자 그때 신상(神像)의 이마가 갈라지면서 아기를 얻었다. 그러나 그 자식이 우유를 먹지 않아 곧 죽게 되었다. 이에 왕이 다시 빌자 갑자기 땅이 융기하면서 우유가 솟아 아이는 그것을 마시고 지혜롭고 용맹한 사람이 되었다. 이에 신사(神祀)를 세워 비사문천을 나라의 수호신으로 삼았다. 그후 왕통은 끊이지 않고 이어졌고, 지유로 길렀기 때문에 지유, 즉 쿠스타나를 국호로 하였다는 것이다.

참으로 신기할 따름이다. 땅에서 나오는 젖이라는 황당한 전설의 내용이 이렇게 불교 유적지의 조각상과 일치한다니. 이 설화는 비사문천이 불법의 수호뿐 아니라 나라를 지키는 호국신앙의 상징임을 말해주는 것이다.

| 라와크 비사문천과 지천녀(地天女) | 사천왕 중 하나인 비사문천은 호탄을 지키는 호국신앙의 상징이었다. 지천녀는 지유로 왕의 아이를 양육했다고 전해진다.

오늘날 라와크 불교사원터는 잘 정비되어 불탑 주위에 나무 데크를 놓아 한 바퀴 돌아볼 수 있게 되어 있다고 한다. 사실 나는 지난번 실크로드 답사 때 이 라와크 불교사원 유적지를 한번 가보고 싶었다. 투르판의 고창고성이나 쿠차의 수바시 폐사지와는 또 다른 처연함의 미학이 있을 것만 같았다.

그러나 그러자면 또 하루를 더 잡아야 한단다. 여러 번 고민했지만 참기로 했다. 사막의 외로운 석탑과 옛 모습은 스타인이 찍어둔 흑백사진으로 만족하고 아쉽지만 그냥 호탄을 떠나기로 했다.

호탄옥과 옥의 종류

호탄에 왔으면 모름지기 알아두어야 할 것이 하나 있으니 그것은 옥(玉)이다. 호탄의 영광과 역사, 그리고 호탄의 과거와 현재와 미래는 모두 옥에 있다. 그러나 우리가 옥을 이해하기란 쉽지 않다. 중국인의 옥에 대한 애호는 상상을 초월한다. 금보다도 옥을 더 귀중하게 받아들인다. 한 예로 임금의 도장은 금인(金印)이고 황제의 도장은 옥새(玉璽)다. 중국미술사를 공부하면서 가장 이해하기 힘들고, 아름다움을 감별하기는 더 어렵고, 때로는 지루해서 건너뛰어버리는 것이 옥공예이다. 그런데 중국의 모든 박물관 진열실에는 옥공예가 빠지지 않고 아예 옥공예실이 따로 있는 경우가 많다.

옥공예를 기술의 정교함, 형태의 아름다움, 빛깔의 우아함, 촉감의 부드러움 등 다른 공예와 똑같은 기준에서 예술적으로 가치를 판단하자면 못할 것이 없겠건만 옥은 그 재료 자체부터 등급이 천차만별인데 그걸 모르면 쉬이 알기 어렵다.

타이베이의 국립고궁박물원이 백옥과 청옥이 어우러진 「취옥백채」(배추 모양의 옥)을 천하 명작이라고 내세우고 또 그것을 보겠다고 장사진을 치는 것은 그런대로 이해해줄 수 있지만, 누런 옥덩이를 하나 갖다 놓고 「육형석」(동파육 모양의 옥)이라고 신기해하는 것을 보면 엽기적인 발상이라는 생각이 들 뿐이다. 이는 중국인들은 옥에서 고차원의 미감을 발견하는데 내가 이해하지 못하기 때문인지도 모른다. 아무튼 독자들을 위해 이참에 중국공예사에서 말하는 옥공예에 관한 기본 해

| 대만 고궁박물원 취옥백채(왼쪽)과 육형석(오른쪽) | 대만 국립고궁박물원에는 백옥과 청옥이 어우러진 배추 모양의 취옥백채와 동파육 모양이라는 육형석이 있다.

설과 호탄옥의 특징을 소개해둔다.

중국에는 4대 명옥(名玉)이 있다. 신강성의 호탄옥(和田玉), 섬서성의 남전옥(藍田玉), 요녕성의 수옥(岫玉), 하남성의 독산옥(獨山玉)이다. 그중에서 호탄옥은 옥 중의 옥으로 좁은 의미로는 호탄 지역에서 생산된 옥을 지칭하지만 최고 양질의 옥을 가리키는 말로 옥의 대표성 또한 갖고 있다. 호탄옥은 진시황 때는 곤륜산에서 나온다고 해서 '곤산옥(崑山玉)', 우전국 시절에는 '우전옥'으로 불리었으나 1883년 호탄옥으로 명칭을 통일했다.

 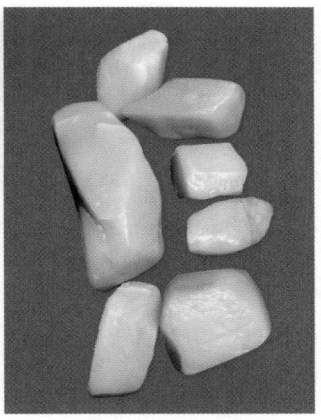

| **호탄옥으로 만든 원숭이(왼쪽)와 양지 백옥(오른쪽)** | 호탄옥은 기본적으로 호탄 지역에서 생산된 옥을 지칭하지만 최상급의 옥을 가리키는 말로 쓰이기도 한다. 호탄옥 중에서도 가장 높이 치는 것이 백옥, 그중에서도 양 비계 빛깔의 양지 백옥이다.

호탄옥의 종류는 모두 36종이다. 호탄옥의 빛깔은 기본적으로 여섯 가지로 분류하고 있다. 백옥(白玉), 청백옥(靑白玉), 청옥(靑玉), 벽옥(碧玉, 짙푸른색), 묵옥(墨玉), 당옥(糖玉, 갈색)인데 여기에 2가지를 더 넣어 8가지로 분류할 때는 국화꽃 빛깔의 황옥(黃玉), 꽃 반점이 있는 화옥(花玉)을 넣는다. 그중에서 가장 높이 치는 것은 백옥이다.

백옥에는 양지(羊脂, 양 비계), 상아(象牙, 코끼리 엄니), 이화(梨花, 배꽃), 어두(魚肚, 물고기 뱃살), 나미(糯米, 찰벼), 자기(瓷器, 백자), 어골(魚骨, 물고기 뼈), 계골(鷄骨, 닭뼈) 백옥 등이 있다. 그중에서도 양지 백옥을 최상품으로 삼는데 양지 백옥은 희고(白) 투명하고(透) 섬세하고(細) 윤기(潤) 있기 때문이라고 한다.

호탄옥은 곤륜산맥에서 나지만 산에서 캐는 것이 아니라 백옥강과 묵옥강에서 줍는 것이다. 그래서 옥을 줍는 일을 '물속에서 건져낼' 로 (撈) 자를 써서 노옥(撈玉)이라고 한다. 그리고 옛날에는 노옥을 하는 데도 규칙이 있었다고 한다.

10세기 오대시대 후진의 왕은 새 옥새를 만들기 위해 신하 고거회 (高居誨)를 호탄에 파견했는데 그가 938년부터 942년까지 4년을 머물고 돌아와 쓴 여행기에는 매년 5, 6월에 강물이 불어나면 옥돌이 산에서 실려 내려왔는데 물이 서서히 빠지는 7, 8월에 옥을 찾아 나섰다고 한다. 이때 호탄 왕이 관리들을 거느리고 먼저 채취한 뒤 일반인들이 강바닥을 뒤질 수 있었다고 한다.(『오대사(五代史)』)

옥의 종합적 가치

옥에는 경옥(硬玉, Jade)과 연옥(軟玉, Nephrite)이 있는데 경옥은 강도 6.5~7의 소위 비취 종류로 근대에 와서 사용된 것이고, 고대 중국의 옥은 모두 강도 5~6의 연옥이다. 옥은 천연광석의 하나로 겉으로 보면 빛깔이 곱고 윤이 나며 투명하고 깨끗하다. 그리고 만져보면 촉감이 보드랍고 매끈하고 따뜻하다. 속이 단단한데 두드리면 맑은 소리가 난다. 이것이 재료로서 지니는 미적 가치이다. 이는 옥만이 아니라 이른바 보석 종류들은 비슷하게 갖고 있는 것이다. 그런데 옥에는 이뿐만 아니라 약용(藥用) 가치와 도덕적 가치가 뒤따른다.

중국인들이 옥에서 약용 가치를 발견한 것은 아주 오래전의 일이다. 『황제내경(黃帝內經)』『본초강목(本草綱目)』 등 전통적인 의약과

양생(養生)에 관한 책에는 옥을 지닐 때의 효과에 대해 아주 자세하게 나와 있다. 옥은 혈액순환, 심폐기능, 오장의 기능을 강화해주고, 가래 제거, 해열, 발모 촉진을 도와주며, 귀를 밝게 해주고 뼈를 강하게 해주고 근육을 탄력 있게 해주며 나아가서 '혼백(魂魄)을 안정시켜준다'고 한다. 이런 만병통치약이 없다. 내가 천산산맥을 넘어오면서 중국인들의 과장법에 대해 감탄한 바 있는데 옥에서도 여지없이 그 실력을 발휘한다.

그래서 옥을 몸에 지니는 장신구(佩玉)로 만들기도 하고, 손에 쥐는 완구(玩玉)나 안마공구로도 만든다. 심지어는 옥가루를 복용하기도 한다. 더 나아가서는 옥이 시신을 부식시키지 않고 내세의 삶을 보장해준다고 생각했는데 실제로 기원전 2세기, 서한시대 무덤에서는 옥 조각 2,160개와 금실 700그램으로 제작한「금루옥의(金縷玉衣)」가 발견되었으니 중국인의 옥에 대한 사랑은 신념에 가깝다 할 것이다.

그뿐만 아니라 중국인들은 옥에서 정신적 가치마저 찾아내고 있다. 옥은 고매함, 순결함, 영구함 등을 상징하는데 옥유오덕(玉有五德)이라며 2천 년 전에 허신(許愼, 30~124)이 지은『설문해자(說文解字)』라는 글자 사전에는 옥의 다섯 가지 덕을 다음과 같이 규정했다.

광택이 있고 밝으면서 온화함은 인(仁)이고, 속이 그대로 비치며 투명한 것은 진(眞)이고, 두드릴 때 소리가 낭랑함은 지(智)이고, 깨지더라도 굽지 않는 것은 의(義)이고, 각이 예리하지만 다른 것을 상하지 않게 함은 공정(公正)이다.

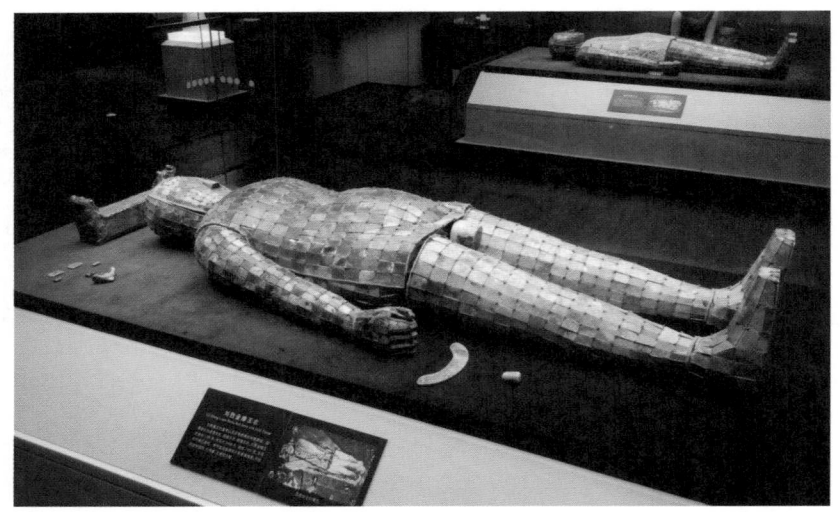

이처럼 옥에다 미적 가치, 약용 가치, 도덕적 가치까지 부여하고 있으니 여기에서 옥 문화가 생기지 않을 수 없었고, 더 높고 아름답고 신비로운 옥을 바라게 되었던 것이다. 이러니 우리네는 들어도 알 수 없는 것이 옥이다. 한마디로 옥은 중국인의 고유한 문화이자 신앙일 따름이다.

탁마

내가 옥의 가치 중 유일하게 공감하는 대목은 그것을 가공하는 탁마(琢磨)의 자세다. 선인들은 탁마란 옥에만 해당하는 것이 아니라 학문과 예술에 힘쓰는 일도 탁마와 같다고 했다.

나의 한시 선생인 김병기 교수(전북대)에게 옥에 관한 시를 소개해달라고 하니 송나라 대복고(戴復古, 1167~1248?)의 「정영부의 옥헌시권에 제하여(題鄭寧夫玉軒詩捲)」라는 시를 알려주었다.

쪼아 새기는 과정을 거쳐야 좋은 옥이 되고	良玉假彫琢
공들여 자주 읊조려야 좋은 시가 된다.	好詩費吟哦
옥처럼 아름다운 시구는	詩句果如玉
심씨(심약)나 사씨(사령운)의 시로도 부족하지.	瀋謝不足多
옥의 소리는 맑아서 세상을 벗어나는 소리가 귀하고	玉聲貴淸越
옥의 색깔은 순수한 것이 사랑스러워라.	玉色愛純粹
시를 짓는 것이 옥과 같은 경지에 이르려면	作詩亦如之
공부가 그 수준에 이르러야지.	要在工夫至
옥을 위해서는 돌을 먼저 분간할 줄 알아야 하고	辨玉先辨石
시를 논하려면 먼저 시의 격을 논해야 하리.	論詩先論格
시의 형식은 예부터 많고도 많은데	詩家體固多
문장(詩)에는 그 정맥이 있어야 한다네.	文章有正脈
옥헌이 읊은 시를 자세히 보았더니	細觀玉軒吟
평생 동안 고심이 많으셨구려.	一生良苦心
쪼아 다듬고, 또 쪼아 다듬으면	雕琢復雕琢
한 조각의 옥이 만금 값이 되리라.	片玉萬黃金

구절구절이 학문하는 사람과 예술 속에 사는 사람에게는 뼈에 사무치는 가르침이다. 갈고닦음에는 아무리 정성을 다해도 다함이 없는 것이다. 그것이야말로 옥이 진정 우리에게 가르쳐주는 교훈이다.

호탄을 떠나며

호탄에서의 하룻밤은 아무래도 허전하였다. 14시간에 걸쳐 타클라마칸사막을 종주해온 피로로 저녁을 먹는 둥 마는 둥 곧 잠자리에 들어가 곯아떨어져 이튿날 신새벽에 일어났는데 아침 식사를 하자마자 카슈가르로 떠난다는 것이다. 카슈가르까지는 600킬로미터를 가야 한다고 하니 어쩔 수 없는 일이다. 그러나 호탄에 오긴 왔으나 호탄의 공기도 제대로 마셔보지 못한 채 떠나야 한다는 것은 섭섭함을 넘어 잔인한 일이다.

이럴 때면 내가 하는 일이 있다. 빈 부채를 펴고 내가 기대했던 것, 내가 생각했던 것을 끄적이며 마음을 달래는 것이다. 나는 실크로드 답사 내내 곁에 두고 참고했던 『사주지로·신강고대문화』(신강인민출판사 2008)라는 도록을 펼쳐보면서 합죽선에 실크로드의 오아시스 도시를 순례하며 미처 볼 수 없었던 유물을 하나씩 옮겨 그려보았다.

투르판에서는 마니교 여신상이 볼수록 아름다웠다. 쿠차에서는 구자국왕과 왕비의 공양도가 아주 이국적이었다. 그리고 호탄과 누란의 천산남로 지역에서는 단단윌릭의 날개 달린 천사상을 그려 넣었다. 이렇게 한 폭에 담아놓고 보니 투르판은 중국에 가까웠고, 쿠차를 서역풍이라고 한다면 호탄은 서양풍이 역력했다. 이것이 내가 그동안 돌

| **호탄강의 지류인 백옥강에서 옥을 찾는 사람들 |** 옥돌 찾기를 노옥(撈玉)이라고 한다. 우리도 강 한쪽에 버스를 세워놓고 강변으로 내려가 옥을 찾는 자세로 두리번거리며 산책하는 시간을 가졌다.

아다닌 타클라마칸사막 오아시스 도시의 성격을 대변하는 것이었다.

그러나 이제 호탄을 떠나면 우리는 이제까지와는 전혀 다른 세계로 들어가게 된다. 그동안 함께하던 불교와는 헤어지고 이슬람의 세계로 들어가게 되고, 살아서 돌아올 수 없다는 타클라마칸사막을 벗어나 세계의 지붕이라고 부르는 험하고 험한 파미르고원으로 들어가게 된다. 나는 심기일전하는 기분으로 회원들과 버스에 올라 호탄을 떠나 카슈가르로 힘차게 향하였다.

우리는 예정대로 호탄을 벗어나기 전에 묵옥강 강변에서 노옥을 흉내 내보기로 하였다. 묵옥강을 가로지른 다리 한쪽에 버스를 세워놓

| 실크로드의 유물들 | 오아시스 도시를 순례하면서 들른 유적지에서 내가 미처 보지 못했던 대표적인 유물들을 합죽선에 하나씩 옮겨보았다.

고 강변으로 내려가 옥을 찾는 자세로 두리번거리며 산책하는 시간을 가졌다. 그렇게 묵옥강을 배회하다 결국은 아무것도 줍지 못했지만 강바람을 쐬면서 강변을 거닌 것만으로도 '듣는 호탄'에서 '보는 호탄' 으로 전환되는 답사의 체감이 있었다. 인간은 확실히 여린 감정의 동물이다.

서역의 진주인가 위구르의 눈물인가

곤륜산「요지연도」/ 예청에서 / 야르칸드의 아마니사한 왕비 /
카슈가르의 역사 / 향비묘 / 아이티가르 청진사 /
러시아 영사관과 영국 영사관 / 파미르고원의 검은 호수

곤륜산의「요지연도」

오늘 답사 일정은 하루 종일 버스를 타고 서역남로를 따라 카슈가르
로 가는 것이다. 호탄에서 카슈가르까지는 612킬로미터이다. 어제 쿠
차에서 타클라마칸사막을 종주해 호탄까지 온 거리보다도 길다. 그나
마 다행인 것은 중간에 예청과 야르칸드라는 굴지의 오아시스 도시가
있어 거기에서 점심도 먹고 유적도 답사하며 쉬어갈 수 있다는 점이다.

아침 8시, 버스에 올라 인원 점검을 확실히 한 뒤 본격적으로 카슈
가르를 향해 달리면서 나는 왼쪽 창가로 다가가 만년설을 머리에 인
곤륜산맥이 나타나기를 기다리며 시선을 놓지 않았다. 호탄에 오면

| 곤륜산맥 | 호탄에서 카슈가르로 가는 길에서 만난 곤륜산맥은 만년설을 머리에 인 모습을 하고 있다. 과연 전설을 낳을 만한 장엄한 산줄기이다.

볼 수 있을 줄 알았던 곤륜산맥이 보이지 않아 가이드에게 물어보니 훨씬 남쪽으로 더 들어가야 보인다며 카슈가르로 가는 길이 곤륜산맥을 따라 나 있기 때문에 한참 가다보면 차창 밖으로 멀리 보일 것이라고 했다.

곤륜산맥(崑崙山脈, 쿤룬산맥)은 아시아에서 가장 긴 산맥으로 길이 2,400킬로미터, 폭 130~200킬로미터로 천산산맥과 비슷한 규모지만 해발고도는 5,500~6,000미터이고 최고봉은 7,000미터가 넘는다. 곤륜산맥의 남쪽은 티베트고원이고 북쪽은 타클라마칸사막의 타림분지이며 서쪽은 파미르고원과 맞닿아 있어 중국에서 제일가는 신산(神

山)이며 모든 산의 조상이라고 해서 만조지산(万祖之山)으로 일컬어
진다. 더욱이 곤륜산에서는 옥이 나와 중국인들이 신성시할 뿐만 아
니라 '옥출곤륜(玉出崑崙)'이라는 말이 우리나라 판소리 「춘향가」에도
나올 정도다.

곤륜산에는 우리 조상들이 좋아했던 신화가 하나 있다. 조선 후기
로 들어가면 궁중에서 사용하는 장식병풍에 「요지연도(瑤池宴圖)」라
는 것이 나타난다. 이는 곤륜산에 사는 여신인 서왕모(西王母)가 탐스
러운 복숭아가 주렁주렁 달린 환상적인 정원인 요지(瑤池)에서 벌인
연회 장면을 그린 것이다. 나는 처음엔 조상들이 왜 줏대도 없이 와볼

| **「요지연도」 부분 |** 곤륜산에 전해 내려오는 서왕모 신화는 우리 조상들이 좋아하던 이야기였다. 조선 후기 궁중에서 사용한 장식병풍인 「요지연도」는 서왕모가 탐스러운 복숭아가 주렁주렁 달린 환상적인 정원인 요지에서 벌인 연회 장면을 그린 것이다. 경기박물관 소장.

수도 없는 곤륜산 신화를 그렇게 좋아했는가 원망스럽게 생각했지만 나중에 이를 로마 사람들이 그리스 신화를 이끌어 자신들의 이야기로 쓴 것처럼 문화권적 동질감으로 이해하게 되었다. 마치 내가 소설『삼국지』를 흥미진진하게 읽는 것과 같은 정서의 교감이다.

이야기인즉 곤륜산에서 신비롭게 용트림을 하며 자라는 반도(蟠桃) 복숭아는 자라는 데 3천 년, 꽃피는 데 3천 년, 열매 익는 데 3천 년이 걸린다고 하며 반도 한 개를 먹으면 3천 년을 더 산다고 한다. 그래서 반도가 익는 7월이면 서왕모는 신선들을 불러 모아 자신의 요지에서 파티를 열었단다. 그런데 지금부터 3천 년 전, 주나라 제5대 왕인 목왕(穆王)이 서쪽 지방을 순방하자 서왕모가 초대하여 성대하게 연회를 열었다는 것이다. 병풍 가운데 앞을 보고 앉은 여인이 주인인 서왕모이고 옆을 보고 앉은 이가 손님인 주나라 목왕이다. 이때 파티에 초대받은 온갖 신선들이 멀리서 구름 혹은 파도를 타고 모여들고 있다.

천년만년 잘 살라는 염원을 이런 환상적인 파티로 그린 것인데 조선시대「요지연도」는 궁중장식화이기 때문에 당대 최고 가는 도화서 화가들이 그린 것이어서 인물 묘사가 뛰어나고 채색이 아주 화려하다. 이「요지연도」병풍은 적지 않게 남아 있어 한때 크게 유행했음을 알 수 있다. 나는 이 병풍 그림을 볼 때면 유심히 살피며 찾는 인물이 하나 있다. 다름 아닌 인간 중 가장 장수했다는 삼천갑자 동방삭(東方朔)인데 바로 이 복숭아 예순 알을 훔쳐 먹고 18만 년(3,000×60)을 살았다는 것이니 뛰어난 화가라면 능히 이 동방삭을 병풍 한쪽 구석에 에피소드로 처리해 삽입했을 것이라고 생각하기 때문이다. 그러나

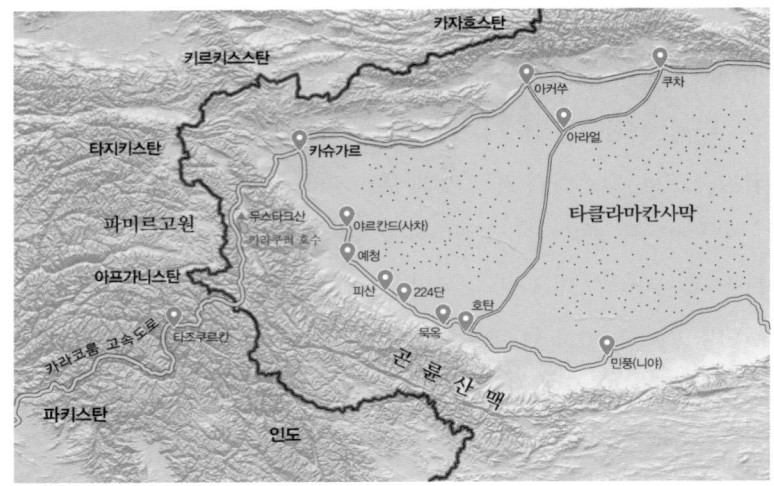

| **카슈가르 지도** | 카슈가르는 실크로드 중부 구간의 서쪽 끝에서 서역남로와 천산남로가 만나는 지점에 있다.

아직 「요지연도」 속에서 동방삭을 만나지 못했다. 어쩌면 궁중장식화이기 때문에 흐트러진 유머가 허락되지 않았는지도 모른다. 그런 이야기가 서린 곤륜산맥이기에 희미한 자락이라도 바라보고 싶었던 것이다.

건설병단 224단을 지나며

호탄에서 카슈가르로 가는 길은 사뭇 들판을 가로질러 나 있다. 우리 산천처럼 능선을 따라가는 것이 아니어서 멀리 지평선이 보이거나 가까이 나무 덤불 속을 헤치고 가는 것만 같은데 가다가 강이 나타나 유유히 다리를 건너갈 때면 멀리 고국에 두고 온 향토적 서정의 끝자

| **호탄에서 카슈가르로 가는 길의 이정표** | 카슈가르와 피산까지 가야 할 거리가 나와 있는 것은 알겠는데, '224단'은 대체 무엇인지 호기심을 자극한다. 224단은 군대조직을 갖고 농업과 공업에 종사하는 현대판 둔전이다.

락을 불러일으킨다.

하릴없이 창밖만 물끄러미 바라보며 이 생각 저 생각 하다가, 혹은 멍 때리기 연습을 하듯 무념무상으로 있다가도 차창 밖으로 도로변에 세워진 푯말을 보면 그것이 이정표든, 그 고장 자랑을 담은 관광 안내판이든, 국민에게 강요하는 딱딱한 표어든 놓치지 않고 읽어보면서 이곳 땅의 내음을 담아가려고 애써본다. 그러던 중 내 앞에 거리를 알려주는 이정표가 나타났다.

카스(喀什) 407킬로미터, 피산(皮山) 116킬로미터, 224단(團) 13킬로미터

카스는 카슈가르이고, 피산은 서역 36국의 하나였던 고을 이름인 것은 알겠다. 그런데 '224단'은 무엇인가? 지적 호기심이 거의 지적 사치의 경지에 이르렀다고 흉 떨림을 듣는 내가 이를 모르고 그냥 지나갈 리 없다. 나는 어디를 가든 제목에 '박물관'이 들어간 책은 보는 대로 사는데 우루무치 공항 대합실 서점에서 『신강병단군간(新疆兵團軍墾) 박물관』(文物出版社 2011)이라는 아주 허름한 책을 샀다. 이 책머리의 관장 인사말이 군대식이었다.

당신은 이 넓고 신기한 신강 땅을 지나면서 병단(兵團)이라는 하나의 명사를 들어보았는가? 병단! 이것이 언제 성립했는가? 14개사(師)에 170여 단(團)에 260만 명이 곳곳에 주둔하고 있는 곳이 어디인가? 이것의 역사와 위상은 무엇인가? 이런 것이 궁금한 사람은 신강병단군간 박물관으로 오시라.

1949년 중화인민공화국 성립 때 옛날 한나라 시절 둔전을 본받아 군대가 변경에 주둔하면서 국경을 지키고 농업·공업에 종사하는 제도를 실시하였다. 이를 '둔간술변(屯墾戍邊)', 즉 주둔하며 간척하고 변방을 지킨다는 뜻으로 신강생산건설병단이라고 했다. 신강성은 8개국과 5천 킬로미터가 넘는 국경선을 맞대고 있어 군인이 변경을 지키지 않을 수 없는데 이 지역의 농업 공업 건설사업과 연계시킨 준(准)군대 조직이다. 당시 해방군을 비롯해 중원 각지의 젊은이들이 여기에 열렬히 호응했다고 한다. 그러다 문화혁명 기간에 해체되었는데

1985년에 다시 실시해 오늘날(2015년 기준) 여기에 종사하는 군인과 가족이 약 277만 명, 병단이 차지하는 전체 면적은 약 7만 제곱킬로미터에 이른다고 한다. 인구나 면적 모두 신강성의 10분의 1 너머를 차지한다.

신강생산건설병단은 당·정·군·기(黨政軍企) 합일체로 별도의 행정체제를 갖고 있는데 편제는 병단(兵團)-사(師)-단(團)으로 이루어져 있다. 224단(團)은 제14사(師) 소속으로 피산현과 묵옥현 사이에 위치하며 약 1만 2천 명이 카슈가르와 호탄 사이의 철도 도로사업, 수리사업, 농업, 축산업에 종사하고 있다. 광대한 나라를 운영하는 중국의 입장에서는 이 둔전제를 영원히 이어갈 것 같은데, 어쩌면 통일 후에는 우리나라도 도입할지 모르겠다는 생각이 들었다.

예청에서

호탄과 카슈가르 중간에 예청(葉城, 카르길릭)이라는 도시가 있다. 호탄에서 예청까지는 265킬로미터라고 하니까 카슈가르까지 꼭 절반거리에 있다. 예청은 돌궐어로 '땅이 넓다'라는 뜻이라고도 하고 '절벽위의 도시'라고도 하는데, 실제로 넓은 땅 절벽 위의 도시이다. 서역 36국의 하나인 서야국(西夜國)이 이곳에 있었는데 여기서 자화국(子和國)이 떨어져나갔기 때문에 이를 반영하면 서역 37국이 된다고 하며 강(羌)족의 나라였다고 한다.

서역남로에서는 카슈가르의 소륵국, 호탄의 우전국 다음으로 세 번째로 강성했다고 하는데 오늘날에도 인구가 75만 명(2013년 기준)으로 여전히 신강성의 도시 중 위상이 높다. 인구의 93%가 위구르족이고 한족은 6%, 기타 소수민족이 1%라니 위구르족이 어느 도시보다 많다는 것을 알 수 있다.

우리는 떠난 지 4시간 뒤에야 예청에 도착했다. 여기서 점심만 먹고 바로 야르칸드로 떠나기 때문에 식사 후에는 멀리 가지 말고 식당 건물 앞에 모여 있으라고 가이드가 당부했다. 어느 때나 그랬듯이 나는 빨리 식사를 마치고 먼저 밖으로 나왔다. 그때 나와 선배인 김정헌 화백, 후배 형선이 셋은 담배를 피웠기 때문에 식사 후엔 항시 같이 나와 다정한 연차회(烟茶會)를 가졌다. 형선이가 담배를 피우면서 느긋이 물었다.

"성님들, 저 중국의 간자체 보면 답답하지 않아요? 차라리 모르면 괜찮겠는데 정자(번체자)와 비슷해서 뭔 글자를 저렇게 만들었나 따져 보게 되는데 반은 알고 반은 모르겠으니 갑갑해요. 저기 저 글자(叶)는 뭐라고 읽나요? 뭔 글자가 저렇게 방정맞게 생긴 거래요?"

"나뭇잎 엽(葉) 자를 간자로 저렇게 쓴다네."

그때 김정헌 화백이 대화에 끼어들었다.

"아항, 엽(葉) 자였구나. 나도 궁금해서 이 글자 저 글자 생각하다 포기했는데. 그러고 보니까 나무에 작은 잎사귀 하나 붙여놓고 엽(叶)이라고 했구먼. 그림이야. 어이, 유대감, 저렇게 재미있는 간자 또 있나?"

"초급 중국어 실력이 뭘 알겠어요."

"이봐, 초급이니까 신기하게 생각한 게 있겠지. 고급이 그런 거 따지겠어?"

"어디 보자, 따를 종(從) 자는 사람 인(人) 자 둘을 붙여(从) 만들었고, 무리 중(衆) 자는 사람 인(人) 자 셋을 모아놓은 것(众)도 재미있고, 특히 음양(陰陽) 두 글자가 그럴듯하게 생겼어요. 부방 변에 해를 붙이면 양(阳), 달을 붙이면 음(阴)이 돼요."

"어, 진짜네."

김화백과 형선이는 재미있어하는데 막내 회원이 이야기 틈새에 끼어들면서 이렇게 말했다.

"우리는 애초에 한자를 안 배웠기 때문에 한자고 저 위구르 글씨고 다 문자 디자인으로 보여서 괴로울 게 없어요. 모르는 게 약인 셈이죠."

모택동이 과감하게 시행한 간자는 진시황의 문자통일 이래 문자혁명이라는 주장과, 중국문화의 재앙이라는 주장이 아직도 팽팽하다고 한다. 그래서 대만은 이 위험 부담이 많은 간자를 따르지 않았다. 중국 문자학을 전공해 『간명 갑골문 자전』(박이정 2017)을 펴낸 손예철 교수(한양대 명예교수)의 말에 의하면 대만에서 간자에 대해 논의할 때 이에 따르는 사회적 비용을 생각하면 차라리 한글을 빌려오는 것만 못하다는 주장도 있었다고 한다. 간자를 보면 한글의 우수성이 더욱 빛나고 세종대왕이 위대하게 느껴지면서 고맙기 그지없다.

야르칸드의 아마니사한 왕비

우리는 지체 없이 야르칸드로 떠났다. 예청에서 야르칸드까지는 한 시간 조금 더 걸린다. 야르칸드는 서역 36국의 사차국(莎車國)이다. 사차국은 인구 약 1만 6천 명에 군인 3천 명이었으니 서역에서 작지 않은 나라였고 오늘날에도 인구 약 80만 명으로 신강성 굴지의 도시다. 사차와 야르칸드의 의미는 아직 규명되지 않았다고 한다.

야르칸드는 한때 카슈가르를 포함해 신강성 서쪽 지역을 지배한 야르칸드한국(葉爾羌汗國, 1514~1680)이 여기를 수도로 삼았던 역사가 있다. 복잡한 역사는 제하고 줄여 말하면 1368년 명나라가 건립되었을 때 이곳을 지배하던 차가타이한국(察合台汗國, 1227~1369)도 붕괴되었다. 이로 인해 힘의 공백이 생긴 서역은 귀족들의 군웅할거 끝에 천산산맥 북쪽에는 준가르한국이 생기고 서쪽에는 야르칸드한국이 생긴 것이다. 1514년 건국한 야르칸드한국은 처음엔 카슈가르에 수도를 두었으나 곧바로 야르칸드로 수도를 옮기고 이후 1680년까지 11명의 칸이 166년간 왕국을 이어갔다.

야르칸드한국이 낳은 가장 위대한 인물은 제2대 왕 압둘라시드 (Abdurashid)의 왕비인 아마니사한(Amanisahan, 1526~1560)이었다. 왕비는 시인이자 음악가이자 사상가로 위구르 민족의 춤과 음악을 체계 있게 정리하는 위대한 업적을 남겼다. 위구르족은 본래 춤과 노래를 좋아하여 민간음악이 아주 다채롭고 풍부했지만 체계는 없었다. 아

| 아마니사한 왕비묘 | 야르칸드한국의 왕비 아마니사한은 시인이자 음악가, 사상가로 위구르 민족의 춤과 음악을 체계화했다. 그녀의 위대한 업적은 위구르인들이 동질성과 정통성을 지켜나가는 데 큰 역할을 했다.

마니사한 왕비는 이를 모두 채집하고 분류하면서 더할 것은 더하고 뺄 것은 빼며 '열두 무카무(十二木卡姆)'라는 이름으로 체계화했다. 무카무는 아랍어로 '법률'이라는 뜻인데 음악용어로는 '고전(古典)'이라는 뜻이 된다고 한다. 서양음악에서 바흐의 12평균율, 또는 우리 판소리 식으로 말하자면 열두 마당으로 체계화한 것이다. 이로써 위구르인은 춤과 노래로 민족의 동질성과 정통성을 굳게 지켜나갈 수 있게 되었다.

이리하여 아마니사한 왕비는 '무카무 대사(大師)' '위구르족 음악의 어머니'로 칭송되었으나 불행히도 34세 때 난산 끝에 세상을 떠나 왕릉에 안장되고 영묘(靈廟)가 따로 세워지게 되었다. 왕비의 영묘는 카

| 아마니사한 왕비 동상(왼쪽)과 아마니사한 왕비묘의 석관(오른쪽) | 아마니사한 왕비의 영묘는 민족의 위인에 대한 존경이 담긴 개별 영묘다.

슈가르의 향비(香妃)묘와 비교되곤 하지만 향비묘는 호자 가문의 능묘(陵墓)이고 독립된 영묘가 아니다. 또 향비묘는 비극적 운명의 왕비를 기리는 것이지만 아마니사한 왕비의 영묘는 민족의 위인에 대한 존경이 담긴 개별 영묘이니 차원이 다르다.

나는 '열두 무카무'가 어떻게 노래되고 춤으로 추어지는지 모르지만 그녀가 '열두 무카무'를 체계화해 위구르족의 민간 연희를 집대성한 공은 우리나라 세종대왕이 종묘제례악을 정비한 것과 비길 만하리라는 생각이 들었다. 차이가 있다면 세종대왕은 나라의 정통성을 부여하려 했고, 아마니사한은 민족의 정체성을 살리려 했다는 점이다.

둘 다 귀중한 인류의 자산이기에 우리나라의 종묘제례악, 위구르의 '열두 무카무' 모두 유네스코 무형문화유산에 등록되었다.

위구르족에게 춤과 노래는

멀리서 바라보니 아마니사한 왕비의 영묘가 하얀 기념탑처럼 사막의 폭양에 빛나고 있었다. 가까이 다가가자 기단부가 있는 2층 사각정자 형식임을 알 수 있는데, 계단으로 기단부를 오르자 가운데 석관이 모셔져 있고 사방 여섯 개의 기둥이 지붕을 받치고 있다. 묘당 안은 천장 높이 창문을 두어 광선을 받아들이고 있는데 이것을 밖에서 보면 2층 정자로 보이는 것이다. 각 창문 아래 벽체에는 열두 무카무의 제목이 위구르어로 쓰여 있고 그 아래에 중국어와 영어로 액자틀에 걸어놓았다. 그 형식이 이 묘당의 주인은 위구르인임을 강조하는 것 같았다.

묘당을 나와 다시 계단을 내려온 뒤 사차 왕릉 쪽으로 가려니 묘당 기단부 사방이 여러 칸으로 나뉘어 있고 각 칸에는 위쪽에 악기 그림을 장식으로 그려놓은 뒤 그 아래 노래가사 한 소절씩을 위구르어와 한자로 적어놓은 것이 눈에 들어왔다. '열두 무카무'의 가사일 것이 분명한데 사랑을 노래한 것이 아주 진하다.

> 너의 사랑스러운 모습에 나는 넋을 잃었네.
> 나는 맥길농이 되어 너를 미친 듯이 사랑하고프네.
> 你的嬌容使我神昏痴迷 我元做麥吉儂對你狂戀

여기서 '맥길농(麥吉儂)'은 위구르어로 '사랑에 빠진 미친 사람'이라는 뜻이라고 한다. 위구르인들이 이처럼 춤과 노래를 좋아하는 것은 고비사막의 유목생활 때부터 유지해오던 본래의 가무 전통일 것이다. 그런데 참으로 묘한 것은 실크로드나 티베트나 차마고도나 내가 노년의 답사코스라며 꼽은 곳들은 문명의 간섭을 적게 받았고 정확히 말해서 모두 삶을 영위하기에는 적합하지 않은 자연조건을 지녔다 할 수 있는데 그것을 극복하며 살아가는 방식은 전혀 다르다는 점이다.

티베트인은 신앙의 힘으로 버티는 느낌이다. 오체투지의 인내 속에서 마음의 평화를 찾는다. 이에 반해 실크로드 오아시스 도시 사람들은 춤과 음악으로 인생을 위로한다. 그런가 하면 차마고도 사람들은 종교고 가무고 생각하지 않는다. 주어진 생존의 시간에 충실하게 시기를 놓치지 않고 일하며 살아갈 뿐이다. 어느 것이 더 낫고 부족하고가 없다. 그것은 선택이 아니라 자연조건에 맞추어 사는 인생이다. 그리고 우리 같은 현대 도시인들은 이 세 가지에다 문명이란 것이 복잡하게 뒤엉킨 삶을 영위할 뿐이다.

위구르 민족의 운명에 대하여

나는 사차 왕릉을 가볍게 구경하고 쉼터에 앉아 조용히 아마니사한 왕비의 '열두 무카무'가 위구르인들에게 갖는 의의에 대해 생각해보았다. 지금 독립국가를 갖지 못한 위구르인들에게 민족적 동질성을 부여해주는 것이 이 이상 있겠느냐는 생각이 들었다. '열두 무카무'가 있는 한 위구르 민족은 살아 있는 것이다.

가만히 생각해보니 그동안 실크로드를 답사하면서 위구르인에 대한 애정이 샘솟은 것은 여기가 처음인 것 같다. 사실 나는 실크로드 답사에서 현재의 이슬람 문화와 위구르족보다는 불교 역사 유적과 자연유산에 관심이 집중되어 있었다. 인간은 누구나 자신의 처지에 빗대어 사물을 대하기 마련이고 이국의 문화를 접할 때면 자기 민족의 역사와 비교하게 되는 것이 당연하다.

그런데 이슬람 문화는 나의 삶, 우리의 역사와 너무도 멀어서 좀처럼 실체감이 들어오지 않는다. 아마 끝끝내 나는 이슬람 문화에 크게 감동받거나 오롯이 관심을 기울일 일은 없을 것 같다. 이슬람의 맹신도들이 불교 유적지에서 보여준 야만적인 파불 행위 때문에 미워하는 마음이 든 것도 사실이다.

그러나 위구르 민족이라면 이야기가 다르다. 오히려 그들에겐 많은 동정을 갖고 있다. 그들은 지금도 독립국가를 갖기 원한다. 파란 눈에 둥근 모자를 쓴 위구르인이 중국어로 말하는 것을 보면 독립국가를 갖지 못한 민족의 운명이 얼마나 쓸쓸한가를 절감하게 된다. 중앙아시아의 소수민족들이 소련의 붕괴 이후 우즈베키스탄, 카자흐스탄, 키르기스스탄, 투르크메니스탄 등 땅이라는 의미의 '스탄'이라는 이름으로 독립함으로써 위구리스탄에 대한 소망은 더욱 커졌을지 모른다.

더욱이 20세기 전반기, 한때 군벌들이 신강성의 지배권을 두고 다툴 때 아주 짧은 기간이지만 카슈가르를 중심으로 '동(東)투르키스탄'이라는 깃발이 휘날릴 때가 있었다. 위구르족도 투르크족에 속하기 때문에 그런 이름이 나왔고, 서구 제국주의자들은 신강성을 '중국령 투르키스탄'이라고 불렀던 것이다. 지금도 위구르족의 분리 독립운동이 카슈가르를 중심으로 일어나는 것에는 이런 배경이 있다.

신강성의 성도가 우루무치이지만 위구르인의 마음의 수도는 카슈가르라고 하는 것도 이런 이유에서다. 중국도 민족감정이란 그런 것임을 잘 알기 때문에 일찍이 신강성을 '위구르자치구'로 지정해 형식으로나마 반(半)독립적 성격을 부여했던 것이다.

아마니사한 묘당은 나에게 많은 생각을 가져다준, 예상외로 감동이 큰 답사처였다. 나는 다른 회원들보다 늦지 않으려고 부지런히 버스로 달려가 올라탔다. 우리는 다시 카슈가르를 향해 달렸다. 실크로드 답사의 마지막 오아시스 도시인 카슈가르까지는 아직도 200킬로미터가 남았단다. 몇 시간 더 가야 할지 모른다.

결국 밤 9시 다 되어 도착했다. 식사 후 호텔 방에 들어가니 너무도 피곤하여 곧바로 잠자리에 들었는데 깨고 보니 아침 7시였다. 어제 하루뿐만 아니라 지난 7일간의 피로가 다 풀린 기분이었다. 너무도 상쾌한 기분으로 나는 카슈가르의 아침을 맞았다.

카슈가르 전사(前史)

카슈가르는 실크로드 중부 구간 답사의 종점이다. 여기는 타클라마칸사막과 파미르고원이 맞닿는 곳에 있다. 돈황에서 출발하여 서역남로를 타고 오든 천산남로를 따라오든 여기서 만난다. 동서문화의 교차점이다. 그래서 카슈가르를 보지 않으면 실크로드를 보지 않은 것과 마찬가지라는 말이 생겼고, 카슈가르를 실크로드의 진주라고 말하

기도 한다.

그러나 막상 카슈가르에서 우리가 답사할 곳은 많지 않다. 이슬람 사원인 아이티가르 청진사, 향비묘로 알려진 '아바 호자 능묘', 그리고는 카슈가르 고성(古城) 정도다. 교외로 나가면 삼선동을 비롯한 불교 유적지도 몇 있지만 일반 답사객이 일부러 찾아가기에는 너무 고급반 코스다. 또 하나가 있다면 제국주의 침략의 거점이었던 러시아와 영국의 영사관 건물이다. 그래도 여기는 종점이라는 장소적 의미가 크고 또 파미르고원이 우리를 기다리기 때문에 답사처로서 의의나 비중이 결코 낮은 것은 아니다.

카슈가르의 아침 첫 답사지인 향비묘로 가면서 나는 마이크를 잡고 회원들에게 카슈가르의 역사를 아주 간단하게 설명해주었다.

"자, 공부합시다. 여태까지 새 도시에 들어갈 때마다 반복적으로 공부했으니까 여기서는 요점만 콕콕 집어 말하겠습니다. 우선 카슈가르 (喀什噶爾)의 의미에 대해서는 '녹색 타일의 왕궁'이라고 많이 알려져 답사 자료집에도 그렇게 쓰여 있는데, 사전적 의미로 보면 카슈는 돌 궐어로 옥(玉)을 말하고, 가르는 이란어로 산을 의미하므로 '옥산(玉山)'이라는 뜻이라고 합니다.

기원전 2세기 서역 36국 시절 카슈가르는 소륵국(疏勒國)으로 『한서』「서역전」에 인구가 1만 8,647명이었다고 하니 꽤 큰 나라였습니다. 그런데 장건의 서역 원정 후 실크로드가 열리면서 동서교역의 교차점이 되어 카슈가르의 지리적 위상은 더욱 높아졌습니다. 그리하여 기원후 1세기 후한시대에 반초가 서역을 경영할 때 여기에 서역도호부가 설치되었습니다. 1세기 이후 약 4백 년간 서역의 오아시스 국가들이 팽창할 때 소륵국은 서역 6강의 하나로 성장했습니다. 서역 6강은 이제 다 외우셨죠."

아무 대답이 없는데 이것이 긍정인지 부정인지 알 수 없었다. 그러나 각자 알아서 찾아보리라 생각하고 내 강의를 이어갔다.

"오호십육국시대 중원의 혼란기를 지나 7세기 당나라가 들어서면서 다시 서역 지배로 나서자 소륵국의 카슈가르는 안서사진의 하나가 되었습니다. 안서사진이 어디인지도 다 아시죠."

역시 대답이 없었다. 고개를 자꾸 흔든다. 이건 곤란하다. 서역 6강은 역사적 개념이지만 안서사진은 역사적 사실이다. 이럴 때는 확실히 집어주는 게 교육적으로 효과가 있다.

"카라샤르의 언기국, 쿠차의 구자국, 호탄의 우전국, 카슈가르의 소륵국입니다. 실크로드의 거점 도시가 확보되면서 신라의 혜초 스님, 당나라의 현장법사 등 천축으로 가는 스님들이 많아졌고, 낙타를 몰고 오는 소그드 상인들의 왕래가 잦아지면서 카슈가르는 더욱 번창하게 됩니다. 고선지 장군도 파미르고원을 넘나드는 세 번의 서역원정을 단행할 때 이곳을 지나갔습니다.

송나라 때는 북방의 유목민족 제국이 날뛸 때니까 건너뛰고, 13세기 원나라 때는 칭기즈칸의 둘째 아들 차가타이(察合台, ?~1242)의 봉지가 되어 차가타이한국의 지배를 받았습니다. 그리고 16세기에 야르칸드한국 시절로 들어가는 것에 대해서는 어저께 아마니사한의 영묘를 답사하며 공부했으니 기억하고 계시겠죠.

그 야르칸드한국은 166년을 이어가다가 청나라에 의해 멸망하게 되는데 그때 등장하는 것이 바로 우리가 가게 될 향비묘 이야기입니다. 그래서 카슈가르의 첫 답사처가 향비묘이며 여기까지 역사가 카슈가르의 전사(前史)에 해당합니다."

강의가 짧게 끝나 좋아하다가 이것이 전사라니 후사가 또 있는 것이 부담되었는지 박수도 없었다. 그러는 사이 우리는 향비묘에 도착했다.

향비묘

향비묘는 애칭이고 정확히 말해서 '아바 호자' 가문의 공동능묘이다. 호자란 마호메트의 후손에게 주는 '성스러운 후예'라는 뜻으로, 이들은 야르칸드한국의 종교 지도자 가문이었다. 이들이 종교권력을 넘어서 정치권력을 얻기 시작한 것은 야르칸드한국의 2대 칸(아마니사한의 남편)의 뒤를 이은 제3대 칸 압둘 카림(Abdul Karim, 1560~1591) 때였다. 16세기 말이 되면 호자 가문의 권력은 칸을 뛰어넘기에 이르렀다.

18세기 중엽 청나라가 야르칸드한국을 무너뜨렸을 때 아바 호자 가문에는 두 형제가 있었는데 사람들은 형을 대호자, 동생을 소호자라고 불렀다. 소호자에게는 귀족 출신의 이파르한(Iparhan, 1734~1788?)이라는 아내가 있었다. 그녀는 몸에서 아름다운 향내가 풍긴다 하여 '향비(香妃)'라고 불렸다. 일설에 의하면 그녀는 사막대추나무 꽃으로 목욕을 했다고 한다.

야르칸드를 정복하길 원했던 청나라의 건륭제는 대·소 호자에게 귀순할 것을 요구했다. 두 형제가 이를 거부하자 1759년(건륭 24년) 청나라 원정군이 대대적으로 야르칸드로 진격해왔다. 형제는 저항을 거듭하였으나 결국 파미르고원 깊숙한 곳(바다흐산)으로 도망쳤다. 그런데 그 고을의 지도자는 공연히 화가 자신에게 미칠 것을 두려워

하여 두 형제를 죽이고 소호자의 아내 향비를 청나라 군대에 내버렸다. 청나라 군대 장수는 전승 보고를 하면서 향비를 건륭제에게 바쳤다.

그때 향비 나이 25세였다. 그후 향비는 죽어 고향으로 돌아오게 되는데 그 죽음에 대해서는 여러 가지 설이 있다. 건륭제는 그녀를 사랑하여 그녀만을 위해 이슬람식 건축으로 보월루(寶月樓)를 지어주고 황비로서 예우케 했으나 황제의 어머니가 향비를 미워하여 건륭제가 천단에 제사 지내러 간 사이 내시를 시켜 보월루에서 목을 졸라 죽였

다는 설이 하나 있고, 다른 하나는 향비는 항시 비수를 몸에 품고 있었는데 남편을 잃은 아픔과 고향을 떠나온 슬픔을 이기지 못하여 결국은 자결했다는 설이다. 그의 무덤에 대해서도 여러 설이 있으나 3년을 걸려 시신을 운구해와 이곳 아바 호자 가문의 공동묘지에 모신 것이라고도 한다.

아바 호자 가문의 능묘는 1640년 무렵 아바 호자가 선친을 위해 지은 것으로 그의 사후에 일가족 5대 72구의 시신이 묻혀 있다. 밖에서 바라보면 네 귀퉁이의 원기둥과 중앙 돔을 가진 전형적인 이슬람 영묘로 유명한 인도 타지마할을 아주 작게 축소한 모형처럼 생각된다.

외벽은 쪽빛 타일로 모자이크하여 화려하면서도 진중한 멋을 보여주는데 저 멀리 하미에서 가져온 타일이라고 한다.

능묘 안은 희미하고 가까이 접근할 수 없기 때문에 잘 보이지 않지만, 크기가 제각기인 석관에 비문도 새겨져 있다. 그중 한가운데 가장 큰 것이 아바 호자의 관이다. 그리고 묘실 바른쪽에 꽃다발이 놓여 있는 자그마한 석관이 바로 향비의 관으로 당시 관습대로 어머니 묘 옆에 묻힌 것이라고 한다. 출신이 고고하여 오히려 비극적인 삶을 산 것이다. 가오훙레이의 『절반의 중국사』에는 향비의 묘에 헌사되었다는 이런 시가 실려 있다.

> 향기로운 바람은 십 리에 불어 영혼이 깃든 곳을 위로해주고
> 천 년의 비파 소리에 남은 뼈조차 향기롭네
> 香風十里安魂妻 千載琵琶骨自香

아이티가르 청진사

향비묘에 이은 다음 답사는 카슈가르가 향비묘와 함께 내세우는 명소인 아이티가르(艾提尕爾) 청진사다. 카슈가르에서 위구르인들의 정신을 지배하는 이슬람교의 총본산지이자 신강성 전체에서 쿠차대사와 함께 양대 사원으로 꼽히고 있다. 청진(淸眞)이란 '청결하고 참된 곳'이라는 뜻으로 이슬람의 사원을 일컫는 말이다.

아이티가르는 위구르어로 '기념일에 예배드리는 장소'와 '축제의 광장'이라는 두 가지 의미로 사용된다고 한다. 동서 120미터, 남북

| 아이티가르 청진사 | 카슈가르의 이슬람교 총 본산지이자, 신강성 전체에서 쿠차대사와 함께 양대 사원으로 꼽힌다. 천장에 아름답고 정교한 이슬람 무늬가 새겨져 있다. 건물 자체보다도 광장이 아주 멋있는데, 이슬람 축제가 시작되면 수만 명이 광장을 메운다고 한다.

140미터로 약 2만여 명이 동시에 예배를 드릴 수 있는 규모다. 사원 내부는 녹색의 열주들이 서 있는 것 외에는 장식적인 요소가 거의 없다. 어떤 우상도 존재하지 않는 이슬람 건물엔 오로지 메카를 향하는 벽감만 보일 뿐이다. 역시 이슬람은 문양이 발달하여 천장에 아름답고 정교한 무늬가 새겨져 있다.

이곳은 본래 실크로드를 왕래하던 거상들의 무덤이 있던 곳인데, 1442년 이 지방 통치자가 친구의 넋을 기리기 위해 사원을 세웠고 이후 여러 번의 보수공사를 거쳐 1872년에 현재와 같은 규모를 갖추게 되었다고 한다. 1980년대부터는 소외된 위구르족들의 불만을 무마하기 위해 또 몇 차례 증축 공사를 하여 현재의 규모가 되었다.

아이티가르 청진사는 건물 자체보다도 광장이 아주 멋있다. 이슬람 축제가 시작되면 수만 명의 군중들이 광장을 가득 메운다고 한다. 그 정도로 넓으면서도 사방의 공간이 적당히 열리고 적당히 닫혀 광장이 시원하면서도 아늑하게 느껴진다. 더욱이 이 청진사는 카슈가르 시내 위구르인들의 집단 거주지인 구시가 중심부에 있고 사원 오른쪽 카슈가르 고성이 모스크 앞 광장과 어깨를 맞대고 있어 공간에 생기가 돈다.

우리는 사원 오른쪽 상가와 뒷골목을 마음대로 돌아다니다 한 시간 후에 다시 광장으로 모이기로 했다. 단체여행에서 가끔씩 주어지는 자유시간이란 그렇게 기쁘고 고마울 수가 없다.

카슈가르 고성 산책

나는 우선 길이 나 있는 대로 걸어가보았다. 세 갈래 길에서 멀지 않은 곳에서 또 세 갈래로 갈라지며 중심축 없이 자연스럽게 퍼져가는 것이 억지로 설계된 공간이 아님을 말해준다. 어쩌면 천년을 두고 자연스럽게 생기고 변하고 또 생기고 하면서 오늘에 이른 곳이기에 역사의 향기와 인간적 체취가 짙게 풍긴다. 이런 정겨운 길은 여간해선 만나기 힘들다.

과거에는 노점 위주로 일요일에만 열리던 '일요시장'이었으나 몇 년 전에 중국 정부가 상가를 짓고 상인들을 입주토록 해 우리네 시골

| 카슈가르 고성 바자르 거리 | 인위적으로 설계된 것이 아니라 천년을 두고 자연스럽게 형성된 거리에서 역사의 향기와 인간적 체취가 짙게 풍긴다. 특히 거미줄 같은 골목길이 인상적이다.

장터와 같았던 옛 풍경은 많이 사라졌다고 하지만 워낙에 골격이 자연스럽고도 잘생겨서 어색함이 없다. 길은 방사형으로 뻗어 있지만 전체로 보면 세로 길이 200미터, 가로 길이 300미터에 이르고 내부를 7개의 열로 구분해 종류별로 상가를 나눠놓았다. 길은 구불구불하고 작은 샛길과 오솔길이 아주 많다. 그 거미줄 같은 골목길은 정말로 인상적이었다.

우리나라 서울의 인사동 길과 성격이 꽤 비슷하다. 다만 인사동은 문화의 거리이고 카슈가르 고성은 삶의 거리라는 것이 다르다. 인사동이 아무리 상업화·관광화되었다고 불만을 말해도 여전히 인간적 체취가 일어나는 문화거리로 생명력을 지니는 것은 안국동에서 인사동네거리에 이르는 중심 도로가 S자로 가볍게 휘어 있고, 가다가 보면 왼쪽으로 오른쪽으로 계속 골목이 열려 공간을 확대해주는 데 있다. 그런데 많은 사람들이 그 중심 도로가 S자로 휘어진 줄 모르고 걷는다. 이는 개천을 복개해서 자연스러운 물길이 그대로 길이 되면서 얻어진 효과인데 만약 이것이 반듯한 일직선이었다면 인사동의 전설은 생기지 않았을 것이다.

고성 안의 민가는 대부분 수백 년이 넘은 오래된 집들이란다. 나는 가이드를 불러 민가 하나를 방문할 수 있게 주선해달라고 부탁해 회원들과 함께 집 구경을 했다. 전형적인 위구르식 주택이라는데 집 안으로 들어가니 밖에서 볼 때와 달리 아주 넓었다. 마당 위층에 복도가 둘러 있어 위아래가 뚫려 있는 구조다. 그래서 화분으로 이루어진 꽃밭이 위층에 있어 마당이 위층에 있는 셈이다. 기능에 충실한 삶의 공간이라는 인상을 받았다.

다시 거리로 나와 길을 따라 걸으니 수공예 작업장이 늘어서 있는가 하면 당나귀에 채소를 싣고 다니는 분도 있고 나귀를 몰고 어디론가 열심히 가는 분도 있다. 그런가 하면 머리에 하얀 모자를 쓰고 전통 의상을 입은 위구르인들이 삼삼오오 모여 물담배를 피우면서 우리가 구경하는 것을 구경하고 있었다.

무엇을 기념으로 사갈 것인가 두리번거리는데 의리파 후배 형선이가 나를 부르더니 모든 회원들에게 하나씩 선물하려고 샀다며 같이 들고 가자고 한다. '란'이라는 둥근 빵 모양의 나무 쟁반인데 접으면

| 위구르족 민가 | 고성 안의 민가는 대부분 수백 년이 넘은 오래된 집들이다. 집 안으로 들어가니 밖에서 볼 때와 달리 아주 넓었다. 마당 위층에 복도가 둘러 있어 위아래가 뚫려 있는 구조다.

바구니가 되는 즐겁고 재미있는 디자인이었다.

아, 정말로 즐거운 거리 산책이었고 사람 사는 동네 구경이었다. 카슈가르에서 가장 기억에 남는 답사처였다. 우리는 청진사 광장에 다시 모여 점심 식사를 하러 떠났다. 식사 장소는 카슈가르 영국 영사관 건물이다.

러시아 영사관과 영국 영사관

실크로드 답사를 준비하면서 여행사에 몇 가지 부탁을 겸해 알아봐달라고 한 것이 있었다. 그중 하나가 카슈가르에 19세기 후반부터

| 민가의 수공예품들 | 가이드의 주선으로 위구르인의 민가에 들어가서 그네들의 전통적인 삶의 모습을 만날 수 있었다. 기능에 충실한 삶의 공간이라는 인상을 받았다.

20세기 전반까지 있었던 러시아 영사관은 호텔이 되었고 영국 영사관 건물은 식당이 되었다고 하니 가능하면 거기서 묵고 식사도 할 수 있게 해달라는 것이었다. 여행사에서 알아보니 러시아 영사관은 색만(色滿)호텔이 되었는데 리노베이션 중이라 묵을 수 없고, 영국 영사관 건물엔 중식당이 있다고 하여 우리는 거기서 식사를 하면서 19세기 제국주의 영사관 건물을 구경할 수 있게 되었다.

러시아는 1893년 카슈가르 교외에 정식으로 영사관을 지었는데 대지 1만 5천 제곱미터(약 4,500평)로 넓게 터를 잡고 긴 회랑이 있는 2층 건물로 러시아풍에 위구르 전통 양식을 가미하여 이후 카슈가르의 신

| 구 러시아 영사관 | 1893년에 들어선 이 건물은 러시아풍에 위구르 전통 양식을 가미하여 카슈가르의 신식 건물에 큰 영향을 끼쳤다. 현재 색만호텔로 사용되고 있다.

식 건물에 큰 영향을 끼쳤다고 한다. 마치 19세기 말 우리나라에 러시아 건축가 사바친(A. I. Seredin-Sabatin)이 설계한 러시아 공사관 건물, 덕수궁의 정관헌 등이 우리 근대건축에 영향을 준 것과 비슷했으리라 생각된다.

스웨덴의 탐험가 스벤 헤딘은 이 러시아 영사관 신세를 많이 져 그의 자서전에 자주 등장한다. 1956년에 소련의 주 카슈가르 영사관이 철수한 뒤로는 호텔이 되어 현재 3성급 호텔로 운영되고 있지만 로비, 방, 복도에 러시아풍 장식이 그대로 남아 있다고 한다.

영국 영사관이 카슈가르에 설치된 것은 1868년이고 1912년 북쪽

| 구 영국 영사관 | 1917년에 준공된 이 건물에서는 상업, 외교, 첩보 활동이 활발하게 벌어졌다. 사무실뿐 아니라 식당과 오락실, 외교관 숙소 등이 있어 아주 호화로웠다고 한다. 지금은 식당과 호텔로 사용되고 있다.

성곽 전망 좋은 고지대에 3만 3천 제곱미터(약 1만 평)의 넓은 터를 잡고 모든 건물이 준공된 것은 1917년이었다고 한다. 영국 영사관은 여기에서 상업, 외교, 첩보 활동을 활발히 벌였는데 2층에 여러 사무실이 있었고 식당과 오락실, 외교관 숙소 등이 아주 호화로웠다고 한다. 지금도 식당으로 사용되는 방들과 복도에는 당시의 장식과 집기들이 남아 있어 그때의 모습을 잘 보여주고 있다. 초기 영사관이었던 매카트니는 오렐 스타인, 폴 펠리오, 스벤 헤딘 등 탐험가들을 열성적으로 도와주어 이들의 탐험기에 아주 중요한 비중을 차지하고 있다. 이는 달리 말하자면 제국주의의 신강성, 그들이 말하는 중국령 투르키스탄

| **영국 영사관 내부** | 지금도 식당으로 사용되는 방들과 복도에는 당시의 장식과 집기들이 남아 있어 영사관 시절의 모습을 잘 보여준다. 이곳은 오렐 스타인, 폴 펠리오, 스벤 헤딘 등 제국주의 탐험가들의 본거지 역할을 하기도 했다.

침탈의 본거지였다는 얘기다.

1945년 영국이 철수하면서 인도·파키스탄 영사관이 그대로 인수했으나 1954년에 영사관이 철수하면서 한쪽 건물은 레스토랑이 되었고 다른 쪽 건물은 문이 닫혀 있는데 '치니와커'(其尼瓦剋, Qiniwake)라는 묘한 이름의 호텔이 되었다.

카슈가르 후사(後史)

영국 영사관 건물에서 점심을 먹고 나는 부지런히 밖으로 나왔다.

아까 들어올 때 본 고목을 사람 없을 때 사진 찍으려고 서둘러 나온 것이다. 안내판을 읽어보니 이 나무는 원관유(園冠榆)로 높이 24.2미터, 흉경 13미터, 수령 108년이라고 나와 있다. 그렇다면 영사관 건립과 나이가 맞아떨어진다. 본래 영사관 뒤편으로는 아름다운 정원과 운동장까지 갖추고 있었다는데 지금은 마당 한가운데 이 나무만 남아 그 옛날을 증언하고 있는 것이다. 원관유가 무슨 나무인가 인터넷에 검색해보려 하는데 후배 형선이가 식당에서 나오면서 큰 소리로 말한다.

"거, 느릅나무 한번 장하게 잘 컸다."
"아, 느릅나무구먼. 알았네. 고마우이."
"성님, 그나저나 영국 놈들은 어떻게 19세기 그 시절에 이 오지 중의 오지에 영사관을 다 설치했답니까?"

이 대목에서 우리는 카슈가르의 후사(後史)를 알아둘 필요가 있다. 영국이 아편전쟁을 일으킨 것은 1840년이었다. 이후 영국은 청나라와 많은 불평등조약을 맺으며 이권을 챙겼다. 러시아도 청나라를 얕잡아 보고 일련의 불평등조약을 체결해 중국 서북변강의 영토를 강점했다. 청나라가 홍콩, 마카오를 떼어주고 우수리강변의 영토를 잃던 시절이었다.
이와 동시에 러시아와 영국은 신강성에 영사관을 설치하고 이를 거점으로 매판세력을 앞세워 민정을 간섭하고 지방정권을 조종하며 교통, 우편통신, 금융 등을 장악하고 신강을 그들의 상품시장 및 원료공급지로 만들어갔다. 영국과 러시아는 그렇게 '그레이트 게임'을 벌이고 있었다.

당시 만주족의 청나라는 이미 국운을 다해가던 때였다. 1851년 태평천국운동이 시작되어 10여 년간 이어지자 이에 영향받아 1864년 쿠차 농민 봉기를 시작으로 신강 지역에 무슬림의 봉기가 일어났다. 1865년 중앙아시아에서 온 타지키스탄인 야쿱 벡(阿古柏)이라는 자가 영국 등 외세의 도움을 받아 '이슬람의 보호자'를 자처하며 신강을 장악했다. 이에 대해 청나라 정부의 권신 이홍장(李鴻章)은 쓸모없는 땅이니 버리고 일본 방어에 힘쓰자고 했고, 섬서성과 감숙성을 다스리는 섬감(陝甘)총독인 좌종당(左宗棠)은 변방이 무너지면 안 된다고 주장했다. 이때 서태후는 좌종당의 편을 들어주었다. 이것이 서태후가 평생 한 일 중 제일 잘했다는 평을 받는 것이라고 한다.

이리하여 1876년, 65세 노령의 좌종당은 사병들에게 자신의 관을 끌고 가게 하며 6만 대군을 이끌고 신장으로 진격해 1878년 초에 야쿱 벡 정권을 멸망시키고 신강을 수복했다. 그리고 1884년 청나라 정부는 정식으로 신강성을 행정조직으로 편입했다. 이로써 신강성이 여전히 중국 영토로 굳어지게 된 것이다. 이런 까닭에 신강성 곳곳에 좌종당의 동상이 세워져 있다.

1911년 신해혁명이 성공해 청나라가 멸망하자 힘의 공백이 생긴 신강성은 중원과 마찬가지로 지역을 장악하려는 군벌들의 다툼으로 혼란에 빠졌다. 1930년 회족 군벌인 마중영(馬仲英)이 무슬림 봉기를 등에 업고 우루무치, 투르판 등 동부 지역을 장악했다. 그러자 1933년 희대의 기회주의자 군벌인 성세재(盛世才)가 공산당과 손잡고 마중영과 대결했다. 신강성 동쪽이 이처럼 전투에 휩싸인 틈을 타 서쪽에선 분리독립파들이 카슈가르를 중심으로 '동투르키스탄 이슬람 공화국' 기치를 들고 나섰던 것이다. 그러나 결국 성세재는 마중영도 물리치고 분리운동 세력도 잠재웠다.

그런데 성세재는 정세가 공산당에게 불리하게 돌아가자 1942년 갑자기 변절하여 공산당 간부들을 살해하고 많은 진보청년들을 투옥시키고는 국민당에 들러붙었다. 그런데 정작 장개석은 1944년 성세재를 중경으로 소환하여 팽시키고 신강성을 국민당의 직접 통치하에 놓았다. 그러자 신강성 각지에서는 국민당 통치에 저항하는 무장봉기가 일어났다. 그런 상태에서 1949년 신중국이 탄생했고 1955년 신강위구르자치구를 설치한 것이 오늘에 이른 것이다.

파미르고원 검은 호수에서

나의 카슈가르 답사는 사실상 여기서 끝났다. 그러나 실크로드 답사라는 대장정을 여기서 마무리한다는 것은 너무나 허전한 일이 아닐 수 없다. 그래서 나는 카슈가르에 하루 더 묵으며 파미르(帕米爾)고원의 만년설에 덮인 설산 아래 있는 산상의 검은 호수에서 마무리하는 일정으로 짰다. 세계의 지붕이라는 파미르고원을 경계로 동아시아와 중앙아시아가 나뉘고 우리가 다녀온 실크로드의 중부가 끝나고 새로 서부가 시작되니 8박 9일 답사의 마침표로는 파미르고원이 제격이라

고 생각한 것이다.

파미르고원은 평균 높이 5,500미터 이상의 산봉우리들로 이루어진 세계에서 가장 높은 고원인데, 그 길이는 약 260킬로미터, 폭은 50~100킬로미터나 된다. 파미르란 페르시아어로 '평평한 지붕'이라는 뜻이며 중국에서는 총령(蔥嶺)이라고 부른다. 총(蔥)은 마늘이라는 뜻으로 파미르고원의 야생 마늘이 유명하여 생긴 이름이다. 파미르고원은 천산산맥, 카라코룸산맥, 곤륜산맥, 티베트고원, 히말라야산맥, 힌두쿠시산맥들과 연결되어 있으며 중국을 비롯하여 타지키스탄, 키르기스스탄, 아프가니스탄, 파키스탄 등 5개국에 걸쳐 있다.

파미르고원의 대부분은 타지키스탄에 속해 있지만 파미르고원을 넘어가는 길은 그 옛날 서역에서 간다라로 가는 고갯길이며 현대에 와서는 1978년에 개통된, 중국의 카슈가르에서 파키스탄의 이슬라마바드를 연결하는 총 길이 1,032킬로미터의 카라코룸 고속도로가 있다. 지금도 국경을 넘어가는 버스가 하루 1편 다닌다고 한다. 우리의 파미르고원 답사는 카슈가르에서 약 200킬로미터 정도 떨어진 곳에 위치한 해발 약 7,500미터의 무스타크(慕士塔格)봉 아래 있는 카라쿠러(喀拉庫勒) 호수까지를 목표로 삼았다.

카슈가르를 떠나 카라코룸 고속도로를 타고 파미르고원으로 향하니 넓은 들판 위로 멀리 정면에 긴 산맥이 보인다. 벌써 고원으로 다가온 기분이 든다. 먼 산이 가까워오면서 길이 머리핀처럼 휘어 돌아가자 그동안 강줄기가 찻길과 함께 나란히 나 있었음을 그제사 알게 되었다. 산이 깊으면 골이 깊다더니 파미르고원에서 흘러 내려오는 강줄기인지라 강폭이 제법 넓어 강변을 달리는 기분이 마치 내설악 백담사 계곡을 달리는 것 같은 장중한 드라이브 기분이 있다.

그러다 '백사산(白沙山) 65킬로미터, 무스타크봉 123킬로미터'라는 안내표지판에 이르자 우리 앞에는 엄청나게 우람하고 붉은 산이 나타났다. 여기부터는 사뭇 뼛골까지 다 드러낸 적나라한 붉은 산맥이 우리를 계속 따라오면서 파미르고원으로 가는 길을 안내하는데 한참을 가다가 그동안 사뭇 따라가던 강을 버리고 왼쪽으로 산자락을 타려니 우리의 버스는 고갯길을 오르느라 힘겨워한다. 본격적으로 파미르고

| **백사산으로 가는 길의 표지판** | 파미르고원을 향해 카라코룸 고속도로를 달리다보면 뼛골까지 드러난 적나라한 붉은 산맥이 우리를 따라오면서 길을 안내한다.

원에 들어선 것이었다.

　그러고는 험악한 산길로 이어졌다. 풀 한 포기 없는 시커먼 바위산에 둘러싸인 것이 삭막하다기보다 무서웠다. 이 길이 얼마만큼 이렇게 이어지는지 모르지만 서역을 건너 인도로 넘어간 수많은 입축승, 카라반, 병사들이 그렇게 힘들어했던 마의 카라코룸 고갯길인가 싶어진다. 이런 길을 넘어 전쟁에 나섰던 우리 고선지 장군과 혜초 스님의 발자취가 머릿속에 떠오른다.

혜초 스님의 눈물

혜초 스님은 정확히 이 길을 통해 천축국에서 당나라 땅으로 넘어왔다. 고선지 장군보다 약 20년 전의 일이다. 혜초 스님의 어린 시절은 알려진 바 없고 15세인 719년에 중국 광주(廣州, 광저우)에 가서 인도승인 금강지를 만나 밀교를 배우다가 스승의 권유로 19세인 723년 뱃길을 이용해 인도로 갔다. 여기서 혜초는 4년 동안 다섯 천축국을 여행하고 파미르고원을 넘어 안서도호부가 있는 쿠차에 도착했는데 그때가 727년 11월이었다.

이를 역산해보면 727년 여름, 혜초 스님은 파미르고원 남쪽 와칸계곡이라 불리는 호밀국(胡蜜國)에 도착했다. 스님은 여기서 "어떻게 저 파미르고원을 넘어가리오"라고 아득한 산길을 넘어갈 일을 크게 걱정하면서도 보름을 걸어서 총령진(蔥嶺鎭)에 도착했다. 총령진은 오늘날 타슈쿠르간으로 중국과 파키스탄의 국경인 쿤자랍 고개 너머에 있다.

혜초 스님은 총령진에서 또 한 달을 걸어서 오늘날의 카슈가르인 소륵국에 도착했다. 그러니까 우리가 카슈가르에서 버스로 한나절 만에 온 파미르고원을 혜초 스님은 한 달 만에 다다랐던 것이다. 그 고생스러움을 우리는 다는 모를 것이로되 호밀국에 도착했을 때 마침 티베트로 들어가는 중국 사신을 만나 서로의 외롭고 힘겨운 처지를 통사정하다가 혜초 스님이 지은 다음 시는 읽는 이의 가슴을 먹먹하게 한다.

그대는 티베트가 멀다고 한탄하나	君恨西蕃遠
나는 동쪽으로 가는 길이 멀어 탄식하노라	余嗟東路長
길은 험하고 눈 덮인 산마루는 아득히 높고	道荒宏雪嶺
골짜기엔 도적도 많은데	險澗賊途倡
나는 새도 놀라는 가파른 절벽	鳥飛驚峭嶷
아슬아슬한 외나무다리는 건너기 힘들다네	人去難偏檋
평생에 울어본 기억이 없건만	平生不抂淚
오늘따라 하염없이 눈물이 흐르네	今日灑千行

설산 아래 검은 호수에서

우리의 버스가 시커멓고 무시무시한 산길을 벗어나자 언제 그런 곳을 왔더냐 싶게 만년설에 덮인 설산을 멀리 두고 높은 고원지대를 편안히 달린다. 험난하다는 표현은 가당치 않고 얼핏 목가적이라는 인상도 준다. 그러다 길 왼편으로 휴게소 같은 간이건물이 나타나면서 우리는 잠시 쉬어가기로 했다. 버스에서 내리니 찬바람이 세차게 몰아친다. 해발 3,000미터가 넘는 고원에 온 것이다. 그리고 멀리 산자락 아래가 유난히 하얗게 반짝이는데 이는 강물도, 호수도 아니고 흰 모래사장이란다. 그래서 이름하여 백사산이라고 한단다.

우리는 다시 카라코룸 고속도로를 타고 파미르고원의 더 깊은 곳을 향해 달렸다. 무스타크봉까지는 아직도 60킬로미터가 남았다. 파미르고원의 카라코룸 고속도로는 환상의 드라이브 코스였다. 우리나라에서는 고원을 만날 수 없지만 북한 답사 때 백두산에 올라가면서 개마

| 설산 봉우리들과 검은 호수 | 해발 3,000미터가 넘는 파미르고원에는 만년설이 덮인 모습이 절경인 설산이 펼쳐져 있고, 그 아래 검은 호수가 있다.

고원의 한 자락을 경험했던 기억이 생생히 떠올랐다. 그때 나는 평생 쌓였던 울적한 기분을 한순간에 털어버리듯이 가슴이 활짝 열리는 통쾌한 기상을 맛보았는데 여기서는 거기에 더해 만년설의 설산이 배경을 이루니 환상의 여로였다는 호사스러운 얘기가 허용된다.

무스타크봉에 다다르자 주위의 산들이 예각을 세우며 날카롭고도 장중하게 치솟아 있다. 주변 세 개의 봉우리가 모두 7,000미터가 넘는 고봉이다. 무스타크는 위구르어로 '빙산의 아버지'라는 의미라고 한다. 설산 중의 설산이라는 존경과 신비의 뜻이 담긴 것이다. 그 아래로 펼쳐지는 카라쿠러호는 키르기스어로 '검은 호수'라는 뜻이라고 한다. 물빛은 검은 것이 아니라 짙은 초록이라고 해야겠는데 왜 검은 호수라는 이름을 얻었을까. 만년설의 봉우리들이 발하는 순백색 때문에 깊은 호수의 색깔이 검푸르게 보일 때가 많았기 때문일지도 모른다.

이 신비로운 아름다움의 무스타크봉 카라쿠러호에 전설이 없을 리 없다. 그러나 '귀부신공'을 말하는 중국식의 웅장한 전설이 아니라 이곳을 신성시하는 타지크족에게 전하는 전설이기 때문에 소박하기 그지없다. 옛날에 세상에서 하나밖에 없는 아름다운 꽃밭이 있는 무스타크산을 지키던 선녀가 꽃을 훔치러 온 청년에게 반했는데 천신의 반대로 사랑을 이룰 수 없게 되었다. 그러자 선녀는 마음의 병을 얻고 하루하루를 눈물로 보내다 끝내는 세상을 떠나고 말았는데 선녀의 죽은 몸은 지금의 무스타크 설산이 되었고 그녀의 눈물은 카라쿠러호가 됐다는 것이다.

별스러울 것 없는 전설이지만 어떤 미사여구를 동원한 전설보다 이 소박한 이야기에서 오히려 파미르고원 사람들의 아련한 순정이 진하게 다가온다. 이것은 분명 문명과는 인연이 먼, 어질기 그지없는 민속의 진국이다.

나는 문명의 간섭을 받은 흔적이 없는 이곳 파미르고원 설산의 검은 호수에서 답사를 마무리했다. 여기에서 카라코룸 고속도로를 따라 더 들어가면 타슈쿠르간이 나오고, 거기서 더 가면 중국과 파키스탄의 국경인 쿤자랍 고개로 이어진다.

파키스탄이라고 하면 역사의 감이 잘 오지 않다가도 거기가 간다라

| 검은 호수 | '카라쿠러호'라고 불리는 이 검은 호수에는 타지크족에게 전하는 소박한 전설이 서려 있다.

지역이라면 모두 "아!" 하며 '우리나라 삼국시대 불상이 간다라 형식이다'라는 교과서적 지식을 떠올린다. 언젠가 내 답사길이 간다라로 향하게 된다면 그때 나는 혜초 스님도 고선지 장군도 오렐 스타인도 다녀가면서 역사의 자취를 남긴 파미르고원의 와칸 계곡을 답사하기 위해 다시 카라코룸 고속도로 저쪽 길을 타고 올 것이니, 그때는 저절로 오늘의 무스타크 설산 아래 있는 카라쿠러 검은 호수를 기억하게 될 것이다. 카라쿠러 근처에는 관광객을 위한 낙타가 있었다. 호숫가 반대쪽 끝까지 다녀온단다. 한번도 그런 적이 없었는데 여기서는 낙타를 타보고 싶었다. 그리고 파미르고원과 타클라마칸사막을 오가던 영

| 검은 호수와 낙타 | 혜초 스님, 고선지 장군, 오렐 스타인 등 역사 속 인물들이 자취를 남긴 파미르고원을 떠올리며 관광객을 위한 낙타를 타보았다.

혼을 기리며 나의 실크로드 탐사를 마무리하고 싶었다.

"잘 있거라, 무스타크, 카라쿠러! 짜이젠(再見) 파미르!"

부록

답사 일정표
주요 인명·지명 표기 일람
참고문헌

이 책을 길잡이로 직접 답사하실 독자를 위하여 실제 현장답사를 토대로 작성한 일정표를 실었습니다. 시간표는 여러 여건에 따라 차이가 있을 수 있습니다. 이어서 본문의 이해를 돕기 위해 주요 인명과 지명의 표기 일람을 수록했고, 마지막으로 독자들을 위해 집필에 참고한 책의 목록을 실었습니다.

답사 일정표

실크로드 · 타클라마칸사막 8박 9일

2018년 8월 필자가 다녀온 답사 일정

첫째날

19:20	인천국제공항 출발
23:50	우루무치국제공항 도착
24:30	우루무치 숙소 도착

둘째날

10:00	우루무치 숙소 출발
13:00	우루무치국제공항 출발
14:05	쿠차공항 도착
15:00	쿠차왕부, 쿠차대사
17:00	수바시 고성
18:30	쿠차 숙소 도착, 석식

셋째날

09:00	쿠차 숙소 출발
10:00	키질석굴
13:00	중식
15:00	천산신비대협곡
18:00	쿠차 숙소 도착, 석식

넷째날

08:00	쿠차 숙소 출발, 타클라마칸사막으로 이동
13:00	중식(아러러 휴게소)
14:00	타클라마칸사막 체험
21:00	호탄 숙소 도착

다섯째날

09:00	호탄 숙소 출발, 사차로 이동
12:00	예청 도착, 중식
14:00	아마니사한 왕비묘
15:00	카슈가르로 이동
18:00	카슈가르 숙소 도착, 석식

여섯째날

09:00	카슈가르 숙소 출발
12:00	카라쿠러호, 무스타크봉
18:00	카슈가르 숙소 도착, 석식

일곱째날

09:00	카슈가르 숙소 출발
09:30	향비묘
11:00	카슈가르 고성, 청진사
12:00	중식(구 영국 영사관)
14:50	카슈가르공항 출발
19:15	서안함양국제공항 도착
20:00	서안 숙소 도착, 석식

여덟째날(서안 답사)

아홉째날(인천국제공항 귀국)

쿠차·투르판 5박 6일

2019년 6월 필자가 다녀온 답사 일정

첫째날

19:20	인천국제공항 출발
23:50	우루무치국제공항 도착
24:30	우루무치 숙소 도착

둘째날

12:55	우루무치 숙소 출발
14:05	쿠차 도착
16:00	키질석굴
20:00	석식
21:30	쿠차 숙소 도착

셋째날

08:15	쿠차 숙소 출발
09:30	쿰투라석굴
11:20	키질가하 봉수대
12:30	중식
13:30	수바시 사원
14:30	쿠얼러로 이동
19:00	석식
21:00	쿠얼러 숙소 도착

넷째날

08:15	쿠얼러 숙소 출발
13:00	투르판 도착, 중식
14:00	소공탑
15:00	포도원
17:00	고창고성
20:00	아스타나 고분, 베제클리크 석굴, 화염산
20:30	석식
21:30	투르판 숙소 도착

다섯째날

08:30	투르판 숙소 출발
09:00	교하고성
11:00	중식 후 우루무치로 이동
16:00	신강성박물관
17:30	전신마사지
20:00	석식
21:30	우루무치국제공항으로 이동

여섯째날

01:00	우루무치국제공항 출발
06:50	인천국제공항 도착

주요 인명·지명 표기 일람

아래의 일람에서 팔호 안에 한자 번체와 간체, 국립국어원 외래어 표기법에 따르는 중국어 표기, 필요한 경우에 한해 로마자 표기를 밝혀둔다.(편집자)

ㄱ

강빈(絳賓, 绛宾, 장빈)
계림(桂林, 구이린)
고거회(高居誨, 高居诲, 가오쥐후이)
고선지(高仙芝)
고요(高耀)
곤륜산맥(崑崙山脈, 昆仑山脉, 쿤룬산마이)
공작강(孔雀河, 콩췌허)
곽광(霍光, 훠광)
광주(廣州, 광저우)
교하고성(交河古城, 자오허구청)
구자고성(龜玆古城, 龟玆古城, 쿼쯔구청)
국문태(麴文泰, 曲文泰, 취원타이)

ㄴ

노신(魯迅, 루쉰)
누란(Kroraina, 楼蘭, 楼兰, 러우란)
니야(Niya, 尼雅, 니야)

ㄷ

단단윌릭(Dandan Oilik, 丹丹烏里克, 丹乌里克, 단단우리커)
대복고(戴復古, 戴复古, 다이푸구)
돈황(敦煌, 둔황)
동방삭(東方朔, 东方朔, 동방쉬)
두보(杜甫, 두푸)

ㄹ

라와크(Rawak, 熱瓦剋, 热瓦克, 러와커)
래티모어, 오언(Lattimore, Owen., 歐文·拉鐵摩爾, 欧文·拉铁摩尔)
로프노르(Lop Nor, 羅布泊, 罗布泊, 뤄부포)
룬타이(輪臺, 轮台, 룬타이)
뤄창(若羌, 뤄창)

ㅁ

마중영(馬仲英, 马仲英, 마중잉)
막고굴(莫高窟, 모가오쿠)
메리카와트(Melikawat, 買力剋阿瓦提, 买力克阿瓦提, 마이리커아와티)
무르투크강(Murtuq River, 木頭溝江, 木头沟江, 무뤄궈장)
무스타크봉(Muztagh Ata, 慕士塔格峰,

422

무스타거펑)
무자르트강(Muzart River, 木扎提河,
　　무자디허)
묵옥강(墨玉河, 모위허)
미란(Miran, 米蘭, 米兰, 미란)
민펑(民豐, 民丰, 민펑)
밍우다거산(明屋達格山, 明屋达格山,
　　밍우다거산)

ㅂ

반초(班超, 반차오)
배성(拜城, 바이청)
백사산(白沙山, 바이사산)
백옥강(白玉河, 바이위허)
법현(法顯, 法显, 파샨)
베리만, 폴케(Bergman, Folke., 弗剋·
　　貝格曼, 弗克·贝格曼)
베제클리크석굴(Bezeklik Caves, 柏孜剋
里千佛洞, 柏孜克里千佛洞, 바이쯔커리첸
　　푸둥)
벽, 야쿱(阿古柏)
보거다산(博格達山, 博格达山, 보거다산)
복희(伏羲, 푸시)
부개자(傅介子, 푸제쯔)
부견(符堅, 符坚, 푸젠)

ㅅ

사야(沙雅, 사야)
사주지로(絲綢之路, 丝绸之路, 쓰처우즈루)

사차 → 야르칸드
서안(西安, 시안)
선선(鄯善, 산산)
성세재(盛世才, 성스차이)
소공탑(蘇公塔, 苏公塔, 쑤공타)
소륵(疏勒, 수러)
소하(小河, 샤오허)
수바시(Subashi, 蘇巴什, 苏巴什, 쑤바스)
술레이만(Süleyman, 蘇萊曼, 苏莱曼,
　　쑤라이만)
스타인, 마르크 오렐(Stein, Marc Aurel.,
　　斯坦因·馬爾剋·奧萊爾, 斯坦因·
　　马尔克·奥莱尔)
신강위구르자치구(新疆維吾爾自治區,
　　新疆维吾尔自治区, 신장웨이우얼쯔즈취)

ㅇ

아단지모(雅丹地貌, 야단디마오)
아라얼(阿拉爾, 阿拉尔, 아라얼)
아마니사한(Amanisahan)
아스타나(Astana, 阿斯塔那, 아쓰타나)
아예석굴(阿艾石窟, 아아이스쿠)
아이딩호(艾丁湖, 아이딩후)
아이티가르(Aitigar, 艾提尕爾, 艾提尕尔,
　　아이티가얼)
아커쑤(Aksu, 阿剋蘇, 阿克苏, 아커쑤)
야르칸드(Yarkand, 莎車, 莎车, 사처)
언기 → 카라샤르
에민 호자(Emin Khoja, 额敏和卓, 어민
　　허줘)

여광(呂光, 뤼광)

여와(女媧, 누와)

예청(葉城, 叶城, 예청)

오루성(烏壘城, 乌垒城, 우레이청)

옥문관(玉門關, 玉门关, 위먼관)

왕창령(王昌齡, 王昌龄, 왕창링)

요트칸(Yotkan, 約特干, 约特干, 위에터간)

우루무치(Ürümqi, 烏魯木齊, 乌鲁木齐, 우루무치)

위도기(尉屠耆, 웨이투치)

위룽카스강(玉龍喀什河, 玉龙喀什河, 위룽카스허)

위지을승(尉遲乙僧, 尉迟乙僧, 웨이츠이성)

유원(柳園, 柳园, 류위안)

이기(李頎, 李颀, 리치)

이녕(伊寧, 伊宁, 이닝)

이닝 → 이녕

이리(伊犁, 伊犁, 이리)

이백(李白, 리바이)

이상은(李商隱, 리상인)

이파르한(Iparhan) → 향비

ㅈ

잠삼(岑參, 천찬)

장언원(張彦遠, 张彦远, 장옌위엔)

조파노(趙破奴, 赵破奴, 자오포누)

좌종당(左宗棠, 좌종탕)

지무싸얼(吉木薩爾, 吉木萨尔, 지무싸얼)

지셴린(季羨林, 지셴린)

ㅊ

차가타이(察合台, 차허타이)

차르킬릭(Charkilik) → 뤄창

천산산맥(天山山脈, 天山山脉, 톈산산
　　　마이)

천산신비대협곡(天山神秘大峽谷, 天山神
　　　秘大峡谷, 톈산선비타자구)

천수(天水, 톈수이)

철판하(鐵板河, 铁板河, 톄반허)

청해성(青海省, 칭하이성)

체르첸(Cherchen, 且末, 체모)

초르타크산(却勒塔格山, 却勒塔格山,
　　　췌러타거산)

총령진(蔥嶺鎮, 葱岭镇, 총링전)

ㅋ

카라샤르(Karashahr, 焉耆, 옌치)

카라카스강(喀拉喀什河, 카라카스허)

카라쿠러호(喀拉庫勒湖, 喀拉库勒湖,
　　　카라쿠러후)

카라호자(Karakhoja, 哈拉和卓, 하라허줘)

카레즈(kariz, 坎兒井, 坎儿井, 칸얼징)

카르길릭(Kargilik) → 예청

카슈가르(Kashgar, 喀什, 카스)

카스 → 카슈가르

쿠마라지바(Kumarajiva, 鳩摩羅什, 鳩摩
　　　罗什, 주모뤄스)

쿠얼러(Korla, 庫爾勒, 库尔勒, 쿠얼러)

쿠차(Kucha, 庫車, 库车, 쿠처)

쿰타크사막(Kumtaq Desert, 庫木塔格沙漠,

库木塔格沙漠, 쿠무타거사모)
쿰투라석굴(庫木吐拉石窟, 库木吐拉石窟,
　　쿠무투라스쿠)
키질가하(克孜爾朶哈, 克孜尔朶哈, 커쯔
　　얼가하)
키질석굴(Kizil Caves, 克孜爾千佛洞,
　　克孜尔千佛洞, 커쯔얼첸푸동)
키질리아(克孜利亞, 커쯔리아)

ㅌ

타림강(Tarim River, 塔里木河, 타리무허)
타림분지(塔里木盆地, 타리무펀디)
타이터마호(檯特瑪湖, 台特玛湖, 타이터
　　마후)
타클라마칸사막(Taklamakan Desert,
　　塔剋拉瑪幹沙漠, 塔克拉玛干沙漠,
　　타커라마간사모)
토욕구(Toyok, 吐峪溝, 吐峪沟, 투위궈)
투르판(Turfan, 吐魯番, 투루판)
티베트고원(Tibetan Plateau, 青藏高原,
　　칭짱가오위엔)
티베트자치구(西藏自治區, 西藏自治区,
　　시짱쯔즈취)

ㅍ

파미르고원(Pamir Plateau, 帕米爾高原,
　　帕米尔高原, 파미얼가오위엔)
펠리오, 폴(Pelliot, Paul., 伯希和·保羅,
　　伯希和·保罗)

폰 르코크, 알베르트(von Le Coq,
　　Albert., 阿爾伯特·馮·勒·寇剋, 阿尓
　　伯特·冯·勒·寇克)
폴로, 마르코(Polo, Marco., 馬可·波羅,
　　马可·波罗)
프르제발스키, 니콜라이(Przhevalsky,
　　Nikolay., 尼科萊·普爾熱瓦爾斯基,
　　尼科莱·普尔热瓦尔斯基)
피산(皮山, 피산)

ㅎ

하미(哈蜜, 하미)
하서주랑(河西走廊, 허시저우랑)
한락연(韓樂然, 韩樂然)
향비(香妃, 샹페이)
허신(許愼, 许愼, 쉬선)
헤딘, 스벤(Hedin, Sven A., 斯文·赫定)
혜초(慧超)
호탄(Khotan, 和田, 허톈)
호탄강(和田江, 허톈장)
홍산석림(紅山石林, 红山石林, 홍산스린)
화염산(火焰山, 화옌산)
황문필(黃文弼, 황원비)

참고문헌

아래 소개하는 참고문헌은 저자가 실크로드 답사기를 쓰면서 참고한 책의 목록으로, 독자들을 위한 참고용일 뿐 실크로드와 관련된 전문서 목록은 아님.

실크로드 기행문·탐험기

강인욱 『유라시아 역사 기행』, 민음사 2015.
고태규 『실크로드 문명기행』(전2권), 한림대학교출판부 2015.
김영종 『실크로드, 길 위의 역사와 사람들』, 사계절출판사 2009.
문명대 『문명대 교수의 중국 실크로드 기행』, 한국언론자료간행회 1993.
박재동 『박재동의 실크로드 스케치기행』(전2권), 한겨레신문사 2003.
베르나르 올리비에 『나는 걷는다』(전3권), 임수현 옮김, 효형출판 2003.
스벤 헤딘 『마지막 탐험가』, 윤준·이현숙 옮김, 뜰 2010.
연호탁 『중앙아시아 인문학 기행』, 글항아리 2016.
정수일 『실크로드 문명기행』, 한겨레출판 2006.
정수일 『초원 실크로드를 가다』, 창비 2010.
차병직·문건영 『실크로드, 움직이는 과거』, 강 2007.
최영도 『아잔타에서 석불사까지』, 기파랑 2017.
콜린 더브런 『실크로드』, 황의방 옮김, 마인드큐브 2018.
井上靖 『西域仏跡紀行』, 法藏館 1992.
Marc Aurel Stein, *Innermost Asia*, Oxford: Clarendon Press 1928.
Owen Lattimore, *The Desert Road to Turkestan*, London: Methuen & Co 1928.

실크로드와 중앙아시아 역사

N. V. 폴로스막 『알타이 초원의 기마인』, 강인욱 옮김, 주류성 2016.
가오훙레이 『절반의 중국사』, 김선자 옮김, 메디치 2017.
강인욱 『강인욱의 고고학 여행』, 흐름출판 2019.
강인욱 외 『유라시아로의 시간 여행』, 사계절 2018.
고마츠 히사오 외 『중앙 유라시아의 역사』, 이평래 옮김, 소나무 2005.
권영필 『실크로드의 에토스』, 학연문화사 2017.
김대성 외 『중앙아시아학 입문』, 한국외국어대학교출판부 2009.

김인희『1,300년 디아스포라, 고구려 유민』, 푸른역사 2011.

나가사와 가즈토시『동서문화의 교류』, 민병훈 옮김, 민족문화사 1991.

나가사와 가즈토시『실크로드의 역사와 문화』, 이재성 옮김, 민족사 1990.

두도성·왕서경 엮음『돈황과 실크로드』, 화샤문화예술출판사 2007.

르네 그루쎄『유라시아 유목제국사』, 김호동·유원수·정재훈 옮김, 사계절출판사 1998.

유진보『돈황학이란 무엇인가』, 전인초 옮김, 아카넷 2003.

마리오 부사글리『중앙아시아 회화』, 권영필 옮김, 일지사 1978.

민병훈『중앙아시아: 초원과 오아시스 문화』, 국립중앙박물관 엮음, 통천문화사 2005.

민병훈『실크로드와 경주』, 통천문화사 2015.

박장배 외『중국의 변경 연구』, 동북아역사재단 2014.

발레리 한센『실크로드: 7개의 도시』, 류형식 옮김, 소와당 2015.

수전 휫필드 외『실크로드』, 이재황 옮김, 책과함께 2019.

신형식 외『신라인의 실크로드』, 백산자료원 2002.

오카우치 미츠자네 외『실크로드의 고고학』, 박천수 옮김, 진인진 2016.

이노우에 야스시『누란』, 고용자 옮김, 고려원 1986.

이주형 외『동아시아 구법승과 인도의 불교 유적』, 사회평론 2009.

이희철『튀르크인 이야기』, 리수 2017.

임영애『서역불교조각사』, 일지사 1996.

정수일『씰크로드학』, 창작과비평사 2001.

정수일 편저『실크로드 사전』, 창비 2013.

정재훈『돌궐 유목제국사』, 사계절 2016.

조성금『실크로드의 대제국 천산 위구르 왕국의 불교회화』, 진인진 2019.

중국신장도시연구동우회『실크로드, 길이 아니라 사람이다』, 캅인출판사 2012.

강인욱 외『북방고고학개론』, 중앙문화재연구원 엮음, 진인진 2018.

최광식『실크로드와 한국문화』, 나남 2013.

최한우『중앙아시아학 입문』, 펴내기 1997.

프랜시스 우드『실크로드: 문명의 중심』, 박세욱 옮김, 연암서가 2013.

피터 프랭코판『실크로드 세계사』, 이재황 옮김, 책과함께 2017.

피터 홉커크『실크로드의 악마들』, 김영종 옮김, 사계절출판사 2000.

국립문화재연구소 엮음『중앙아시아 실크로드 주요 유적지』, 국립문화재연구소 2016.

국립문화재연구소·미술문화재연구실 엮음『실크로드 연구사전 동부: 중국 신장』, 국립
　　문화재연구소·미술문화재연구실 2019.

호북성작가협회·연변작가협회·보르탈라주작자가협회 편 『보르탈라와의 만남(博尔塔拉之约)』, 연변인민출판사 2017.

钱伯泉 「隋唐时期西域的朝鲜族人」, 『新疆大学学报(哲学社会科学版)』 2006(4).

移然 『有一种梦想叫新疆』, 四川人民出版社 2018.

柳洪亮 「唐北庭副都护高耀墓发掘简报」, 『新疆社会科学』 1985(4).

中国北方民族关系史 编写组 『中国北方民族关系史』, 中国社会科学出版社 1987.

杨建新·张毅·周连宽 等 『古西域行记十一种』, 新疆美术摄影出版社 2013.

萧绰 『西域简史』, 南海出版公司 2017.

田畑久夫 『中国少数民族事典』, 東京堂出版 2001.

井上靖·宮川寅雄 『中国の美術と考古』, 六興出版 1977.

『會奏新疆增改府廳州縣各缺』

고전 번역서

사마천 『사기열전』(전2권), 김원중 옮김, 민음사 2011.

법현 『불국기』, 김규현 역주, 글로벌콘텐츠 2013.

현장 『대당서역기』, 김규현 역주, 글로벌콘텐츠 2013.

현장 『대당서역기 외』, 이미령·박용길·김경집 옮김, 동국역경원 1999.

혜초 『왕오천축국전』, 정수일 역주, 학고재 2004.

마르코 폴로 『동방견문록』, 김호동 역주, 사계절출판사 2000.

중국사 일반 및 중국 기행

곽말약 『이백과 두보』, 임효섭·황선재 옮김, 까치 1992.

마이클 설리반 『중국미술사』, 김경자·김기주 옮김, 지식산업사 1978.

샐리 하비 리긴스 『현장법사』, 신소연·김민구 옮김, 민음사 2010.

송재소 『중국 인문 기행』, 창비 2015.

안정애·양정현 『중국사 100 장면』, 가람기획 1993.

에드윈 O. 라이샤워 외 『동양문화사』(전2권), 김한규 외 옮김, 을유문화사 1992.

진순신 『시와 사진으로 보는 중국 기행』, 정태원 옮김, 예담 2000.

도록

『중앙아시아 미술』, 삼화출판사 1986.

『한락연 유작전』, KBS·중국미술관 1993.

『국립중앙박물관 소장 서역미술』, 국립중앙박물관 엮음, 한국박물관회 2003.

『한락연: 광복 60주년 기념 중국 조선족 화가 한락연 특별전』, 국립현대미술관 엮음, 컬처북스 2005.

『실크로드와 둔황: 혜초와 함께하는 서역기행』, 국립중앙박물관 2010.

『국립중앙박물관 소장 로프노르·누란 출토품』, 국립중앙박물관 2016.

『중국국가박물관』, 런던출판(홍콩)유한공사 2015.

『吐魯番柏孜克里克石窟壁画艺术』, 吐魯番地区文物保管所 編, 新疆人民出版社 1990.

『中国新疆古代艺术』, 穆舜英 主编, 新疆美術攝影出版社 1994.

『高昌壁画辑佚』, 吐魯番地区文物中心 主编, 新疆人民出版社 1995.

『中国新疆古代艺术宝典(8) 建筑卷』, 孙大卫 主编, 新疆人民出版社 2006.

王嵘·段离『新疆美: 废墟之美』, 云南出版集团公司 2006.

祁小山·王博『丝绸之路·新疆古代文化』, 新疆人民出版社 2008.

高德祥『敦煌·丝路』, 甘肃人民美术出版社 2000.

田卫疆·伊第利斯·阿不都热苏勒『丝绸之路西域通史』, 新疆美术摄影出版社 2015.

祁小山 等『西域国宝录』, 新疆人民出版社 1999.

『最新版新疆游』, 王卫平·梁枫 主编, 新疆青少年出版社 2001.

C. M. 杜丁『中国新疆的建筑遗址』, 何文津·方久忠 译, 中华书局 2006.

霍旭初·祁小山『丝绸之路·新疆佛教艺术』, 新疆大学出版社 2006.

『吐魯番文物精粹』, 李萧 主编, 上海辞书出版社 2006.

马秦『龟兹造像』, 文物出版社 2007.

『新疆兵团军垦博物馆』, 新疆维吾尔自治区文物局 编著, 文物出版社 2011.

『新疆维吾尔自治区博物馆』, 新疆维吾尔自治区文物局 编著, 文物出版社 2011.

『吐魯番博物馆』, 新疆维吾尔自治区文物局 编著, 文物出版社 2012.

梁涛『新疆文化遗产: 全国重点文物保护单位』, 文物出版社 2015.

王卫东·小岛康誉『新疆世界文化遗产图典』, 新疆美术摄影出版社 2015.

祁小山·王博『丝绸之路·新疆古代文化: 续』, 新疆人民出版社 2016.

赵莉『海外克孜尔石窟壁画复原影像集』, 上海书画出版社 2018.

『新疆維吾爾自治區博物館』, 香港金版文化出版社 2006.

『シルクロード絹と黄金の道:日中国交正常化30周年記念特別展』, 東京国立博物館·NHK 2002.

『スキタイとシルクロード美術展』, 日本経済新聞社 1969.

사진 제공

김정헌 225면

눌와 267, 376면

박효정 231, 287, 418면

본문 지도 / 김경진

유물 소장처

국립경주박물관 218(왼쪽), 299면

국립중앙박물관 49, 124, 131, 133, 145, 156, 169, 337면

경기도박물관 376면

뉴델리국립박물관 44면

대만고궁박물원 364면

도쿄국립박물관 265면

라와크 불교사원터 361, 362면

막고굴 352면

베를린아시아미술박물관 120면

베제클리크석굴 146, 155, 157, 161, 162면

선선현박물관 92면(오른쪽)

신강문물고고연구소 51, 93, 356면

신강성박물관 48(왼쪽), 129(오른쪽), 155(왼쪽), 293면

아스타나 고분군 128면, 130면

아예석굴 238면

영국박물관 43, 350~351, 354~355면

예르미타시미술관 153면

중국국가박물관 297면

쿰투라석굴 243, 244, 250, 251, 252면

키질석굴 209, 211, 213, 217, 218(오른쪽), 219, 220, 266면

투르판박물관 92면(왼쪽)

허베이박물관 368면

호탄박물관 365면(왼쪽)

*위 출처 외의 사진은 저자 유홍준이 촬영한 것이다.

나의 문화유산답사기
중국편3 실크로드의 오아시스 도시
불타는 사막에 피어난 꽃

초판 1쇄 발행 2020년 6월 15일
초판 2쇄 발행 2020년 6월 20일

지은이 / 유홍준
펴낸이 / 강일우
책임편집 / 박주용 이지영 홍지연
디자인 / 디자인 비따 김지선 노혜지
펴낸곳 / (주)창비
등록 / 1986년 8월 5일 제85호
주소 / 10881 경기도 파주시 회동길 184
전화 / 031-955-3333
팩시밀리 / 영업 031-955-3399 편집 031-955-3400
홈페이지 / www.changbi.com
전자우편 / nonfic@changbi.com